Rita Mae Brown

VENUSNEID

Roman

Deutsch von
Margarete Längsfeld

Rowohlt

1.–30. Tausend August 1993
31.–50. Tausend Oktober 1993

Die Originalausgabe erschien 1993 unter dem Titel «VENUS ENVY»
bei Bantam Books, New York

Umschlaggestaltung Susanne Müller
Satz Berling (Linotronic 500)
Gesamtherstellung Clausen&Bosse, Leck
Printed in Germany
ISBN 3 498 00571 5

Judy Elaine Hill und Margaret MacInnis gewidmet,
zwei sehr unterschiedlichen Persönlichkeiten,
die sich beherrscht und mitfühlend zeigten,
wenn Schwierigkeiten auftraten.
Einst pflegte man ein solches Verhalten mit dem
Ausdruck «damenhaft» zu bezeichnen.

Danksagung

Medizinische Fachausdrücke und Behandlungsmethoden waren mir fremd, weswegen ich Dr. Herbert C. Jones zu Dank verpflichtet bin, der mich mit den entsprechenden Fakten versorgte. Dr. Jones, der zu meinen meistgeschätzten Freunden zählt, versorgte mich außerdem mit Lachen.

Ich möchte dem American Film Institute in Los Angeles dafür danken, daß ich für den Regie-Workshop für Frauen, Kurs acht, angenommen wurde. Obwohl es in diesem Kurs nur um Filme ging, wurde mein Gespür für den Roman dort auf unerwartete, vergnügliche Art bereichert. Das Vergnügen bestand zum großen Teil darin, von den anderen Teilnehmerinnen zu lernen.

Wendy Weil, meine Literaturagentin und Freundin, war immer da, wenn ich sie brauchte.

Beverly Lewis, mein Verleger, machte wie immer klare, vernünftige Vorschläge, wofür ich ihm dankbar bin.

Robert Lyn Kee Chow, mein Trainer, hat diesen Sommer sechs Wochen lang mit mir gearbeitet und meinen Körper dermaßen gedrillt, daß mein Geist Zeit hatte, sich zu erholen.

Dr. Frank Kimball gab mir Auftrieb mit seinem Witz, seinen scharfsinnigen Bemerkungen über Menschen und Pferde und mit seiner Courage.

Ich habe endlich eingesehen, daß ich vermutlich nicht ohne Gordon Reistrup leben kann, der intelligent, gut organisiert und herrlich komisch ist. Wir arbeiten jetzt seit vier Jahren zusammen, und ich hoffe, es hat ihm so viel Spaß gemacht wie mir.

Da Sneaky Pie jetzt selber Krimis schreibt, hat sie mir bei diesem Roman kein bißchen geholfen, aber die anderen Katzen und die Hunde erschienen jeden Morgen zur Arbeit. Ihre Geschenke – tote Mäuse, Maulwürfe, Spitzmäuse und Schlangen – wußte ich sehr zu schätzen.

VENUSNEID

1

Sterben ist gar nicht so übel. Dann muß ich wenigstens nicht mehr ans Telefon.» Frazier Armstrong atmete tief durch, was nicht leicht war, denn der Sauerstoffschlauch hatte ihren Rachen wund gescheuert. «Außerdem muß ich nie wieder Steuerformulare ausfüllen, Steuern an Staat und Gemeinde zahlen, Bezirksaufkleber für mein Auto kaufen, mich mit endlosen Versicherungspolicen belasten, ganz zu schweigen von meiner Geschäftslizenz und den verdammten Moneten, die die Wertminderung meiner Büromaschinen mich jedes Jahr kostet. Keine Hypothekenzahlungen mehr und keine lasterhaften Versuchungen, wenn die Türen von Tiffany's sich vor mir auftun wie die Pforten der Hölle.» Sie kuschelte sich tiefer in das Krankenhausbett. Die von zu Hause mitgebrachte Porthault-Bettwäsche machte das Bett behaglicher, aber jedesmal, wenn Frazier die zuckrige Tapete ansah, ein süßliches, pudriges Rosa, dachte sie: «Eine von uns beiden muß verschwinden.»

Das Kuscheln half nichts; sie fühlte sich nicht besser. Was wirklich half, war die Morphiumlösung, die in ihren linken Arm tropfte. Sie lachte in sich hinein: «Ich zahle Einkommensteuer, Vergnügungssteuer, Kopfsteuer, Schulsteuer, Gemeindesteuer, Benzinsteuer, Lichtsteuer, Zigarettensteuer. Ich zahle sogar eine Steuer auf Tampax. Ich hasse es. Immer nur zahlen, zahlen, zahlen. Ich schufte und schufte und bin besessen von Geld, und das hat mich hierhergebracht. Trotzdem», sie betrachtete wehmütig die Strahlen der Nachmittagssonne, die schräg durch die Jalousien fielen, «ich hätte nichts dagegen weiterzuleben.»

Fünfunddreißig ist zu jung zum Sterben, zumal für jemand mit so viel Energie wie Frazier. Am Anfang waren ihr die Kurzatmigkeit und das bedrängende Gefühl in der Brust zwar lästig gewesen, aber sie hatte sich deswegen keine Sorgen gemacht. Streß. Nun ja, Streß und zwei Päckchen Muleskinners täglich. Ihre Mitarbeiterin Mandy Eisenhart hatte ihr dauernd in den Ohren gelegen, sie solle zum Arzt gehen, aber Frazier wußte mit ihrer Zeit was Besseres anzufangen, als in Yancey Weems' Praxis ihren Hintern zu entblößen. Er war ein netter Arzt, griff aber zu gerne zur Spritze.

Letztes Jahr wurden die Atembeschwerden immer schlimmer, bis sie ein komisches metallisches Rasseln in ihren Bronchien hören konnte. Billy Cicero, ihr bester Freund und Leihbegleiter, sagte ihr, sie hätte da Haarknäuel drin. Er hörte auf zu lachen, als sie vorgestern abend in die Notaufnahme geschafft wurde. Die Schmerzen in der Brust waren so schlimm, daß ihr bei jedem Atemzug die Tränen kamen.

Der diensthabende Arzt ordnete eine Reihe von Tests an. Sie hörte die Oberschwester am Nachmittag etwas von «Blutgase vorhanden» murmeln.

Frazier, raffiniert und hochintelligent, bestach eine junge Krankenschwester, damit diese ihr die Laborwerte auf ihrem Krankenblatt interpretierte. Sie hatte auf beiden Seiten inoperable Lungenkarzinome, die sich bis zu den Brustwänden ausgebreitet und auch schon ihre Wirbelsäule befallen hatten.

Die einzige noch ausstehende Untersuchung, die sie für eine Verschwendung ihrer schwindenden Zeit hielt, war eine Durchleuchtung der Lungen, aber der Röntgenapparat wurde gerade repariert, was nicht nur bei den Krankenhauspatienten, sondern auch bei den Ärzten, die ihre Patienten zum Röntgen ins Krankenhaus schickten, für einen chaotischen Rückstau sorgte.

Der arme Billy, dieser korrupte Chorknabe, er hatte geweint, als Frazier ihm erzählte, was sie soeben über ihren Zustand erfahren hatte. Sie kannte den gutaussehenden Billy, seit sie in der Wiege gelegen hatten. Dies war das erste Aufblitzen eines ehrlichen Gefühls, das sie je bei ihm erlebt hatte, und seine Reaktion rief in ihr einen heftigen Anfall von Liebe hervor. Wenn die Dinge bei ihnen nur anders gestanden hätten. Sie waren nicht gerade unglücklich Liebende. Es ist schwer, mit einem Mann unglücklich zu sein, der Vergnügen daran findet, Kokain von erigierten schwarzen Penissen zu schnupfen, aber trotzdem, wenn die Dinge nun anders gestanden hätten?

Keine weiteren Wenn mehr. Kein gar nichts mehr. Der Tod, der lange erdige Schlaf, verhieß Frieden.

Frazier setzte sich kerzengerade auf. Sie haßte die Vorstellung, in einem Sarg eingesperrt zu sein. Einäscherung. Das schien zivilisierter und hygienischer. Wer will schon einem Wurm als Bulette dienen? Erst gestern hatten sie und ihre Mutter, Libby Armstrong, sich gestritten, bis die Tränen flossen und die Krankenschwestern hereinstürmten wie Relikte eines alten österreichischen Regiments, in strahlendes Weiß gekleidet. Libby kreischte und brüllte was von christlichem Begräbnis, und Frazier schrie und brüllte zurück: «Ich will nicht verscharrt werden wie Giftmüll!»

Libbys grüne Augen funkelten. «Du findest es wohl besser, fritiert zu werden, fritiert sag ich dir, Mary Frazier Armstrong. Knusprig wie Gekröse. Du wirst zu Asche verbrennen wie deine Zigaretten, und wie oft habe ich dir gesagt, du sollst nicht rauchen? Keine Willenskraft, Mary Frazier, keine Willenskraft, und hier liegst du nun, der Lungenkrebs hat dich aufgefressen, und ich weiß nicht, was ich tun soll. Und dein armer Bruder ist völlig niedergeschmettert von all den Emissionen.»

«Emotionen, Mutter.»

«Sag ich ja. Er ist am Boden zerstört.»

«Carter ist am Boden zerstört, weil er ein Säufer ist.»

«Sprich nicht so von deinem Bruder. Er ist erblich belastet. Das irische Blut von der Mutter deines Vaters. Die ganze Sippschaft ist scharfen Getränken zum Opfer gefallen. Meine Familie dagegen...»

«Mutter, das interessiert mich nicht mehr. Es ist mir egal, woher Carters Alkoholismus kommt, er muß aufhören zu saufen.»

«Du hast ja auch nicht aufgehört zu rauchen.»

«Und ich bin am Abkratzen. Ich muß sagen, es wird eine Erleichterung sein, weil ich mir dann diesen Scheiß nicht mehr anhören muß!»

«Wie kannst du es wagen, so mit mir zu reden? Ich bin noch immer deine Mutter.»

«Nicht mehr lange!» jubelte Frazier. «Weißt du, wofür ich die Familie halte, Momma? Ich halte die Familie für den Treibriemen der Pathologie. Ich bin fest davon überzeugt. Du hältst immer zu Carter, und Daddy hält immer zu mir, und wen kümmert das schon? Mich nicht. Ich sterbe. Ich checke aus dem Hotel Erde aus. Sayonara. Adios. Ciao. Servus, auf Wiedersehen und good bye. Roger, aus, Schluß, Ende, Mom.»

Libby kreischte: «Du bist gehässig. Du hast einen gemeinen Zug in dir, Mädchen.»

Die Worte versagten, und Frazier begann heftig zu husten. Der Auswurf war voller Blut.

Die Krankenschwestern eilten herein, während ihre Mutter hinauseilte, nicht ohne ihr zerlesenes *Gebetbuch der lutheranischen Kirche* auf Fraziers Bett zu werfen. Libby hatte versucht, Fraziers Leben zu beherrschen. Jetzt wollte sie ihren Tod beherrschen.

Libby war nicht wiedergekommen, und als Frazier an den «kleinen Ausbruch» zurückdachte, wie Libby ihrem Mann die Szene charakterisieren würde, die sie dem «schmerzbewältigenden» Morphium zuschrieb, da hoffte diese einstmals pflichtschuldige Tochter, ihre Mutter in diesem Leben nie wiederzusehen. Und sollte es eine Reinkarnation geben, so wollte sie ihr auch in keinen ihrer zukünftigen Leben jemals wieder begegnen.

Ein leises Klopfen an der Tür machte ihr bewußt, daß sie noch mehr Begegnungen ertragen mußte, bevor der Tod sie sich mit seinen kalten Krallen schnappte.

«Schwesterherz.»

«He, Junge.» Frazier lächelte, als die Tür aufging und Carter Redington Armstrong ins Zimmer trat. Er war Fraziers Spiegelbild. Blond und gutaussehend, mit einem kleinen schiefen Lächeln, an dem jede Kritik abprallte, war Carter die Verkörperung dessen, was Südstaatenfrauen einen sympathischen Teufel nannten. Breite Schultern und eine schmale Taille bewiesen, daß er trotz seiner Kämpfe mit der Flasche Sport trieb, sich anstrengte. Laut Frank Armstrong, Big Daddy genannt, strengte er sich nur nicht genug an.

«Momma ist fuchsteufelswild.» Er rückte einen Stuhl ans Bett. «Sie hat mich geschickt, aber ich wäre auch so gekommen. Sie will sich mit dir aussöhnen, bevor – du weißt schon.»

«Ich weiß.» Frazier seufzte. «Was schlägt sie vor? Momma hat doch immer Vorschläge zu machen.»

«Ihre Mutterschaft hat mich nicht mit Einzelheiten betraut.»

«Lügner.» Frazier lächelte, dann hustete sie. «Verdammt noch mal, ich hasse diesen Schlauch, es ist einfach zum Kotzen. Scheiße. Kacke. Verdammt!» Frazier riß sich den Schlauch aus der Kehle und atmete tief und gurgelnd. Das Ende des Schlauchs war mit Blut beschmiert.

«Frazier ...»

«Laß mich, verdammt. Wenn ich schon sterben muß,

dann wenigstens ohne dieses Ding, das mir den Rachen wund scheuert.»

«Ja, okay.» Carter verlagerte das Gewicht. Er bemerkte die Blumen, die allerdings auch kaum zu übersehen waren. Blumen im Wert von Tausenden und Abertausenden von Dollars füllten Fraziers Zimmer, was angesichts ihres gesellschaftlichen Ansehens nicht verwunderlich war. Seine Augen, grün wie die von seiner Mutter und von Frazier, erblickten ein riesengroßes Hufeisen. «Von Billy.»

«Von Billy.»

«Ich hasse den Geldsack.»

«Früher hast du ihn gemocht.»

«Seit der zehnten Klasse nicht mehr. Dieser fiese Schwanzlutscher.»

«Carter, das ist lange her. Er hat andere Zauberstäbe zum Lutschen gefunden. Aber ich will nicht von Billy sprechen. Geh du nach Hause und sag Momma, daß ich mich einäschern lasse. Ich habe es in meinem Testament bestimmt, und sie kann nichts dagegen tun.»

Er seufzte tief. «Okay.»

«Sie wird zetern und stöhnen, aber sie wird es nicht an dir auslassen.»

«War Big Daddy heute hier?»

«In aller Herrgottsfrühe.»

«Dad geht's nicht besonders.» Daß Carter verstand, was seinen Vater bewegte, war ein großer Sprung nach vorn, wie die Chinesen zu sagen pflegen.

«Ja.» Frazier nickte. Sie griff nach einem Glas Wasser und trank einen Schluck, aber es brannte höllisch. Schnell stellte sie das Glas wieder auf den Nachttisch.

«Schlimm?»

«Es macht mir nicht mehr viel aus.»

Carters Augen wurden feucht. «Ach Schwesterchen, was mach ich bloß ohne dich? Ich weiß, ich war ein nutzloser

Haufen Scheiße, aber ich liebe dich. Ich habe dich immer geliebt.» Er ließ seinen Kopf aufs Bett fallen, und Frazier fuhr mit den Fingern durch sein dichtes Kraushaar.

«Ich weiß, Brudda, ich weiß.» Sie nannte ihn bei seinem Kindernamen. Als sie klein war, konnte sie nicht Bruder sagen. Sie nannte ihn Brudda. «Es war wohl eine abgekartete Sache, daß man uns gegeneinander ausgespielt hat.»

«Ich weiß, ich weiß.» Er schluchzte. «Ich konnte nichts richtig machen, und du konntest nichts falsch machen.»

«In Daddys Augen. Bei Momma war's umgekehrt.»

Er sah zu ihr hoch. «Mußtest du so erfolgreich sein, Frazier?»

«Weißt du, ich hatte reichlich melancholische Gelegenheiten, über uns nachzudenken. Ja, ich mußte so erfolgreich sein. Ich wollte einfach nicht sein wie – wie sie, und ich schätze, du wolltest nicht sein wie er. Big Daddy verdient mit seiner Straßenbaufirma einen Haufen Kohle, und, ach Carter, ich weiß nicht, vielleicht hast du einfach rebelliert und gesagt: ‹Ich mach gar nichts, ist mir scheißegal.› Du hast ihm weh getan, das steht fest, aber dir selbst hast du auch weh getan. Du hast genausoviel Grips wie ich.»

Carter griff sich ein Papiertaschentuch, wischte sich die Augen, putzte sich die Nase. «Glaub ich nicht. Ich hätte keine Galerie aufziehen können. Ich könnte deine Kundschaft nicht ertragen.»

«Vielleicht keine Galerie, aber du hättest etwas anderes machen können.»

«Was?»

«Carter, wie oft haben wir das schon besprochen? Du hättest in Dads Firma einsteigen können.»

Er hob theatralisch die Hände. «Und mir tagein, tagaus von ihm sagen lassen, daß ich im Vergleich zu ihm nur eine halbe Portion bin? Soweit kommt's noch. Nichts, was ich mache, war ihm jemals gut genug!»

«Vielleicht wird Versagen zur Gewohnheit. Vielleicht ist es bequem. Du hast weiß Gott genug Frauen, die dich in Schutz nehmen. Momma, deine Frau, deine Geliebten.» Bei dem Wort «Geliebten» verzog er keine Miene, also fuhr sie fort: «Vielleicht ist es eine Art Fluch, von Frauen angebetet zu werden, verstehst du, was ich meine?»

Er nickte. Er verstand, was sie meinte, aber er war ja auch ein Kindskopf. Nach siebenunddreißig Jahren war er noch immer nicht erwachsen. «Findest du, ich bin ein Drückeberger?»

«Manchmal. Meistens denke ich, du läßt dich gehen, und ich finde, du hast eine Menge Zeit damit verschwendet, mich zu hassen, weil ich den Kies an Land gezogen habe, wenn du mir die gräßliche Redensart verzeihst.»

«Sterben spült die Wahrheit heraus, nicht?» Ein wehmütiges Lächeln huschte über seine feingeschnittenen Lippen. «Da wir schon beim Thema sind, ich will nicht, daß Billy Cicero zu deiner Beerdigung kommt. Ist mir egal, daß er die größte Tabakplantage der USA geerbt hat. Er ist ein widerlicher Schleimer. Ich meine, Schwesterherz, was wir von dem Scheißkerl nicht wissen, das können wir uns nicht einmal vorstellen.»

Frazier allerdings wußte über ihn Bescheid, sie brauchte sich nichts vorzustellen. «So ist er nun mal. Ich will das bißchen Zeit, das mir noch bleibt, nicht damit verplempern, mit dir über Billy zu streiten. Ich möchte, daß wir uns versöhnen. Ich will nicht, daß du meinetwegen Schuldgefühle hast und sauer auf mich bist. Ich lasse diesen Schlamassel hinter mir. Du, Brudda, wirst noch gut vierzig bis fünfzig Jahre damit leben. Solange wir Konflikte nicht lösen, wiederholen wir sie.»

«Halt's Maul», blaffte Carter. «Komm mir nicht mit diesem therapeutischen Quatsch. Das ist bloß eine neue Form von Religion, sag ich dir, und sie ist genau so ein Geschwafel wie die alte.»

«Dann laß es mich knapp und deutlich sagen. Hör auf, dich mit Dad zu vergleichen. Hör auf, dich mit mir zu vergleichen. Hör auf zu saufen. Wenn du nicht bei Armstrong-Straßenbau mitarbeiten willst, dann kauf dir am Golf von Mexiko einen Krabbenkutter und arbeite als Kapitän. Das ist das einzige, was du liebst, und du bist ein verdammt guter Segler. Scheiß auf den Country-Club. Scheiß auf Virginia. Scheiß auf die Erwartungen, die alle Welt an Frank Armstrongs Sohn stellt. Sei dein eigener Herr.»

«Magst du Virginia nicht?»

«Ich liebe Virginia. Darum geht es nicht.»

Er rieb sich das Kinn. Blonde Bartstoppeln machten ihn noch männlicher. «Tja – wenn wir vor Jahren so hätten reden können. Ich ...» Tränen tropften auf seine muskulöse Brust. «Verzeih mir, Schwesterherz, verzeih mir.»

«Was?»

«Daß ich dich gehaßt habe. Ich hätte stolz auf dich sein sollen, als du deine erste Million verdient hast, aber o Gott, ich habe gekocht. Ich habe gewünscht, du wärst tot, und jetzt ...» Wieder verlor er die Fassung.

«Es gibt nichts zu verzeihen, Brudda, gar nichts. Ich habe nichts getan, um dir das Leben leichter zu machen. Ich wollte dich nicht in der Nähe meiner Kunden haben. Ich habe dich behandelt wie einen dummen Hinterwäldler, obwohl du das gar nicht bist, und ich habe mich bei Dad eingeschmeichelt. Oh, wie habe ich Dad Honig ums Maul geschmiert, damit er mir die Kohle für die Gründung der Galerie gibt. Ich habe ihm jeden Penny plus Zinsen zurückgezahlt, aber als du den Steinbruch kaufen wolltest, um dein eigenes Geschäft zu gründen, wollte er dir nicht einen müden Dollar geben. Ich habe nicht mit ihm geredet. Ich habe keinen Finger gerührt, sondern ich habe ihm auch noch zugestimmt, als er sagte, du würdest dich eh nur besaufen und früher oder später Pleite machen.»

«Wahrscheinlich hat er sogar recht.» Carter schluchzte noch heftiger.

«Nicht unbedingt. Du mußt nur an dich glauben! Du bist mein einziger Bruder, und ich hab nicht einmal ein gutes Wort für dich eingelegt...» Jetzt schluchzte auch Frazier.

Als die Krankenschwester das Zimmer betrat, weinten Frazier und Carter, innig umarmt, so heftig, daß sie keuchten. Sie zog Carter sachte fort und wollte Frazier den Schlauch wieder in den Hals schieben. Die Schwester meinte es gut, aber Carter beschwor sie, Frazier in Ruhe zu lassen. Als die Schwester wieder gegangen war, unterhielten sich die Geschwister noch ein Weilchen, und dann verabschiedete sich Carter. Frazier sah ihm nach. Sie fragte sich, ob sie ihn noch einmal wiedersehen würde, und sie fürchtete, er würde sich nie ändern. Im Prinzip wäre es so einfach für ihn, glücklich zu sein.

Aber war sie selber denn glücklich? Sie hatte massenhaft Geld verdient, und wenn sie am Leben bleiben könnte, würde sie noch mehr verdienen. Sie kannte ihr Metier, sie liebte ihren Job, und sie liebte den Gewinn. Ach ja, «Gewinn», die süßeste Vokabel in ihrem Wortschatz. Nein, «Reingewinn» war die allersüßeste. Reingewinn. Aber war sie glücklich gewesen? Sie hatte ihre Familie belogen. Sie hatte ihre Freunde belogen. Ihre Geliebte hatte sie doppelt belogen. Der einzige Mensch, zu dem sie ehrlich war, war Billy Cicero, und der war ein noch größerer Lügner als sie selbst. Halt, nein, Mandy gegenüber war sie auch ehrlich. Die schöne schwarze Mandy, die sie scherzhaft «Afro-dite» nannte. In ihrem Testament vermachte sie Mandy die Galerie, aber Mandy sollte es erst bei der Testamentseröffnung erfahren. Der Stubbs, der Sartorius, die Marshalls, die Herricks, alle die fabelhaften englischen Jagdgemälde, ganz zu schweigen von der übrigen Ware, äh, Kunst, den Thebedouix. Eine ganze Liste von prächtigen wertvollen Bildern.

Würde sie am Leben bleiben, dann wollte Frazier Mandy an ihrem Geburtstag zu ihrer Partnerin machen. Frazier wünschte, sie hätten die Chance gehabt, den Laden mit ihr gemeinsam zu führen. Mandy hätte es verdient, ihre Partnerin zu sein, aber es tröstete sie zu wissen, daß Mandy Eisenhart eine der reichsten alleinstehenden schwarzen Frauen in Virginia sein würde. Vielleicht gab es ja doch noch Gerechtigkeit in dieser Welt. Oder in der nächsten. Mandy war der einzige Mensch, den sie wirklich vermissen würde. Komisch. Sie hatten nie privat miteinander zu tun gehabt. Es war im Grunde eine reine Geschäftsbeziehung, aber die Galerie war im Grunde sowieso Fraziers ganze Leidenschaft: diese unglaublichen Gemälde.

Vielleicht hatte sie ein paar Menschen glücklich gemacht. Sie hatte für sie das richtige Bild zum richtigen Preis gefunden. War das etwa nichts?

Vor ihrem Fenster hockte ein Rotkehlchen auf einem Baum, dessen rote Knospen unter der dünnen Schneeschicht schon kurz vor dem Aufbrechen waren. Der Frühling würde dieses Jahr zeitig Einzug halten in Charlottesville. Frazier liebte den Frühling. Sie schloß die Augen und lauschte dem lebhaften Vogelgezwitscher. Sie empfand den Frühling als etwas Obszönes und regelrecht Beleidigendes: Andere Menschen vergnügten sich, und sie sollte sterben.

Carters Besuch hatte sie erschöpft. Sie schloß die Augen einen Moment, öffnete sie dann aber wieder. Sie wollte nichts verpassen. Nicht eine Sekunde. Und sie hoffte, daß ihr weitere gefühlsselige Abschiede erspart blieben. Im Prinzip war ja nichts dagegen einzuwenden, Gefühle auszudrücken, aber sie hatte Gefühle immer unterdrückt, und sie wollte sterben, wie sie gelebt hatte – mit Distanz und Zurückhaltung.

Sie döste weg. Ihre Freunde, die Ärzte und Krankenschwestern bewunderten sie, weil sie die Schmerzen so tapfer ertrug, aber sie spürte im Grunde gar nichts. Kein Wunder, daß Morphium und Kokain gesetzlich verboten waren; mal davon abgesehen, daß sie süchtig machten, bewirkten diese Substanzen, daß man sich einfach göttlich fühlte. Sie hatte gehört, daß Patienten im Endstadium ein Cocktail aus Morphium und Kokain gespritzt wurde, aber sie bekam reines Morphium.

Als Frazier die Augen wieder öffnete, zeigte die gräßliche Digitaluhr 15:12. Jahrhundertelang hatten das Schwingen des Pendels, das leise Ticken der Zeiger, die die Minuten und dann die Sekunden vertrieben, der Menschheit genügt. Der Rhythmus dieser Geräusche erinnerte nicht einfach nur an die Vergänglichkeit alles Lebendigen, sondern versicherte, daß alles geregelt, harmonisch und im Lot war. Die große Standuhr in der Diele ihres Elternhauses schlug alle Viertelstunden, ein längerer Ton ertönte zur halben und fröhlicher Glockenklang zur vollen Stunde. Die Mondphasen, kunstvoll auf das erlesen gearbeitete Zifferblatt gemalt, kündeten davon, daß die Zeit etwas Würdiges war. Eine Digitaluhr stand für Phantasielosigkeit und den Verfall einer uralten Tradition. Keine Zeiger. Sie erinnerten Frazier an Handamputierte. Hatte sich etwa nachmittags um 15:12 jemals etwas Bedeutendes ereignet?

Bevor sie auf ihre eigenen Fragen antworten konnte, kam Billy Cicero hereingerauscht. Billys makellose Garderobe hielt ein Bataillon von Schneidern in der Londoner Jermyn Street beschäftigt. Heute trug er einen anthrazitfarbenen Anzug mit hellem Streifen, schmal, aber nicht ganz so dünn wie ein Kreidestreifen. Seine Weste war taubengrau, sein strahlend weißes Hemd aus feinster Baumwolle, und seine pflaumenblaue Krawatte war mit winzigen goldenen Trensen bestickt. Billy hatte das St. Paul's College und dann ein englisches College in Oxford besucht. Er trug nie eine Schulkrawatte, weil jeder, der auf sich hielt, sowieso vom anderen wußte, auf welches College in Oxford er ging. Schulkrawatten waren etwas für Leute, die nicht zählten, und für Billy zählten die meisten Leute nicht.

«Mein Herz, du siehst beschissen aus.» Billy lächelte und drückte ihr ein Küßchen auf die Wange.

«Stimmt», pflichtete Frazier ihm bei. «Wenn ich schon sterben muß, dann wenigstens so attraktiv wie möglich.»

Billy griff zum Telefon. Seine kräftigen Finger drückten auf die Tasten. «Terese, ich bin's, Billy. Wir brauchen dich hier im Krankenhaus, Ostflügel, Zimmer 625.» Er machte eine Pause. «Haare, Augenbrauen, Make-up und...», er ergriff Fraziers Hand, «Maniküre. Auf meine Rechnung, Darling. Vielen Dank.» Er legte auf. «Die wundertätige Terese Collier kommt in zwei Stunden in dieses Wartehaus. Glaubst du, daß du dann noch lebst?»

«Muß ich wohl.» Frazier drückte Billys sonnengebräunte Hand.

Billy Cicero sah auf katastrophale Weise gut aus. Niemand konnte ihm widerstehen, am allerwenigsten Billy selbst. Mit 1,95 Metern war er größer als die meisten Leute, seine Schultern waren breit wie ein Fels, sein Körper muskulös und wohlproportioniert. Sein Gesicht sah aus, als sei Michelangelos David lebendig geworden; blitzende Zähne, dunkelbraune Augen und volles schwarzes Haar.

Die Leute brachen in Oohs und Aahs aus, wo immer Billy und Frazier zusammen erschienen. «Das ideale Paar», flüsterten sie. Frazier war 1,80 Meter groß, mit hohen Absätzen sogar 1,87 Meter. Ihre Haare waren goldblond, und mit ihren grünen Katzenaugen bezauberte sie die Leute ebenso wie Billy, nur daß er sein Aussehen bewußt einsetzte, während Frazier sich nie für schön gehalten hatte, egal, wie oft sie es gesagt bekam. Sie fühlte sich jedoch als geborene Sportlerin, und daraus schöpfte sie mehr Selbstvertrauen als aus ihrem Äußeren.

«Du wirst doch nicht wirklich sterben, oder?» Billy küßte sie wieder.

«Ich kann dir sagen, es lohnt sich fast, um die vielen miesepetrigen Gesichter loszuwerden. Mutter ist gestern wütend über mich hergefallen, und heute hatte Carter hier einen Zusammenbruch. Langsam wird es mir wirklich zuviel. Erzähl mir was, das nichts mit mir zu tun hat. Erzähl mir von der Arbeit oder der Börse oder irgendwas.»

«Die Börse ist den Bach runter. Atlantic Tobacco hält sich gut, darf ich mit Freuden berichten. Gottlob klammern sich die Europäer und Afrikaner an ihre Sargnägel. Oh, Verzeihung, Darling.»

«Macht mir nichts aus.» Sie langte in seine Innentasche und zog ein Päckchen Muleskinners heraus, die Zigarettenmarke, mit der Atlantic Tobacco während des Ersten Weltkriegs die Raucherherzen beglückt hatte. Jetzt waren Muleskinners als «Marke für Starke» in der Originalpackung wiederbelebt worden. Wer Muleskinners rauchte, gab zu verstehen, daß er sich von Gesundheitsfanatikern nicht das Leben vermiesen ließ. Viele junge Männer fanden das cool. Obwohl Frazier die braunen Shermans aus New York bevorzugte, rauchte sie Billy zuliebe in der Öffentlichkeit Muleskinners.

«Gib mir mal Feuer.»

Er zog ihr die Zigarette aus dem Mund. «Nein.»

Sie steckte sie sich wieder zwischen die Lippen und tastete Billy nach einem Feuerzeug ab. Sie fand das goldene Dunhill schließlich in seiner linken Tasche. «Weißt du, Billy, wenn ich schon sterbe, dann bitte schön nach meiner Fasson. Was für einen Sinn hat es, das Leben zu verlängern, wenn man vergessen hat, wie man lebt? Ich hätte auch als Nichtraucherin Lungenkrebs bekommen können. Erinnerst du dich, wie Sandy Fulconer gestorben ist? Sie hatte in ihrem ganzen Leben nicht eine einzige Zigarette geraucht.»

«Ich glaube nicht, daß ich so tapfer sein könnte wie du.» Er schnappte den Deckel des Feuerzeugs auf und ließ den Daumen über das Rädchen schnellen. Eine mittelhohe Flamme schoß empor, und Frazier inhalierte inbrünstig.

«Gott segne die Indianer.» Sie schloß verzückt die Augen. «Billy, ich bin nicht tapfer. Ich füge mich ins Unvermeidliche. Meine Güte, das brennt mir in der Kehle, aber es tut einfach gut. Ich hab den verdammten Schlauch rausgezogen und der Schwester gesagt, sie soll das Sauerstoffgerät abschalten.»

«Gott sei Dank, denn sonst wären wir in Stücke gerissen worden.» Er zündete sich auch eine an. «Weißt du, ich kann einfach nicht glauben, daß du mich tatsächlich verläßt. Wenn Gott ein Wunder geschehen läßt, werden wir heiraten, du und ich. Das ist mein Ernst.»

Frazier musterte Billy kühl. «Bist du da nicht froh, daß Wunder selten sind?»

«Baby Darling, wir hätten schon vor Jahren heiraten sollen. Du gehst deinen Weg und ich geh meinen, und was haben wir davon? Ich glaube, mit dir würde ich sogar Kinder haben wollen. Und unsere Eltern würden vor Glück vergehen. Wer weiterkommen will, muß weitergehen.»

«So kenne ich dich ja gar nicht.» Sie beschloß, Billy seine große Geste durchgehen zu lassen. «Wir wären ein gutes Gespann. Waren wir immer schon. Ich bezweifle allerdings, daß Kenny vor Freude Purzelbäume schlagen würde.»

«Ach der. Kenny macht immer viel Lärm um nichts. Wieviel Langeweile ich wohl ertragen kann? Ich leide unter Kennys verbissener Suche nach dem Sinn des Lebens. Das Leben hat keinen tieferen Sinn. Man muß nur was tun – damit man nicht auf der Straße sitzt und um seine Gehirnzellen in Bewegung zu halten.»

«Ach komm, Kenny ist in Ordnung.»

«Wir sollten heiraten, und Kenny und Annie sollten auch heiraten. Sie wären doch ein ideales Paar.» Billy lachte. «Die arme Ann. Sie nimmt es uns ja so übel, daß wir sie nicht zu Partys in New York oder auch nur auf die Westseite von Richmond mitnehmen. Aber», er machte einen langen Zug, «das war gemein von mir. Sie liebt dich, und ich nehme an, sie ist gut im Bett.»

«Und Kenny hat ja wohl auch ordentlich was in der Hose.» Frazier stopfte sich noch ein Kissen in den Rücken. «Und du ebenfalls, mein Süßer.»

«Weißt du, da draußen gibt es Millionen Menschen, die keinen Sex mögen, die die Sache uns und ein paar anderen überlassen. Kannst du dir das vorstellen? Die Nacht der lebenden Toten. Ich meine, Schätzchen, man könnte es wenigstens mit 'ner Zahnbürste probieren oder so was. Man muß es doch zumindest mal versuchen.»

«Nicht jeder ist ein so besessener Erforscher der Libido wie du», säuselte Frazier. «Weißt du, ich war schon immer dafür, eine Sex-Olympiade ins Leben zu rufen. Eine Goldmedaille für den besten Beischlaf, den besten Hinterneinstieg, die beste Blas-Arie, die weiteste Ejakulation, die vollkommensten Brüste. Da kann man Diskuswerfen doch vergessen.» Frazier schwindelte bei dieser heißen Vorstellung.

Billy murmelte: «Wären wir Schiedsrichter oder Teilnehmer?»

«Na ja, wie wär's mit beidem?»

«Frazier, du darfst nicht sterben! Was soll ich bloß ohne dich machen? Deine Verdorbenheit, dein scharfer Blick für einen Pinselstrich und deine Aufgeschlossenheit für die Finessen des männlichen Glieds! Davon abgesehen, daß keine so gut tanzen oder Golf spielen kann wie du. Und wer soll bitte schön dieses Jahr im Club das Hartriegelblütenfest und das Feuerwerk zum Vierten Juli organisieren? Du wirst leben, und wir werden heiraten.» Er beugte sich vor und küßte sie auf den Mund, ein langer, inniger Muleskinnerkuß, der zwar angenehm war, jedoch keinen von beiden wirklich in Fahrt brachte. «Du siehst müde aus. Schlaf ein bißchen, und wenn du aufwachst, wird Terese hier sein und an dir herumfuhrwerken. Ich will versuchen, morgen vorbeizukommen.»

Als Billy fort war, versuchte Frazier zu schlafen, aber sein ungeschickter Heiratsantrag rollte in ihrem Kopf herum wie eine Flipperkugel. Sie würde ihr Leben lang keine Geldsorgen haben. Billy würde es nicht im Traum einfallen, sich in die Galerie einzumischen. Und die Vorstellung, Mrs. Cicero zu werden, war so übel nicht. Aber wie ein winziger goldener Angelhaken grub sich ihr ein Gedanke ins Herz: Wenn sie ihn heiratete, würde sie das Gefühl haben, sie hätte klein beigegeben. Seit sie denken konnte, hatte ihre Mutter ihr mit den Vorzügen einer «guten Partie» in den Ohren gelegen; das ganze Land erschauerte in heterosexuellen Zuckungen. Singles wurden ab einem gewissen Alter verspottet oder bemitleidet. Komisch, denn in Fraziers Augen waren sie frei, und sie wollte frei sein. Nie sah sie die Ehe von der romantischen Seite. Für sie war die Ehe gesetzlich abgesegnete Bumserei, der richtige Penis wird in die richtige Vagina geschoben, und das Resultat dieses hydraulischen Moments wird als ehelich registriert. Die Resultate unehelicher Paarungen hingegen waren Bastarde, was in der feinen Gesellschaft zwar nicht so gesagt, aber doch so empfunden wurde.

Filmstars durften uneheliche Kinder haben, Sozialhilfeempfängerinnen durften uneheliche Kinder haben, aber andere Frauen sollten verdammt noch mal auf sich aufpassen. In Wirklichkeit konnten sie nicht aufpassen, schon gar nicht auf sich.

Mrs. William Bennington Cicero. Auch das gefiel ihr nicht. Sie hatte ihr Leben als Mary Frazier Armstrong verbracht. Sie hatte nie die Absicht gehabt, ihre Identität aufzugeben. Armstrong-Cicero wäre nicht übel, aber sie liebte ihren Namen und wollte ihn behalten.

Billy meinte es im Grunde gar nicht ernst. Mit dieser

triumphierenden Erkenntnis versuchte sie den inneren Tumult zu beruhigen. Gleich darauf wünschte sie, sie hätte es bleiben lassen, denn nun mußte sie an ihren bevorstehenden Tod denken.

«Wie phantasievoll der Tod ist, wie vielfältig seine Methoden», dachte sie. «Er kann dich aus tiefem Schlaf reißen, eine Kugel kann dir den Schädel zerschmettern. Du kannst in Wasser ertrinken oder in deinem eigenen Blut. Oder du kannst von einem Barhocker fallen. Es stimmt tatsächlich, fast in jedem Jahr fällt jemand vom Barhocker und ist hin.» Aids war der Tod in Höchstform: Provokant und qualvoll vernichtet er auf Raten. Die Tuberkulose war fast besiegt; doch einst war ihr so mancher Amerikaner zum Opfer gefallen. Die Familie ihrer Mutter neigte zum tödlichen Herzanfall. So viele Möglichkeiten. Man kann auf einer Bananenschale ausrutschen, man kann an einer Erbse ersticken, man kann die Gewalt über seinen Wagen verlieren, an Alkoholvergiftung sterben oder mit Kokain auf saubere, schnelle Weise ins Vergessen hinübergleiten. Man hat eine so große Auswahl, oder ist es umgekehrt der Tod, der auswählt? Was ist mit multipler Sklerose oder einem inoperablen Gehirntumor, oder auch mit der guten alten Syphilis, die alles dahinrafft? Der Tod ist unbesiegbar. Wenn wir eine Krankheit heilen können, erfindet er die nächste. Und bringt dich mit List und Tücke zur Strecke.

Die Redingtons, die Familie ihrer Mutter, hatten ein Ahnenbuch, das bis 1640 zurückreichte, und Frazier liebte es, von ihren Vorfahren zu lesen. Als Kind hatte sie jede Seite verschlungen, ein Vorfall aber regte ihre Phantasie besonders an. Rachel Redington, 1843 dreiundzwanzig Jahre alt, enthülste an einem glühendheißen Augusttag Erbsen in einer großen Blechschüssel, als ein Gewitter über die Blue Ridge Mountains grollte. Entweder nahte es mit rasender Geschwindigkeit, wie man es bei Sommergewittern kennt, oder Rachel, die auf der Veranda saß, nahm an, es würde sich so schnell verziehen, wie es gekommen war. Jedenfalls schlug ein Blitz in die Metallschüssel mit den Erbsen ein, und Rachel war auf der Stelle tot. Diese Geschichte beeindruckte Frazier so sehr, daß sie bei Gewitter niemals einen Fuß auf eine Veranda setzte.

«Wie ein schleichender Tiger wird der Tod sich heranpirschen und zuschlagen», dachte sie.

Vielleicht habe ich Glück und kann wenigstens noch ein paar Tage lang über mein Leben nachdenken. Vielleicht ist der Tod wie ein Satzzeichen, ein Punkt am Ende eines Satzes. Es bedeutet, der Satz ist zu Ende, und du hast es richtig gemacht. Wer will schon einen endlosen Satz? Eine Träne lief Frazier in den Mundwinkel. «Ich will einen endlosen Satz. Ich will nicht sterben. Ich will nicht tapfer sein, verdammt noch mal, ich will den Frühling nicht verpassen, ich will die Golfsaison nicht verpassen, ich will gar nichts verpassen.» Sie vergrub den Kopf im Kissen.

Als Terese Collier auf Zehenspitzen hereinschlich, schlief Frazier so fest, daß sie erst aufwachte, nachdem Terese ihr die zweite Schicht «Raging Raspberry»-Nagellack aufgetragen hatte.

2

Terese Collier hätte Frazier als Beweis ihrer Kunst fotografieren sollen. Fraziers glatte, schulterlange Haare glänzten und fielen lässig nach vorn. Ihre vollendet gezupften Augenbrauen betonten ihre außergewöhnlichen Augen, und ihr Nagellack schimmerte. Aus Mitleid mit Frazier hatte Terese ihr noch eine Gratispediküre verpaßt. «Raging Raspberry» erschreckte Frazier jedesmal, wenn sie die Zehen unter der Bettdecke hervorstreckte.

Das Dämmerlicht wich der Nacht. Im Krankenhausflur wurde es still, und Frazier war froh, daß keine weiteren Familienmitglieder zu Besuch kamen. Sie vermißte auch Ann nicht, was Anlaß zu großen Grübeleien gewesen wäre, hätte sie die Zeit dafür gehabt. Da sie Ann nicht vermißte, dachte sie nicht weiter über ihr Nichterscheinen nach.

Sie war versucht, den Fernseher einzuschalten, ließ es dann aber bleiben. Die seichten Sendungen störten sie weit weniger als die gnadenlose Unbarmherzigkeit der Werbung. Die blecherne Musik der Werbespots tönte über die Flure, da die anderen Patienten offenbar nicht so empfindlich waren wie sie.

«Chefin.» Mandy kam herein.

«Hey!»

«Siehst gut aus, Mädchen.» Mandy strahlte.

Komisch, dachte Frazier. Seit drei Jahren arbeitete sie eng mit Mandy zusammen, doch jetzt erst fielen ihr die edlen Züge um ihre kaffeebraunen Wangenknochen auf.

«Hat Mrs. Thornburg sich dazu durchringen können, den Isidore Bonheur zu kaufen?»

«Sie überlegt hin und her und kommt zu keinem Entschluß. Aber das kleine Hundebild hab ich heute verkauft.»

«Gut.»

Ehe Frazier fragen konnte, fügte Mandy hinzu: «Darryl Orthwein aus New York. Ich nehme an, in ein, zwei Jahren wird er's wieder versilbern, aber das ist okay.»

«Ein gewiefter Sammler.»

«Ich hab dir was mitgebracht.» Mandy griff in ihre überdimensionale Handtasche und zog einen Karton mit edlem französischem Papier hervor. «Hier, schreib Briefe an das Morgen.»

Frazier öffnete den Karton und fuhr mit dem Zeigefinger über das glatte Papier. Es war hellblau und hatte winzige Sprenkel in einem dunkleren Blau. «Es ist sagenhaft. Mandy, wo hast du diese Kostbarkeit entdeckt?»

«Ich hab einfach in Paris angerufen. Zum Glück gibt es Federal Express. Ich liebe Papier, und mir war eingefallen, wie dein Vater dir einmal massenhaft Reispapier aus Japan geschickt hat. Es war so schön, daß du sechs Monate gebraucht hast, bevor du endlich einmal darauf geschrieben hast.» Mandy lachte.

«Ich mußte erst lernen, mit dem Pinsel umzugehen.» Frazier hielt das Papier auf dem Schoß. «Das ist wirklich lieb von dir.»

«Ich denke mir, wenn du jeden Abend einen Brief für den nächsten Tag schreibst, wird es immer einen nächsten Tag geben.» Mandy kämpfte mit den Tränen.

«Oh, Mandy...» Es schnürte Frazier die Kehle zu, dann faßte sie sich. «Es ist einfach alles völlig verquer. Aber eigentlich geht's mir ganz gut.»

«Was macht der Husten?»

Frazier zuckte die Achseln. «Sorgen macht mir nur, daß ich manchmal nicht atmen kann, aber Schmerzen hab ich keine. Das hasse ich so am Morphium. Ich drücke auf diesen Knopf, und Simsalabim! tropft mehr von dem Zeug in meine Venen. Es ist ein wunderbares Gefühl, aber woher soll ich wissen, wie ich mich wirklich fühle?» Sie drehte ihr Gesicht für einen Augenblick zum Fenster. «Na ja, vielleicht hab ich ja nie richtig gewußt, wie ich mich fühle, Punkt.»

«Ich hab da eine Theorie.» Mandy beugte sich vor, nachdem sie ihren Satz mit ihrer Lieblingswendung eingeleitet hatte. «Daß nämlich Gefühle die Essenz des Menschseins sind, man aber fünfzig Jahre braucht, bis man ihnen trauen kann. Die meisten von uns leben vom Hals an aufwärts.»

«Billy Cicero nicht.»

«Seine Sexgeschichten sind auch nur eine Ausflucht», stellte Mandy nüchtern fest. «Aber es steht mir nicht zu, über jemanden zu richten. Ich bin schließlich auch kein Unschuldslamm.»

«Als du vorhin zur Tür hereinkamst, dachte ich gerade, daß ich mit niemandem so viel zusammen war wie mit dir. Und dabei weiß ich von dir eigentlich nur, daß du am Smith College als Beste deines Jahrgangs abgeschnitten hast, daß du in Yale Examen gemacht und danach in Rochester gearbeitet hast.»

«Du hast meine Mutter kennengelernt. Wenn du die Mutter einer Frau kennst, dann weißt du alles, was du wissen mußt.»

«Danke, Mandy. Meine war gestern hier und hat geschluchzt, weil sie auf einer Erdbestattung besteht. Mein Gott, ich kann nicht mal über meinen Körper bestimmen, wenn ich tot bin. Mein Körper gehört mir, und ich mach damit, was ich will.»

«Erzähl das mal den Abtreibungsgegnern.»

«Du weißt, was ich meine.» Frazier legte das Briefpapier auf den Nachttisch. «Wird heutzutage in der amerikanischen Öffentlichkeit irgendein Thema so stark ausgereizt wie das Thema Abtreibung?»

«Keine Ahnung. Jedenfalls hast du ziemlich schnell vom Thema Gefühle abgelenkt.»

«Na schön, du Klugscheißerin, was fühlst du in diesem Moment?» Fraziers krächzende Stimme belebte sich blitzartig.

Mandy schwieg lange, dann sagte sie leise: «Ich will dich nicht verlieren. Und du siehst hinreißend aus.»

Fraziers Kinn zitterte. «Ich dachte, du tolerierst mich nur, weil ich nun mal deine Chefin bin. Ich meine, ich bin weiß. Hast du nicht irgendwo in deinem Herzen einen Haß auf mich?»

«So kleinkariert bin ich nicht, Frazier.»

Tränen tropften auf Fraziers üppigen Busen. «Woher soll ich das wissen? Es ist einfach bescheuert. Vielleicht habe ich mich deswegen auf die Arbeit konzentriert. In meiner Kindheit galten Schwarze nie als gesellschaftlich ebenbürtig. Oder Afro-Amerikaner oder wie zum Kuckuck ich euch bezeichnen soll. Du weißt, was ich meine.»

«Das heißt, wir haben beide unseren Preis zu zahlen.» Mandy ließ den Kopf hängen, hob ihn dann aber energisch. «Manchmal denke ich, wir werden nie aufhören zu bezahlen. Ihr nicht. Wir nicht. Es wird immer weitergehen, wie eine Schmerzwelle, die nie das Ufer erreicht. Da wir schon mal dabei sind, die Wahrheit zu sagen, will ich dir erzählen, warum ich immer so zurückhaltend war...»

«Aber mit dir war es immer so lustig.» Frazier wischte sich die Augen.

«Danke.» Mandy zog ein Kleenex für sich und eins für Frazier aus der Schachtel. «Was ich sagen will, könnte dich vielleicht wütend machen.»

«Na los, raus damit.»

«Okay. Ich glaube, du bist lesbisch. Ich glaube, du hast dich vor mir und allen anderen versteckt. Du gehst ständig aus, meistens mit Billy, manchmal auch mit anderen Männern, aber weißt du, ich spüre nie so etwas wie... Leidenschaft.»

Fraziers Schultern spannten sich. «Vielleicht sind es einfach nicht die richtigen Männer. Oder vielleicht bin ich frigide.»

Mandy schüttelte den Kopf. «Lesbisch zu sein ist doch nicht das Ende der Welt.»

«Und wann bitte schön wurde das letzte Mal jemand dafür belohnt, daß er sich zu seinem Schwulsein bekennt? Es ist vielleicht nicht das Ende der Welt, aber es ist ganz sicher nicht der Weg zum Erfolg.»

«Ich hätte nicht erwartet, daß du feige bist.» Und mit energischer Stimme fuhr Mandy fort: «Ich meine, was ein Mensch tut, geht keinen anderen was an, aber ich für mein Teil fühle mich übergangen. Du hast mir nie genug vertraut, um mich in dein Leben einzubeziehen. Glaubst du, es macht für mich irgendeinen Unterschied, ob du lesbisch bist oder nicht? So gut müßtest du mich doch kennen, oder?»

Frazier wurde es eng um die Brust. Sie kämpfte mit jedem Atemzug. So hatte noch niemand mit ihr geredet, und über ihr Geheimnis hatte sie bisher nur mit Billy gesprochen, wobei das nicht einfach sprechen, sondern teilen war. «Ich vertraue dir, Mandy, wie keinem anderen Menschen.» Sie atmete ein und hörte das gräßliche Rasseln. Mandy stand auf und klopfte ihr sanft auf den Rücken. Es half nichts. Frazier deutete auf das Sauerstoffgerät. Mandy steckte Frazier schnell den Schlauch in den Mund und drehte das Ventil auf. Frazier inhalierte ein paarmal kräftig und legte den Schlauch wieder weg. «Entschuldige.»

«Ich muß mich entschuldigen. Ich hätte den Mund halten sollen.»

Frazier inhalierte noch einmal; die kleinen irisierenden Punkte, die vor ihren Augen getanzt hatten, verschwanden. «Ich muß wohl gedacht haben, niemand würde mit mir zu tun haben wollen, wie ich wirklich bin, und jetzt sterbe ich, ohne daß mich jemand richtig gekannt hat.»

«Ich würde dich gerne kennen.» Mandy lächelte. «Was immer du tust, es ist einfach genial. Du bist eine gute Chefin, und ich glaube, du bist im Grunde ein guter Mensch.»

Frazier schüttelte den Kopf. Sie wußte nicht, was sie sagen sollte.

«Stirb nicht als Fremde», fuhr Mandy fort. «Sag den Menschen, die du liebst, wer du bist, oder schreib's ihnen. Vielleicht brauchen sie dich sogar, und du weißt es bloß nicht. Vielleicht brauchst du sie.»

«Ich will niemanden brauchen.» Fraziers Hände zitterten, als sie den Sauerstoffschlauch wieder an den Behälter klemmte.

«Niemand ist eine Insel», zitierte Mandy.

«Ich habe es versucht.» Frazier faßte sich, und dann gestand sie Mandy etwas, worüber sie außer mit Billy noch mit keinem Menschen gesprochen hatte. «Ich bin lesbisch. Oder vielleicht auch nicht. Sagen wir einfach, ich ziehe sexuell sämtliche Register, aber emotional fühle ich mich mehr zu Frauen hingezogen. Ich habe versucht, es zu unterdrücken. Der Preis, den es mich hätte kosten können... Meine Familie, wie sie nun mal ist. Nicht meine Kunden, Gott sei Dank, aber meine Stellung in der Gesellschaft. Mein Schweigen hat sich in einen regelrechten emotionalen Rückzug verwandelt. Ich konnte die Sache wegschieben, indem ich mich einfach nicht verliebte; ich habe eine Distanz aufgebaut – durch Arbeit, Arbeit und nochmals Arbeit. Aber es tut einfach so weh.» Frazier ließ sich ins Kissen fallen. «Die Menschen sind grausam. *Du* müßtest das doch wissen.»

«Ja, aber ich weiß auch, daß viele Menschen großartig sind, und wer sich nicht um sie bemüht, wird nie erfahren, wie großartig sie sind. Bemüh dich doch um sie, und ich...» Mandy versagte die Stimme. Ihr war, als hätte sie einen Baseball im Hals.

«Mandy, ich weiß nicht mal, ob ich morgen noch lebe. Ich habe eine Überraschung für dich, wenn ich tot bin. Es ist die einzige Möglichkeit für mich, dir zu sagen, was ich fühle. Ich bin nicht besonders gut in so was. Gefühle machen mich fix und fertig.»

Mandy hatte noch viel mehr zu sagen, aber sie sah, wie erschöpft Frazier war, und bekam ein schlechtes Gewissen, weil sie das Thema überhaupt zur Sprache gebracht hatte. Sie küßte Frazier zum Abschied und fragte sich beim Gehen, ob es unverantwortlich von ihr gewesen war, ihre Chefin so zu bedrängen, oder ob sie Frazier womöglich ein Geschenk gemacht hatte.

Zwei Stunden später klingelte das Telefon. Es war Mandy, die sich überschwenglich entschuldigte. Frazier, gerade aus dem Röntgenlabor zurück, war froh, mit einem Menschen zu sprechen, der nichts mit dem Krankenhaus zu tun hatte.

«Mach dir deswegen keine Sorgen», empfahl Frazier. «Leb einfach für zwei, wenn ich nicht mehr da bin – oder nenn dein Erstgeborenes nach mir.»

«Ich werd damit nicht fertig», schluchzte Mandy.

«Du wolltest es doch wissen!»

«Nein, das meine ich nicht. Ich werde nicht damit fertig, daß du krank bist. Entschuldige! Ich wollte dich trösten, nicht von dir getröstet werden.»

«Mandy, mach dir deswegen keine Sorgen. Tröste meinen Bruder. Oder nein, tröste ihn nicht. Er hat ja eine Geliebte.»

«Immer noch dieselbe?»

«Ja, die mit den Cowboystiefeln und den Titten, die so groß sind wie Texas. Ich glaube, sie ist sogar wirklich aus Texas. Die Mädchen dort legen auch großen Wert auf ihre Haare. Ich kenne keine Frau, die so viele Haare auf dem Kopf hat. Allerdings hab ich sie bloß einmal von weitem gesehen.»

«Was sagt Laura zu Miss Texas?»

«Sie glaubt, er hat sie aufgegeben.»

«Woher weißt du, daß das nicht stimmt?» Mandys angeborene Neugierde gewann die Oberhand.

«Als er meinetwegen geheult hat, und ich gestehe, ich hab auch geheult, da habe ich ihr Parfum gerochen: Giorgio. Das Zeug triefte förmlich aus seinen Poren. Laura benutzt Hermès, wie du dir denken kannst. Giorgio ist ihr viel zu aufdringlich. Im Garten-Club würden sie wie auf Kommando die Nasen rümpfen, sogar die Narzissen würden erschauern.»

«So, so», zwitscherte Mandy.

«Sehr richtig, Mädchen. Mein Bruder mag in vieler Hinsicht eine Niete sein, aber als Mann ist er unwiderstehlich. Es ist schwer für eine Schwester, ihren Bruder sexy zu finden, aber seit ich zurückdenken kann, ist Carter ein Triumph des Androgens oder welche Substanz es auch immer ist, die die Mädchen anlockt wie die Fliegen.»

«Meine Mutter sagt immer, Frauen sind wie Fliegen. Sie lassen sich sowohl auf Scheiße als auch auf Zucker nieder.»

«Deine Mutter mag Frauen wohl nicht besonders?»

«Sie hat den Spruch losgelassen, als meine Schwester in einen Mann verknallt war, den Mutter als zu dunkelhäutig für eine Eisenhart befand. Mom ist in dieser Hinsicht ein furchtbarer Snob.»

«Ja, meine auch – was angemessene Verbindungen angeht. Ich schwöre, bevor Charles Diana heiratete, hat Libby nachts wach gelegen und Pläne geschmiedet, wie ich dem Prinzen begegnen könnte. ‹Wenn er dich nur sehen könnte, Süße›, pflegte sie zu sagen. ‹Wer dich sieht, der will dich haben.›»

«Stimmt ja auch.» Mandy schwieg einen Moment, im Hintergrund bellte ihr Hund. «Still, Duncan.»

Der Terrier bellte noch lauter.

«Duncan gehorcht aufs Wort, was?» bemerkte Frazier.

«Verzeihst du mir?»

«Hab ich doch gesagt. Wiederhol dich nicht ständig. Du weißt, ich kann's nicht ausstehen, wenn man mich langweilt.»

«Ich weiß. Vergiß nicht, einen Brief ans Morgen zu schreiben. Versprichst du's?»

«Na klar. Tschüs.»

«Tschüs, Chefin.»

Frazier legte auf. Wie die Klauen des Begehrens wühlten Einsamkeit und Sehnsucht in ihrem Magen. Es gab so viel, was das Leben lebenswert machte. Warum bloß hatte sie ihre Zeit so verplempert? Sie dachte an die ungeküßten Lippen, die ungestreichelten Schenkel, die ungekauften Gemälde. Sie dachte an die Musik, die sie liebte, und sie wünschte, sie hätte noch einmal barfuß auf taubedeckten Frühlingswiesen getanzt. Einfache Freuden, animalische Wonnen, alles hatte sie mit ihrer Karriere und durch ihre Furcht, sich durch zu große Ausgelassenheit zu verraten, verdrängt. Die Spontaneität in ihrem Innern hatte sich in Luft aufgelöst.

Beherrschung. Beherrsche dich. Beherrsche dein Schicksal. Beherrsche dein Gefühl. Schön, sie hatte sich beherrscht. Sie hatte sich dermaßen beherrscht, daß sie keinen Weg einschlug, wenn er nicht direkt zu ihrem Bankkonto führte.

Sie fragte sich, warum sich so viele Menschen, die sich selbst als edel ansahen, so heftig gegen Gefühlsäußerungen, gegen Aufrichtigkeit wehrten. Sie zogen es vor, über Gefühle zu reden, statt sie zu zeigen. Der Witz dabei ist, daß das Gerede über Gefühle sie oft zerstört. Am Ende ist man dann vollkommen blutleer. Fraziers Freunde aus der Oberschicht taten weder das eine noch das andere. Eine einzelne Mohnblume in einer runden Kristallvase auf einer vollendet gestalteten Terrasse konnte Billy Ciceros Mutter in mindestens ebenso große Begeisterungsstürme versetzen wie ein Orgasmus. Was Wunder, daß Billy es wie der Mond hielt und seiner Mutter nie seine dunkle Seite zeigte.

Frazier mußte immer wieder an ungeküßte Lippen denken. Hätte sie als Collegestudentin ihren Mund doch nur zwischen DeeDee Cheatams Schulterblätter gedrückt! Und Frances Peterson. Sie war so scharf mit ihrem endlos langen Körper und den eisblauen Augen. Wer weiß, was passiert wäre, wenn sie nur ein-, zweimal die Hand ausgestreckt hätte. Oder auch öfter. Dann hatte sie Victor Nederlander einen Korb gegeben, was ihre Mutter fast umgebracht hatte.

Victor war ihr Beau gewesen, als sie Mitte Zwanzig war. Sie erinnerte sich an die flaumigen Haare auf seiner Brust. Sie hatte ihn scharfgemacht und ihm hinterher weh getan, denn es hatte ihr keinen Spaß gemacht. Was wäre passiert, wenn sie einfach losgelegt hätte? Hin und wieder war sie mit irgendwelchen Männern oder Frauen nach Charlotte, North Carolina, in ein Hotelzimmer entflohen und hatte ihn oder sie nach dem Wochenende gleich wieder vergessen. Da Frazier einen guten Geschmack hatte, waren es nette Leute, die es wert gewesen wären, daß sie sich an sie erinnerte.

Distanz halten. Sich in nichts hineinziehen lassen. Nicht zuviel preisgeben. Nimm's leicht. Aber die Menschen können es nicht leichtnehmen. Sie hatten Gefühle, auch wenn Frazier keine hatte.

Jetzt hatte sie welche. Aller Schmerz und sogar alle Freuden, die sie in ihren fünfunddreißig Jahren von sich weggeschoben hatte, kehrten wie ein Bumerang zurück und quälten sie mehr als jeder vorstellbare körperliche Schmerz. Wieder rang Frazier nach Atem. Es hämmerte in ihrem Kopf. Sie fummelte nach dem Sauerstoffschlauch und schaffte es, das Gerät anzustellen. Die Luft klärte Verstand und Lungen.

Sie hatte nie einen Menschen wirklich geliebt. Sicher, sie hatte auch niemanden wirklich gehaßt, und dieser Mangel an Leidenschaft hatte sie noch bestärkt in ihrer Weigerung, eine feste Bindung einzugehen. Sie tat noch einen Atemzug, und ihr Gemüt beugte sich unter der Last ihres Kummers.

Sie griff nach dem Gebetbuch, verlockt von den goldenen Lettern «I.H.S.» in der unteren rechten Ecke. Ein zerfranstes rotseidenes Lesebändchen zeugte davon, daß Libby das Büchlein ständig konsultierte. Frazier holte noch einmal tief Luft, dann legte sie den Schlauch weg und drehte die Sauerstoffzufuhr ab. Sie sammelte sich und schlug die Seite 430 auf, die ihre Mutter mit dem Bändchen markiert hatte. Es war die «Anweisung zur Beerdigung der Toten», und Libby hatte das Wort Beerdigung unterstrichen.

Es fehlte nicht viel, und Frazier hätte das Buch wütend an die Wand geknallt. Das einzige, was sie von diesem kleinen Ausbruch abhielt, war die Einsicht, daß der Krach die Patienten im Nebenzimmer stören würde, die vielleicht an Gott weiß was litten. Sie hoffte, sie litten nur an den Schmerzen ihrer Krankheit und nicht an Schmerzen, die ihnen ihre Familien zugefügt hatten.

Sie ließ das Buch wieder in ihren Schoß sinken, und es öffnete sich auf Seite 441. «Responsorien» stand da.

V. *In pace in id ipsum dormiam:* Ich will mich in Frieden niederlegen und schlafen. Keiner lebt für sich allein, und keiner stirbt für sich allein.

Vers: Ob wir daher leben oder sterben, wir sind des Herrn. Keiner lebt für sich allein, und keiner stirbt für sich allein.

Immer fester umklammerte die Sterblichkeit Fraziers kräftige Schultern. Blaue Kälte schoß ihr das Rückgrat hinunter. Sie klappte das Buch zu und kramte im Nachttisch nach ihrem massivgoldenen Montblanc-Füllfederhalter. Sie hatte ihn von Billy zu ihrem letzten Geburtstag bekommen, am 17. September. Er hatte gelacht, als sie fünfunddreißig wurde, und gesagt, in dem Alter habe Dante das *Inferno* geschrieben; im Mittelalter habe mit fünfunddreißig nämlich das mittlere Alter begonnen. Auf ihre Geburtstagskarte hatte er «Willkommen im Mittelalter» geschrieben. Am nächsten Tag rief sie bei Fahrney an, einem Schreibwarengeschäft in Washington, D.C., und erfuhr, daß der Füller 8500 Dollar gekostet hatte.

Ein Telefonbuch konnte als Schreibunterlage dienen. Sie

zerrte die gelben Seiten aus der Schublade. Sie nahm ein Blatt von Mandys Schreibpapier aus dem Karton. Der Schlauch vom Morphiumtropf war ihr beim Schreiben im Weg, drum zog sie ihn sich aus der Vene.

«Verdammt und zugenäht, wenn ich sterben muß, will ich es auch merken, wenigstens bevor ich abkratze, will ich etwas fühlen.»

Dann fing sie an. Sie schrieb und schrieb und schrieb. Mandy hatte einen Brief pro Tag vorgeschlagen, aber Frazier schrieb einen nach dem anderen. Sie schrieb an Billy, an ihre Mutter und an ihren Vater, an Carter, an ihre Tante Ruru, die sie anbetete, an Ann, an Kenny Singer und zuletzt an Mandy. Als sie bei Mandy anlangte, war sie so erschöpft, daß sie nur «Danke» schrieb.

Es war unterdessen weit nach Mitternacht, und sie spürte den Morphiumentzug. Ihr war speiübel. Sie klebte Briefmarken auf die Kuverts und legte sie auf den Nachttisch.

Sie würde sterben. Nie hatte sie sich so elend gefühlt. Sie zitterte vor Übelkeit. Sie erwog, sich die Morphiumnadel wieder in die Vene zu rammen, war jedoch entschlossen, zu fühlen, in ihren letzten Momenten wenigstens diesen Schmerz zu spüren. Immerhin würde sie in dem Bewußtsein sterben, daß sie den Menschen, denen sie vielleicht hätte nahestehen können, die Wahrheit gesagt hatte. Vielleicht könnte ihr Tod oder ihre Wahrheit ihnen ein Ansporn sein, vielleicht könnten sie sich ändern und im Schutt ihrer Psychen ein paar Scherben Glück finden.

Frazier knipste das Licht aus. Ihr fiel ein, daß heute Aschermittwoch war. Warum sie daran denken mußte, wußte sie nicht, aber es steckte in ihrem Kopf wie Baumwolle an der Samenkapsel. Sie überlegte, ob sie die Schwester herbeiklingeln oder ihren Pastor rufen sollte, damit er ihr die Sterbesakramente spendete. Nein, sie hatte dieses Leben grundsätzlich allein gelebt. Sie wollte auch allein sterben. Erhitzt sank Frazier Armstrong in einen tiefen Schlaf, aus dem sie nie zu erwachen gedachte.

Der Abstieg zur Hölle hatte begonnen.

3

Bis zum offiziellen Frühlingsanfang waren es noch drei Wochen, doch schon warf das frühe Dämmerlicht einen sanfteren grauen Schimmer über den Horizont. Die Frösche unten am See quakten auch schon; offizielle Daten waren ihnen offensichtlich ziemlich schnuppe. Pferde, Katzen und Hunde verloren ihr Winterfell, und bald würden die Rotkehlchen wieder auf der Suche nach einer geeigneten Nestbaustelle an Zäunen und Büschen entlangschwirren. Ein Reiher am Seeufer wirkte in dem fahlen Licht geradezu geisterhaft.

Dr. Yancey Weems joggte auf dem Lehmweg seines Grundstücks und atmete die kühle, feuchtschwere Luft ein. Laufen bei vier bis fünf Grad bekam ihm gut, und als Internist war es für ihn inzwischen ganz normal, vor dem Morgengrauen aufzustehen. Wie die meisten Frühaufsteher war er stolz auf diese Gewohnheit und fühlte sich den Langschläfern überlegen, die um halb acht oder gar erst um acht Uhr aufwachten. Sein Pieper störte ihn in seinen Tagträumen und brachte seinen Rhythmus durcheinander. Fluchend machte er kehrt und lief zu seinem Gartenschuppen, wo ein Telefon war.

Yancey sollte sofort Thornton Rogers anrufen, den Chef der Onkologie am Albemarle General Hospital in Charlottesville. Er wußte, das würde kein erfreulicher Anruf. Welcher von seinen Patienten wohl aufgegeben hatte?

«Thornton, hier Yancey.»

«Beweg deinen Hintern auf dem schnellsten Wege hierher, Yancey», kommandierte Thornton. Thornton kommandierte alle, ausgenommen seine Frau. «Wir haben ein Problem.»

«Um wen geht's?»

«Mary Frazier Armstrong. Mach, daß du herkommst.»

4

Der Glorienschein der Sonne funkelte über den Horizont und verkündete Hoffnung, Glück und einen neuen Tag. Apoll hatte seine Schwester am Himmel wieder abgelöst, die Sonne gab dem Mond einen Abschiedskuß, und der Tag freute sich seines Sieges.

Yancey Weems, von Thornton Rogers auf diese Mission geschickt, beugte sich über Fraziers reglose Gestalt. Die Krankenschwester schob leise den Morphiumtropf und die anderen Apparate beiseite.

«Mary Frazier.» Yancey hörte sich zittrig an. «Mary Frazier, aufwachen.»

Frazier wälzte sich herum. Die Reste von Terese Colliers Make-up hatten sich von ihrem Gesicht auf das Kissen verteilt.

«Hier.» Yancey reichte ihr eine Tasse richtigen Kaffee. «Kommen Sie erst mal zu sich.»

Die heiße Flüssigkeit brachte ihr inneres Getriebe sofort

auf Touren. «Ich bin schon da. Ich meine, mein Gehirn wärmt sich auf.»

«Hm, meine liebe Mary Frazier, wir kennen uns schon lange. Ich kenne Ihre Familie, seit ich hierherzog, um meine Praxis zu eröffnen, und...» Yanceys Oberlippe war mit Schweißperlen bedeckt, obwohl es nicht heiß war. «Und ich habe eine wunderbare Nachricht, aber bitte machen Sie mir keine Vorwürfe. Ich werde mich um alles kümmern, das schwöre ich.»

«Könnten Sie zur Sache kommen? Ich mag im Sterben liegen, aber doof bin ich nicht.»

«Das ist es ja. Sie werden nicht sterben. Sie sind so gesund wie ein Pferd, Sie haben nur eine schwere Bronchitis und leiden offensichtlich unter starkem Streß. Arbeit, nehme ich an.»

Frazier rührte keinen Muskel. Dann betastete sie ihr Gesicht. Sie faßte sich ans Handgelenk, um ihren Puls zu fühlen. Sie kniff sich in den Arm, dann rief sie: «Danke, Jesus!» Die anderen Patienten fielen ihr ein. «Verzeihung, Yancey.»

«Keine Sorge, das ist doch nur zu verständlich. Ich würde auch einen Freudentanz aufführen. Die ganze Geschichte beruht auf einem Computerfehler, ich möchte Ihnen das erklären. Wir geben die Daten zusammen mit der Sozialversicherungsnummer und einer Laborkarteinummer ein, und irgendwie sind Ihre Daten mit denen eines anderen Patienten verwechselt worden, der ähnliche Symptome hat wie Sie. Ich nehme an, eine Laborantin hat eine falsche Taste gedrückt. Die Röntgenaufnahmen von gestern abend zeigen, daß Ihre Lungen in Ordnung sind – erstaunlich, wenn man bedenkt, daß Sie rauchen. Sicher, Ihre Bronchien sind angegriffen, aber», er holte tief Luft, «Thornton Rogers und ich hätten das sofort erkannt, wenn wir die Röntgenaufnahmen gleich bekommen hätten.»

«Ist mir schnurzpiepegal, wie das gelaufen ist, ich bin bloß froh, daß ich leben werde, o Gott, und wie ich leben werde! Schluß mit meinen zwei Schachteln Zigaretten am Tag. Nie wieder. Es ist einfach zu schrecklich, das Risiko, Krebs zu kriegen. Ich bin noch einmal davongekommen.»

«Ich wünsche Ihnen sehr, daß Sie sich an diese Worte halten werden», mahnte Yancey freundlich. «Also, wir werden Ihnen Tabletten verordnen, damit Sie sich leichter vom Morphium entwöhnen. Und bitte lassen Sie mich das mit dem Morphium erklären. Es beruhigt den Atem, und da wir von Krebs in fortgeschrittenem Stadium ausgegangen waren, hielten Thornton und ich Schmerzlinderung für die humanste Vorgehensweise.»

«Ich hab mir das verdammte Ding gestern abend aus dem Arm gerissen. Ich will keine Präparate, Tropfe oder Ärzte mehr.» Sie lächelte verschmitzt.

«Trotzdem, das Zeug ist sehr stark. Und vergessen Sie nicht, wir dachten, Sie hätten unerträgliche Schmerzen. Unsere Klinik nimmt es mit der Behandlung von Patienten im Endstadium an sich sehr genau. Der Morphiumentzug wird problemlos für Sie sein, und ich verschreibe Ihnen Antibiotika gegen Ihre Bronchitis. Sie werden sich im Nu wie neugeboren fühlen.»

Fraziers Blick wurde starr. Sie wandte sich von dem plappernden Thornton ab und sah auf den Nachttisch. Die Briefe waren weg. Sie sprang aus dem Bett und kniete sich auf den Fußboden, spähte unters Bett.

«Die Briefe – meine Briefe!»

«Wie bitte?» Yancey blinzelte. Wie gewisse Männer dazu kamen, Hornbrillen schick zu finden, war Frazier schleierhaft. Männer sahen damit nicht klug, sondern wie Schwachköpfe aus.

«Yancey, ich habe acht frankierte Briefe auf den Nachttisch gelegt. Und jetzt sind sie weg.»

«Die Schwester wird sie zum Empfang gebracht haben.»

Frazier schoß durch die Tür wie eine Olympia-Sprinterin aus den Startblöcken. Yancey erstarrte und sauste dann hinterher. Frazier schlitterte an das große runde Empfangspult in der Mitte der Station.

Eine ältere Krankenschwester stand erschrocken auf, «Miss Armstrong, Sie müssen Ihre Kräfte schonen. Warten Sie, ich helfe Ihnen...»

«Die Briefe. Wo sind meine Briefe?» Fraziers Pupillen waren so weit wie die einer Katze auf Raubzug.

Yancey sagte mit seiner Doktorstimme zu der Schwester: «Die Patientin hatte einen Schock, einen positiven Schock, was mich sehr freut, aber sie hat Briefe auf ihren Nachttisch gelegt und scheint sehr besorgt deswegen, wissen Sie vielleicht...»

«Brenda hat die Post um sieben Uhr mitgenommen, wie immer.» Die Schwester sah auf die Uhr. «Sie sind um halb acht mit der Post rausgegangen.» Dann lächelte sie. «Wir sind hier sehr akkurat. Machen Sie sich keine Sorgen. Ihre Briefe werden unbeschadet ankommen, Miss Armstrong, Ihre Lieben in der Stadt werden sie morgen erhalten, nach auswärts dauert es vielleicht zwei bis drei Tage länger. Gehen Sie schön wieder ins Bett und machen Sie sich wegen der Briefe keine Sorgen.»

Frazier wurde blaß. Yancey führte es auf den Morphiumentzug zurück. Da konnte es schon mal zu Stimmungsschwankungen kommen.

«Ich muß zur Hauptpost. Ich muß die Briefe zurückhaben.»

«Das geht nicht.» Yancey legte den Arm um sie und wollte sie wieder in ihr Zimmer führen. «Es ist ein Staatsvergehen, in den Postweg einzugreifen. Sind Briefe erst einmal im Verteiler oder im Sack, gehören sie der Geschichte an. Nicht einmal der Präsident der Vereinigten Staaten könnte einen

Brief zurückbekommen, wenn die Post ihn erst einmal in Händen hat.»

«Der Präsident der Vereinigten Staaten könnte nicht mal seinen Arsch mit beiden Händen finden.» Jetzt schoß wieder Farbe in Fraziers Gesicht. «Sagen Sie mir nicht, was ich nicht tun kann.»

«Mary Frazier, was ist daran so verdammt wichtig? Sie werden leben. Setzen Sie sich hin, rufen Sie Ihre Angehörigen an, und teilen Sie ihnen die gute Nachricht mit. Sie sind psychisch noch labil, vielleicht haben Sie sogar leichte Wahnvorstellungen. Das ist unter diesen Umständen ganz natürlich.»

«Würden Sie so freundlich sein und den Mund halten!» Fraziers Augen blitzten. «Ich bin nicht labil. Ich brauche keine Therapie. Ich stecke bis zum Hals in der Scheiße wegen der *Briefe*.»

Yancey ließ den Arm sinken, den er um ihre Schultern gelegt hatte. Er war eher verblüfft als gekränkt. Die Frauen in Virginia waren furchtbar direkt. Als er von der New Yorker Uni nach Virginia gekommen war, hatte er festgestellt, daß der Mythos von der zarten Südstaatenfrau tatsächlich nur ein Mythos war. Diese Frauen waren distinguiert, ungeheuer gesittet und heldenhaft gelassen, aber dabei waren sie verdammt hart und zäh und ließen sich kein X für ein U vormachen.

Frazier atmete tief durch die Nase ein, dann hustete sie. Wieder dieses verdammte Rasseln, die Bronchitis. «Ich habe allen geschrieben und ihnen die Wahrheit gesagt – die Wahrheit über mich und die Wahrheit über sie.»

Er klopfte ihr auf den Rücken. «Ist das alles? Ihre Angehörigen und Freunde wissen, daß Sie dachten, Ihnen stünde der Tod bevor. So schlimm kann es doch nicht sein. Sie sind überdreht. So erfreulich Ihr Erlebnis ist, es ist auch sehr erschütternd. Immerhin hatten Sie gedacht, Sie würden sterben, und nun ist auf einmal alles ganz anders. Machen Sie sich deswegen keine Gedanken.»

Frazier blieb stehen und sah ihm ins Gesicht. «Yancey Weems, was, glauben Sie, würde passieren, wenn Sie den Menschen in Ihrem Leben geschrieben hätten, was Sie wirklich von ihnen denken?»

Er zögerte einen winzigen Augenblick und sagte dann in aufrichtigem Ton: «Jetzt verstehe ich, was Sie meinen.»

5

Frazier chauffierte sich selbst nach Hause. Sie rief alle an: Billy, Kenny, Mandy, Tante Ru und natürlich Ann. Hosiannarufe stiegen zum Himmel. Sie erzählte ihnen nicht, daß ihnen am nächsten Tag ihre Wortgranaten in die Briefkästen geworfen würden. Schließlich würde sie früh genug so manches zu hören bekommen, und jetzt wollte sie sich erst einmal vierundzwanzig Stunden Ruhe gönnen. An Frieden glaubte sie nicht mehr, seit sie wußte, daß sie die Briefe nicht zurückbekommen konnte.

Sie rief auch Harvey McIntire an, den Präsidenten des Country-Clubs, um ihm mitzuteilen, daß sie die Aufsicht über das Feuerwerk am Vierten Juli wie immer übernehmen werde. Harvey war doppelt begeistert. Erstens, weil sie lebte, und zweitens, weil er nun doch nicht jemand anderen anlernen mußte.

6

Knospende Narzissen stellten Libby Armstrongs Geduld auf die Probe. Sie plante, Frazier zu Ehren nächste Woche ein Festessen zu geben, und sie wollte das Haus mit Blumen füllen, als Vorboten für Ostern und den Frühling.

Das Flappen eines losen Keilriemens verkündete ihr die Ankunft des Briefträgers in der Einfahrt. Wenn sie den Jeep nicht hörte, hörten ihn meistens die Hunde. Libby warf sich einen Schal um die Schultern und kam gerade rechtzeitig zum Briefkasten, um dem Postboten auf seinem Weg zur nächsten sündhaft teuren Villa auf dem Country-Club-Gelände zuzuwinken. In der Ferne schlugen vier Golfspieler, dick eingemummelt gegen den schneidenden Wind, tapfer ihre Bälle vom Tee.

Libby lief schnell ins Haus und in die Küche. Sie legte die Post sorgsam auf den Tisch und strich sich ein Brot. Dann setzte sie sich, um die Post zu Häufchen zu sortieren. Der Rechnungshaufen wuchs und wuchs; es war deprimierend. Ein paar Zeitschriften, darunter Franks geliebtes *Field and Stream*, waren da schon angenehmere Post. Zum Schluß blieben drei Briefe: einer von der Kirche und zwei schöne, blaugesprenkelte Umschläge, in Fraziers kräftiger, steiler Handschrift adressiert.

Libby schlitzte das Kuvert mit ihrem Namen auf und legte den silbernen Tiffany-Brieföffner parallel neben den Zeitschriftenhaufen.

Sie faltete den Brief auseinander, und bald klappte ihr der Kinnladen herunter.

Liebe Mutter,
wenn Du dies liest, bin ich höchstwahrscheinlich schon tot. Es war kein schlechtes Leben, aber es war auch kein richtig gutes

Leben. Ich sehe ein, es war hauptsächlich meine Schuld, aber Du hattest auch Deine Hand im Spiel.

Da ich keine Mutter bin, kann ich mich in diese anstrengende Aufgabe nur schwer hineinversetzen. Ich weiß, Carter und ich haben Dich auf die Palme gebracht, aber Kinder sind nun mal selbstsüchtige kleine Ungeheuer, und es erfordert fast zwei Jahrzehnte Disziplinierungsmaßnahmen, um ihnen ein Minimum an gutem Benehmen einzutrichtern. Du hast Dir diese Aufgabe ausgesucht. Während es klar ist, daß weder Carter noch ich sie uns ausgesucht haben.

Wir waren und bleiben Deine Geiseln für die Zukunft. Wir mußten auf Partys aufmarschieren, immer nach der neuesten Mode ausstaffiert. Wir bekamen jede denkbare Lektion erteilt, um die richtigen von den falschen Freundschaften unterscheiden zu können und immer in Höchstform zu sein: Tennis, Schwimmen, Golf, Musik, Tanzstunden -- ich weiß, daß meine Einführung in die Gesellschaft ein Heidengeld gekostet hat. Du hast Dir Lacrosse- und Hockeyspiele angeguckt, obwohl Du es nicht ausstehen konntest. Carters Football war Dir lieber, aber Du liebtest ja alles, was Carter besser machte als ich.

Du hast mir beigebracht, Recht und Unrecht, richtig und falsch voneinander zu unterscheiden. Du hast die endlosen Pflichten der Mutterschaft auf Dich genommen. Du hast mir wunderbare Disziplin und ein eisernes Verantwortungsgefühl eingetrichtert, aber, Mutter, Du hast mich nie geliebt. Vielleicht bin ich einfach nicht liebenswert – wenigstens für Dich nicht –, oder vielleicht war ich einfach eine griffbereite Waffe im Kleinkrieg zwischen Dir und Dad. Was auch immer, ich kann mich nicht erinnern, daß Du mich je geküßt oder umarmt hättest, außer wenn Du damit Deinen Freundinnen imponieren wolltest. Ich erinnere mich nur an endlose Kritik. Ich war nie gut genug.

Du bist ranzig vor Unglück, Mutter, und ich weiß im Grunde nicht, warum. Hat Dein Leben Deine Erwartungen nicht erfüllt?

Tut es das denn bei anderen? War es meine Schuld? Oh, ich weiß, es war Dads Schuld. Warum läßt Du den Ärmsten nicht in Ruhe? Sicher, er ist nicht gerade ein aufregender Typ. Aber er war ein guter Vater, ein guter Ernährer.

Wenn ich Dich auf irgendeine Art dazu bringen könnte, daß Du in Dich gehst, Dich veränderst, das ganze schwere Gepäck abwirfst, das Du mit Dir herumschleppst, ich würde es tun, aber ich kann es nicht. Dein Unglück ist Teil Deiner Identität geworden. Ich glaube nicht, daß Du Dich davon trennen willst.

Ich könnte ganze Bände darüber schreiben, wie Du Bruder und Schwester gegeneinander ausgespielt hast, aber ich verzichte darauf. Halt Dich aus Bruddas Leben heraus, Mom. Laß ihn los.

Eine Kleinigkeit noch. Du hast mich nie wirklich gekannt. Du hast es nie wirklich gewollt. Ich habe achtzehn Jahre in Deinem Haus gelebt, und nachdem ich das College hinter mir hatte und aus New York zurückkam, habe ich keine dreißig Kilometer von Dir entfernt gewohnt, aber Du weißt nichts von mir. Früher habe ich mir gewünscht, Du wüßtest, wer ich bin, was ich denke und fühle, aber diesen Wunsch habe ich in der sechsten Klasse aufgegeben. Du sollst wissen, daß ich lesbisch bin. Eigentlich bin ich wohl bisexuell, aber ich habe immer gespürt, wenn ich mich eines Tages verlieben würde, dann in eine Frau. Ich wünschte, dieser Umstand wäre nicht wichtig, aber in unserer engstirnigen kleinen Welt ist er wohl ein so großes Hindernis wie der Mount Rushmore. Ich bereue, daß ich mich versteckt, daß ich meine Neigung unterdrückt habe. Wenn Du dies gelesen hast, wirst Du ohne Zweifel froh sein, daß ich tot bin. Schließlich erspare ich Dir so gesellschaftliche Peinlichkeiten. Was würden sie im Garten-Club denken?

So, Mutter, Du wirst auf meinem Begräbnis Tränen vergießen, aber Du wirst mich nicht wirklich vermissen. Du hast mehr verloren, als Du Dir vorstellen kannst, aber das habe ich auch. Ich hatte nie eine Mutter. Ich hatte einen Feldwebel.

Mary Frazier

Libbys enormer Diamant warf regenbogenfarbene Lichtblitze ins Zimmer. Ihre Hand zitterte so heftig, daß die Wände wie besprenkelt aussahen. Sie knirschte wütend mit den Zähnen, dann schnappte sie sich Franks Brief. Völlig außer sich rannte sie ins Badezimmer. Sie konnte kein Versteck für den Brief finden. Schließlich öffnete sie den Schlafzimmerschrank und fuhr hektisch mit der Hand an ihren Kleidern entlang. Dann erspähte sie eine Hutschachtel auf dem oberen Bord, streckte sich auf die Zehenspitzen und zog die Schachtel hangelnd von der Kante. Sie öffnete sie und legte den Brief hinein. Sie versuchte, die Schachtel wieder auf das Bord zu heben, aber sie fiel immer wieder herunter. Fluchend, heulend und zitternd zog Libby den geblümten Ohrensessel heran, stieg darauf und stellte die Hutschachtel schließlich sicher auf das Bord.

Es kam ihr nicht in den Sinn, Franks Brief zu lesen. Bei allen Fehlern, die Libby hatte, in den Privatsachen anderer Menschen würde sie nie herumschnüffeln.

7

Mary Russell Spitler, Frank Armstrongs ältere Schwester, riß den blauen Umschlag auf. Ruru, wie sie genannt wurde, war nicht geduldig genug, um etwas ordentlich zu öffnen. Sie schüttelte den Brief heraus, setzte ihre Brille auf und las.

Liebe Tante Ruru,
wenn Du dies liest, bin ich höchstwahrscheinlich schon tot. Ich möchte nicht gehen, ohne Dir zu sagen, daß ich Dich immer geliebt habe und gerne Deinen Namen trug, obwohl es Mutter schier umbrachte, mich Mary zu nennen. Sie hat ja auch nie Mary zu mir gesagt, stimmt's? Ich schätze, Frazier paßte besser zu mir.

Ich liebe Dich, weil Du nie versucht hast, jemand anders zu sein als Du selbst. Du bist offen, nicht eingebildet, stehst mit beiden Beinen fest auf dem Boden. Ich habe mir immer gewünscht, Deine Tochter zu sein. Ich liebe Deinen Sinn für Humor, und ich bin dankbar dafür, daß Du mich nie mit Carter verglichen hast und umgekehrt. Du hast uns beide geliebt und so akzeptiert, wie wir waren und geworden sind.

Oberflächlich gesehen, habe ich ein anständiges Leben geführt, aber, Ruru, ich war nie so großmütig wie Du. Ich habe nie etwas verschenkt, ohne mir die Konsequenzen auszurechnen. Wie du mir, so ich dir – das bin ich. Ich glaube, ich habe es glänzend verdeckt, aber da Mom und Dad so viel Geld für Tanzstunden und Privatschulen ausgaben, habe ich natürlich Manieren und auch eine anständige Bildung mitbekommen.

Ich wünschte, ich wäre öfter mit Dir zusammengewesen. Ich wünschte, ich wäre Dir ähnlicher.

Ich möchte Dir etwas von mir erzählen. Warum, weiß ich selbst nicht genau. Vielleicht spielt es keine Rolle, aber ich habe ein schlechtes Gewissen, weil ich damit nicht zu Dir gegangen bin. Mach Dir nichts draus, ich habe es auch sonst niemandem gesagt. Ich bin fünfunddreißig Jahre alt und habe mich noch nie verliebt. Nicht ein einziges Mal. Klar, ich bin mit Leuten ins Bett gestiegen, nicht mit allzu vielen, aber es waren genug, um das Gefühl zu haben, aktiv zu sein. Aber Liebe? Nein danke. Mir wäre die Nähe zuviel gewesen, vermute ich, oder vielleicht hatte ich Angst, so zu enden wie Mom und Dad. Der andere Grund, warum ich mich der Versuchung der Verletzbarkeit nicht aus-

gesetzt habe, ist, daß ich homosexuell bin, was immer das heißt. Hätte ich nach meiner Neigung gelebt, ich hätte alles verloren, wofür ich gearbeitet habe – dachte ich jedenfalls, und ich bin ziemlich sicher, daß das tatsächlich mein Schicksal gewesen wäre.

Ich werde nie fühlen, was Du für Onkel Paul gefühlt hast, er ruhe in Frieden, und wenn ich ihn treffe, werde ich ihn umarmen und ihm einen dicken Kuß von Dir geben. Du hast Liebe erfahren und warst klug genug, Dir einen guten Mann zu suchen.

Ich habe mein Leben mit Dingen angefüllt. Alle Welt schien mich gern zu haben. Ich war in der Schule beliebt, aber, Tante Ruru, ich war dabei so leer wie ein Kürbis.

Ich bereue, daß ich mich selbst betrogen habe. Ich hoffe, daß ich wenigstens Dich nicht betrogen habe. Ich habe Dich so sehr geliebt.

Frazier

Ruru wischte sich die Tränen aus den Augen. «Armes Baby», sagte sie laut zu sich. Dann dachte sie lange und gründlich darüber nach, was nun zu tun war.

8

Die Hauptpost, ein großes, altes und häßliches Gebäude, nahm einen halben Häuserblock in der Innenstadt ein. Carter Armstrong schlenderte über den schwarz-roten Marmorboden. Er winkte den Männern und Frauen hinter den Schaltern, nickte Bekannten zu, tippte vor den Damen an seine Redskins-Baseballmütze und kramte dann in seiner

Tasche nach dem Postfachschlüssel. Schwungvoll öffnete er das Messingtürchen mit dem rechteckigen Fensterchen und zog gleich eine ganze Handvoll ärgerlicher Sendungen hervor: Jeder noch so kleine Versandhauskatalog des Kontinents schien den Weg in sein Schließfach zu finden. Er hatte nichts dagegen, wenn sie ihm ins Haus gebracht wurden, aber sein Postfach schienen sie irgendwie zu entweihen.

Er nutzte das Postfach für Geschäftsbriefe und gelegentliche Briefe von Freundinnen. Alles andere ging an seine Privatadresse.

Nachdem er es geschafft hatte, an der Universität von South Carolina durchzurasseln, war Carter wieder nach Charlottesville zurückgeschlichen und hatte im Heimstudium seine Lizenz als Grundstücksmakler erworben. Zum Glück war die Prüfung damals leichter als heute, aber Carter war ja auch nicht dumm, bloß faul. Er hatte drei Jahre als Immobilienmakler in der Agentur Blue Sky Realty gearbeitet. Er hatte einen Fortbildungskurs belegt und seine Maklerprüfung bestanden, dann hatte er Horse and Hound, seine eigene Immobilienfirma, eröffnet. Da Charlottesville inmitten eines großen Jagdreviers lag, hatte er sich auf Farmen und Landgüter spezialisiert. Dank seiner ungezwungenen Umgangsformen und seines Gespürs für das Land verkaufte Carter große Ländereien und konnte sogar einige tüchtige Makler für sich gewinnen. Mit etwas mehr Motivation und etwas weniger Alkohol hätte er gut verdienen können.

Fraziers Brief sprang ihm ins Auge. Die Handschrift seiner Schwester hätte er überall erkannt. Ihre kühnen, breiten, mit Tinte geschriebenen Buchstaben standen aufrecht wie Soldaten. Seine eigene Schrift war stark nach rechts geneigt und schnörkelig. Glücklicherweise war sie trotzdem gut zu lesen.

Er lehnte sich an den großen Eichentisch, der in der Mitte des Schließfachraums stand, und schlitzte mit dem Fingernagel den Umschlag auf. Er nahm den Brief heraus und las.

Lieber Brudda,
wenn Du dies liest, bin ich höchstwahrscheinlich schon tot. Ich habe alles ernst gemeint, was ich Dir bei Deinem heutigen Besuch sagte. Ich wünschte, Du könntest den Anker lichten und abhauen.

Ich habe Dir nicht gesagt, daß ich weiß, daß Du noch mit Sarah Saxe zusammen bist. Ich nenne sie Sarah Sex, weil sie heißer sein muß als Wüstensand, so wie sie Dich anheizt. Ich weiß, Du hast Laura versprochen, Dich von Sarah zu trennen. Offensichtlich bringst Du es nicht fertig.

Glaub nicht, daß ich jetzt eine geharnischte Predigt aufs Papier haue und Dir vorwerfe, wie mies Du bist. Das werde ich nicht tun. Was immer diese Frau hat, Du brauchst es. Du hast Affären gehabt, seit Du im Stimmbruch warst, aber diesmal ist es anders. Ich weiß nicht, ob Dir das klar ist oder ob Du auch diesmal meinst, es ginge nur um phantastischen Sex. Ich weiß wohl, daß sie nicht «salonfähig» ist, wie Mutter sagen würde, und daß Du sie nicht mit in den Country-Club nehmen wolltest. Du warst doch sonst immer so aufsässig, warum jetzt plötzlich so angepaßt? Was ich sagen will, lieber Bruder: Ich bin überzeugt davon, daß Du diese Frau liebst.

Die Liebe hatte für mich nie Priorität. Sie kam in meinem Leben gar nicht erst vor. Ich war ein Volltrottel. Komisch, Verliebte gelten ja gemeinhin als Trottel, aber ich schwöre Dir bei meinem letzten Atemzug, die eigentlichen Trottel sind die, die es mit der Liebe gar nicht erst versuchen.

Daß ausgerechnet ich Dir rate, Laura zu verlassen, wird wahrscheinlich ein Schock für Dich sein. Als Ehefrau mag Laura ja okay sein, aber andererseits bin ich ja auch nicht mit ihr verheiratet. Sie ist konventionell, sie ist salonfähig, sie gefällt

Mutter. Überlaß ihr das Haus, den Wagen und genug Geld zum Leben, bis sie imstande ist, irgendwas zu arbeiten. Es würde Laura nicht schaden, auf ihre wöchentlichen Friseurtermine, Maniküren, Therapiestunden, Aerobic-Kurse, Garten-Club-Treffen mit unserer Mutter, Tennisstunden, Bridgerunden und was sie sonst noch macht, zu verzichten. Ich sollte wohl auch den Herzfonds nicht vergessen. Keine anständige Dame vergißt, Gutes zu tun. Ein guter Zweck, aber schließlich geht es bei solchen Spenden ja immer um einen guten Zweck. Eine Dosis reale Welt, und Laura würde endlich einmal den Wert eines Dollars zu schätzen wissen.

Heute sterbe ich. Morgen könntest Du dran sein. Die Liebe ist es wert, daß man um sie kämpft, Carter. Tu's.

Ich habe es nie getan. Ich bin lesbisch. Ich weiß nicht, ob Du's wußtest. Wir haben nie darüber gesprochen, und ich habe, glaube ich, nicht einmal Andeutungen darüber gemacht, daß ich einem alternativen Lebensstil zuneige, wie man heute sagt. Scheißdreck. Ich bin niemandes Alternative. Um ehrlich zu sein, als Lesbe habe ich versagt, aber wenn ich den Mumm gehabt hätte, ich glaube, ich hätte mich in eine Frau verliebt. Verwechsle das nicht mit purem Sex. Männer verwechseln das immer. Aber jetzt spielt es ja eh keine Rolle mehr. Ich hab's verpatzt.

Du machst lieber selbständig einen Fehler als mit fremder Hilfe etwas richtig. Du bist ein ausgemachter Taugenichts und ein Dickschädel, Bruderherz, und merk Dir diese Worte aus dem Grab. Und was den Taugenichts betrifft, nun gut, das könnte in der Familie liegen. Weißt Du noch, wie Onkel Ray stockbesoffen seinen Volkswagen vom Steg in den See gefahren hat? Er ist wieder an Land geschwommen und hat sich Mutters Geschrei anhören müssen, was für ein elender Säufer er sei. Er hat sich vor ihr verbeugt, ist in ihren Volvo-Kombi gestiegen und hat ihn auch noch vom Steg gefahren! Wenn ich Onkel Ray im Jenseits sehe, sofern es ein Jenseits gibt, werde ich ihm sagen, daß es hier ohne ihn öde geworden ist. Er war der einzige, der sich Momma wider-

setzt hat. Ich habe mich ihr nie widersetzt. Ich habe mich zurückgezogen und gemacht, was ich wollte. Immer noch besser, als ihr nachzugeben, aber trotzdem...

Wenn ich leben könnte, Carter, ich würde Momma die Meinung sagen. Ungelogen.

Okay. Das war's. Denk an die Liebe. O ja, ich habe Dich geliebt, auch wenn es nicht immer so aussah. Verstehst Du, was ich meine?

Schwesterherz

Carter las den Brief noch einmal, um sicherzugehen, daß er ihn verstanden hatte. Er überlegte eine Minute, dann warf er den Kopf zurück und brüllte: «Suu-per!»

9

Ann Haviland öffnete die Tür ihres hübschen Heims in der Innenstadt. Das 1892 erbaute Haus mit den hohen Räumen und verzierten Kaminen war ihr ganzer Stolz. Da man im Stadtzentrum von Charlottesville billiger wohnte als draußen auf dem Land, im Albemarle County, konnte sie sich das Haus leisten. Die durch den Briefschlitz geworfene Post war über den ganzen Fußboden verstreut. Ann zog an der Tür ihre Schuhe aus und bückte sich, um die Post aufzuheben. Verletzt, weil Frazier in ihren letzten Stunden allein sein wollte, ging sie mit ihrem Brief ins Wohnzimmer.

In der Annahme, es sei ein zärtlicher, romantischer Brief, nun ja, so romantisch, wie Frazier es eben vermochte, machte Ann Feuer im Kamin. Draußen pfiff ein kalter Wind und erinnerte sie daran, daß der Winter trotz der Frühlingsanzeichen noch nicht vorbei war.

Sie ließ sich in ihren Lieblingssessel fallen und öffnete den Brief.

Liebe Ann,
wenn Du dies liest, bin ich höchstwahrscheinlich schon tot.

Anns Augen verschleierten sich erwartungsvoll. Sie las weiter.

Ich habe Dir im Leben nicht viel gegeben. Vielleicht kann ich Dir im Tod etwas geben. Die Wahrheit.

Du hast immer gesagt, Du wünschtest Dir meine Liebe. Ich bin nie dahintergekommen, ob Du Liebe wolltest oder einfach nur bedingungslose Unterwerfung. Offensichtlich bin ich zu keinem von beidem imstande. Vielleicht liegt es an mir, vielleicht liegt es an Dir, vielleicht liegt es daran, wie die meisten Frauen erzogen wurden. Du wolltest immer wissen, was ich fühlte, Du wolltest unsere Beziehung ständig in eine bestimmte Richtung drängen.

Ann, ich wollte keine Beziehung, die ich wie einen zweiten Beruf empfand. Du empfindest offenbar mehr als ich. Ich spiele gern Golf, ich lese gern gute Bücher und gehe gern ins Kino, wenn ich nicht arbeite, auch wenn das selten vorkommt. Du warst beleidigt, wenn ich Dir keine zärtlichen Kärtchen schickte oder Dir nicht sagte, wie hübsch Du aussahst oder wie sehr ich Dich brauchte, oder was ich sonst alles nicht getan habe. Vor allem hatte ich nicht genug Zeit für Dich.

Und wenn wir zusammen waren, haben wir uns versteckt. Gott behüte, niemand durfte erfahren, daß wir miteinander schliefen. Wir sind in männlicher Begleitung ausgegangen. Diese Männer sind natürlich so schwul wie wir, aber die Fassade mußte gewahrt bleiben. Ich weiß, ich war da schlimmer als Du.

Du hast gesagt, Du befürchtetest, Deinen Job bei der Bank zu verlieren. Vielleicht hättest Du ihn verloren, vielleicht auch nicht. Besser, man verliert seinen Job als seine Integrität. Ich weiß, ich hab leicht reden, ich bin tot – fast. Mir wird jetzt klar, daß ich schon tot war, während ich noch atmete, tot, unempfänglich für Leidenschaft, für Aufrichtigkeit, für Hingabe, unempfänglich für den Schmerz, den das Leben mit sich bringt, und dieser Schmerz ist so gemein verpackt, wenn man schwul ist.

Ich schreibe vermutlich wirres Zeug. Ich habe mir den Morphiumschlauch aus dem Arm gerissen. Ich fühle mich gräßlich, als würde ich in eine Spirale der Schmerzen hinabgezogen. Du magst es, wenn man sich gut ausdrückt, und mir kommt allmählich mein Stil abhanden.

Ich will Dich mit weiterem Gefasel verschonen, aber laß mich versuchen, prägnant auszudrücken, was noch in mir vorgeht. Du wirst sämtliche Deiner Beziehungen zerstören, wenn Du nicht bereit bist, die betreffende Person Deiner Zeit, Deines Körpers, Deiner Seele usw. für würdig zu befinden. Ich war die Falsche für Dich, aber ich habe Dich gemocht. Ich hoffe, daß Du irgendwann glücklich sein kannst. Kämpfe für Dich. Wenn Du glaubst, daß Du hier nicht Du selbst sein kannst, zieh in eine größere Stadt. Mach einen Neuanfang! Du siehst gut aus und machst Deine Sache gut. Das ist eine Menge Gutes. Geh nach New York oder Los Angeles oder Houston. Ich liebe New Orleans. Geh dorthin. Gibt es jemanden, der New Orleans nicht liebt? Geh einfach.

Und denk dran, je heimlicher, desto mieser – also zieh los!

Alles Liebe,
Frazier

Anns schwerer Atem erfüllte das Zimmer. Schließlich keuchte sie: «Der brech ich alle ihre hübschen Knochen!»

10

Billy Cicero empfing seine Besucher in einem mahagonigetäfelten Büro. Seine Silbertrophäe vom letztjährigen Country-Club-Tennisturnier hatte einen Ehrenplatz auf dem Kaminsims. Da er mehr Zeit im Büro als zu Hause verbrachte, bewahrte er die Trophäe hier auf.

Atlantic Tobacco sicherte Tausenden in Henrico County und in der Stadt Richmond einen Arbeitsplatz, ob in der Fabrik selbst oder in den angegliederten Industrien. Zepheniah Cicero, Billys Urgroßvater, pflegte zu sagen, die Geschichte von Atlantic Tobacco sei die Geschichte von Richmond.

Jeden Tag stieg Billy in seinen kohlschwarzen Aston-Martin Volante und fuhr von seinem Landsitz im Bezirk Green Springs im Louisa County fünfundvierzig Minuten Richtung Osten nach Richmond. An manchen Tagen, wenn sein in Virginia an sich illegaler Radardetektor anzeigte, daß die Luft rein war, schaffte er es sogar in dreißig Minuten von Tür zu Tür. Von den ersten grünen Schößlingen, die triumphierend die Erde durchbrachen, bis zu den länglichen, duftenden Blättern, die in den Scheunen trockneten – er liebte den Kreislauf des Krautes, wie er und seine Familie die Tabakpflanzen nannten. Er unternahm Reisen nach Connecticut, um Zigarrentabak zu begutachten, und fuhr für Zigarettentabak nach Kentucky. Billy besuchte sämtliche Tabakfabriken der Vereinigten Staaten. Er wußte, welche Blätter aufgehellt werden mußten und welche naturbelassen besser waren. Wenn er ein Blatt sachte zwischen Zeigefinger und Daumen rieb, konnte er alles über die betreffende Sorte sagen.

Da er selbst Zigarren rauchte, obwohl Atlantic Tobacco auf Zigaretten spezialisiert war, hätte Billy gern auch die großen Zigarrenhersteller in Kuba besucht. Wenn Kuba nur aufwachen würde. Aber dafür hatte er die wogenden Tabakfelder in Jamaica und auf den Cayman-Inseln besichtigt, und schwitzend wie ein Arbeiter hatte er den alten Meistern über die Schulter geguckt, die 1959 aus Kuba geflohen waren und in Tampa ihre Geschäfte eröffnet hatten. Alte Männer mit flinken Fingern rollten Zigarren in Sekundenschnelle. Maschinen waren etwas für Scharlatane.

Tabak war der Ruhm der Neuen Welt, zusammen mit Schokolade, Bananen, Mais, Weizen und Kaugummi. Tabak beruhigte die Nerven, es war ein angenehmes Rauschmittel, das man fröhlich unter Freunden konsumierte. Ärzte und Gesundheitsfanatiker könnten einem vielleicht das Leben um ein paar Jährchen verlängern, indem sie einen davon überzeugten, das Rauchen aufzugeben. Aber wenn man schon freiwillig beschloß, es nicht zu verlängern, würde es einem mit Zigaretten wenigstens nicht so vorkommen.

Billy glaubte inbrünstig an die Selbstbestimmung des Menschen. Niemand hatte das Recht, anderen Menschen vorzuschreiben, wie sie ihr Leben zu leben hatten. Rauchen, Trinken, Rauschgift und Unzucht waren individuelle Entscheidungen, ebenso wie der Beruf, den man anstrebte, wo man lebte und so weiter. Wer zum Teufel waren diese Leute, die über den Kongreß herfielen, diese Aasversammlung, diese retro-puritanischen Krähen? Wobei Puritanismus heute eine Sache der Gesundheit war und nicht mehr ausschließlich mit Sexualität zu tun hatte. Er seufzte und zündete sich eine geschmuggelte Montecristo an. Seine Sekretärin, eine kurvenreiche Sexbombe, stakste auf ihren hochhackigen Ferragamo-Schuhen herein und legte ihm die Post auf den Schreibtisch. Sie küßte ihn auch auf die Wange. Georgina betete Billy an, aber das taten die meisten Frauen. Er zwinkerte ihr zu, und sie ging wieder hinaus. Er betrachtete ihren schwingenden runden Hintern. Er kapierte das nicht. Wie konnte so was Männer anmachen?

Er las einen Brief vom Jockey-Club, einen von seinem

Interessenvertreter im Capitol, und dann griff er zu Fraziers Brief. Da er Fraziers persönliches Briefpapier gewöhnt war, sagte ihm das blaugesprenkelte Papier nichts, obwohl ihm die Handschrift bekannt vorkam. Ein Telefongespräch unterbrach ihn. Er führte ein kurzes Gespräch und faltete dann den Bogen auseinander.

Lieber Billy,
wenn Du dies liest, bin ich höchstwahrscheinlich schon tot. Ich werde jedoch eine strahlende Leiche sein, denn Terese hat sich selbst übertroffen. Danke für dieses Geschenk.

Ich habe Dir für viele Dinge zu danken, nicht zuletzt für den goldenen Montblanc-Füller, an dem ich so hänge. Und dann das sensationelle Gemälde von Jean Léon Gerôme, das wir in Polen entdeckt und aus dem Land geschmuggelt haben! Oder als wir in Venedig waren, um den Tintoretto zu holen, den Du einfach haben mußtest, genauso wie die großstangigen Gondolieri! Ich glaube, meine Lieblingserinnerung ist der Sommer, als Du Kenny Singer kennenlerntest und wir kurzerhand ins Auto gesprungen und nach Harper's Ferry gefahren sind... Die kleinen Ziegelhäuser mit den datierten Hochwassermarkierungen. Ich weiß nicht, der Ausflug hatte etwas Besonderes. Und die Razzia – John Brown hat nicht mit offenen Karten gespielt. Dann sind wir auf den Felsen geklettert, wo Jefferson gesagt haben soll, in ganz Europa gebe es keine schönere Aussicht, und wir haben Sandwiches gegessen und über alles mögliche geplaudert.

Wir sind zu jedem verdammten Ball in den Vereinigten Staaten gepilgert. Wir haben im Waldorf Astoria für die Krankheit der Woche und in Palm Beach mit all den Gruftis getanzt, die Wohltätigkeitsbälle veranstalteten – zweifellos für ein neues Gesichtslifting; wir waren auf dem Poloball, der lustiger war, und wir haben keinen einzigen von Carolyn Devanes Bällen versäumt, ob in Houston, New York oder Timbuktu. Wir haben Bibliotheken eröffnet und vor für abbruchreif erklärten Theatern auf der 44th Street bei Demonstrationen mitgemacht. Town & Country *sollte uns zu Mitarbeitern machen.*

Wir haben uns sogar für Save the Wales *eingesetzt – aber können wir uns selbst retten? Oder besser: Kannst Du Dich selbst retten, denn ich bin ja aus dem Rennen. Meine ersten fünfunddreißig Jahre könnte man beinahe als Leben bezeichnen. Wenn ich noch mal fünfunddreißig hätte, sie würden ganz anders verlaufen.*

Vielleicht magst Du nicht weiterlesen, aber wenn ich schon hier sitze und dies schreibe und mich dabei fühle wie eine lebende Leiche – huch, das bin ich ja wohl auch, na schön, jedenfalls wäre es nett, Du würdest es lesen.

In der Lotterie des Lebens hast Du sowohl das große Los als auch eine Niete gezogen, Billy. Du bist hinreißend, unglaublich intelligent und zielstrebig. Du wirst den Gewinn von Atlantic Tobacco verdoppeln, bevor Du fünfzig bist. Wenn es jemand kann, sogar in diesen wirtschaftlich schlechten Zeiten, dann Du. Du kannst und wirst es tun. Aber andererseits wurdest Du auch von Deinen Eltern verlassen. Man schickte Dich dafür auf die besten Schulen, nach St. Paul's und dann weiter und höher hinauf, nach Oxford. Deine Kindheit war eine einzige Abfolge von Kindermädchen, Gouvernanten, Trainern und Privatlehrern. Mami und Papi ritten derweil unter der abgesplitterten Nase der Sphinx auf Kamelen herum; wenn bei uns Winter war, gingen sie in Aspen Ski laufen, und wenn bei uns Sommer war, in Bari Loche. Wer hat Dich je um Deiner selbst willen geliebt? Es ging nicht um Liebe, sondern um Erwartungen. Du hast sie alle erfüllt, bis auf einen ganz wesentlichen Defekt im Programm: Du bist schwul. Warum es Mami und Papi erzählen? Sie verdienen die Wahrheit nicht, es geht sie nichts an, und es würde die Postkartenfamilie besudeln, die sie sich selber und ihren Freunden vorspielen. Die Fassade stimmt. Aber eben nur die Fassade.

Du behandelst die Menschen wie Statisten in einem Stück, in dem Du die Hauptrolle spielst. Du hast sogar mich wie eine

Komparsin behandelt. Sogar mich, Billy. Wäre ich weniger schlagfertig oder nicht so schön gewesen, man hätte mich vergessen oder übergangen. Ich war bequem. Mich zu heiraten wäre für Dich auch bequem gewesen, falls Du Deinen Antrag ernst gemeint hast, was ich nicht glaube.

Laß mich die Sache anders ausdrücken, denn ich höre mich schon an wie meine Mutter – es ist ein Schicksal, das schlimmer ist als der Tod, und diese Einschätzung wirst Du ja wohl angesichts meiner Situation glauben. Deine Stilbesessenheit macht Dich blind für Leid, sogar für Dein eigenes. Hinter Deinem vollkommenen Äußeren verbirgt sich ein schmerzliches, unvollkommenes Inneres. Schau nach innen. Nein, ich meine nicht so etwas wie Das Bildnis des Dorian Gray, *aber Du hast Dich dermaßen von allen und allem distanziert, was nicht glänzend und schillernd und profitabel ist, daß Du einsamer bist, als Dir bewußt ist.*

Vielleicht sind Deine vielen Männer oder das Kokain ein Symptom dafür – versteh mich nicht falsch, wenn jemand das Zeug im Griff hat, dann Du. Ich glaube nicht, daß man süchtig wird, wenn's nicht im Blut liegt, wie bei Alkoholismus. Aber Du greifst geradezu manisch nach hübschen Männern, weißem Pulver, erlesenen Gemälden, nach all diesen materiellen Dingen, nach Dingen außerhalb Deiner selbst. Werde nicht hart, Billy. Schließe die Menschen nicht aus und ebensowenig die wahren Gefühle! Wiederhole nicht meine Fehler in Deinem größeren Maßstab.

Und hör auf zu verstecken, wer und was Du bist. Du bist so verdammt reich, daß Dir kein Mensch was anhaben kann. Was kümmert's Dich, was die Leute denken? Wir haben beide gelogen, und es ist uns so gut gelungen. Mir wird angst und bange, wenn ich daran denke. Wenn Du Dich nicht zu Deinem Schwulsein bekennst, ist die Vermutung da nicht naheliegend, daß Du auch über andere Dinge lügst? Lügen wird schnell zur Gewohnheit. Am Ende belügt man sich selbst. So wie ich mich belogen habe.

Ich weiß, dieser Brief wird Dir unangenehm sein, und ich kann nur beten, daß wenigstens etwas von dem, was ich sage, ankommt. Ich war nie verliebt. Wärst Du eine Frau, hätte ich mich wahrscheinlich in Dich verliebt. Ich weiß nicht, wenn Du ehrlich gewesen wärst und ich auch, hätten wir uns vielleicht auf unromantische Weise ineinander verliebt. Ich weiß nicht einmal mehr, was Liebe ist, außer daß es wohl mehr Arten der Liebe gibt, als ich mir vorstellen kann. Aber so wie es steht, habe ich Dich geliebt, so gut ich konnte, und ich möchte, daß Du zu Dir selbst findest.

Ich habe Mandy mein Geschäft vermacht. Wenn das Testament verlesen wird, wird sie auch eine Reihe Instruktionen bekommen. Ich habe keine Ahnung, wie lange der juristische Firlefanz dauert, aber ich habe verfügt, daß Du den John Frederick Herring jr. bekommst, den Du so liebst. Mandy sieht großartig aus, ist großartig im Umgang mit Kunden und sicher im Auftreten. Geh mit ihr aus, sieh zu, daß sie die richtigen Leute trifft. Das ist gut fürs Geschäft, und sie wird wissen, was zu tun ist. Paß auf sie auf, bis sie fest auf beiden Füßen steht, okay?

Was mich angeht, ich werde beim Allmächtigen ein gutes Wort für Dich einlegen. Ich nehme an, Du hast es nötig.

Tschüs,
Frazier

«Verdammt und zugenäht», pfiff Billy.

11

Kenny Singer kam hundemüde und schlechtgelaunt von der Arbeit nach Hause. Es war spät. Er warf seine Post aufs Bett und duschte. Dann legte er sich ins Bett, widerstand der Versuchung, «eine Million Dollar» zu gewinnen, die ihm ein Umschlag verhieß, wenn er eine Illustrierte abonnieren würde. Schließlich öffnete er Fraziers Brief.

Lieber Kenny,
wenn Du dies liest, bin ich höchstwahrscheinlich schon tot.

Wie haben wir uns amüsiert, wenn wir zu viert ausgegangen sind. Billy, stets im Mittelpunkt der Aufmerksamkeit, hat mich von Dir abgelenkt, aber wenn ich es mir recht überlege, habe ich Dich sehr liebgewonnen.

In diesem Leben war ich ein Trottel. Wenn es so etwas wie Reinkarnation gibt, werde ich im nächsten Leben kein Trottel sein. Das Dumme ist, daß ich mir nicht vorstellen kann, als jemand anders als ich selbst wiedergeboren zu werden. Ich will offen, liebevoll und herzlich sein. Wie macht man das? Du machst es die ganze Zeit. Du gibst von Dir ab.

Verzeih mir, daß ich nicht gemerkt habe, was für ein besonderer Mensch Du bist.

Langsam mache ich schlapp. Ich fasse mich am besten kurz. Wenn Du Billy liebst, schön, die Liebe ist irrational. Ich kann nicht viel dazu sagen, aber auf jeden Fall ist es egal, ob man hetero oder schwul ist. Es kommt nur darauf an, daß man mit jemandem eine Beziehung hat, der einen achtet. Und ich hoffe, daß Du das erleben wirst. Wenn Billy Dir das bieten kann, großartig.

Egal, was mit Billy passiert, bitte denk daran, irgendwann Kinder zu bekommen. Du bist der geborene Vater, und ich glaube, daß Du in dieser Form der Liebe Erfüllung finden wirst.

Wenn die ganze Welt eine Bühne ist und ich nur eine Schauspielerin bin, verlasse ich das Theater für eine kurze Pause. Ob es im himmlischen Foyer Popcorn gibt?

Wenn ich Dir im nächsten Leben wieder begegne, werde ich von Anfang an wissen, was für ein besonderer Mensch Du bist.

Alles Liebe,
Frazier

Kenny starrte auf den Brief, dann drückte er ihn sich ans Herz.

12

«Sir Teddy», ein betörendes Ölgemälde von Ben Marshall, zog Frazier in seinen Bann. Es war von 1808 und zeigte ein sehniges Vollblutpferd, das am 27. August jenes Jahres in der unglaublichen Zeit von 23 Stunden die Postkutsche 176 Meilen weit von London nach Exeter gebracht hatte. Klein von Format, war das Bild dennoch von großer Wirkung, nicht so sehr wegen des Pferdes, sondern wegen der zwei Hunde in Sir Teddys Box. Der eine, ein weißer Köter, linste hinter der Seitenwand der Box hervor und blickte die Betrachterin an. Frazier konnte den Blick nicht von dem weißen Hund abwenden. Es war ihr, als würde sie von Ben Marshall selbst gemustert.

Die in der Altstadt gelegene Galerie lockte versierte Sammler und Händler aus ganz Amerika und Europa an. Als Frazier bei Sotheby's aufhörte, hatte sie mit dem Gedanken gespielt, eine Galerie in New York City zu eröffnen, aber angesichts der Unkosten und der horrenden an Staat und Gemeinde zu zahlenden Steuern hatte sie die Idee wieder verworfen. Das Sprichwort «Baue eine bessere Mausefalle, und die Welt wird sich einen Weg zu deiner Tür bahnen» kam ihr in den Sinn. Für Frazier traf es absolut zu. Nicht zuletzt, weil sie ausgefallene Kunstwerke mit Jagdmotiven und gelegentlich auch einen Matisse zu weitaus wettbewerbsfähigeren Preisen anbieten konnte als ihre Konkurrenz in der Großstadt.

In dieser Hinsicht war Frazier eine echte Kapitalistin. Großstadtmakler sind bestrebt, *den* großen Coup zu landen. Frazier hingegen baute sich über einen längeren Zeitraum hinweg eine Stammkundschaft auf. Einen George Stubbs für 10 000 Dollar unter dem Marktwert zu verkaufen schien ihren Konkurrenten Wahnsinn, sie aber verdiente das Zehnfache, da der dankbare Kunde ihr Freund wurde und im Laufe der Jahre immer wieder bei ihr kaufte. Ihre Konkurrenten schienen nicht zu begreifen, daß die Lage der Galerie in Virginia, in der kleinen, aber kultivierten Stadt Charlottesville, ein enormer Vorteil war.

Fraziers zwei weitere Vorteile waren Amanda Eisenhart und ihr eigenes Gespür für junge Künstler. Frazier besaß nicht nur einen unfehlbaren Blick für Qualität, Pinselstrich, Linienführung und Komposition – den besaßen viele andere auch –, sie hatte auch das außergewöhnliche Talent, zu erkennen, welche Maler sich auf lange Sicht halten würden. Darcy Weeden, ihre Kommilitonin aus der Delta-Delta-Delta-Studentinnenverbindung, sang in ganz Buckhead bei Atlanta Fraziers Loblied. Frazier hatte Darcy fünf Jahre zuvor ein großes Pferdebild von einer etwas über dreißigjährigen englischen Künstlerin verkauft, und zwar für 17 000 Dollar. Damals hatte Frazier der zögernden Darcy verheißen, sie werde diesen Kauf nie bereuen, und nach der neuesten Schätzung war der Wert des Werkes inzwischen auf 135 000 Dollar hochgeschnellt.

Mandy las Fraziers Brief. Er lautete: «Danke. Alles Liebe,

Fraiz.» Sie faltete den Brief zusammen und ging aus ihrem Büro in den Hauptraum der aus drei Räumen bestehenden Galerie. Sie stellte sich neben Frazier und betrachtete Sir Teddy.

«Du wirst das Bild nicht verkaufen.»

«Ben Marshall verkauft sich auch bei schlechter Marktlage gut, das weißt du. Wie Herring, Stubbs, Munnings, Bonheur. Manche Künstler sind wie Gold.»

«Das weiß ich alles, vielen Dank», lächelte Mandy matt. «Du verkaufst das Bild nicht, weil du es liebst.»

«Hm – könnte stimmen.»

«Willst du heute wirklich arbeiten? Du hustest immer noch. Mir macht es nichts aus, den Laden zu schmeißen.»

«Danke, aber ich bin lieber hier als zu Hause. Mein Medikament gegen die Bronchitis hilft. Den anderen Mist hab ich in den Abfalleimer geworfen. Eins sag ich dir, laß dich bloß nie auf Heroin, Opium oder Morphium ein. Das ist alles dasselbe, glaube ich. Ich meine, es gibt Unterschiede, aber werden nicht alle drei aus Mohn gewonnen?» Mandy zuckte die Achseln, und Frazier fuhr fort: «Ich war so kaputt, daß mir bloß noch schwarz vor Augen war.»

«Jetzt immer noch?»

«Nein, aber manchmal ist mir noch ein bißchen schwindlig.»

«Ich hab gerade deinen Brief gelesen.»

«Ohne poetischen Firlefanz.» Frazier legte den Arm um Mandys Schultern. «Aber ich hab's ernst gemeint.»

«Erzählst du mir irgendwann, was die Überraschung in deinem Testament war?»

«Wenn ich die nächsten Monate überlebe, erzähl ich dir alles.»

Mandy riß erschrocken die Augen auf. «Bist du noch krank? Verschweigst du mir etwas?»

«O nein, entschuldige, ich habe mich blöd ausgedrückt.

Komm, setzen wir uns in mein Büro. Ich erzähl dir lieber genau, was ich getan habe, denn es dauert nicht mehr lange, dann ist hier der Teufel los. Und wie.»

Fraziers Büro war in einem sanften Gelb gestrichen, jenem Gelb, in dem bei wichtigen Ausstellungen oft auch die Wände des Metropolitan Museum of Art gestrichen werden. Die beiden Frauen setzten sich auf das dick gepolsterte Dreißiger-Jahre-Sofa. Das Büro, schlicht, aber durch die vielen geschwungenen Linien sehr wohnlich, offenbarte eine versteckte Seite von Frazier. Die meisten Leute hätten erwartet, ihr Büro sei eine Hommage an Hepplewhite, Sheridan oder Chippendale, eine Verneigung in Richtung 18. Jahrhundert.

«Schieß los», sagte Mandy nervös. «Nein, laß mich raten. Du hast eine Katharsis durchgemacht. Du verkaufst alles und ziehst nach Hawaii. Nein, bei dir wäre es eher Südfrankreich, der Comer See oder Neuseeland. Hab ich recht?»

«Fast. Nur Neuseeland stimmt nicht. Das ist zwar schön, aber zu weit weg. Argentinien.»

Mandy ließ sich auf dem Sofa zurückfallen. «Ich hab's gewußt, ich hab gewußt, daß du wegziehst.»

«Nein, ich wollte bloß sagen, wenn ich weggehen würde, dann nicht nach Neuseeland. Ich geh nirgends hin, obwohl man mich vielleicht aus der Stadt jagen wird.»

«Frazier, was hast du angestellt? Ich meine, was kann jemand tun, der voller Schläuche steckt und im Krankenhaus flachliegt?»

«Du hast mir gesagt, ich soll Briefe ans Morgen schreiben.»

«Ich hab einen gekriegt. Danke.»

«Ich habe Briefe ans Morgen geschrieben. Ich habe allen Leuten die Wahrheit über mich und über sie selbst geschrieben. Ich habe meinem Bruder und Billy geraten, sich zu ändern. Ich habe meiner Mutter genau erklärt, was ich von ihr halte, ich betone: genau. Denselben Dienst, wenn auch in anderer Geschmacksrichtung, habe ich Ann Haviland erwiesen. Ich habe meinem Vater einen erschöpfenden Brief über ihn, Mom, Carter und mich geschrieben. Wem noch? Tante Ruru, die ich anbete, und Kenny Singer. Ich hab die Katze aus dem Sack gelassen.»

«Meine Fresse», sagte Mandy und war dann vollkommen sprachlos. Frazier stand schwerfällig auf und öffnete den kleinen Kühlschrank. Sie gab Mandy eine Cola und nahm sich selbst auch eine, tat Eiswürfel in die altmodischen Kristallgläser und setzte sich wieder zu Mandy aufs Sofa.

«Stell dir vor, was mit dir passieren würde, wenn du allen Leuten in deiner Umgebung die Wahrheit gesagt hättest.»

«Das tu ich doch sowieso immer.» Mandy ließ die Eiswürfel in ihrem Glas klirren und goß sich ihre Cola ein. «Ich bin offener gewesen als du, aber ich hab wohl auch ein paar Leichen im Keller, und außerdem hab ich im Moment ziemlich viel am Hals, weißt du?»

«Nee, weiß ich nicht.»

Ein kleines, unfreiwilliges Zucken um Mandys Lippen erblühte zu einem Lächeln. Offenbar wußte sie nicht, was sie jetzt sagen sollte. «Na ja. Probleme mit meinem Freund. Laß uns ein andermal darüber sprechen. Jetzt sag mir erst mal, ob du noch weißt, was du geschrieben hast?»

Fraziers Augen wurden glasig. «So ungefähr.»

«Was soll das heißen, ‹so ungefähr›?»

«Ich hab mir den Morphiumschlauch aus dem Arm gerissen. Er baumelte mir jedesmal im Weg herum, wenn ich den Arm bewegte, und ich konnte nicht schreiben, und überhaupt, je später die Nacht, desto tiefer sank ich in einen Sumpf aus Wut oder Resignation oder was auch immer. Ich habe die Wahrheit geschrieben, aber ich denke, wenn ich in einer besseren Gemütsverfassung gewesen wäre, hätte ich meine Worte vielleicht klüger gewählt. Ich glaube nicht, daß ich gemein geworden bin. Doch, zu Mutter.» Frazier atmete tief ein. «Aber sie hat's verdient, und ich wollte, ich hätte ihr schon vor Jahren einen Tritt in den Hintern gegeben. Bin ich unfair? Macht nicht jeder seine Mutter für alles verantwortlich?»

«Nee, ich nicht. Ich liebe meine Mom. Meistens jedenfalls. Fang bloß nicht an, dich selbst zu quälen. Ich habe *tua mater* x-mal gesehen. Sie ist es nicht wert.»

«Puh!» Frazier machte es sich im Schneidersitz bequem und wandte Mandy das Gesicht zu. Mandy tat es ihr nach. «Danke. Weißt du, als ich im Krankenhaus an Mutter schrieb, dachte ich die ganze Zeit daran, wie sie Carter und mir früher vor dem Schlafengehen Geschichten vorlas. Als ich etwas älter war, wollte ich sie selbst lesen. Ich schlug *Babar der Elefant* oder *Bambi* auf und sah, daß Sätze, ja ganze Absätze durchgestrichen waren. Als ich sie darauf ansprach, log sie, das Buch sei so gedruckt worden. Eines Tages, oh, ich muß damals in der dritten Klasse gewesen sein, fand ich *Bambi* in der Bücherei. Weißt du, was sie gemacht hat?»

«Keine Ahnung», erwiderte Mandy.

«Sie hatte alles ausgestrichen, was sich auf Bambis getötete Mutter bezog.»

«Nein!» rief Mandy.

«Jede einzelne Silbe. Darauf bin ich nach Hause marschiert und habe sie zur Rede gestellt, und sie sagte zu ihrer Rechtfertigung, diese Passagen hätten Carter und mich aufgewühlt. Sie habe uns vor dem Tod beschützen wollen – natürlich hat sie damit alles nur noch schlimmer gemacht. Danach habe ich ihr nie wieder getraut. Allerdings bin ich nicht sicher, ob ich ihr vorher getraut habe. Durch *Bambi* und *Babar* wurde mir klar, was ich wohl schon immer wußte: Mutter will, daß alles immer unter Kontrolle ist, friedlich und ohne Komplikationen. Als Kind spürt man bestimmte Dinge, aber man kann sie nicht benennen. Danach wußte ich jedenfalls, was ich für sie fühlte. Und ich hab mich gehütet, ihr was von meinen Gefühlen zu sagen.»

«Wer weiß, was deine Mutter jetzt macht? Die Sätze in deinem Brief kann sie nicht einfach ausstreichen.»

«Ich schätze, ich werde es bald erfahren.»

Mandy setzte sich gerade. «Hast du allen erzählt, daß du...?»

Frazier unterbrach sie: «Daß ich lesbisch bin? Jawohl, Ma'am.»

Langes Schweigen. Dann: «Auf lange Sicht wirst du froh sein, daß du es getan hast. Aber zunächst einmal...»

«Zunächst einmal machen sie Hackfleisch aus mir, sie werden mich rösten und fritieren, sie werden mich in der Luft zerreißen, mich zur Schnecke machen, mir den Hintern so fest versohlen, daß ich Nasenbluten bekomme. Herzchen, ich stecke in der Scheiße, und zwar bis zum Hals, das weißt du ganz genau, verdammt noch mal.»

«Und ich bin schuld. Ich hab dir das Briefpapier geschenkt.»

«Nee. Das hab ich ganz allein zu verantworten. Jetzt muß ich da durch, und hätte ich ein bißchen mehr Mumm gehabt, dann hätte ich allen schon vor Jahren die Leviten gelesen. Trotzdem bin ich nicht scharf drauf, die Konsequenzen zu erleiden. Aber Leiden ist so ein wichtiger Teil des Christentums, daß Mutter es als ihre Pflicht ansieht, es zu verursachen, wo sie nur kann. Lieber Gott, ich brauche Freunde.»

«Hast du doch.»

«Von wegen.»

«Du hast mich.»

«Ach Mandy, du kannst auch nichts tun, um mich zu beschützen oder zu retten.»

«Nein, aber ich kann zu dir halten. Und Tante Ruru wird auch zu dir halten.»

Frazier dreht ihr Glas in der Hand herum. «Billy vielleicht.»

«Billy?»

«Immerhin habe ich Billy geschrieben, daß es mit ihm böse enden wird. Ich weiß nicht, was er tun wird. Ich glaube, er wird tatsächlich vor mir davonlaufen.»

«Er ist natürlich selber schwul.»

«Ich halte es nicht für meine Pflicht, auch noch andere zu verpfeifen.»

«So ein Quatsch. Ich bin doch nicht blöd. Außerdem, wenn jemand über dreißig ist, wirkt es immer komisch, wenn er mit einem Geschlechtsgenossen zusammenwohnt.» Mandys Zornesröte verlieh ihr etwas Exotisch-Erotisches.

«Er wohnt mit niemandem zusammen.»

«Oh, Kenny Singer und er sind also einfach nur gute Freunde, oder was? Hör mal, wenn ich schon im Auge des Hurrikans bin, spiel du bitte nicht das Unschuldslamm. Erzähl mir lieber alles, was ich wissen muß.» Sie stellte ihr Glas auf den Couchtisch und verschränkte die Arme. «Was ist mit Carter?»

Frazier schüttelte den Kopf. «Das wird die größte Überraschung. Verdammt, Mandy, ich weiß es nicht. Im Moment habe ich das Gefühl, ich kenn mich selbst nicht mehr.»

Mandy tätschelte ihre Hand. «He, das Gute an der Wahrheit ist, daß du dich nicht dran erinnern mußt. Du kannst behaupten, du leidest an Gedächtnisschwund. Auch wenn's nicht stimmt. Du weißt, was meine Mutter immer sagt…»

«Nein, aber du wirst es mir bestimmt gleich verraten.»

«Wenn man dich schon als Schaf hängen würde, kannst du getrost auch den Wolf spielen.» Mandy trank ihre Cola aus.

«Das Wort ‹hängen› will ich nicht mehr hören, es sei denn, es wird auf den männlichen Teil der Menschheit angewendet.»

«Amen, Schwester.» Mandy löste die Beine aus dem Schneidersitz und schwang sie übers Sofa. «Weißt du, wie man feststellt, ob einer gut hängt?»

«Ich hab meine Methode. Laß deine hören.»

«Wenn acht Zentimeter zwischen dem Strick und seinem Kragen sind.»

«Uuh.» Frazier blinzelte. «Ziemlich schlecht.»

«Eine kleine Ablenkung von der bevorstehenden Krise. Also gut, rechnen wir mit dem Schlimmsten. Du fliegst aus der Junior-Liga.»

«Das wird mir das Herz brechen.»

«Du wirst es mordsmäßig schwer haben, im Country-Club einen Viererflight zusammenzukriegen. Deine Freundinnen werden nicht mit dir den Waschraum teilen wollen. Ah, Kinder! Ja, sie werden ihre Kinder verstecken, wenn du angefahren kommst.»

Frazier wurde plötzlich starr. «Mandy, das ist nicht komisch. Manche Leute sind so beschränkt. Ich werde nicht mehr Mary Frazier Armstrong sein. Ich werde Mary Frazier Armstrong, Komma, Lesbe, sein. Meine Identität wird auf ein Wort aufgespießt, das auf eine Insel vor der griechischen Küste zurückgeht, oder liegt sie näher an der Türkei? Ich werde meine Individualität verlieren, meine gesellschaftliche Stellung, Teile meiner Familie, wenn nicht die ganze, und was weiß ich noch alles.»

«Deswegen bin ich dir gegenüber im Vorteil.»

«Wieso?»

«Du kannst lügen, wenn's um deine Identität geht. Ich nicht. Mir steht alles im wahrsten Sinne des Wortes ins Gesicht geschrieben.»

«Dein Gesicht ist außergewöhnlich schön.»

«Danke, aber es trägt den Stempel Afrikas, nicht gerade ein Pluspunkt im Land der blonden Bestie. Jedenfalls kann ich nichts oder niemand anderes sein als die, die ich bin. Es ist besser so.»

«Ich weiß nicht», erklärte Frazier aufrichtig. «Komisch, was einem so durch den Kopf geht. Ich höre dauernd einen

Spruch, den Carter mal gesagt hat als wir Hausarrest bekamen, weil wir eine Party veranstaltet hatten, als Mom und Dad verreist waren. Und das ausgerechnet am Abend des Schulabschlußballs. Er sagte: ‹Ob der Stein auf den Krug fällt oder der Krug auf den Stein – es trifft immer den Krug.› Ich bin der Krug.»

«Das will ich nicht hoffen, Frazier.»

«Ich auch nicht.»

«Was ist auf der Party im Haus kaputtgegangen?»

Frazier hob die Stimme zu mittlerer Tonlage. «Oh, nichts. Das Haus war unbeschädigt, aber Carter und ich haben diverse Sportskanonen bei unanständigen Handlungen mit entgegenkommenden Damen fotografiert. Die Aufnahmen waren nicht das Thema. Daß wir sie gegen Geld in der Schule rumgezeigt haben, das hat uns in die Bredouille gebracht. Der Anblick, wie die Ballkönigin Ernie Watkins einen bläst, mit Krone und allem Drum und Dran. Eine ziemliche Sauerei!»

«Frazier, so kenne ich dich ja gar nicht.» Mandy starrte sie erstaunt und voller Bewunderung an.

«Carter und ich haben wirklich über die Stränge geschlagen – bis ich Geld verdienen mußte. Da hab ich die Krallen eingezogen, oder ich bin reif geworden, was auch immer. Ja, und da habe ich auch angefangen, mich selbst zu hassen. Hast du mal eine Regenbogenforelle gesehen? Im Wasser schillern sie in allen Farben des Regenbogens. Nimmst du sie aus ihrem Element, verblassen die Farben sofort. Ich schätze, so war ich, oder so bin ich.»

«Hört sich für mich eher an, als würdest du wieder zum Leben erwachen.»

Dieser Satz ging Frazier durch den Kopf, als sie den zweiten Galerieraum betrat. Ein riesengroßes Ölgemälde, 3 × 4,50 Meter, beherrschte eine Wand. Auf dem Bild, im 17. Jahrhundert von einem unbekannten Künstler gemalt, waren die Götter und Göttinnen des Olymps dargestellt. Ihre Körper, vollkommen mit Ausnahme des verkrüppelten Hephaistos/Vulcanus, forderten zu Verehrung heraus. Zeus/Jupiter, ein Mann auf dem Höhepunkt seiner Macht, vierzig oder vielleicht fünfzig Jahre alt, der Leib strotzend vor Kraft, das Haupt lichtumflort, überblickte seine Sippe. Ihr Glück war irdisch und himmlisch zugleich. Schuldbewußtsein, Leiden – nun ja, anhaltendes Leiden – und Schmerz waren verbannt.

Seine Gemahlin, Brüder, Kinder sowie die Kinder seiner Gemahlin gruppierten sich um den Donnergott in einer Mischung aus Personifizierung und Elternschaft, die einen Therapeuten in einen Analysetaumel versetzt hätte. Der moderne Mensch muß alles erklären, um sich sicher zu fühlen, eine gefährliche Illusion, denn es gibt keine Sicherheit. Die Alten mußten nichts erklären, sie brauchten Erfahrung, und dieser unbekannte Künstler, zweifellos ein beherzter Venezianer, mußte in seinem Werk geschwelgt haben, als er aus Pulverhäufchen seine Ölfarben mischte. Auch er mußte sich nach Erfahrung gesehnt haben, und seine sinnliche Natur spiegelte sich in den Olympiern wider.

Zeus/Jupiter saß auf seinem Thron, die übrigen Göttergestalten umringten ihn in einem Halbkreis. Hera/Juno, seine Gemahlin, stand statuengleich zu seiner Rechten, die haselnußbraunen Augen auf ihren Weiberhelden von Gemahl gerichtet. Sie traute ihm offensichtlich nicht einmal über den Weg, wenn er still dasaß.

Rechts von ihr machte Poseidon/Neptun ein finsteres Gesicht. Vielleicht hatte er sein mächtiges Meeresreich nur für dieses Familienportrait verlassen und verharrte nun in einem Moment der Ruhe zwischen den heimatlichen Streitigkeiten. Er hatte große Ähnlichkeit mit seinem Bruder, wenngleich sein Bart golden, der von Zeus dagegen grau war. Poseidon/Neptun stützte sich auf seinen Dreizack; sein Blick war nicht auf seinen unumschränkt herrschenden Bruder, sondern auf Artemis/Diana gerichtet, die neben ihm stand, den silbernen Köcher auf dem Rücken, den silbernen Bogen in der Hand.

Keine Chance! Nicht einmal er als Meeresgott könnte ihr den keuschen Kopf verdrehen. Der einzige Mann, den die junge, vollkommene Jägerin liebte, und auch das nicht körperlich, war ihr Zwillingsbruder Apoll. Er saß im Vordergrund vor Artemis auf einem Stein und trug seinen goldenen Köcher. Sein goldener Bogen lag zu seinen Füßen. Die zwei waren einer des anderen Spiegelbild, herrlich, dabei aber ziemlich kalt.

Der rotgesichtige Ares/Mars wog ihren Mangel an Heißblütigkeit auf. Seine roten Haare waren kurz geschnitten, wie man es von einem Soldaten erwartet. Seine Rüstung unterstrich noch seine Männlichkeit. Sein Schwert hing in der Scheide an seiner Seite. Er hielt seinen Helm in der Armbeuge, das feuerrote Roßhaar wurde vom Wind durchgepustet. Sein glühender Blick lag auf Aphrodite/Venus, die ihm in dem Halbkreis unmittelbar gegenübersaß.

Sie erwiderte seinen Blick mit ebensolcher Leidenschaft. Hier brach der Künstler mit der Konvention. Keine blasse, blonde Venus. Volles, dunkles lockiges Haar fiel ihr auf die Schultern. Ihre Augen strahlten dunkelblau. Alles an ihr suggerierte Leidenschaft, Erotik, Zärtlichkeit und Einfühlungsvermögen. Diese Venus war viel mehr als nur eine Sexgöttin.

Zu Zeus hingewendet, stand Hermes/Merkur lachend neben Venus, der vielleicht einzigen Frau, der er abgesehen von seiner Mutter voll und ganz vertraute. Sein muskulöser, schlanker Leib schimmerte. Nicht der Schatten eines Bartflaumes war an seinem kantigen Kinn zu sehen. Wenn Figuren auf Bildern sich bewegen könnten, so hätte er seinen Merkurstab herumgewirbelt, und die darum gewundene Schlange hätte lachend getänzelt.

Athene/Minerva bildete einen scharfen Kontrast zu Merkur. Ihr imposanter Helm bedeckte ihre Haare, nur ein paar Strähnen lugten hervor. Ihre grauen Augen kündeten nicht von Leidenschaft, doch wirkte sie nicht kalt, nur nachdenklich. Ihr Schild lehnte hinter ihr an einem Baumstumpf. Sie sah ihren Vater Zeus an, und er erwiderte den Blick. Sie war sein Lieblingskind.

Zwischen ihnen, aber einen Schritt zurück, stand Hades/Pluto. Er war so von seinem Reich in der Unterwelt in Anspruch genommen, daß auch er sich selten von dort weg begab, schon gar nicht auf den Olymp.

Hades/Pluto war so dunkel, wie Neptun licht war, und er sah ungeheuer gut aus. Alle drei Brüder waren kräftig gebaute Männer mit schönen Mündern und weißen Zähnen. Feinstes Tuch bedeckte seinen Leib. Anders als Neptun, zeigte er wenig Interesse daran, gegen Zeus zu intrigieren. Pluto, obwohl distanziert und kritisch, war eine treue, ehrliche Haut.

Nahebei hatte der Künstler den ungemein muskulösen Hephaistos/Vulcanus plaziert, der noch schwitzte von seiner Arbeit am Schmiedefeuer. Zeus/Jupiter konnte ihn nicht leiden, und Hera/Juno suchte dies auszugleichen, indem sie bei jeder Gelegenheit für ihn Partei ergriff. Sein verkrüppeltes Bein stand in einem grotesken Winkel ab.

Abseits von den anderen, in der unteren rechten Ecke der Leinwand, lümmelte sich Dionysos/Bacchus. Er war zwanzig oder höchstens Anfang Dreißig, in der Blüte des Lebens, und hätte eine glänzende Figur abgeben können. Er war jedoch schlampig gekleidet, was von seiner Schönheit ablenkte. In der erhobenen rechten Hand hielt er einen goldenen Kelch. Er prostete nicht Zeus zu, sondern dem Maler oder Betrachter. Dionysos blickte aus dem Gemälde heraus, fort von dem Kreis der Götter. Ein kleines Lächeln lag auf seinen rubinroten Lippen: War es Spott, oder amüsierte er sich einfach?

Dieses schwülstige Kunstwerk hatte vermutlich einmal im größten Bordell von Venedig gehangen. Seine hintergründige Sinnlichkeit, der unterschwellige Angriff auf jüdisch-christliche Prüderie, die schiere Herrlichkeit würde einen Käufer finden, der sich spontan entschied, der einem Impuls folgte, den er vermutlich selbst nicht verstand.

Frazier liebte besonders den Pinselstrich, so glatt, so seidig, so unaufdringlich. Das Fleisch sah lebendig aus. Sie könnte hinlangen und Merkurs ewig jugendliche Gestalt streicheln oder Jupiter an seinem majestätischen Bart zupfen. Der Maler glaubte an Kunst, die als Kunst nicht zu erkennen war, eine Auffassung, die sich mit Fraziers Philosophie deckte. Sie verachtete Künstler, die jammerten, wie schwierig ihre Arbeit sei, und dann die Geduld aller Heiligen strapazierten, wenn sie einem erzählten, wie sie ihr Meisterwerk zustande gebracht hatten.

Die Eingangstür ging auf. Fraziers Schultern verkrampften sich. War es Mutter? Dad? Carter? War die Axt erhoben, bereit, sie zu zerschlagen? Der Mann vom Paketdienst lieferte Päckchen ab, gratulierte ihr zu ihrer Gesundung und ging augenzwinkernd hinaus. Frazier war erleichtert und zugleich seltsam enttäuscht.

13

Der braunmetallicfarbene Explorer brummte über die von Bäumen gesäumte Zufahrt. Frazier hielt vor dem weißgetünchten Ziegelhaus ihrer Eltern. Sie blieb einen Moment sitzen und dachte daran zurück, wie sie das erste Mal mit dem Explorer den kiesbestreuten Weg entlanggefahren war. Libby war damals aus dem Haus gelaufen; die Enttäuschung stand ihr im Gesicht geschrieben.

«Du hast den Range Rover verkauft?»

«Ja, Mutter.»

«Aber warum? Ein Range Rover hat wenigstens Schwung.»

«Weil die Werkstatt mehr als hundert Kilometer weit weg ist und die verdammte Karre nicht hält, was die einem versprechen.»

«Ich habe deinen Range Rover geliebt!»

«Hättest ihn ja kaufen können.»

Frazier blinzelte und kehrte mit ihren Gedanken wieder in die Gegenwart zurück. Sie stieg aus dem Wagen und ging langsam zur Hintertür. Sie öffnete die Tür, deren Angeln quietschten.

Libby, die an der Spüle stand und Pflanzen eintopfte, rang sich ein knappes «Hallo» ab.

«Kann ich dir helfen?»

«Nein danke», antwortete Libby scharf. «Ich muß diese Narzissen für dein Festessen fertigmachen.»

«Was für ein Festessen?»

«Das Festessen, um Gott für das Wunder deiner Genesung zu danken», erklärte Libby.

«Das höre ich jetzt zum erstenmal.»

«Ich wollte dich heute abend deswegen anrufen.»

«Momma, ist gestern oder heute Post gekommen?»

Libby kniff die Lippen zusammen. «Ja.»

Frazier verlor die Geduld. Sie haßte diese Masche von ihrer Mutter. Bloß nichts freiwillig preisgeben, bloß kein Entgegenkommen zeigen. Immer erst die andere Seite zwingen, ein unangenehmes oder heikles Thema anzuschneiden. Schließlich kann man sich dann selbst zum Opfer der folgenden Auseinandersetzung erklären. Wobei Auseinandersetzungen natürlich grundsätzlich mit schlechten Manieren gleichzusetzen waren. «Mein Brief, Mutter. Du mußt meinen Brief bekommen haben.»

«Habe ich.»

«Und?» Fraziers Ton wurde härter.

«Ich will ihn auf der Stelle vergessen, denn offenbar hast du dich auch vergessen, als du ihn schriebst.»

«Ich wußte, daß du so reagieren würdest!» Frazier verschränkte die Arme. «Wenn du was nicht hören willst, dann stimmt was nicht mit der Person, die es betrifft. Habe ich recht, Mutter?»

«Ich sehe keinen Grund, weiter hierüber zu diskutieren. Du wirst schon zur Vernunft kommen. Unterdessen rate ich dir, dich vorzusehen.»

«Mich vorzusehen? Den Mund zu halten, wolltest du wohl sagen!»

«Das hast du gesagt, nicht ich.»

«Ich habe noch mehr Briefe geschrieben.»

«So?» fragte Libby sichtlich alarmiert.

«An Carter, an Daddy, wie dir bekannt ist, da du die Post entgegennimmst, an Kenny, an Ruru... ich glaube, ein paar habe ich vergessen.»

Libby klammerte sich an der Spüle fest. «Und hast du ihnen auch geschrieben...» Frazier blieb stumm, zwang Libby fortzufahren. Gib deiner Mutter eine Dosis von ihrer eigenen Medizin. «Hast du ihnen geschrieben, was du mir geschrieben hast?»

«Daß ich sterben würde? Natürlich.»

«Du weißt, was ich meine.»

«Ich will es von dir hören. Deswegen bin ich hier. Ich habe mir schon gedacht, daß *du* mich nicht anrufen oder zu mir kommen würdest.»

«Was willst du von mir hören?» Aber Libby war im Begriff, ihr Spiel zu verlieren.

«Ach, vergiß es, verdammt noch mal!»

«Daß du unnatürlich bist», schrie Libby.

Frazier ging zur Tür und griff nach dem Knauf. «Nichts ist unnatürlich – aber vieles ist unversucht.»

«Verschone mich mit deinen Klugschwätzereien. Warum bist du überhaupt gekommen? Damit ich mich noch elender fühle, als ich es ohnehin schon tue?»

«Das ist allein deine Schuld. Ich bin gekommen, um dich zu warnen. Ich weiß nicht, wie die anderen ihre Briefe aufnehmen. Ich weiß nur, es wird in der ganzen Stadt herumgehen, daß ich lesbisch bin. Und es geht in der ganzen Stadt herum, daß ich doch noch lebe. Ich dachte, du möchtest dich vielleicht wappnen, um deine öffentlichen Erklärungen vorzubereiten.»

Wie eine kalte Pranke griff die Angst nach Libbys Innereien. Ihre Freundinnen. Geflüster hinter vorgehaltener Hand. Die scheinbar harmlosen Erkundigungen, der allzu feste Händedruck des Pastors nach dem Gottesdienst. Sie sah es alles vor sich. Die Peinlichkeit, wenn sie sich in ihren Kreisen sehen ließ, entsetzlich! Doch noch unerträglicher würde das Mitleid sein, das zum Erbrechen süße Lächeln und der besorgte Tonfall. O Gott. «Ich verstehe dich nicht. Ich habe dich nie verstanden, und dies jetzt verstehe ich erst recht nicht. Geh zum Psychiater! Du mußt nicht so sein. Ich will nicht, daß du so bist.»

«Was hast du überhaupt für eine Vorstellung, Mutter? Glaubst du, ich bin eines Tages aufgewacht und habe mir gesagt: ‹Ab heute bin ich andersrum. Jetzt ärgere ich mal meine Mutter, verwirre meinen Vater, gefährde meinen Platz in der Gesellschaft und verliere nebenbei noch ein paar Freunde? Ich werde mich der meistverachteten Menschengruppe in Amerika anschließen. Ein Hoch auf die Homosexuellen. Ich kann es kaum erwarten, mich diesem Jammer hinzugeben.› Denkst du, so ist das bei mir gelaufen? Denkst du, so läuft das bei irgendwem? Ich bedaure deinen Schmerz, Mutter. Aber noch mehr bedaure ich, in eine Schublade gesteckt zu werden, als Mensch zweiter Klasse behandelt zu werden. Aber weißt du was? Ich bin, was ich bin. Ich sehe nicht, daß dies das Ende der Welt wäre oder daß ich mich plötzlich in ein Monster verwandelt habe.»

«Zweitausend Jahre alte kirchliche Lehren können nicht falsch sein», geiferte Libby.

«Bis ins vorige Jahrhundert hat dieselbe Kirche die Sklaverei gutgeheißen, Mutter, weil's so in der Bibel stand. Ich gehe nicht zum Psychiater. Ich werde nicht plötzlich heiraten und die Enkelkinder zur Welt bringen, von denen du tagein, tagaus quasselst. Wie gesagt, Momma, ich bin, was ich bin. Und ob es dir paßt oder nicht, ich bin deine Tochter.»

«Dann wünsche ich, du wärst gestorben!» Libby warf mit dem Blumentopf nach Fraziers Kopf.

Fraziers Reflexe funktionierten wieder, und sie duckte sich. Der Blumentopf krachte gegen die Tür. Im Nu war Frazier aus dem Haus, und Libby brüllte ihr nach: «Guck, was du für einen Dreck gemacht hast. Komm sofort zurück, und putz das weg. Frazier! Mary Frazier Armstrong, guck, wozu du mich gebracht hast!»

14

Frank Armstrong, silberhaarig und mit dreiundsechzig noch topfit, wollte sich die quietschende Hintertür vornehmen. Ein Schraubenzieher und ein Kanister Universalöl waren seine Waffen. Kalte Nachtluft fegte zischend in den Raum. Libby kam von der anderen Seite herein.

«Wirst du wohl die Tür zumachen, bevor wir uns den Tod holen?»

«Dauernd stöhnst du wegen der Tür, da wollte ich dich überraschen.» Er rüttelte am Zapfen des Schlosses, träufelte ein paar Tropfen Öl hinein, schwang dann die Tür hin und her und ölte die Angeln.

«Frank, das Öl läuft an der Tür herunter.»

«Ich wisch es gleich weg. Wie wär's, wenn du mir einen Drink machst? Und für dich am besten einen doppelten.»

«Warum?»

«Weil du schlechte Laune hast.»

«Habe ich nicht.» Libby marschierte hinaus. Als sie mit den Drinks zurückkam – für Frank einen Scotch mit Eis, Usquaebach, seine Lieblingsmarke, und für sich einen doppelten Absolut mit Orangensaft –, war die Hintertür repariert. Frank wischte die Tür ab und räumte sein Werkzeug weg.

Sie zogen sich in die mit Walnußholz getäfelte Bibliothek zurück, die angefüllt war mit Büchern, die Frank nie lesen würde. Libby bevorzugte Liebesromane, Gartenbücher und Biographien. Auch ein paar Einrichtungsbücher prangten in den Regalen.

Libby schaltete den Fernsehapparat ein, um die Abendnachrichten zu sehen, aber sie konnte nicht stillsitzen. Sie stand auf, um ihre Stickarbeit zu holen. Sie setzte sich. Dann wollte sie ihre Lesebrille, die in der Küche war. In den Nachrichten wurde gezeigt, wie eine Leiche aus dem Fluß gefischt und dann in einen Leichensack gestopft wurde. Die Kamera war weit genug entfernt, um den Zuschauern nicht das Abendessen zu vergällen. Eine blaue, aufgequollene Leiche mit zerfressenem Gesicht konnte einem den Appetit auf Lachs für immer verderben. Trotzdem ging der Anblick, wie etwas enorm Großes, Matschiges in den Sack gestopft wurde, ganz zu schweigen von dem Polizisten, der sich im Gebüsch vornüber beugte, Libby an die Nieren.

«Warum müssen sie so etwas zeigen? Ich frage dich, warum, Frank? Ich meine, wenn nun die Angehörigen zuschauen und man hat sie noch nicht verständigt? Kannst du dir das vorstellen? Kannst du dir vorstellen, wie entsetzlich das ist, wenn einem gesagt wird, daß – diese gräßliche Bescherung dein eigen Fleisch und Blut ist?» Sie schauderte. «Die Leute haben heutzutage keinen Respekt. Diese Medien.»

«Ameisen beim Picknick.»

«Was?» Libbys dunkel gefärbte Augenbrauen zogen sich in hohem Bogen zu den blondierten Haaren hinauf, überaus raffiniert für eine Frau von neunundfünfzig.

«Reporter sind wie Ameisen beim Picknick. Du trittst auf die, die du erwischen kannst, und ignorierst den Rest.»

«Wen geht das überhaupt was an? Warum muß man die sterblichen Überreste einer armen Seele so zur Schau stellen? Ich konnte sehen, daß er kaum etwas anhatte. Wenn ich sterbe, bring mich so schnell du kannst unter die Erde.»

«Ich habe in diesem Haus genug vom Tod reden gehört. Bis zu meinem eigenen reicht es mir erst mal. Ich will nichts mehr von diesem Thema hören.»

«Guck, jetzt zeigen sie ein Autowrack. Drei betrunkene Jugendliche in Buckingham County.» Libby wurde immer lauter. «Und eine Nahaufnahme von einer blutbespritzten Windschutzscheibe!»

«Mein Herz, sonst bist du doch immer ganz scharf auf die blutrünstigen Einzelheiten.»

«Bin ich nicht. Das bin ich ganz entschieden nicht.»

«Libby, was ist heute abend bloß mit dir los? Hast du dich wieder mit Ruru gestritten? Hattest du Ärger im Garten-Club?» Frank hatte einen aufreibenden Arbeitstag mit Entscheidungen, Beschwerden und vielen Terminen hinter sich, aber wenn Libby ihre Probleme unbedingt ausspucken mußte, würde er sie sich natürlich anhören. Immer noch besser, als wenn sie an ihm herumnörgelte.

«Nichts dergleichen. Ich habe nichts mehr von deiner ach so bohemehaften Schwester gehört, seit wir über die gute Nachricht von Frazier gesprochen haben.»

«Gute Nachricht? Ein Segen Gottes des Allmächtigen!» Frank lächelte.

Libby hätte gerne angedeutet, daß es vielleicht kein so großer Segen sei, aber sie hielt den Mund, eine Meisterleistung der Selbstbeherrschung.

Während des langen Schweigens, das folgte, sahen sie Werbespots. Einer pries ein Deodorant an, ein anderer befaßte sich mit dem Thema Verstopfung, vier Autospots belebten die Kost, ein Weinkühler verhieß ewige Jugend, die sich sofort verflüchtigen würde, wenn man nicht den Toilettenreiniger benutzte, der nach der zweiunddreißigsten Weinwerbung kam. Nach diesem erfrischenden Erlebnis füllte das Nachrichtenteam den kleinen Bildschirm mit Geplauder über das neue Kleid der Moderatorin und darüber, wie spaßig das Basketball-Turnier werde. Unterdessen rakkerte sich eine halbe Welt entfernt Osteuropa ab, sich selbst zu regieren, nachdem es ein halbes Jahrhundert lang vom Kommunismus entmündigt worden war. Das arme Rußland war seit 1917 von dieser absurden Philosophie geprägt gewesen. Das war keine Meldung wert. Deodorant schon. Nach der gekünstelten Überleitung durch die Moderatorin und ihre Mitmoderatorin mit einer schier grauenhaften Frisur, nach den Sportergebnissen, die die Ansagerin mit forscher

Stimme vortrug, und dem Geplapper des Wetteronkels flimmerten ein paar Kurzmeldungen über den Bildschirm. Zum Glück wurden keine Toten gezählt.

Libby war entspannt genug, um in ihrem Handarbeitsbeutel nach limonengrünem Garn zu angeln. Limonengrün stand bei Libby hoch im Kurs. «Ich glaube, wir sagen Fraziers Fest ab.»

«Wie bitte?»

«Sie braucht Zeit. Wir können feiern, wenn sie sich wieder gefangen hat.»

«Ihr geht's doch prima. Besser denn je.»

«Wann hast du sie zum letztenmal gesehen?» Libby umklammerte das limonengrüne Garn.

«Hab heute in der Galerie vorbeigeschaut.»

«Und?»

«Und was? Sie hatte zu tun, und ich hatte nur ein paar Minuten Zeit. Wir gehen Freitag zusammen Mittag essen.» Libby biß die Zähne zusammen. «So glücklich habe ich sie seit einer Ewigkeit nicht gesehen. Fast so, wie sie als kleines Mädchen war. Wie damals, wenn sie als Kind zu einem kam und einfach erzählte, was ihr gerade einfiel. Ich weiß nicht.» Er rieb sein Kinn. «Irgendwas ist anders mit Frazier.»

«Das kann man wohl sagen.» Libby stieß die Nadel in ihr Stickmuster.

15

Der Southwest Range, eine Bergkette, die im Nordosten parallel zu den stimmungsvollen Blue Ridge Mountains verlief, bot den blühenden Kleinstädten Keswick und Cismont Schutz. Die Route 231 wand sich an diesen sanften grünen Bergen entlang und endete in Gordonsville in einem Verkehrskreisel, den die Schüler der High-School jedes Frühjahr mit ihren Autos komplett verstopften, womit sie Gemeindepolizei und Anwohner zum Wahnsinn trieben. Würden die unternehmungslustigen jungen Leute vom Kreisel auf die Route 15 rasen, so würden sie in die schöne Stadt Orange einfallen. Würden sie auf der Route 33 ungefähr 200 Meter nach Westen sausen und sich dann auf der 231 wieder nordwärts wenden, so kämen sie durch eine der schönsten Landschaften Amerikas. Fraziers Haus, ein für Virginia typisches Fachwerkhaus, circa 1834 erbaut, lag ein kleines Stück abseits dieser Straße, südlich der Somerset-Kreuzung.

Sie konnte in einer Stunde nach Richmond fahren. In wenigen Minuten konnte sie nach Orange flitzen und von dort den Zug nach New York nehmen. Zum Flughafen waren es nur vierzig Minuten. Nach Washington, D. C., das über Nebenstraßen zu erreichen war, dauerte es mit dem Auto zwei Stunden. Auf der Hauptstrecke schaffte sie es auch mal in anderthalb Stunden, sofern sie nicht in den Berufsverkehr geriet, und wenn sie einen Shuttle-Flug nahm, dauerte es keine halbe Stunde bis Washington.

Aber auch unabhängig von der verkehrsgünstigen Lage liebte Frazier das gelbe Haus mit den dunkelgrünen Fensterläden über alles. Wenn es auf das Blechdach regnete, mußte sie immer an «Singin' in the Rain» denken. Das Haus, das im Laufe der Jahrzehnte vergrößert worden war, gab Zeugnis von guten und von schweren Zeiten. Die Fußböden aus weichem Fichtenkernholz waren in der Nähe der Türpfosten so abgetreten, daß sie dünn wie Bienenflügel zu sein schienen. In den mundgeblasenen Fensterscheiben spiegelte sich eine verzerrte, aber liebliche Ansicht von Hügeln, die sich zu einem Berg des Southwest Range hinaufzogen. Hochgebirge mochte eine zu hochtrabende Bezeichnung sein, aber niemand wagte sie klobige Hügel zu nennen.

Die Roughneck Farm hatte zudem den Vorzug, gerade weit genug vom Schuß zu liegen, daß Frazier im großen und ganzen von unangemeldetem Besuch verschont blieb. Heute abend allerdings blieb sie nicht verschont.

Ann Haviland schritt auf dem alten blauen Chinateppich im Wohnzimmer auf und ab. Das Feuer in dem riesigen Kamin war nicht das einzige, was krachte.

Frazier, zuerst von ihrer Mutter strapaziert und nun von Ann, hatte sich in einen abgewetzten Ohrensessel fallen lassen. Wie eine Flutwelle schlug die Erschöpfung über ihr zusammen. Oh, wie sie ihr Gelöbnis, nicht mehr zu rauchen, bereute! Für einen Zug an einer göttlichen Sherman-Zigarette hätte sie fast alles hingegeben.

«Die Zeit, die ich mit dir verschwendet habe!» Um ihrem Satz zusätzliches Gewicht zu verleihen, pflanzte Ann sich vor Frazier auf. «Vom Geld gar nicht zu reden.»

«Welches Geld?»

«Die Ohrringe von Harlan und McGuire, die Flugtickets zum Lake Louise in Kanada...»

«He, das Hotelzimmer hab ich bezahlt.» Fraziers schwere Augenlider hoben sich in einem Anflug von Zorn.

«Und? Was habe ich dir bedeutet? Ich will lieber nicht von Geld reden, das führt zu nichts.»

«Du hast davon angefangen.»

«Weich bloß nicht aus.» Wut und Sorge umschatteten Anns hübsches Gesicht. «Was bedeute ich dir? Wie würdest du diesen Brief auffassen, wenn du ihn bekommen hättest?» Sie wedelte mit dem Brief vor Fraziers Nase herum.

«Moment mal.» Frazier griff nach dem Brief. «Darf ich ihn noch mal lesen?»

«Du weißt nicht mehr, was du geschrieben hast?» Ann war fassungslos.

«Nicht mehr genau.»

«Ich bin deine Geliebte, und du erinnerst dich nicht?»

Frazier riß ihr den Brief aus der Hand; die warmen Wellen der Feindseligkeit belebten sie. «Ich hab's satt, dir ständig zu erklären, wie mir zumute war, in was für einem Zustand ich mich körperlich befand, wie spät es war. Laß mich einfach den verflixten Brief lesen.»

Ann warf sich in den Ohrensessel gegenüber, verschränkte die Arme und starrte Frazier an, deren Blick aus den schönen grünen Augen über die blaugesprenkelten Seiten huschte. Ann tappte mit dem linken Fuß auf den Teppich. Kater Basil funkelte Ann an, und Ann funkelte Frazier an.

Frazier las den Brief zu Ende und legte ihn auf den Couchtisch.

«Nun?» Ann riß ihn wieder an sich.

Frazier faltete die Hände. «Ich bedaure, daß ich aufgrund meiner Angst vorm Sterben grob geworden bin, aber ich bereue nicht, was ich geschrieben habe. Du bist nicht glücklich mit mir. Du warst das ganze letzte Jahr nicht glücklich mit mir.»

«Ich sehe dich ja kaum.» Ann hatte Angst vor dem, was jetzt passieren würde, obwohl sie diejenige war, die Frazier bedrängt hatte.

«Wir arbeiten beide schwer.»

«Du bist von deiner Arbeit besessen.»

«Ich liebe die Arbeit und du nicht. Wenn du das, was du auf dieser Welt tust, gerne tun würdest, wärst du vielleicht nicht so eifersüchtig auf meine Aktivitäten.» Aus Frazier sprach die Stimme der gnadenlosen Wahrheit.

«Danke für die Lektion in Psychologie, aber wenn du schon dabei bist, kannst du mir vielleicht auch sagen, wovon ich meine Rechnungen bezahlen soll.»

«Das mußten schon andere Leute geregelt kriegen, Ann. Warum sollte dir alles nachgeschmissen werden? Wenn du dein Leben ändern willst, wirst du es ändern. Wenn du glücklich sein willst, wirst du es sein. Benutze Geld nicht als Ausrede. Im Moment willst du lieber jammern als dich ändern.»

«Der Tod hat dich wirklich verhext», bemerkte Ann wehmütig. «Vorher konnte ich dich kaum dazu bringen, über was anderes zu reden als über Arbeit oder Sport.»

«Du wolltest wissen, wie ich mich gefühlt habe. Ich hab's dir gesagt. Jetzt fällst du deswegen über mich her. Ich sage nicht, daß ich eine Lösung für dich habe. Und ich sage nicht, daß du ein schlechter Mensch bist oder unrecht hast. Aber was ich in dem Brief geschrieben habe, ist die Wahrheit, so wie ich sie sehe. Wir kommen zusammen nicht weiter. Warum die Qual verlängern?»

«Ist es denn wirklich eine Qual, mit mir zusammenzusein? Ich fand es manchmal richtig schön mit uns.» Langsam dämmerte es Ann, wie ernst dieses Gespräch werden würde.

«War es auch. Am Anfang ist es immer schön. Aber wir verstehen uns nicht.»

«Wenn wir öfter zusammen wären, wüßte ich vielleicht, was du denkst und fühlst. Jedenfalls mehr als hier drinsteht.» Sie nahm den Brief in die Hand und warf ihn dann wieder auf den Couchtisch.

«Ann, wir passen einfach nicht zusammen. Besonders, seit ich allen geschrieben habe, daß ich lesbisch bin.»

Ann umklammerte die Armlehnen. «Wie viele Briefe hast du geschrieben?»

«An Mutter, Dad, Carter, Billy, Tante Ruru, Kenny und... Mandy. Insgesamt acht Briefe.»

«Hast du mich erwähnt? Ich meine, es ist eine Sache, wenn du dich selbst verpfeifst. Hast du mich verpfiffen?» Anns Halsmuskeln strafften sich.

«Nein, aber Carter wird wohl zwei und zwei zusammenzählen.»

«Er hat uns kaum zusammen gesehen.» Anns Hände zitterten. «Und Billy wird den Mund halten. Er hat schließlich selbst eine Menge zu verlieren. Mandy? Warum mußtest du in der Nacht, als du dachtest, du würdest sterben, an Mandy schreiben? Ich meine, Mandy ist deine Angestellte.»

«Mandy ist vielleicht der einzige Mensch in meinem Leben, der mich um meiner selbst willen gern hat.»

«Carter ist ein Klatschmaul. Verdammt, Frazier. Warum? Warum Carter was erzählen?»

«Er ist mein Bruder, und ich liebe ihn.»

«*Endlich*. Endlich ist Carter erfolgreicher als du. Oh, *das* wird ihm gefallen.» Ann klatschte in die Hände.

«Vielleicht auch nicht.»

«Wenn Carter oder Ruru oder sonst jemand Fragen über mich stellt, lügst du am besten, was das Zeug hält. Du kannst meinetwegen in dieser Stadt untendurch sein, aber ich habe dazu keine Lust!»

«Du hast nichts begriffen.» Frazier sah auf den Brief.

«Mit der Wahrheit rausrücken! Aller Welt erzählen, daß du lesbisch bist! Das ist leicht, wenn man im Sterben liegt. Sie werden Hackfleisch aus dir machen!»

«Das wird sich zeigen.»

«Soll ich vielleicht auch noch deinen Mut bewundern?» Der Sarkasmus quoll nur so aus Ann hervor. «Mit der Zeit wird sich ja herausstellen, wie tapfer du bist. Wenn du deine Freunde verlierst und, was dir mehr zu Herzen gehen dürfte, wenn du dein Geschäft verlierst.»

«Um Himmels willen. Was hat die Tatsache, daß ich lesbisch bin, damit zu tun, ob jemand Kunst kaufen will oder nicht?»

«Weil man dich als anständige Frau kennt. Du bist hinreißend. Du stehst ganz oben in der Gesellschaft, Frazier. Damit wird es aussein, denn deine Kundschaft rekrutiert sich aus genau diesen Kreisen.»

«Die Hälfte der Kunsthändler, die ich kenne, ist schwul.»

«Das sind Männer.» Ann hielt die Armlehnen so fest umklammert, daß ihre Knöchel weiß hervorstachen. «Auch für Schwule gibt es eine doppelte Moral.»

«Ich hoffe, du irrst dich, und selbst wenn du recht hast», Frazier hievte sich aus dem Sessel und ging ans Feuer, «dann kann ich mich trotzdem nicht wieder im Schrank verkriechen.»

«Klar kannst du. Du könntest allen schreiben oder dich ins Auto setzen und sie besuchen. Sag ihnen, du hattest Halluzinationen. Sie werden dir glauben, weil sie dir glauben wollen.»

«Weißt du, Ann, seit ich erwachsen bin, habe ich gelogen. Ich habe gelogen, indem ich schwieg. Das scheint mir schlimmer, als wenn ich regelrechte Lügen erzählt hätte. Vielleicht wird dir eines Tages etwas passieren, das dich veranlaßt, dich und die Welt anders zu sehen. Wie ging noch der Spruch? Schuppen fielen mir von den Augen?» Frazier schüttelte den Kopf, weil es ihr nicht einfiel. «Egal. Mir ist einiges über mich und über die Welt, in der ich lebe, klargeworden, und für einen Teil dieser Welt bin ich verantwortlich.»

«Wieso? Du hast sie nicht erschaffen», konterte Ann wie aus der Pistole geschossen.

«Nein, aber ich kann etwas bewegen, und wenn ich nichts tue, wenn ich mich einfach weiter verstecke, dann akzeptiere ich die Dinge, wie sie sind.»

Ann traute ihren Ohren nicht. «Ach du lieber Gott, jetzt willst du auch noch die Welt verändern! Du und Mutter Teresa, ihr werdet es schon schaffen!»

«Nein, nicht die Welt. Ich will mich selber verändern.»

Verblüfft sprang Ann vom Sessel und stellte sich vor Frazier, Auge in Auge. «Millionen von Menschen, Millionen in Amerika, in aller Welt, bringen es fertig zu leben, ohne daß irgendwer weiß, wer und was sie sind. Homosexuelle müssen doch nicht grundsätzlich eine Fahne vor sich hertragen. Laß die Leute doch ihre Mutmaßungen anstellen. Wenn du's nicht sagst, werden sie die Wahrheit nicht erfahren. Es geht keinen etwas an. Sie sind glücklich, ihre Familien sind glücklich. Unwissenheit ist ein Segen. Warum mußt du urplötzlich anders sein? Du wirst alle anderen deiner sogenannten Integrität opfern. Was gibt dir das Recht, andere Menschen leiden zu lassen?»

«Ich bin nur für mich selbst verantwortlich.»

«O ja. Haben das nicht auch unsere Urgroßväter gesagt, als die Indianer von der US-Regierung zugrunde gerichtet wurden? ‹Ich bin nur für mich selbst verantwortlich, ihr Elend ist ihr Problem.›»

«Ich glaube kaum, daß man das vergleichen kann.» Frazier hörte einfach nur zu. Ihre Wut schwand. Sie kämpfte gegen diese neuen Anwürfe.

«Du weißt, was ich meine. Du hast kein Recht, mich unglücklich zu machen, deine Eltern zu blamieren oder Billy bloßzustellen.»

«Ich stelle niemanden bloß. Ich sage lediglich die Wahrheit über mich, und wenn das andere Menschen unglücklich macht, dann», sie überlegte einen Moment, «dann müssen sie vielleicht lernen, wie schrecklich unfair ihre Einstellung ist, wie unfair», sie suchte nach dem richtigen Wort, «das System ist. Wenn du nicht weißt, daß ein Problem existiert oder daß dein Verhalten anderen Menschen schadet, kannst du es nicht ändern. Vielleicht müssen meine Mutter und mein Dad mal über einiges nachdenken.»

«Und du vielleicht auch.» Ein Funken zischte aus dem Feuer. Ann zog den Fuß weg. «Ich werde dich meiden wie die Pest. Schreib mir nicht. Ruf mich nicht an. Wenn es sich in der Stadt herumspricht, daß du lesbisch bist, werde ich schockiert sein, oh, und wie schockiert, und dann werde ich natürlich erleichtert sein, weil mir dieses Wissen vorher erspart geblieben ist. Ich meine, was wäre gewesen, wenn du dich an mich herangemacht hättest?»

«Du hast einen Befund», sagte Frazier angewidert. Es war eine Redensart aus ihrer Studienzeit, die bedeutete, daß jemand übergeschnappt war.

«Ach ja?» fauchte Ann. «Du willst keine enge Beziehung. Das hast du zugegeben. Ich wollte es nicht glauben. Schön, jetzt hat sich dein Wunsch erfüllt. Keine lesbische Frau wird sich in deine Nähe wagen, weil alle sie sonst verdächtigen. Und wie viele bekennende Lesben gibt es in Amerika? Drei? Ha.» Ann lachte. «In Virginia ist das Wort lesbisch im Wortschatz anständiger Menschen einfach nicht vorhanden. Du hast es geschafft, Frazier. Du wirst allein sein, aber was machst du dann mit deinem überdrehten Sextrieb? In irgendeiner kalten Nacht wirst du mich vermissen. Schade, daß es keine Bordelle für Frauen wie dich gibt. Das wäre doch ideal. Du könntest deinen Spaß haben und dich dann aus dem Staub machen. Keine Verantwortlichkeiten, solange du bezahlst. Das werden sie dir auf den Grabstein schreiben: ‹Sie hat bezahlt!›»

«Ann, mach, daß du rauskommst.»

Als Ann gegangen war, kroch Frazier ins Bett. Katze und Hund kuschelten sich neben sie. In der Nacht sank die Temperatur auf minus 5 Grad Celsius. Sie hatte den Kamin angemacht, weil die alte Zentralheizung gegen Minustemperaturen nicht ankam. Aber dieser Nachteil wurde dadurch aufgewogen, daß das Haus atmete, weswegen sie selten unter Schnupfen oder Allergien zu leiden hatte.

Frazier zog die Daunensteppdecke um sich und legte sich noch einen Schal um die Schultern. Sie versuchte, noch ein bißchen in *Auf der Suche nach der verlorenen Zeit* zu lesen. Die Worte verschwammen vor ihren Augen. Die Menschen mußten mehr Zeit zum Lesen gehabt haben, als Proust sein Meisterwerk schrieb. Sie schloß die Augen, öffnete sie dann wieder und starrte in die Flammen. Sie würde womöglich für den Rest ihres Lebens allein sein. Wenigstens würde sie allein sein und dabei wissen, wer sie war. Der Lohn der Anpassung ist, daß jeder einen gern hat außer man selbst. Wenn niemand anders sie mochte, würde sie sich wenigstens selbst mögen, und das war weit mehr, als sie vorher gehabt hatte.

Aber Anns Worte fraßen an ihren Nerven wie ätzende Säuretropfen. Wie konnte das Bekenntnis zu sich selbst andere Menschen so mit Wut und Haß erfüllen? Vielleicht taten Anns Worte ihr weh, weil an ihren Vorwürfen etwas Wahres war. Vielleicht hatte sie kein Recht, andere Menschen zu verletzen, aber welchen Weg sie auch einschlug, irgend jemanden würde sie immer verletzen. Lügen war ein langsames Verletzen. Das hier ging schneller und sauberer.

Geschehen war geschehen. Sie mußte einen Weg finden, damit zu leben.

16

Riesige Schneeflocken wirbelten vom dunklen Nachthimmel. Die Autos auf dem Parkplatz von Buddy's Restaurant waren zugeschneit, aber die Stammgäste in der beliebten Grill-Bar merkten es entweder nicht, oder sie waren so betrunken, daß es ihnen egal war.

Carter Armstrong «begleitete» mit seiner reinen Tenorstimme die irische Band, die sich nach der berühmten Jagd *The Galway Blazers* nannte. Er hatte sich mit Bushmill's Whisky vollaufen lassen und fühlte sich nun unbesiegbar. Whisky gab ihm immer das Gefühl, stark, intelligent und vor allem glücklich zu sein. Er liebte auch den Geschmack, das Gefühl, wie die Flüssigkeit sich langsam in seinem Mund erwärmte, das Feuer, wenn der bernsteinfarbene Nektar seine Kehle hinabrann und schließlich als pure Energie in seinen Magen schoß. Gelobt seien die Brauer und Brenner, die sich in Schottland und Irland über ihre Kupferkessel beugten, während ihnen der süßliche Geruch von Getreide und Gärung in die Nase stieg. Carter erhob sein Glas auf diese Männer, die er wohl nie leibhaftig sehen würde.

Buddy, ein ehemaliger College-Footballstar und der Besitzer der Bar, klopfte Carter auf den Rücken. «Das war der letzte, Adonis. Draußen schneit es wie der Teufel, und die Straßen sind glatt.»

«Es schneit?»

«Ja, Zeit, deine Langlaufskier rauszuholen.» Buddy hatte vor, sich morgen seine Bretter anzuschnallen.

«Hab nie Skilaufen gelernt.»

«Ist ganz leicht.» Buddy lächelte. «Besonders die Stürze. Ich glaub, die ersten zwei Monate hab ich kaum auf den Brettern gestanden, aber he, da draußen kannst du 'ne Menge klasse Weiber kennenlernen. Ein Mann, dem die Nase und das ganze Gesicht mit Schnee verkrustet sind, hat scheint's was Unwiderstehliches.» Er klopfte Carter wieder auf den Rücken. «A propos klasse Weiber, prima Neuigkeit, das mit deiner Schwester. Wir werden alle zusammen alt, und sie ist und bleibt das hübscheste Ding, das mir je unter die Augen gekommen ist.»

Carter strahlte. «Freut mich. Aber das Beste, Freund Buddy, das Beste ist, daß meine vollkommene Schwester, die erfolgreiche, ehrgeizige Miss Mary Frazier, eine Lesbe ist.» Er warf den Kopf zurück und lachte schallend. «Sie hat mir einen Brief geschrieben, weil sie dachte, sie liegt im Sterben, und abgesehen davon, daß sie mir erklärt hat, wie ich mein Leben leben soll, was mir offenbar alle verflixten Weiber vorschreiben wollen, hat sie gestanden, daß sie lesbisch ist. Ich find's klasse. Einfach klasse! Jetzt steh ich nicht so schlecht da, und ich wette, Daddy ist gramgebeugt – seine vollkommene Tochter ist gar nicht so vollkommen.»

Buddy hörte Neuigkeiten – bei Männern gab es nur «Neuigkeiten», niemals Klatsch – so gerne wie alle anderen. Carters Jubel allerdings verriet mehr über Carter als über Frazier. «Leben und leben lassen.» Buddy zuckte die Achseln.

«Weißt du, was ich über diese Stadt denke?» Carter kippte den Rest Whisky herunter. «Die Leute leben und lassen leben, aber sie machen das Leben nicht leichter.»

Buddy winkte der Kellnerin, um Kaffee zu bestellen. Er setzte sich Carter gegenüber. «Sind die andern schon weg?»

Carter nickte. «Ich halte die Stellung bis zum Schluß.» Der Kaffee wurde gebracht. Carter war sein Leben lang auf diese oder jene Art verwöhnt worden, und so nahm er die Geste für selbstverständlich. «Danke», sagte er zu der Kellnerin. Daß er erwartete, bedient zu werden, bedeutete noch lange nicht, daß er nicht wußte, was sich gehörte.

«He.» Buddy beugte sich vor. «Red nicht über Frazier. Was sie dir geschrieben hat, geht nur euch beide was an.»

Carter blickte beim Trinken über den Rand seiner Kaffeetasse. «Seit dem College mußte ich Fraziers Scheißbeleidigungen schlucken. Jetzt kann sie zur Abwechslung mal ein paar von mir schlucken. Wenn sie lesbisch ist, soll sie büßen und zahlen. Ich habe weiß Gott gezahlt.»

«Das ist nicht dasselbe.» Der Gedanke, daß die schöne Frazier lesbisch war, schmerzte Buddy. Nicht, daß es ihn irgendwie kümmerte, wer was mit wem tat, aber plötzlich zu erfahren, daß eine so schöne Frau unerreichbar war, das erschütterte ihn.

«Wieso nicht?»

«Komm, trink noch 'nen Schluck, und werd nicht aggressiv. Wie viele Jahre kennen wir uns schon? Seit dem Kindergarten. Eine Ewigkeit. Sei nachsichtig mit ihr. Sie hat Furchtbares durchgemacht. Mach es nicht noch schlimmer.»

«Was meinst du damit, das ist nicht dasselbe?»

«Carter, du wilder Hund.» Buddy hob die Hände wie zum Gebet. «Du rührst doch keinen Finger, außer wenn's um Weiber geht.»

«Ach was, ich versteh nichts von Frauen.» Carter entspannte sich. «Aber ich hab eine.»

«Oder zwei oder drei.» Buddy lachte. «Ich weiß nicht, wie du das machst. Meine Alte würde mir die Haut abziehen, und zwar an meinem besten Körperteil.»

«Wennste'n nicht benutzt, wird er dir gestutzt.»

Buddy winkte, um nachschenken zu lassen. «Damit dürftest du heil nach Hause kommen.»

«Mir geht's bestens.»

«Bloß für alle Fälle.» Buddy winkte seinen Gästen und Freunden zu, die nacheinander hinausgingen. Sie stießen Oohs und Aahs aus, als sie den Schnee sahen, der schon 15 Zentimeter hoch war. Und es schneite noch immer.

«Und ich dachte, es würde bald Frühling. Die Rotkehlchen sind doch schon da.»

«Der Winter schlägt noch mal zu. Aber viel Kraft hat er nicht mehr. Der März weckt immer neue Hoffnungen und vernichtet sie dann nach zwei Tagen wieder. He, kennste den? Woran erkennt man einen Wichser?» Carter schüttelte den Kopf, er hatte keine Ahnung. «An seinem Tennisarm.»

«Der ist mies, Buddy. So mies, daß es schon traurig ist. Hör dir den an. Ein Mann geht mit seiner Frau zum Arzt. Sie fühlt sich schon eine Weile nicht wohl, und sie machen eine ganze Reihe Tests mit ihr, sie ist vielleicht vierzig, nicht gerade alt. Zwei Wochen später ruft der Arzt den Mann in seinem Büro an und sagt: ‹Wir haben alle Testergebnisse noch mal überprüft, Mack, aber wir können die Krankheit deiner Frau nicht klar bestimmen. Ich weiß, es klingt verrückt, aber sie hat entweder Alzheimer oder Aids.› Alzheimer oder Aids? Der Mann kann's nicht glauben. ‹Was mach ich jetzt?› fragt er. Der Arzt sagt: ‹Mach mit ihr einen langen Spaziergang im Wald und laß sie dort zurück. Wenn sie den Weg nach Hause findet, bums sie nicht.›» Carter kicherte. Das Kichern wuchs sich zu Gelächter aus, bis er sich am Ende schüttelte.

Buddy lachte auch, obwohl er besorgt war, ob Carter heil nach Hause kommen würde. Die Frage, ob Carter etwas Sinnvolles aus seinem Leben machen würde, stellte er sich schon seit Jahren nicht mehr.

17

Der Sonnenaufgang kam wie ein Engel auf Zehenspitzen. Frazier wachte früh auf, Curry und Basil lagen zusammengekuschelt neben ihr, und sie beobachtete, wie ein hellrosa Schleier auf dem Schnee immer größer wurde. Die Kristalle brachen das Licht, so daß winzige Regenbogen den Boden bedeckten. Die Eiszapfen schimmerten und veränderten ihre Farbe mit jedem Lichtwechsel, bis die Welt in Gold getaucht war.

Frazier streute Körner für die Vögel, was ihr, der Katze und dem Hund großes Vergnügen bereitete. Die Vogelspuren im Schnee erinnerten sie an die Verzierungen, die Bäcker auf Torten machen. Bald balgten sich die Eichhörnchen um das Futter. Sie öffnete die Hintertür und warf ihnen Mais hin. Zur großen Freude der Rotkehlchen huschten sie rasch davon und fielen über die Maiskolben her. Blauhäher stießen kreischend herab. Es war, als würde im Hinterhof eine gefiederte Versammlung stattfinden.

Da die meisten Virginier schon bei fünfzehn Zentimeter Schnee nicht mehr Auto fahren können und spätestens bei einem halben Meter ganz aufgeben, fiel der Schulunterricht aus und Konzert- und Sportveranstaltungen wurden abgesagt. Die gestrichenen Veranstaltungen wurden im Radio durchgegeben. Frazier fand, daß es wenig Sinn hatte, zur Arbeit zu gehen. Die Stadt würde verlassen sein.

Frazier wartete bis halb acht, bevor sie Mandy anrief; sie wußte, daß sie dann wach sein würde.

«Guten Morgen, meine Schöne», trällerte Frazier, als Mandy den Hörer abnahm.

«Es ist ein wunderschöner Morgen. Ich blicke über die Dächer der Second und First Street. Erinnert mich an Camille Pissarros ‹Pontoise, Straße nach Gisors im Winter›.»

Frazier riet ihr: «Bleib zu Hause und mach's dir gemütlich. Heute geht kein Mensch zur Arbeit. Ich geh schnell hin und höre den Anrufbeantworter ab. Du baust einen Schneemann. Oder eine Schneefrau. Oder wie wär's mit einem Schnee-Versailles?»

«Bei meinem enormen Bildhauertalent kann ich's kaum erwarten», antwortete Mandy. «He, vergiß nicht, du bist heute mittag mit deinem Vater zum Essen verabredet.»

«Danke. Hatte ich tatsächlich vergessen. Ich ruf ihn gleich an. Weißt du, was ich noch vergessen habe?»

«Was?»

«Kopierpapier zu bestellen. Erinnere mich Montag morgen dran. Ich hab's in mein Notebook eingegeben, aber vergessen, in dem blöden Ding nachzusehen. Ich bin besser dran, wenn ich überall Notizzettel hinpappe.»

«Am besten auf deine Nasenspitze.»

«Willst du damit andeuten, daß ich meine Notizen verschlampe?»

«Nein, nein, nur, daß du langsam kurzsichtig wirst. So, was hast du heute vor?»

«Willst du's genau wissen?» Frazier machte es spannend.

«Du wirst doch wohl nicht noch mehr Briefe schreiben?»

«Sehr komisch. Nein. Ich ordne meine Bibliothek. Endgültig.»

«Gute Idee. Ich hoffe, du zeigst mir das Ergebnis. Ich wollte heute abend mit Sean weggehen, aber er wird wohl nicht losfahren können, drum denke ich, ich werde wohl auch ein bißchen aufräumen – in meinem Badezimmer. Das Ergebnis kriegst du nie zu sehen.»

«Mach dir eine paar schöne Stunden beim Sortieren deiner Lippenstifte.» Als nächstes rief Frazier ihren Vater zu Hause an.

Libby nahm ab. «Hallo.»

«Mutter, ist Dad da?»

«Ja.» Libbys Ton war so eisig wie das Wetter draußen.

«Gibst du ihn mir bitte mal?»

«Warum?»

«Mutter, ich bin mit Dad zum Mittagessen verabredet und will's noch mal bestätigen. Hol ihn bitte ans Telefon.»

«Du regst ihn nur auf.»

«Ich werd ihn nicht aufregen.»

«Sprich bloß nicht mit ihm über – du weißt schon.»

«Er weiß es längst.» Frazier war wütend. «Ich hab's ihm doch geschrieben.»

«Ich habe ihm deinen Brief nicht gegeben.»

«Mutter!»

«Immer mit der Ruhe, Madam. Er ist überarbeitet und mitgenommen. Du weißt, die Rezession hat dem Geschäft deines Vaters schwer zugesetzt. Alle denken, Frank ist so reich, daß ihm so etwas nichts anhaben kann, aber die Straßenbauindustrie ist arg in Mitleidenschaft gezogen. Er kann jetzt nicht auch noch Ärger von dir gebrauchen.»

«Hol bitte Dad ans Telefon.»

«Nur wenn du versprichst, daß du nicht über unangenehme Themen sprichst.»

«Du hast kein Recht...»

«Ich habe jedes Recht, meinen Mann zu schützen.»

«Glaubst du wirklich, es ist zu verhindern, daß es sich in der Stadt herumspricht? Es wird Dad sowieso zu Ohren kommen.»

«O nein. Kein Freund wird deinen Vater darauf ansprechen.»

«Es muß ja nicht unbedingt ein Freund sein.»

«Er wird es nicht erfahren.» Libby blieb stur. «Ich richte ihm aus, daß du angerufen hast.» Dann knallte sie den Hörer auf.

«Mutter. Mutter? Verdammter Mist.» Das Freizeichen tönte in Fraziers Ohr. Sie legte den Hörer auf die Gabel.

Libby war Frazier ein Rätsel, obwohl sie sie schon ihr Leben lang kannte. Die Unnachgiebigkeit ihrer Mutter überraschte sie nicht, aber daß Libby glaubte, vor Frank etwas geheimhalten zu können, war beunruhigend. Entweder hatte ihre Mutter mehr in der Hinterhand, als Frazier sich vorstellen konnte, oder sie hatte die Lüge zur Kunstform erhoben. Aber vielleicht wollte Frank ja gegängelt werden. Libby führte seinen Terminkalender für gesellschaftliche Verpflichtungen, sie schrieb seine Dankesbriefe, kaufte seine Geburtstags-, Jubiläums- und Weihnachtsgeschenke für Familienangehörige, Angestellte und Freunde. Libby entschied, welche Wohltätigkeitsvereine Spenden erhielten, wo sie Urlaub machten und wann ein neuer Wagen angeschafft wurde. Frank hatte nichts weiter zu tun, als zur Arbeit zu gehen und nach Hause zu kommen. Vielleicht wollte er gar nichts wissen, über nichts und niemanden. Als Kind hatte Frazier sich danach gesehnt, daß ihr Vater sich gegen ihre Mutter auflehnen würde. Als Teenager hatte sie darum gebetet, aber Frank hielt an seiner gelassenen Haltung fest. Wenn Libby schimpfte, entschuldigte er es damit, daß sie ihre Tage hatte. War sie gereizt wie eine Hornisse, erklärte er, sie sei abgespannt. Wenn sie zwei Wochen lang wie ein Berserker herumwütete, gab er ihr genug Geld, um das Haus neu einzurichten.

Frazier hielt ihre Hand ins Licht. Blaulila schienen die Adern durch. Kaum zu glauben, daß sie mit Libby oder Frank blutsverwandt war. Und kaum zu glauben, daß nach ihrem Tod der Puls in ihren Adern verstummen, das Blut stocken sollte. Freilich, wäre sie sitzend gestorben, das Blut wäre wohl am Ende in die Füße geflossen. Hätte die Schwerkraft es nicht nach unten gezogen? Sie dachte ein paar Sekunden darüber nach, dann stieß sie einen Jubelschrei aus. Sie war nicht gestorben. Okay, ihre Mutter war eine Meckerziege, und ihr Vater war ein Schwächling, wenn es um seine Frau ging, aber sie, Frazier, war lebendig, herrlich lebendig.

Sie zog dicke Socken an, ein seidenes Unterhemd, ein langärmeliges warmes T-Shirt, ein Flanellhemd, Jeans und Arbeitsstiefel. Sie schnappte sich eine alte daunengefütterte Jacke, pfiff nach Curry und Basil und rannte hinaus.

Ein reißender Bach mit einem kleinen Wasserfall bildete die nördliche Begrenzung ihres Grundstücks. Frazier, Katze und Hund stapften durch den frischen Schnee zum Bach. Obwohl die Ufer vereist waren, stürzte der Wasserfall über die Steine. Es war noch nicht lange genug kalt gewesen, um den Wasserfall gefrieren zu lassen.

Das tiefe Tuckern eines Dieseltransporters bewog Curry, durch den Schnee zu stürmen. Er verausgabte sich regelrecht, denn immer, wenn er hochsprang, tauchte er gleich darauf tief in das glitzernde Pulver ein. Am Ende war er klüger und folgte in Fraziers Fußstapfen, als sie zur Einfahrt ging. Basil ritt auf Fraziers Schulter.

«Ruru. Was machst du an so einem Tag hier draußen?»

«Bertha kommt überall durch.» Ruru kletterte aus ihrem 1977er Ford mit Vierradantrieb. «Genau wie ich. Unser Telefonat, nachdem du aus dem Krankenhaus kamst, hat mir nicht genügt, drum dachte ich mir, an einem Tag wie heute sollten wir einen Spaziergang machen.»

«Klar. Ich bring die beiden nur schnell ins Haus.»

Katze und Hund murrten, als sie im Haus eingeschlossen wurden. Ruru und Frazier stapften die Straße entlang, wo ein Auto am Rand steckengeblieben war.

«Dafür brauchen wir Bertha nicht zu bemühen. Wir können die Dame selbst rausschieben.»

Die frierende, frustrierte Dame lenkte, Frazier und Ruru schoben von hinten, bis sie sie schließlich winkend und rufend auf den Weg brachten.

«Laß uns zur alten Schule gehen.»

«Das sind gut drei Kilometer. Und noch mal drei zurück, Ru.»

«Meinst du, ich bin zu alt? Meine Güte, du kannst vielleicht ein Klugscheißer sein, Kind.» Damit marschierte die ältere Frau mit forschem Schritt los, und Frazier beeilte sich, nachzukommen. Hin und wieder mußte sie das Zeug ausspucken, das aus ihren Bronchien hervorbrach. «Tut weh, was?»

«Ja, ziemlich.» Frazier nickte.

«Hoffentlich bist du bald über den Berg. He, vielleicht sollten wir lieber reingehen.»

«Nein, die Luft tut mir gut. Ich werde sogar mit Joggen anfangen.»

«Du?»

«Ich. Ich hasse es wie die Pest. Es ist so langweilig, aber», Frazier atmete die scharfe Luft ein, «es ist wirklich gut für die Lungen. Ich weiß auch nicht, wo ich mir das geholt habe.»

«Liegt in der Familie.»

«Tatsächlich?»

«Dein Großonkel Fred hat sein Leben lang unter Bronchitis gelitten. Wenn er atmete, gab es immer ein komisches metallisches Pfeifen.»

«Ja, das kenne ich.» Frazier lächelte ihre energiegeladene Tante an. «Ich freu mich, daß du da bist. Mom ist am Ausrasten. Kein Wunder. Sie hat den Brief versteckt, den ich an Dad geschrieben habe, und es macht sie hysterisch, daß ich mit ihm über das Thema reden könnte.»

«Ich kann mir gut vorstellen, was in der eleganten, gesellschaftlich korrekten Elizabeth Redington vorgeht. Deine Mutter und ich haben uns vor vierzig Jahren einmal angesehen, und was soll ich sagen, Haß auf den ersten Blick? Haß ist ein zu starkes Wort. Antipathie. Ich verschwende nicht mehr Gedanken an sie als an eine keifende Ziege.»

«Es ist so still. Ist dir das aufgefallen? Ich höre nichts als unser Atmen und das Knirschen unserer Schritte.» Frazier sah sich um, als wollte sie sich diesen Tag, diesen Spaziergang in allen Einzelheiten einprägen. «Ru, was soll ich nur tun?»

«Ich weiß es nicht.»

«Bist du mir böse?» Fraziers Herz flatterte.

«Ich? Daß ich nicht lache. Nein.» Sie nahm eine Handvoll Schnee und formte ihn zu einem dicken Ball. Weiter vorne ragte eine Mauer auf, Ruru warf und traf. «Ich möchte nur eins: daß du glücklich bist. Wie oder mit wem, das ist mir ziemlich schnuppe, und ich nehme an, ich könnte mich an eine Frau in deinem Leben gewöhnen, vorausgesetzt, es ist die richtige. Ich finde nichts dabei.»

«Nur keine Panik. Es wird keine richtige Frau geben.»

«Nur keine Tragik.» Ruru knuffte Frazier. «Die Liebe hat so eine komische Art: Sie schleicht sich an einen heran, wenn man es am wenigsten erwartet. Aber das ist im Moment nicht das Thema. Das Thema ist, was Libby vorhat und ob du den gesellschaftlichen Absturz ertragen kannst, ohne vor die Hunde zu gehen. Du warst sowieso mit den falschen Leuten zusammen. Dies ist die ideale Gelegenheit, sie loszuwerden.»

«Früher hast du nie was gesagt.»

«Warum auch? Es ging mich nichts an. Hoffentlich haben diese Leute dir wenigstens Bilder abgekauft.»

«Einige haben was gekauft. Die meisten waren geizig bis dorthinaus, außer wenn sie Kokain gekauft haben.»

«Lasche Bande. Ich hoffe, du …»

«So was liegt mir nicht.»

«Nein, vermutlich nicht.»

Das rote Schulhaus kam in Sicht. Die hohen Fenster reflektierten das Licht; die Tische und Stühle draußen hatten traumhafte Formen angenommen.

«Ich glaube, in so einer Schule wäre ich glücklicher gewesen als in St. Luke's», bemerkte Frazier, als sie die große Steintreppe hinaufstiegen. Sie spähten durch die Fenster.

Die altmodischen Pulte mit den schmiedeeisernen Verzierungen an den Seiten waren in ordentlichen Reihen aufgestellt. Ein riesiger schwarzer Kanonenofen beherrschte die Mitte des Raumes, und eine Tafel, eine richtige schwarze Schiefertafel, keine von den neuen grünen, bedeckte die Ostwand. Über der Tafel waren Zeichnungen aufgehängt.

«Dein Onkel sagte immer, der Fluch des Reichseins sei es, mit reichen Leuten leben zu müssen.»

«Glaubst du, Daddy empfindet das auch so?»

«Herzchen, dein Daddy hat sich vor so viel Jahrzehnten aufgegeben, daß er vergessen hat, wer er ist und woher er kam.»

«Wenigstens ist er kein Snob.»

«Er ist wie ein Fisch auf dem Trockenen.» Ruru legte die Hand über die Augen. «Sieh mal.» Sie zeigte nach Westen. «Es gibt noch mehr Schnee.»

«Stimmt. Kehren wir um.»

Die ersten Flocken des Schneesturms wirbelten herab, als Frazier und Ruru in den Vorraum traten und sich den Schnee von den Füßen stampften.

Ruru machte Sandwiches mit Spiegeleiern, sauren Gurken, Kopfsalat und Mayonnaise, während Frazier in einer Stielkasserolle Glühwein kochte. Sie plauderten und genossen ihr Zusammensein.

Als sie nach dem Mittagessen am Kamin saßen, Curry auf Rurus und Basil auf Fraziers Schoß, lachten sie über Yancey Weems' Befürchtungen, gerichtlich belangt zu werden.

«Hat die Tatsache, daß du dem Tod so knapp entronnen bist, dein Leben versüßt?» fragte Ruru. Das Licht des Feuers milderte die Falten in ihrem Gesicht, so daß sie um Jahre jünger aussah.

«Ähm – ja. Aber weißt du, man ist von den seltsamsten Dingen fasziniert. Ich dachte immerzu, wie schön das Papier war, das ich zum Schreiben benutzte, und wie gut der Füller in der Hand lag. Alle Gegenstände kamen mir irgendwie größer vor. Vor allem aber konnte ich nicht glauben, daß es ausgerechnet mich treffen sollte. Ich möchte so viel tun, so vieles sehen. Und mich amüsieren. So richtig amüsieren.»

«Du hast schwer geschuftet, das steht fest. Ich nehme an, die Bälle und eleganten Gesellschaften sind nicht als Amüsement zu werten.»

«Das war härtere Arbeit als in der Galerie. Aber weißt du», Frazier beugte sich zu Ru, «ich wünschte, ich wüßte nicht, daß ich einmal sterben muß. Ich wünschte, das wüßte niemand von uns. Es macht einen tatsächlich zum Opfer, zur Zielscheibe für jeden Schwindler, der einem ein Leben nach dem Tode verspricht. Ich glaube, wenn wir nicht wüßten, daß wir sterben müssen, würden wir jeden Augenblick viel mehr genießen. Wer an mich glaubt, der hat das ewige Leben, heißt es in der Bibel. Natürlich wollen die Menschen das glauben. Die Angst vorm Sterben ist eine Peitsche, eine Knute, eine Geißel, und oh, wie Prediger und Pastoren und die ganzen anderen frommen Ekel sie eingesetzt haben. Ich will leben, Tante Ruru, wie ich es mir vorher nie gewünscht habe, und ich will ganz sicher nicht sterben. Ich will nicht mal daran denken, aber ich denke trotzdem dran.»

Ruru streichelte den Hund und sagte: «So habe ich das nie gesehen. Ich war dankbar für meinen Glauben, als Paul starb. Nicht, daß ich ihn im Geiste zwischen den Wolken tanzen sah, mit Flügeln am Rücken und einer Harfe in den Händen. Paul mit einer Harfe! Er war vollkommen unmusikalisch.» Sie lachte. «Aber der Glaube, nicht die Kirche, wohlgemerkt, aus dem Glauben habe ich Trost geschöpft.»

«Und wenn es nicht wahr ist? Wenn es keinen Gott und keinen Himmel gibt? Wenn Jesus kein Erlöser war, sondern ein jüdischer Rabbi?»

«Darauf kommt es nicht an.»

«Bitte, was?»

«Es kommt nur darauf an, daß wir mit Anstand leben, mit Achtung füreinander. Du mußt an nichts glauben, aber meinen Glauben sollst du mir lassen.»

«Stimmt.»

«Dann mach dir keine Sorgen. Der Herr geht geheimnisvolle Wege, um seine Wunder zu wirken.»

«Und was soll das heißen? Ich hasse es, wenn du in Rätseln sprichst.»

«Es heißt nur, daß man leiden muß, Vertrauen verlieren, gegen Mauern stoßen, was auch immer. Dein Glaube wird kommen. Das wird nicht von der Vernunft bestimmt. Er kommt vom Herzen, und das Dogma ist ohne Bedeutung. Welcher Kirche du angehörst, ist völlig schnuppe. Es kommt darauf an, was du fühlst, und wenn du's fühlst, hast du alles.»

«Das ist mir zu mystisch. Und ich mache keine Witze.» Frazier meinte es ernst.

«Ich weiß.»

Frazier fragte mit einem teuflischen Funkeln in den Augen: «Was macht dich so klug?»

«Diese Falten. Es gibt keinen anderen Weg, Kind, keinen anderen Weg.»

«Magst du mir noch ein philosophisches Kleinod schenken, für den Beginn meiner Reise?»

«Ja. Ernsthaftigkeit ist die Zuflucht der Seichtheit.»

Darauf lachten sie beide und wandten sich wieder dem delikaten Klatsch zu.

18

Bis Montag waren alle Straßen geräumt. Der wetterwendische März bescherte einen herrlichen, 10 Grad Celsius warmen Tag. Man konnte das Wasser in Regenrinnen, unterirdischen Leitungen und unter Kanaldeckeln gluckern hören.

Vor dem großen Fenster von Terese Colliers Schönheitssalon «Scherenschnitt» wiegten sich knospende Narzissen herausfordernd im schmelzenden Schnee. In New York oder Los Angeles würde Terese in Geld nur so schwimmen. Mit ihrer Schere vollbrachte sie Wunder.

Frazier schaute am frühen Morgen herein, um sich eine kleine Nachbehandlung verpassen zu lassen und auch, um Terese noch einmal zu danken. Jennifer, die Manikürdame, eine Vision in Pink, und Malibu, Tereses junge Gehilfin, freuten sich, daß Frazier wieder gesund war. Jennifer und Malibu benahmen sich ein bißchen sonderbar. Malibu sah Frazier forschend an. Jennifer weichte Fraziers Hände wie immer in Paraffinöl ein, aber der sonst so fröhliche Plauderton wollte nicht aufkommen. Sie verfielen auf das einschläfernde Gesprächsthema Wetter.

Als ihre Fingernägel vollendet glänzten, entspannte sich Frazier auf dem Frisierstuhl. Sie nahm sich vor, so einen Stuhl für ihre Bibliothek zu kaufen. Die Versteigerungssaison begann in sechs Wochen, und wenn man Geduld hatte, konnte man wirkliche Schnäppchen machen. Und selbst wenn man für Fliegenschränke, Schusterbänke, altes Pferdegeschirr und Werkzeug am Ende viel zuviel bezahlte, so lohnte es sich allein schon wegen der Aufregung, die die Auktion mit sich brachte.

Das regelmäßige Schnippen der Schere lullte Frazier ein. Ein Gedanke schoß ihr durch den Kopf. «Terese, ist Ann hiergewesen?»

«Sie war da, um den Termin am Samstag abzusagen.»

Frazier wußte, daß sie es wußten. Und mit dieser Antwort war Ann schon einmal von der Liste der Verdächtigen gestrichen. «Wann war Mutter hier?» Nicht, daß Libby ein Sterbenswörtchen hätte verlauten lassen.

«Miss Armstrong war, hm, am Mittwoch hier, glaube ich. Sah gut aus. Und Donnerstag morgen, bevor der Sturm richtig losging, hat Malibu Laura eine Gesichtsbehandlung gemacht. Die war vielleicht geladen, du meine Güte.» Terese schüttelte den Kopf. «Sie hätte Carter glatt umbringen können.»

«Das ist nichts Neues, oder?» Frazier konnte sich allmählich ein Bild machen.

«Er war fast die ganze Nacht weggeblieben und behauptete dann, er sei bei Buddy gewesen, es habe angefangen zu schneien und er hätte nicht nach Hause fahren können. Aber so schlimm kann es gar nicht gewesen sein, sein Kombi hat doch Vierradantrieb. Sie hat eine Stinkwut im Bauch. Du kennst das ja bei ihr.»

«Und ob. Wenn's ihr schlechtgeht, gibt sie nicht eher Ruhe, als bis es allen anderen auch schlechtgeht.» Laura hatte jedenfalls die richtige Methode gefunden, Frazier anzustecken.

«Ich versteh nicht, warum sie sich nicht von dem Kerl scheiden läßt, verzeih, daß ich das sage, er ist schließlich dein Bruder.»

«Ich würde nicht mit ihm verheiratet sein wollen.»

Malibu feixte. «Laura sagt, du würdest mit niemand verheiratet sein wollen.»

Terese klopfte mit ihrem Kamm auf den Tresen. «Halt bloß den Mund, Mädchen.»

«Aber das hat sie wirklich gesagt.»

«Laura ist manchmal», Terese machte eine Pause, «überspannt.»

«Laura wird schon genau wie meine Mutter, wolltest du sagen. Nichts kann man in ihren Augen früh genug, gut genug oder sorgfältig genug machen. Früher war sie nicht so. Weißt du, nicht nur Carter hat seine Fehler. Wenn ich mit Laura verheiratet wäre, ich würde auch von zu Hause wegbleiben. Sie steckt die ganze Zeit mit Mutter zusammen. Sie lungern im Garten-Club oder im Bridge-Club rum, und in Tyson's Corner frönen sie dem Kaufrausch. Sie sind wie Zwillinge. Mutter leiert mir tagein, tagaus vor, was für ein Glückspilz Carter sei und daß Laura für sie wie eine eigene Tochter sei, was natürlich bedeutet, daß sie von ihrer eigenen Tochter enttäuscht ist.»

«Wenigstens trinkt sie nicht.» Terese, durch und durch eine Perfektionistin, maß Fraziers Haarspitzen mit einem Lineal nach. «Meine Mutter wird widerlich wie Schlangenkacke, wenn sie trinkt. Einmal mußten wir Daddy in die Notaufnahme bringen. Sie hat ihm eine Eisenpfanne über den Schädel gehauen, und wir dachten, er wäre tot.»

«Da hast du recht. Libby bevorzugt den Tod der tausend Schnitte.»

«Was ist das?» fragte Terese, und Malibu rückte näher.

«In China pflegten sie einen Verbrecher bis zum Hals einzugraben. Die Leute aus dem Dorf und die Bauern gingen vorüber und schnitten ihm in den Hals, hier ein Schnitt und da ein Schnitt. Oft mußte sich das Opfer tagelang quälen, bis es endlich starb.»

«Frazier, hältst du deine Momma wirklich für so gemein?» Malibu liebte gemeinen Klatsch.

«Nicht jeden Tag. Um jemanden zum Tod der tausend Schnitte zu verurteilen, muß sie schon richtig geladen sein.» Frazier hielt den Kopf still, während Terese schnippelte.

«Der Krankenhausaufenthalt muß dich irgendwie verändert haben», bemerkte Malibu. «Ich erinnere mich nicht, daß du früher so – so direkt warst.»

«Stimmt», bestätigte Frazier. «So, und was wolltest du mir übers Heiraten sagen, Malibu? Es würde mir leid tun, wenn du dir ins Hemd machtest, weil du etwas nicht weißt oder weil du glaubst, es nicht zu wissen.»

«Äh, hm...» Malibu war verlegen.

«Es geht dich nichts an, Mädchen, und daß du darauf hörst, was Laura Armstrong oder die anderen bissigen, unglücklichen Weibsbilder, die hierherkommen, erzählen, das geht über meinen Verstand.» Terese wurde grob. «Geh nach hinten und rühr Shampoo an. Frazier braucht ihre Ruhe, nach allem, was sie durchgemacht hat.»

Malibu stürmte beleidigt hinaus.

«Jetzt wird sie's an dir auslassen.»

«Dann kann sie sich 'nen neuen Job suchen. Täglich klopfen massenweise Männer und Frauen bei mir an und fragen nach Arbeit.»

Fraziers Miene wurde finster. «Bei mir auch, Terese. Ich finde es immer schrecklich, sie abweisen zu müssen.»

«Sie schlafen auf der Straße, auch im Winter. Frazier, es sind nicht mehr bloß die Besoffenen. Ich dachte, nur in Großstädten gibt es solche Probleme, nicht bei uns.»

«Und der Kongreß wird die Steuern wieder erhöhen, und mit der arbeitenden Bevölkerung geht's noch weiter bergab. Es ist furchtbar, die vielen Penner am Potomac.» Frazier machte eine Pause. «Ich bin nicht besonders politisch, aber in den letzten Jahren ist es so schlimm geworden, daß es sogar mir auffällt, und es macht mich – böse. Richtig böse.»

«Amen, Schwester. Weißt du, aber du kennst das ja, jeden Monat versuche ich drei Tage lang, den Papierkram in den Griff zu kriegen, die Sozialabgaben, die Lohnsteuer, und ich kann dafür keine Buchhalterin einstellen. Ich kann es mir einfach nicht leisten, dabei hab ich eigentlich gar keine Zeit dafür. Die Formulare sind angeblich einfach auszufüllen. Wenn das so ist, warum muß man dann vier Jahre aufs College gehen und einen Abschluß als Wirtschaftsprüfer haben, um sie zu verstehen? Es wird sich was ändern. O ja.»

«Rechtzeitig?»

«Ja.» Tereses Stimme war fest. «Man kann das amerikanische Volk jahrelang, vielleicht jahrzehntelang malträtieren, aber früher oder später wachen die Leute auf, und wenn, dann Achtung, Baby: Dann werden Köpfe rollen.»

Frazier flüsterte: «Terese, apropos rollende Köpfe, Laura hat herumgetratscht, daß ich lesbisch bin, stimmt's?»

Tereses Hände verhielten über Fraziers goldblondem Kopf. «Wieso sollte ich mir anhören, was aus dem Maul von dieser Zicke kommt?»

«Ich muß mich wohl auf einiges gefaßt machen.»

«Niemand wird ihr glauben. Keine Sorge.»

«Aber es ist wahr!» Frazier brach der kalte Schweiß aus, und sie haßte sich, weil sie Angst hatte.

«Keine Lüge?» Terese war neugierig, ohne zu urteilen.

«Keine Lüge. Ich habe es nicht ausgelebt. Ich meine, ich laufe nicht den Mädchen nach.»

«Mein Onkel Jake war einer von der Sorte. Ein lieber Mensch. Schätzchen, mir ist das völlig egal.»

«Bisher seid du und meine Tante Ruru die einzigen, denen es egal ist, und wenn Laura es herumposaunt, hat es sich vor dem Wochenende bis Richmond herumgesprochen. Mandy schert sich übrigens auch nicht drum.»

«Du wirst herausfinden, wer deine Freunde sind», stellte Terese gelassen fest.

«Ich bin dir dankbar, daß du mit mir darüber sprichst.»

«Weißt du, was ich denke?» Terese schloß einen Moment die Augen. «Ich denke, wer was auf dem Kerbholz hat, wirft den ersten Stein. Laura sollte sich vorsehen. Wenn Libby zu Ohren kommt, was sie für Geschichten erzählt, dann geht die schöne Freundschaft baden.»

Frazier unterbrach sie. «Laura wird anderen die Schuld in

die Schuhe schieben. Mutter glaubt alles, was aus Lauras Elizabeth-Arden-hot-pink-Mund kommt.»

«Vielleicht, vielleicht auch nicht. Aber überleg mal: Was hätte Laura davon? Wäre es nicht klüger, wenn sie den Mund hielte?»

«Sie ist neidisch. Das war sie schon immer.»

«Ich weiß, ich weiß, trotzdem, wer was auf dem Kerbholz hat, wirft den ersten Stein.»

«Weißt du irgendwas, was ich nicht weiß?»

«Nein, aber ich kenne die Menschen.»

Als Frazier zur Arbeit kam, war ihre Wut auf Laura so groß, daß sie ihre Schwägerin am liebsten umgebracht hätte, aber das wäre zu einfach gewesen. Als erstes griff sie zum Telefon und bestellte in Richmond einen Billardtisch. Mandy konnte es nicht fassen, fand es aber ganz lustig. Frazier sagte, sie hätte sich schon immer einen Billardtisch gewünscht, sich aber nie einen zugelegt, weil es als typisch lesbisch galt, in Bars herumzuhängen und Billard zu spielen. Egal. Sie wollte einen. Dann erzählte sie Mandy, was Terese gesagt hatte und daß Malibu ein Miststück und sie selbst stocksauer sei.

«Leg dich nicht mit Laura an», riet Mandy.

«Warum nicht?»

«Weil sie hinterlistig ist. Sie windet sich heraus und bringt es fertig, dich am Ende als schizophren hinzustellen.»

Mandys Einschätzung leuchtete Frazier ein. «Verdammt, es ist mir unerträglich, ihr das alles einfach durchgehen zu lassen.»

«Du hast doch Geld. Engagiere für einen Monat einen Privatdetektiv.»

«Was?» Frazier traute ihren Ohren nicht.

«Schlimmstenfalls verlierst du ein paar tausend Dollar. Weißt du noch, die Kroko-Slipper, die du bei Gucci in New York gekauft hast? Die haben 1050 Dollar gekostet.»

«Das brauchst du mir jetzt nicht unter die Nase zu reiben.»

«Tu ich ja gar nicht. Ich meine bloß, du hast Tausende von Dollars für Kinkerlitzchen rausgeworfen, also kannst du dir auch einen Detektiv leisten, um Laura nachzuspüren. Wenn sie eine blütenweiße Weste hat, na schön. Wenn nicht, laß sie mit dem Arsch auf Grundeis gehen.»

«Du verblüffst mich immer wieder, Mandy.»

«Präriejustiz.»

«Du hast sie nie gemocht.»

«Ach, ich weiß auch nicht. Sie hat so eine Art, mir allen Ernstes zu erzählen, wo sie war, als Martin Luther King erschossen wurde, was sie von der Anita Hill/Clarence Thomas-Anhörung hält, wie sie den neuesten Eddie-Murphy-Film findet. Meint sie, ich kann über nichts anderes diskutieren als über Themen, die Afro-Amerikaner betreffen?» Mandy seufzte. «In meinen Augen ist Laura keine weiße Dame, sondern eine blöde Ziege.»

«Eine Ziege?»

«Ja, für eine Dame ist sie nicht groß genug.»

«Ich glaube, von dir kann ich noch eine Menge lernen, Mandy.» Frazier kramte das Branchenbuch hervor und suchte nach Privatdetektiven. Sie hielt eine Minute inne und blinzelte Mandy zu. «Es spricht viel dafür, neureich zu sein, und Laura spricht für alles.»

19

Ritt bis zum Letzten» von Lionel Edwards, 1938 gemalt, sprühte vor Dynamik. Frazier liebte viele Künstler des 20. Jahrhunderts, und in einer Abteilung der Galerie prangten einige Werke aus dieser Zeit. Frazier hatte Gemälde von Peter Curling, die Pferderennen darstellten, und wunderbare Arbeiten von Constance Holford, die sich von der Leinwand abzuheben schienen. Susan Crawfords Rennpferdestudien verkauften sich sehr gut, ebenso die Jagdszenen von Heather St. Clair Davis. Peter Biegels Werke erzielten gute Preise, die Bilder von Lionel Edwards gingen weg wie die sprichwörtlichen warmen Semmeln. Besonders liebte Frazier Cecil Aldin und Denholm Armour, wegen ihres Humors.

Von diesen Bildern umringt, konnte man die Außenwelt vergessen. Die Fuchsjagd-Kostüme in Sir Alfred Munnings Gemälden und Lionel Edwards' grandiosen Werken waren haargenau dieselben. Die Tradition wiegte einen in dem Glauben, das ganze Leben sei von vergleichbarer Beständigkeit. Aber in Wirklichkeit hatte das Leben immer wieder neue Einfälle.

Als Frazier die moderne Abteilung der Galerie verließ, kam sie an dem riesigen Olymp-Gemälde vorbei. Sie hätte schwören können, daß der große Jupiter sie anblinzelte.

Das Telefon klingelte, Mandy nahm ab und formte mit den Lippen den Namen «Ann». Frazier zuckte zusammen und ließ sich das Gespräch in ihr Büro durchstellen.

«Dein idiotischer Bruder, 180 Pfund verdammtes Ochsenfleisch, rennt in der Stadt herum und feiert dein Lesbentum. Kannst du ihm nicht das Maul stopfen?»

Frazier brauchte einen Moment, um zu kapieren, was los war, obwohl sich Ann ja sehr deutlich ausdrückte. «Ich sprech mit ihm.»

«Gut.» Ann legte auf.

Mandy kam hereingeschlendert. «Wir sollten Ann und Sean miteinander bekannt machen.» Sean war ihr Freund.

«Warum?» fragte Frazier bedrückt.

«Beide legen gewaltigen Wert auf ihr Image.»

«Das tut Ann, weiß Gott. Sie ist auf hundert, weil Carter angeblich mit der guten Nachricht über meine Wenigkeit in der ganzen Stadt hausieren geht.»

«Ach du meine Güte.» Mandy zog die Nase kraus. «Vielleicht muntert dich das hier auf.» Sie händigte ihrer Chefin einen Brief aus, abgestempelt in Charleston, South Carolina. «Ich verzieh mich.»

«Nicht nötig. Setz dich. Du kannst ruhig hören, was Jinx, meine College-Zimmergenossin und Kommilitonin, mir mitzuteilen hat.» Frazier schlitzte den Brief säuberlich mit einem schweren silbernen Brieföffner auf. Sie summte. «Okay. Sie freut sich, daß ich am Leben bin. Sie hat sich über meinen Anruf gewundert, sie findet es irre, daß ich lesbisch bin, aber jede Frau sei auf ihre Weise irre.»

«So weit, so gut.»

«Sie versteht nicht, warum ich lesbisch sein will, aber sie versteht auch nicht, warum jemand heterosexuell sein will. Es sind eben nicht alle Menschen gleich.» Frazier lachte. «Dann schreibt sie, ich soll Trebonius Volvo nicht vergessen.» Sie erklärte: «Wir haben uns am College mit Livius gequält und einen Schreiber namens Trebonius Volvo erfunden. Er schrieb skurrile Randbemerkungen zu Livius' Texten, natürlich auf lateinisch. Dann stieg Trebonius vom Schreiber zum Schriftsteller auf. Er verfaßte glühende und gelegentlich vulgäre Briefe an die Herausgeber in der Campus-Zeitung. Einmal druckte er Flugblätter für einen Mr.-Pig-Schönheitswettbewerb, und die Studentinnen haben sich mit Verve darauf gestürzt und den Wettbewerb tatsächlich veranstaltet.»

«Mr. Pig, Mr. Schwein. Ist das wie Miss Ugly? Miss Häßlich?»

«Ja, genau. Jinx und ich waren stinksauer auf die AAT-Verbindung, weil die gerade wieder ihren Miss-Ugly-Wettbewerb veranstaltet haben, eine heilige Tradition. Jeder Verbindungsbruder hat das häßlichste Mädchen, das er finden konnte, zu einem großen Bankett im Verbindungshaus eingeladen.»

«Ich dachte, Sigma Nu wäre die rüpelhafteste Verbindung.»

«Wäre sie auch gewesen, aber AAT hat sich das vor Jahrzehnten ausgedacht. Jedenfalls, die Mädchen hatten keinen Schimmer, was los war, und wie du dir denken kannst, wollte sich selten jemand mit ihnen verabreden. Deswegen war diese Einladung von AAT um so aufregender. Und die Jungs sahen gut aus. Dann wurde eine von ihnen gekrönt, ohne zu wissen wofür. Die Jungs ließen die Damen nach dem Dessert allein. Um Zigarren zu rauchen, sagten sie, aber in Wirklichkeit, um in geheimer Wahl zu bestimmen, wer von ihnen das häßlichste Mädchen angeschleppt hatte. Der Sieger bekam ein Fäßchen Bier für sich ganz allein.

In unserem dritten Studienjahr erfuhr der traditionsreiche Verein ein ziemliches Tief. Während eines Hähnchen-Essens drehte jemand das Licht aus, und eine Futterschlacht brach aus. Ein Hühnerknochen hat einer Wettbewerbsteilnehmerin ein Auge ausgestochen. Das war für uns das Ende vom Lied. Für AAT National auch. Und für den Rektor der Uni, der sie hochkant hinauswarf. Wir wollten ihnen eine noch höhere Rechnung verpassen, und Jinx und ich sind nicht gerade unansehnlich, aber trotzdem ärgerte es uns, daß Frauen nach Äußerlichkeiten beurteilt werden. Wenn Männer von Frauen körperlich so streng beurteilt würden wie Frauen von Männern, ich garantiere dir, siebzig Prozent der Männer kämen nie zum Bumsen, nicht ein einziges Mal.

Deswegen haben wir den Mr.-Pig-Wettbewerb veranstaltet, und das Beste waren, meine Güte, diese Schwächlinge, das Beste war, daß die Verbindungen und noch ein paar andere Männer sich ernsthaft erzürnt erhoben und sagten: ‹Doppeltes Unrecht ergibt kein Recht.› Ist dir jemals aufgefallen, daß die Kerle es einfach nicht vertragen, wenn der Spieß umgedreht wird?»

«Klar. Es ist hart, einen guten Mann zu finden.»

«Es ist gut, einen harten Mann zu finden.» Frazier feixte.

«Ach komm, der hat soo'n Bart! Was ist aus dem Mr.-Pig-Wettbewerb geworden? Gibt's den noch? Macht er die Jungs immer noch wütend?»

«Ja.» Frazier nickte. «Weißt du, was wir noch versucht haben, und dafür haben wir uns wirklich die Beine ausgerissen – eine Sklavenversteigerung. Wir wollten Jungs von Tri-Delta und Delta-Tau-Delta, unserer Bruderverbindung, an Leute versteigern, die Kurzzeitjobs zu vergeben hatten. Wir dachten uns, wir könnten den Bewohnern von Chapel Hill gehörig Geld abknöpfen, wenn sie endlich die diversen Dinge erledigt haben wollten, die sich so anhäufen. Mein Gott, unsere Verbindungspräsidentin Melody – das ist kein Scherz, sie hieß Melody Myers – hat einen Anfall gekriegt. Nicht nur, daß die Schwächlinge uns als sexistisch gebrandmarkt hatten, jetzt mußten unsere eigenen Verbindungsschwestern fürchten, wir wären rassistisch. Ich glaube noch heute, es hätte einen Haufen Geld eingebracht. Und bin ich etwa eine Rassistin?»

«Du bist jedenfalls nicht schlimmer als die meisten Kaukasier.»

«Ist es nicht sonderbar, daß wir jahrelang bestimmten Themen ausgewichen sind? Aber bei meiner Familie ist das eigentlich kein Wunder, auch wenn Carter es hundertmal wettmacht.»

«Das ist eine großzügige Art, das Mundwerk des Südens zu beschreiben.» Mandy kam auf das Thema von vorher zurück.

«Brennst du darauf, mir deine Ansichten über Rassen zu erklären? Willst du von den Sünden deiner Ururgroßväter im Jahre 1640 losgesprochen werden? Sind nicht damals eure Leute in West-Virginia an Land getaumelt?»

«Ah, ja. Ich bin eine uralte Virginierin, juhu. Nein, ich will von nichts losgesprochen werden, denn ich hab's nicht getan. Ich überlasse die Schuld denjenigen Weißen, die beweisen wollen, daß sie sensibler geworden sind, dabei aber trotzdem nichts an dem Problem ändern wollen, das, wie du unschwer bemerkt haben wirst, als Rassenproblem oder Schwarzenproblem bezeichnet wird. Es ist kein Schwarzenproblem, es ist ein Weißenproblem. Ganz schlicht und ergreifend.»

«Wer das Gold hat, macht die Regeln. Das ist die eigentliche goldene Regel, und weil das die Weißen sind, können sie nicht über ihre Scheuklappen hinaussehen. Als Teenager bin ich deswegen in die Luft gegangen. Mom und Dad haben mich ignoriert, was mich noch wütender machte. Heute sehe ich ein, daß ein kleiner Prozentsatz der Bevölkerung der Mehrheit niemals seine Weltsicht aufzwingen wird. Es liegt im Wesen von Minderheiten, daß sie ununterbrochen und bis zum Erbrechen erklären, wie sie die Welt sehen, in der Annahme, die Mehrheit in ihrer Maßlosigkeit würde sich die Zeit zum Zuhören nehmen.»

Frazier betrachtete Mandys helle Augen, ihre zierliche Nase und die scharfgeschnittenen Lippen. Die Geheimnisse des Blutes sprachen aus jedem von uns: irisch, italienisch, slawisch, deutsch, englisch, was auch immer. Im vorigen Jahrhundert, vor zwei Jahrhunderten? ... egal, irgendwann hatte ein zartknochiger Engländer oder Deutscher sein genetisches Material zu Amanda Eisenhart beigesteuert. Frazier fragte sich, wer so alles an dem Blut in ihren eigenen Adern beteiligt war. Nur dumme Südstaatler glaubten, sie seien «reinrassig», egal auf welcher Seite des Zaunes sie standen. «Du hast vollkommen recht.»

«Ich hab da eine Theorie. Wer zu einer sogenannten ‹unterdrückten› Gruppe gehört, zeichnet sich oft dadurch aus, daß er die herrschende Meinung über seinesgleichen verinnerlicht hat und es dabei bewenden läßt. Dann gibt es Leute, die endlos protestieren. Sie machen es sich zum Beruf, die Wut der Minderheit auszudrücken. Ich will keine professionelle Afro-Amerikanerin sein. Ich will einfach Mandy Eisenhart sein.»

«Vorausgesetzt, man läßt dich.»

«Man muß dafür kämpfen, man muß für sich selbst kämpfen.»

Frazier faltete den Brief zusammen und steckte ihn in den Umschlag zurück. «Du mußt deine Feinde erkennen, um sie zu bekämpfen. Und da weiß ich manchmal einfach nicht weiter. Ich hab das Gefühl, als wäre ich in ein Faß mit Wakkelpudding gefallen. Nimm zum Beispiel Billy Cicero. Keinen Pieps hör ich von ihm.»

«Das tut dir weh, was?»

Frazier nickte. «Womöglich ist es so: Je länger du den Tag der Abrechnung hinausschiebst, desto schmerzlicher ist es, wenn er kommt. Weißt du, woran ich denke? Ich denke an Jacob Marley in Dickens' *Weihnachtslied*. Weißt du, wie er Scrooge besucht, mit seiner meterlangen Kette im Schlepptau, und er Scrooge warnt, die Ketten, die er in seinem Leben geschmiedet hat, seien schon viel schwerer und länger als die, die Marley mit sich schleppe? Schauerlich wahr. In der letzten Nacht im Krankenhaus habe ich meine Kettenmeter gezählt.»

«Ich hab bloß Fußkettchen geschmiedet.» Mandy kicherte.

«Du bist wirklich ein Schatz.»

Der Rest des Tages verging erfreulich. Ein Kunsthändler aus London telegrafierte, er wolle den «Bullterrier» von John

Ferneley senior kaufen. Der Detektiv rief an und bestätigte, daß er am Montag mit Lauras Beschattung beginnen wollte. Frazier hatte noch Zweifel, aber sie war auch wütend genug, um die Sache durchzuziehen. Der Billardtischhändler aus Richmond versprach, den Tisch Samstag vormittag zu liefern. Mandy schrieb lange an den Rechnungen, und Frazier blieb bei ihr in der Galerie, um Kunden an der Küste anzurufen. Los Angeles war immer eine gute Quelle für schnelles Geld.

20

Schnelles Geld beherrschte auch den Stammtisch, wo Frank Armstrong mit seinen Kollegen aus der Straßenbaubranche saß. Einmal im Monat traf sich dieser kleine Club der besserstehenden Unternehmer Virginias in Richmond, um über Geschäfte zu reden, um Maschinen zu tauschen oder voneinander zu kaufen und Berichte über neue Pflastermethoden zu vergleichen. Die Bodenbeschaffenheit variierte gewaltig von einem Ende Virginias zum anderen, und das erforderte verschiedene Bauweisen für Straßenbettungen. Frank selbst baute seine Straßen vorwiegend in dem harten, schlecht trocknenden roten Lehm. In West-Virginia begnügten sie sich mit Sand. In den südwestlichen Bezirken hatten sie es mit Schiefergestein zu tun, höllisch schwer zu bearbeiten und gefährlich, wenn man zum Beispiel einen Hügel oder Berg durchstieß.

Straßenbauunternehmer standen wie Grundstücksmakler unter dem Eid, über die Prozentsätze ihrer Provisionsgebühren oder die Höhe ihrer Angebote zu schweigen. Für derartige Preisabsprachen konnten sie gerichtlich belangt werden. Natürlich sprach ein Grundstücksmakler die Provision mit Verkäufer und Käufer ab, doch bis die Provision in die schriftliche Vereinbarung aufgenommen wurde, durfte der Makler nicht darüber sprechen. Bei den Bauunternehmern konzentrierte sich der Kampf um öffentliche Ausschreibungen. Die meisten dieser Männer überboten sich gegenseitig, um an die spärlichen lukrativen Staatsaufträge zu kommen, welche die Straßenverwaltung vergab, und manchmal konkurrierten sie sogar um Abschnitte der Bundesautobahn. Ein guter Schätzer war Gold wert; diese Lektion hatte Frank bitter lernen müssen, als er als junger Unternehmer die Konkurrenz unterbot, um sich den Zuschlag zu sichern, und dann Verluste machte, die er aus eigener Tasche begleichen mußte.

Der rotgesichtige, muntere Pickens Oliguy saß neben Frank. «Bei dir alles klar, Frankie?»

«Ja, aber ich mußte meine Belegschaft um zwanzig Prozent kappen, und ich kann dir sagen, Pickens, ich habe mich wie ein mieses Stück Scheiße gefühlt, als ich die blauen Briefe überreichte.»

«Das geht uns allen so», rief George Demerius vom anderen Ende des Tisches. «Dieser Abschwung nimmt kein Ende. Bin gespannt, ob wir die Nase dieses Vogels trotz Sturzflug noch mal hochkriegen.» George war im Zweiten Weltkrieg und in Korea Kampfpilot gewesen. Die Fliegerei blieb die Lieferantin für seine Metaphern.

Frank schüttelte den Kopf. «Die Männer müssen ihre Familien ernähren. Ich weiß nicht...» Seine Stimme verlor sich.

«Wir können nichts machen», dröhnte George. «Wenn die Geschäfte besser gehen, stellen wir die Leute natürlich wieder ein.»

«Es ist nicht nur der Markt», brach es aus George hervor,

«es sind die verdammten Steuern. Die Bürokratie! Sie sagen, wir sollen fliegen, und dann reißen sie einen Propeller ab.»

«Hört, hört!» fielen die anderen Männer am Tisch ein.

«Ich wähle jeden, der die Steuern runterschraubt. Ist mir egal, ob er im Ku-Klux-Klan ist oder 'ne Tunte oder eine Frau!» Pickens schlug mit der Faust auf den Tisch. «Von mir aus könnte es auch ein verkleideter Nigger sein.»

Frank blinzelte heftig. Er haßte dieses Wort, aber er wußte, daß er gegen das sechzig Jahre alte Vorurteil des Mannes nichts machen konnte. «Ich habe das Gefühl, wir werden hier in Richmond eine stärkere Lobby auf die Beine stellen müssen, um uns in Washington Gehör zu verschaffen. Und eins müssen wir sofort tun, nämlich unsere Maschinen zu einem Pool zusammenlegen. Vorübergehend. Die Unterhaltskosten fressen uns bei lebendigem Leibe auf. Und ich weiß, ich bin hier nicht der einzige, der für das Zeug hohe Zinsen zahlt. Vielleicht sollten wir feststellen, in welchem Bezirk welche Maschinen doppelt da sind, und alles abstoßen, wovon wir uns trennen können – im Westen wird man die Dinger schon aufkaufen, in Arizona, Neu-Mexiko. Das nehme ich zumindest an.»

Die anderen Männer waren erstaunt über diesen radikalen Vorschlag und fingen alle gleichzeitig zu reden an.

Pickens senkte die Stimme. «Frank, glaubst du, wir stehen vor einer richtigen Depression?»

«Ja.» Franks Gesicht war düster.

Pickens nickte. Auch er war zu dieser schmerzlichen Erkenntnis gekommen.

Larry Taylor, ein jüngerer Mann, hob die Stimme: «Wie organisieren wir nun, wer was kriegt? Ich meine, wir könnten uns theoretisch gegenseitig übers Ohr hauen.»

Randy Milliken, einer von den älteren Männern, sagte barsch: «Dieser Stammtisch wurde auf Vertrauen gegründet.»

«Hört, hört!» riefen die anderen wieder.

George stand auf und klopfte mit dem Löffel an sein Bierglas. «Meine Herren, meine Herren, Frank hat uns eine, nun ja, sehr ungewöhnliche Idee vorgetragen, die es angesichts dieser Zeiten wert ist, ernsthaft bedacht zu werden. Offensichtlich können wir das heute abend nicht mehr klären, aber wir können auf jeden Fall darüber nachdenken. Ich nehme an, die meisten von euch haben gehört, daß Moe Schindler aussteigen mußte – und das ohne große Abfindung. Deshalb meine ich, wie gesagt, wir sollten über Franks Idee nachdenken. Wie ihr wißt, haben wir heute abend einen Gastredner, John Kalergis aus Purdue. Er ist hier, um über Drainagematerial und Belastungsgrößen zu sprechen, anschließend hält Pickens einen kurzen Vortrag über die Benutzung eines Hubschraubers nach...» Randy legte die gewölbte Hand an den Mund: «Pickens hat nie im Leben einen kurzen Vortrag gehalten. Rollt die Schlafsäcke aus, Jungs.»

Die kleine Versammlung johlte und klatschte. Die beunruhigenden Themen, vorerst in den Hintergrund geschoben, würden später wieder aufs Tapet gebracht werden, wie gewöhnlich wohl gegen drei Uhr morgens.

21

Der Garten-Club widmete sich viele Stunden lang dem Dienst an der Gemeinde und damit der Verschönerung des Bezirks. Sie pflanzten und pflegten Blumenbeete vor dem Gerichtsgebäude von Albemarle County, im Lee Park, Jackson Park und in einer Menge anderer kleinerer Parks.

Laura Armstrong, ein aufsteigender Stern in dieser mächtigen Frauenbastion, entwickelte einen Plan, um das Einkaufszentrum in der Innenstadt in ein Meisterwerk der Gartenbaukunst zu verwandeln. Sie hatte drei Jahre um die Zustimmung der eher konservativen Clubmitglieder gekämpft, nun hatte sie sie errungen und war nicht mehr zu bremsen. Sie trieb Geldgeber auf, sie setzte der großen Gärtnerei in Waynesboro so lange zu, bis sie die ohnehin schon niedrigen Preise senkten, sie trommelte ihre Truppen für den ersten Angriff auf das Einkaufszentrum zusammen, kaum daß der letzte Frost vorüber war.

Frazier weigerte sich, dem Garten-Club beizutreten, obwohl man ihr die Mitgliedschaft angetragen hatte. Darüber hatte Libby sich so aufgeregt, daß Yancey Weems ihr für eine Weile Valium verschreiben mußte. Frazier schenkte ihr gemeinerweise eine Flasche Gin, um ihr das Schlucken der ekligen Pillen zu erleichtern. Als Libby wieder zu sich kam, verschwamm Fraziers rebellischer Akt in ihrer Erinnerung wie die Schlußlichter eines davonrasenden Autos.

Nicht, daß Frazier nichts für Gärtnerei übrig gehabt hätte. Im Gegenteil, sie hatte alles von der englischen Landschaftsarchitektin Gertrude Jekyll gelesen. Sie verweigerte den Beitritt hauptsächlich, weil sie keine Zeit hatte, und wenn Frazier sich einer Organisation verpflichtete, dann wollte sie ihr Bestes geben. Der andere Grund war, daß der Club für ihren Geschmack zu förmliche und zu strenge Vorstellungen von Gärtnerei hatte. Die ganz Radikalen schwärmten für japanische Gärten, denen sie nichts abgewinnen konnte. Wie viele Zierkarpfen kann man sich schon ansehen, wo sie sich ohnehin gleichen wie ein Goldfisch dem andern? Ihrem Gefühl nach sollten angelegte Gärten ganz allmählich in Wildnis übergehen: ums Haus herum eher kultiviert, und weiter weg dann immer freier. Sie hatte ein kleines Vermögen ausgegeben, um den Wald bei ihrem alten Haus mit Rhododendron, Rotahorn, zahllosen Veilchenarten, diversen Eichen, Styraxbäumen, Tupelobäumen und den unvermeidlichen Walnußbäumen und Kastanien zu durchsetzen. Und das waren nur die Pflanzen, die sie geschickt so plaziert hatte, daß sie wild wirkten. Rund ums Haus ließ sie die Buchsbäume sprießen, die dort gepflanzt worden waren, lange bevor sie auf die Welt gekommen war. Um ihre Irisbeete wurde sie von ganz Orange County beneidet, und auf ihrem Rasen hatte sie Säulen- und Sockelfragmente sowie eine alte Glocke verteilt. Manche der Stücke waren hinter Fliedersträuchern versteckt oder von Glyzinen umrankt, oder sie lugten durch die üppigen Blätter der hohen Magnolienbäume.

Diese ungebremste Kreativität, in der Neuen Welt erstmals von Thomas Jefferson praktiziert, brachte Laura Armstrong in Harnisch. Ein Besuch bei Frazier war für Laura, als würde ihr Sand in die Augen gerieben. Sie konnte die Phantasie ihrer Schwägerin einfach nicht gutheißen und verachtete ihre Verspieltheit. Ein Garten war genauso wie die Kleidung ein Statussymbol. Fraziers Hinterhof quoll über von Hortensien und Pfingstrosen. Und apropos Rosen: Auch die gelben und rosa Teerosen, die über Fraziers Lattenzaun aus Kastanienholz kletterten, lösten bei Laura Tiraden aus. Sie erklärte, diese Blumen würden geflügelte Störenfriede ans Haus locken. Der einzige Störenfried, den Frazier ausmachen konnte, war Laura.

Es war wohl unvermeidlich, daß diese beiden Frauen, gelinde gesagt, eine gespannte Beziehung hatten. Schließlich war Laura eine Kappa-Kappa-Gamma, während Frazier aus der Delta-Delta-Delta-Verbindung kam. Laura hatte sich mit postfeministischer Streitlust das Hausfrauentum zu eigen gemacht. Frazier hielt es mit Seneca: «Warum heiraten? Es ist leichter, mich zu erhängen.»

Manche Menschen sind nun mal aufgrund der Chemie, aufgrund von etwas absolut Irrationalem, zum Streiten verdammt. Zwischen ihnen sprühten nicht nur Funken, es loderte geradezu.

Aus diesem Grund ging Frazier mit bangen Gefühlen zum Golftraining. Laura spielte gewöhnlich um dieselbe Zeit Tennis, und die zwei trafen sich, für die Öffentlichkeit übers ganze Gesicht lächelnd, im Club-Restaurant. Die durchweichte Erde, der beißende Wind spornten Frazier an. Das Golfspiel, ein Sport, dem alte Herren in zitronengelben Pullovern frönten, hatte sie in seinen Bann gezogen, seit sie zwölf Jahre alt war. Es war kein Sport für alte Männer, wie sie anfangs gedacht hatte, es war ein elegantes Spiel, das immense Konzentration erforderte und einen explosionsartig von allem befreite. Sie war unterdessen geschickt genug, um Golf mit Vorgabe spielen zu können.

Während sie heute mit Trainer Toby Wentzle arbeitete, war sie beeindruckt davon, wie sich das Spiel allmählich entfaltete. Kein Mensch, ob Mann oder Frau, würde jemals alles wissen, was es über Golf zu wissen gab. Toby, ein ehemaliger Wettkampfspieler, arbeitete gern mit Frazier, weil sie ein Naturtalent war, vor allem aber, weil sie die richtige Einstellung zum Spiel hatte.

Nachdem sie eine Stunde lang mit dem Siebenereisen trainiert hatte, gab Frazier Toby ein Trinkgeld und verzog sich ins 19. Loch – so nennen die Golfer ihr Club-Restaurant –, um wie üblich einen Chef-Salat zu essen. Angie, die attraktive Geschäftsführerin, empfing sie mit einer Tasse Tee und der Richmonder Zeitung.

«Bist du nicht total durchgepustet von diesem Wind?»

«Ja, aber dann macht es erst richtig Spaß. Ich werde mich irgendwann Mitte Juli an diesen Tag erinnern und denken, ich habe wirklich was geleistet, verstehst du?»

«Ihr Golfer spinnt einfach.»

«Das tu ich auch ohne Golf!» Frazier gab ihr mit der Zeitung einen Klaps, und Angie ging lachend in die Küche, während Laura durch die Glastür hereinstürmte. Die Bommel an ihren Socken waren größer als der Kopf ihres Schlägers. Sie sah ihre Schwägerin und erstarrte.

«Tag, Schwester.» Frazier war ungemein höflich. «Du siehst gut aus.»

«Du auch», gurrte Laura, dann setzte sie sich an den Nebentisch. Sie hatte Frazier den Rücken zugewandt, sprach aber über die Schulter weiter. «Du bist offensichtlich wieder bei Kräften. Wenn wir die Blumenbeete im Einkaufszentrum anlegen, könnten wir deinen kräftigen Rücken gut gebrauchen. Aber du wirst uns natürlich nicht zur Hand gehen», und dann zischte sie leise: «Und es will sowieso keine Frau vom Garten-Club mit dir gesehen werden. Du wirst nie wieder eingeladen werden.» Sie sah auf. «Oh, hallo, Angie. Danke für die Speisekarte, aber ich habe sie im Kopf. Ich möchte den Hüttenkäse in der Melone, die Himbeeren bitte auf einem Extrateller, und dann möchte ich ein Mineralwasser, die Zitrone ebenfalls auf einem Extrateller...»

«Servier das Rattengift bitte auch auf einem Extrateller.» Frazier strahlte Angie an.

«Ist sie nicht witzig?» trällerte Laura Angie zu. «Immer benimmt sie sich auffällig.»

«Dafür bist du immer abfällig», trällerte Frazier zurück, als Angie sie allein ließ.

Laura zischte Frazier wütend an: «Was ist los mit dir? Ist es nicht schlimm genug, daß du deine Mutter, diese gute Seele, in tiefe Verzweiflung gestürzt und ihr das Herz gebrochen hast? Du hast meinen Mann angegriffen. Sag mal, kannst du dich nicht benehmen?»

«Oh, und was hat Carter dir erzählt?»

«Daß du ihn wegen seines Lebensstils zur Schnecke gemacht hast. Du hast es wohl gerade nötig, andere zu kritisieren», brummte sie.

«Ich habe Carter nicht zur Schnecke gemacht. Ich habe

ihm gesagt, er soll sich zusammenreißen und aufhören zu trinken.»

«Er trinkt nur in Gesellschaft. Du bauschst es bloß auf, weil du so gut wie nie trinkst. Wenn Leute wie du jemanden genüßlich einen bechern sehen, denkt ihr gleich, er braucht die Anonymen Alkoholiker.»

«Und ob er die braucht.»

Angie kam mit beiden Bestellungen zurück, und wirklich, auf einem Extrateller war eine kleine Dose Rattengift. Sie machte auf dem Absatz kehrt und blinzelte Frazier beim Hinausgehen zu.

«Soll das komisch sein? Haha! Hast du sie dafür bezahlt? Der reinste Schülerstreich. Du bist so kindisch, und denke bloß nicht, ich hätte vergessen, daß du diejenige warst, die damals auf dem Schulfest alle Bälle mit Wasser gefüllt hat. Fast hättest du das ganze Footballspiel ruiniert. Du wirst nie erwachsen, Frazier. Und deswegen bist du auch nicht verheiratet. Du bist nicht fähig, mit einem anderen Menschen eine reife Bindung einzugehen. Außerdem sind Beziehungen unter Frauen wie dir nie von Dauer.»

«Ah, du bist neuerdings eine Expertin in lesbischen Beziehungen.»

Laura rutschte auf ihrem Stuhl herum, damit sie nicht über die Schulter sprechen mußte. «Sprich gefälligst leiser, ja? Ich hoffe, nein ich bete, daß es der Familie gelingt, dies geheimzuhalten, bis dir geholfen wird. Und ich kann nur beten, daß die anderen, denen du deine kleinen Briefbomben geschickt hast, ebenfalls vernünftig genug sind, über deine ungezogenen Bekenntnisse zu schweigen.» Laura log wie gedruckt.

«Herzchen, hast du den Brief nicht gelesen, den ich Carter geschrieben habe? Nein, offenbar nicht.»

«Er sagte, ich würde in Ohnmacht fallen. Du mußt nicht ganz bei dir gewesen sein, hat er gesagt.» Sie flüsterte noch etwas leiser. «Ich will nicht in der Öffentlichkeit darüber sprechen.»

«Der einzige andere Anwesende hier ist Kyle Everly, und soviel ich weiß, ist er seit 1952 halb taub. Der harte Kern ist schon wieder weg, also bleiben nur wir zwei.»

Laura rutschte wieder in ihre vorige Position zurück. «Ich habe zu dem Thema und auch zu dir nichts mehr zu sagen. Du bist eindeutig übergeschnappt, was ich deinem schrecklichen Erlebnis zuschreibe. Wenn du wieder ganz bei dir bist, können wir das klären.»

Frazier pikste Laura mit ihrer Gabel ganz leicht in die Schulter. «Ich bin mehr bei mir denn je.»

«Laß das. Du bist nicht normal.» Laura erschrak über ihre eigene Lautstärke.

«Normal ist der Durchschnitt aller Abweichungen.» Frazier stand auf und ließ das Rattengift in Lauras Hüttenkäse fallen. Sie schlenderte zur Tür hinaus, ehe Laura zetermordio schreien konnte.

22

Ein schlankes Segelboot, groß genug für zwei Personen, stand in der Einfahrt wie eine ausgelutschte Banane. Rurus ganzer Stolz war *Zaca* getauft, nach der Yacht ihres Lieblingshelden Errol Flynn. *Zaca* trug nicht gerade zum Glanz der Nachbarschaft bei. Sie pflegte ihren Garten und mähte ihren Rasen, aber einige Nachbarn zuckten jedesmal zusammen, wenn sie an der *Zaca* vorbeifuhren. Libby kam selten vorbei. Sie schwor, der Grund sei nicht, daß Ruru in einem bescheidenen Stadtviertel wohnte, sondern vielmehr, daß Ruru ihre Hausfrauenpflichten vernachlässigte. Fünfmal pro Woche verhalf ein Hausmädchen Libbys Country-Club-Residenz zu ihrer blitzsauberen Erscheinung, und wenn man sie darauf ansprach und sie es hoheitsvoll zur Kenntnis nahm, behauptete sie, als sie und Frank heirateten, sei sie das Mädchen gewesen.

Es stimmte hingegen, daß Ruru und ihr Staubsauger sich selten begegneten, und auf der Küchenanrichte waren Krümel, aber was Libby wirklich in die Flucht trieb, waren die Hunde. Zwei Jack-Russel-Terrier und zwei Dalmatiner, einer davon gefleckt, hüteten das Haus. Sie schliefen auf dem Sofa, den Sesseln, dem Bett. Einer hatte als Welpe den Teppich zerbissen, aber nicht an den Kanten; vielmehr war die ganze Fläche voller kleiner Löcher, als hätte sich eine große Motte an den Fäden gütlich getan. Die Katzen, vier an der Zahl, nahmen es mit der Benutzung ihres Katzenklos nicht so genau, und sie terrorisierten die Hunde.

Libby war jedesmal der Ohnmacht nahe und beklagte sich über den Tumult. Ruru hatte an dem Lärm ihrer Horde so viel Freude wie Pablo Casals an Bach.

Frazier fuhr nach ihrem unerfreulichen Mittagessen hinüber. Ruru hockte auf allen vieren vor der Wanne und badete ihre Dalmatiner. Das Wasser war ziegelrot.

«Wo sind die denn reingeraten?»

Ruru verzog das Gesicht, als ein Hund sich schüttelte und ihr Wasser ins Gesicht spritzte. «Das Übliche.»

«Schlamm ist immer noch besser als Stinktiere. Weißt du noch, wie Toby und Lulu sich letztes Jahr mit einem Stinktier angelegt haben?» Toby und Lulu waren die Jack Russels.

«Hab ich viel von der roten Brühe abgekriegt? Verdammt, Chief, Platz!» Der gefleckte Hund gehorchte, stand dann aber gleich wieder auf.

«Sieht ziemlich übel aus. Ich sollte dir helfen, Ru, aber es hat wohl wenig Sinn, daß wir uns beide schmutzig machen.» Frazier griff nach einem Handtuch. «Aber ich trockne Chief ab, während du dir Marco vornimmst.»

«Du bist ein Engel. Platz, Marco!»

Marco, gehorsamer als seine Schwester, setzte sich, verdrehte aber die Augen himmelwärts und flehte den Gott der Hunde an, ihn von dieser Qual zu erlösen. Komisch, denn er setzte sich in jede Pfütze und sprang in jeden Fluß. Warum war ein Bad für ihn eine solche Tortur? Vermutlich, weil es nicht seine Idee gewesen war.

Tante Ruru spülte das Shampoo aus Marcos Fell. «Komm, einmal noch.»

«Wieso sind Toby und Lulu keine Schlammkugeln?»

Toby und Lulu waren im Wohnzimmer geblieben, als würden sie durch diesen Abstand vor einem Bad bewahrt, einem Schicksal, das schlimmer zu sein schien als der Tod.

«Sie waren im Wagen in der Kabine. Diese beiden waren auf der Ladefläche. So, ich glaube, das genügt, und jetzt muß ich erst mal selber duschen.»

«Du bist schon schmutziger gewesen.»

«Danke für die Blumen.» Ru tätschelte Marcos Kopf. Er beachtete sie nicht.

Die beiden Frauen setzten sich ins Wohnzimmer. Die Dalmatiner rannten in die Küche.

«Ich muß ihnen einen Knochen geben. Bin gleich wieder da.» Ruru belohnte Chief und Marco mit großen Hundeknochen. Sie teilte kleinere an die Jack Russels aus, die, obwohl ungebadet, es nicht mit ansehen konnten, wenn ein anderer Hund einen Leckerbissen bekam. Ruru sah den unverdienten Schmaus als Bestechung für zukünftiges gutes Betragen.

Sie kam mit einer Schüssel Kartoffelchips ins Zimmer.

«Für mich nicht, danke.»

«Prima. Dann krieg ich um so mehr.» Rus wettergegerbte Hand tauchte in den gelben Haufen.

«Ich hab im Club einen großen Salat gegessen. Aber ich konnte ihn nicht aufessen, weil Laura reingestürmt kam, sich mit dem Rücken zu mir am Nebentisch niederließ, allein, stell dir vor, und mich vollquatschte. Dieses Miststück. Ich hab ihr Rattengift in den Hüttenkäse getan.»

«Was hast du?»

«Nein, nein, so schlimm war es nicht. Angie hat aus Spaß eine Dose gebracht, und ich war am Ende so sauer auf Laura, daß ich die Dose in ihr Mittagessen fallen ließ. Sie hat's verdient.» Frazier seufzte. «Und es war so ein gutes Gefühl.»

«Das glaub ich gern», murmelte Ruru mit vollem Mund. «Du verschweigst mir doch nichts, Kind, oder?»

«Äh – nein. Wenn ich diese Geschichte durchhalte, wird kein Mensch mehr mit mir reden, aber ich fühle mich so *gut*.»

«Frequentiert Laura noch diesen Friseursalon?» Ruru flitzte in die Küche und schnappte sich eine Cola. Die salzigen Chips machten sie durstig. Sie kam zurück, warf sich in den Sessel und ließ die Füße über die Lehne baumeln.

«Als Jüdin wäre sie bestimmt Anhängerin des Chassidismus!»

«Als Jüdin wäre sie intelligenter.» Ruru nahm sich eine gewaltige Handvoll und warf auch den Jack Russels ein paar Chips zu. Chief und Marco schienen sich zu überlegen, ob sie an der Party teilnehmen sollten, als sie die kleinen Hunde so fröhlich mampfen sahen. «Allerdings könnte ich mir vorstellen, daß auch kluge Mädchen sich in Carter verlieben. Er ist verdammt attraktiv.»

«Weißt du was, Mandy hat mir gesagt, ich soll ihr 'n Kerl anhängen, und das tu ich jetzt.»

«Wie bitte?»

«Einen Detektiv.»

«Ach so.» Ruru runzelte die Augenbrauen. «Wozu? Laura würde nie eine Affäre haben. Dann hätte sie deinen Bruder nicht mehr in der Hand. Sie muß die Märtyrerin bleiben, eine gequälte Frau. Ach, ich Arme, daß Gott erbarme. He, in dieser Stadt hat das was für sich. Vielleicht sollte Laura zum Katholizismus übertreten.»

«Du bist schrecklich.»

«Ich bin schrecklich? Ich habe meiner Schwägerin nicht das Mittagessen mit Rattengift gewürzt. Mary Frazier, könnte es sein, daß du eine Entwicklungsphase durchmachst? Das hast du doch schon in der Pubertät hinter dir gelassen. Vorher hast du mir allerdings besser gefallen.» Ihre Augen glitzerten.

Frazier spielte mit dem Siegelring an ihrer linken Hand. «Irgendwas mache ich durch.»

«Kommen wir auf die Sache mit dem Detektiv zurück.»

Unterdessen waren Chief und Marco ins Wohnzimmer geschlichen und hatten sich neben Rurus Sessel gelegt.

«Mandy meinte, ich sollte sie mal genauer beobachten. Ich erinnere mich nicht genau, wie sie es ausgedrückt hat, aber es war einer ihrer verrückten Einfälle. Oder ein Verdacht. Sie sagte, wer was auf dem Kerbholz hat, wirft den ersten Stein. Nein, das hat Terese gesagt, als ich neulich beim Haareschneiden war. Ist ja auch egal.»

Ru nahm die Beine von der Sessellehne und setzte sich gerade. «Wäre es nicht großartig, wenn der Detektiv entdekken würde, daß Laura ein Doppelleben führt? Wenn Terese recht hätte? Mal überlegen, was Lauras großes, dunkles Geheimnis sein könnte – eine Abtreibung.»

«Tante Ru!» Frazier lachte.

«Um das Thema zu wechseln, was macht Mandy?»

«Sie trennt sich gerade von Sean, ihrem Freund. Die Trennung zieht sich jetzt schon seit einem Jahr hin. Aber ich kenne nicht die ganze Geschichte. Nur Bruchstücke. Muß schwer sein für eine hochintelligente, schöne Schwarze, den Richtigen zu finden.»

«Das Problem ist die Intelligenz. Der Rest ist in Ordnung. Natürlich hat's auch eine kluge Weiße nicht leicht. Den Männern sind blöde Weiber anscheinend lieber. Wahrscheinlich muß man blöd sein, um umsonst zu arbeiten, wie es die meisten Frauen tun. Bügeln aus Liebe. Meinst du, wenn ich ein Buch darüber schriebe, könnte ich in die Talk-Shows kommen?»

«Bestimmt – aber du bügelst nicht. Du hast nie gebügelt.»

«Nimm's nicht so wörtlich, Frazier. Das paßt nicht zu dir. Mein Mann hat's überlebt.» Sie ließ sich wieder in den Sessel sinken. «Nicht ein Tag vergeht, ohne daß ich an meinen Paul denke und wünsche, er wäre hier bei mir, aber ich beuge mich dem Willen des Herrn. Vielleicht haben sie im Himmel Klempner gebraucht. Scheiße, das hasse ich am Altwerden, du kämpfst bis in die Fünfziger dagegen, daß du dich äußerlich veränderst, dann gibst du's auf. Das ist noch nicht das Schlimmste. Was ich hasse, ist das Sterben. Alle sterben. Die Erinnerungen, die sie mitnehmen.»

«Aber du behältst die Erinnerungen.»

«Nur die, die ich kenne. Was hatte Paul im Kopf, wovon ich nichts wußte? Wußte er, wann es die ersten Autos mit Halbautomatik gab? Eine Erinnerung, die ihm etwas bedeutet hätte – oder vielleicht ist er eines Tages allein gesegelt, und das Licht glitzerte auf dem Wasser? Wer weiß schon, was in einem anderen Menschen vorgeht. Und dann ist es plötzlich verloren. Für immer verloren.» Sie streute den Hunden auf dem durchlöcherten Teppich die Chips hin. Ru teilte sie sicherheitshalber auf, sonst hätte es ein unschönes Gerangel gegeben. «Wie bin ich auf dieses Thema gekommen? Kreisch, quietsch, piep.» Es klang, als suche man einen anderen Radiosender. «Und nun wieder zu Mary Frazier Armstrong und ihrer Lebenskrise.»

Frazier kicherte, ihre grünen Augen leuchteten auf. «Du bist irre.»

«Das will ich hoffen, denn was als normal gilt, macht mir himmelangst. Aber ehrlich, Kindchen, was ist los?»

Frazier drehte die Handflächen nach oben, zum Zeichen, daß sie es auch nicht wußte. «Ich fühl mich gut.»

«Das ist nicht zu übersehen. Ein bißchen impulsiv, wie?»

«Ja.» Sie lächelte und entblößte dabei ihre vollkommenen Zähne.

«Gut und schön, aber denk dran, die Leute sind nicht daran gewöhnt, daß du dich so verhältst. Von mir sind sie es gewöhnt, daß ich spontan bin, aber von dir nicht. Nimm deine Enthüllung von neulich hinzu, dann liegt ja wohl auf der Hand, daß die Lage im Moment, nun ja, heikel ist. Ich habe bisher keinen Pieps gehört, also hat es sich wohl noch nicht in der Stadt herumgesprochen.»

«Kein Mensch wird mich mehr als dieselbe sehen wie früher, nicht?»

«Vermutlich nicht. Wenn du weiterhin anderen Leuten Rattengift ins Essen tust, werden sie ihre Meinung über dich wohl für immer ändern.» Rus Ton war liebevoll. «Und, Liebes, wenn es sich erst rumgesprochen hat, daß du lesbisch bist – darüber werden manche Leute nie hinwegkommen. Man wird dich als einen Gegenstand ansehen. Es ist unfair, aber so ist es nun mal. Wenn du einen lila Rock anziehst, werden die Leute es darauf zurückführen, daß du lesbisch bist. Du hast eine Kunstgalerie. Die Leute werden sagen, Homosexuelle haben eine künstlerische Ader. Du hast einen Hund und eine Katze und lebst allein. Lesbierinnen haben immer Katzen, nicht wahr? Man wird dir deine Individualität nehmen. Aber für die Menschen, die selbst Individualisten sind, wirst du sein, wer du bist und was du mit ihnen gemein haben willst.»

«Ich glaube, das weiß ich, aber...», Frazier suchte nach Worten, «aber ich fühle es noch nicht.»

«Du hast den größten Teil deines Erwachsenenlebens damit verbracht, deine Gefühle zu unterdrücken. Laß ihnen Zeit, dich einzuholen. Du bist nicht an dich selbst gewöhnt.»

«Tante Ru, was würde ich ohne dich anfangen?»

«Im dunkeln tappen und dich elend fühlen», scherzte Ru.

23

Der 17. März, dieser Glückstag, war eisig wie eine Hexentitte. Narzissen und Krokusse duckten sich unter dem schneidenden Wind. Der St.-Patricks-Tag sorgte für klimatische Verwirrung. In einem Jahr steckte der Feiertag tief im Schnee, und ein Jahr später mochte es fünfzehn Grad warm sein, bei hellem Sonnenschein. Weder Schnee, Graupeln noch strömender Regen konnte die Iren von ihrer ausgelassenen Tollerei abhalten.

Der Ballsaal des Country-Clubs, ein höhlenartiger, doch wohlproportionierter Raum, war grün und weiß dekoriert. Weiße Seidenfallschirme an der Decke sorgten für Gemütlichkeit, ein triumphaler Sieg über die Architektur. Schöne Keramiktöpfe, überquellend von blühendem Klee, standen als Dekoration auf allen Tischen. Gigantische grüne Stoffbahnen, mit gold-grünen Bändern eingefaßt, bedeckten die Wände, und das Musikpodium war in einen Winkel der Grünen Insel verwandelt. Der Kapellmeister, die Trompete in der Hand, stand auf einem Rasenstück. Die getränkeservierenden Bedienungen waren als Leprechauns, wie die Kobolde aus der irischen Sage heißen, verkleidet.

Die Herren waren im Abendanzug, viele trugen Kleeblattsträußchen im Knopfloch. Die Damen, strahlend in ihren

Abendkleidern und mit Schmuck behängt, glitten wie bunte bewegliche Skulpturen über die Tanzfläche.

Laura, ein Traum aus Chinchilla, betrat an Carters Arm den Saal. Libby und Frank waren vor ihnen gekommen und saßen an einem Tisch in einigem Abstand von der Tanzfläche, denn Libby klagte, die Kapelle sei zu laut und sie könne ihr eigenes Wort nicht verstehen.

Während Carter und Laura sich durch die Menge schoben, winkten sie Freunden zu. Wenige Minuten nach ihrem Bruder und ihrer Schwägerin erschien Frazier, allein. Sie trug ein tief ausgeschnittenes Kleid in dramatischem Weiß, und alles drehte sich nach ihr um. Sie hatte ihr Kollier aus Smaragden und Diamanten mit den passenden Ohrringen angelegt. Das Grün war ihr Gruß an ihre irischstämmigen Mitbürger.

Sie war unschlüssig gewesen, ob sie hingehen sollte oder nicht. Ursprünglich hatte Billy Cicero ja ihr Begleiter sein sollen, aber er hatte sich nicht gerührt, nicht mal, um abzusagen. Sie war entschlossen, ihn nicht anzurufen. So kurzfristig einen akzeptablen Begleiter aufzutreiben war wie eine Gralssuche. Sie hätte zu Hause bleiben und die Blicke derjenigen vermeiden können, die Bescheid wußten, aber je länger sie darüber nachdachte, um so entschlossener war sie hinzugehen. Wenn du dich versteckst, sieht es aus, als würdest du dich deiner selbst schämen. Sie wollte auf den Ball gehen, sollten die Leute doch reden. Waren sie denn so viel besser als sie?

Frazier saß zwischen ihrem Vater und ihrem Bruder, vermied klugerweise Scylla und Charybdis, also Libby und Laura, die ihr bereits böse Blicke zuwarfen wie prasselnde Felsbrocken. Frazier lächelte den beiden Frauen zu und unterhielt sich mit Frank.

«Wo ist dein Begleiter, Herzchen?»

«Keine Ahnung.»

Carter warf dazwischen: «Ich bin froh, daß ich nicht neben Billy Cicero sitzen muß.»

«Du hältst dich an Cocktails, wie ich sehe», antwortete Frazier in eisigem Ton, denn Carter hatte offensichtlich schon ein paar intus. «Nein, du brauchst nicht neben Billy zu sitzen. Kenny hat angerufen und mir was auf den Anrufbeantworter gesprochen, aber der Apparat hat es gelöscht. Also, wer weiß?»

«Der Kerl ist zum Kotzen.» Carter ließ offen, welchen Kerl er meinte.

Frazier rümpfte die Nase. Sie sog den schwachen Duft von Sarah Saxes Parfüm ein. Sie klopfte Carter auf die breite Schulter. «Laß uns tanzen, du Ekel.»

Carter stand auf und hielt seiner Schwester den Stuhl.

Laura zog einen Flunsch. «Der erste und der letzte Tanz gehört deiner Frau, Carter, Liebling.»

«Diesmal nicht – Liebling.» Carter lächelte das Lächeln eines Mannes, der seine Frau abstoßend und langweilig findet.

Auf der Tanzfläche bewegten Bruder und Schwester sich in wunderbarem Einklang. Schon als Kinder hatten sie zusammen die verschiedensten Tanzschritte geübt.

«Brudda, was fällt dir ein, in der Stadt herumzulaufen und herumzuerzählen, daß ich lesbisch bin?»

«Ich hab mich bei Buddy vollaufen lassen. Außerdem, wenn du's bist, dann *bist* du's. Warum soll ich's verschweigen? Erzähl den Leuten nichts, was du geheimhalten willst.»

«Die Umstände waren ein bißchen bizarr.»

Carter dachte kurz nach. «Das ist wohl wahr.» Dann setzte er hinzu: «Aber wenn du einmal die Katze aus dem Sack gelassen hast, bekommst du sie nicht wieder rein.»

«Ich kann ein paar berühmte Namen runterrasseln, die es versucht haben.»

«Feiglinge.»

Frazier ließ sich dieses knappe Urteil sowie das, was Carter soeben über sie geäußert hatte, durch den Kopf gehen. «Du hast ja recht. Ich bin, was ich bin, aber du darfst es nicht als Waffe gegen mich verwenden. Mein Brief an dich war nicht böse gemeint. Es war mir Ernst. Kratz die Kurve, hau ab.»

Carter blickte über die sahnig weiße Schulter seiner Schwester und erspähte seine Frau, die sich mit Isabelle Harper, ebenfalls ein Mitglied des Garten-Clubs, unterhielt. «Ich wollte, ich könnte – aber dann würde ich jeden Pfennig verlieren. Sie ist rachsüchtig. Sie würde mir alles Geld abknöpfen, und ich hab nicht viel.»

«Und wenn du schuldlos geschieden werden könntest?»

«Das würde die Sache vereinfachen, aber weißt du, Laura ist vollkommen – und kalt wie Marmor.»

«Wer weiß? Vielleicht kommt ja was zum Vorschein.» Frazier betete, daß der Detektiv irgend etwas Anstößiges ausgraben würde.

«Verdammt», rief Carter, dann wirbelte er Frazier herum, so daß sie Billy Cicero sehen konnte, der leichtfüßig die Stufen zum Ballsaal hinuntersprang, sich dann umdrehte und Ann Haviland die Hand reichte. Kenny Singer, in Begleitung von Courtney Wood, folgte ihm.

«Billy und Ann – das Unbefleckte Verhältnis», platzte Frazier heraus.

«Die haben den Arsch offen», sagte Carter.

«Seiner sollte besser zubleiben. So etwas Gutes wie Sex hat er nicht verdient.» Sie lehnte den Kopf an seine Schulter. «Ich rieche Sarahs Parfüm an deinem Hals.»

«Ach ja?» Seine Augen wurden weit, dann lachte er. «In meinem Herzen ist für viele Platz.»

«Da gibt es aber bessere Aufbewahrungsorte.»

Carter und Frazier kehrten an den Tisch zurück. Carter bestellte und leerte in rascher Folge zwei Scotch, während Laura Frazier ausquetschte, warum Billy Ann begleitete und nicht sie. Libby gab auch ihren Senf dazu: «Er ist flatterhaft. Schätze, er will sich nicht binden.»

«Ach Mutter, er ist 'ne verdammte Tunte.» Carter legte den Arm um den Stuhl seiner Mutter.

«Du sollst in meiner Gegenwart nicht solche Ausdrücke benutzen», plusterte Libby sich auf.

«Mein Sohn, es gehört sich nicht, über einen Freund deiner Schwester aus der Schule zu plaudern.»

«Himmel, sie weiß Bescheid, Daddy.» Carter ließ die Katze aus dem Sack. «Sie ist genauso andersrum wie er.»

«Carter! Carter, das nimmst du sofort zurück. Ich verlange, daß du dich bei deinem Vater entschuldigst.» Libby preßte die Kiefer zusammen, ihre Stimme krächzte.

Frazier hatte das Gefühl, einem Zugunglück zuzusehen, in das sie selber als Fahrgast verwickelt war.

«Schwesterherz, ich hab's nicht so gemeint», entschuldigte sich Carter. Seinen Vater überging er einfach.

«Was ist hier eigentlich los?» Frank konnte sich nicht zurückhalten.

«Billy Cicero ist ein Blödmann, das ist los. Er sollte mit Frazier auf den Ball gehen, aber als sie dachte, sie würde sterben, hat sie ihm einen von ihren berüchtigten Briefen geschrieben, und jetzt weicht er ihr aus. So sehe ich das jedenfalls.» Carter hörte sich beinahe nüchtern an.

«Er ist betrunken.» Libby nahm Franks Hand, um ihn hochzuziehen und mit ihm zu tanzen.

Frank blieb auf seinem Stuhl sitzen wie eine aus Granit gemeißelte Buddhastatue, zu schwer, um sich von der Stelle zu rühren.

«Ich bin immer betrunken», grinste Carter seine Mutter an.

«Das ist doch zu albern.» Lauras Stimme triefte vor honigsüßer Falschheit. «Carter, Liebling, laß uns tanzen.»

«Nein!» Carter weigerte sich.

«Dann tanz mit mir.» Libby schwankte auf ihrem Platz wie eine Kobra.

«Ich will endlich wissen, was los ist.» In manchen Situationen konnte Frank durchaus stur sein. Dies war so eine Situation.

«Big Daddy», flötete Laura, «es ist nur ein kleines Mißverständnis. Wir können es nach dem Tanz aufklären.»

«Du hast Briefe geschrieben?» Frank richtete seine haselnußbraunen Augen auf Frazier.

«Ja, Pop.»

«Frank, ich möchte tanzen.» Libby fuhr mit dem Finger an seinem Nacken entlang. Er ignorierte sie.

Als Carter merkte, was er angerichtet hatte, unterstützte er Laura. «Dad, das können wir wirklich später klären. Ich hab einfach drauflos gequatscht, ohne zu überlegen.»

«Das ist bei dir nichts Neues.» Frank warf ihm einen vernichtenden Blick zu. «Frazier, du dachtest, du würdest sterben, du hast Briefe geschrieben, und mir hattest du nichts zu sagen?»

«Frank, vergiß es.» Libby war verzweifelt.

«Daddy, ich habe dir einen langen Brief geschrieben, allerdings kann ich mich nicht an alles erinnern, was drinsteht. Es war eine schmerzhafte, elende Nacht, aber ich glaube nicht, daß ich etwas zu Papier gebracht habe, was nicht ehrlich gemeint war, und ich habe dir geschrieben, daß ich dich liebe.»

«Wo ist mein Brief?»

Libby stand auf, um sich einen Tanzpartner zu suchen. Frazier zog sie auf ihren Stuhl zurück.

«Du verdrehst ihr das Handgelenk.» Laura war besorgt.

«Halt du dich da raus, Laura», warnte Carter.

«Hast du meinen Brief abgeschickt? Kann er verlorengegangen sein? Carter hat seinen bekommen.»

«Ja, und Mutter hat ihren auch gekriegt.» Frazier war nicht mehr zu bremsen. Libbys Gesicht wurde puterrot.

«Wo ist mein Brief?»

«Das ist nicht schwer zu durchschauen, Dad. Rate mal.»

Carter langte hinter sich zum Nachbartisch und leerte nacheinander alle Getränke der Leute, die auf der Tanzfläche waren.

«Dein Ton gefällt mir nicht, mein Sohn.»

«Das tut er nie. Das tut er nie.» Carter stellte das letzte Glas auf den Nebentisch zurück.

«Mir ist schlecht, Frank, laß uns nach Hause gehen.» Dieser Vorschlag wurde mit Schweigen quittiert. Alle starrten Libby an, die kerngesund aussah. «Ich habe nichts getan. Ich muß den Brief auf dem Weg vom Briefkasten verloren haben, oder der Postbote hat ihn in den falschen Kasten gesteckt, oder vielleicht...»

«Oder vielleicht solltest du die Wahrheit sagen.» Frazier faltete die Hände.

«Von Wahrheiten haben wir erst mal genug, Mädchen.» Libby bespie ihre Tochter förmlich mit Gift. Sie hätte in diesem Moment für eine Kreuzotter durchgehen können.

«Du hast mir meinen Brief einfach nicht gegeben.» Frank kapierte endlich.

Libby deutete mit dem Finger auf Carter. «Das werde ich dir nie verzeihen.»

«Momma, du verzeihst nie jemandem», sagte Carter.

Völlig irrational versuchte Libby, dem Thema auszuweichen und statt dessen Schuldzuweisungen herauszuschmettern: «Und das ist der Dank, den ich von euch beiden bekomme! Laura, bring mich nach Hause. Ich bleibe nicht hier sitzen, um mich von meinen eigenen Kindern beleidigen und mir von meinem Mann die kalte Schulter zeigen zu lassen.»

Laura erhob sich folgsam, um die zitternde Libby hinauszugeleiten. Frank, Frazier und Carter sahen stumm zu. Schließlich brach Frazier das Schweigen. «Dad, ich glaube, wir sollten uns mal unterhalten.»

24

Das Licht, das aus Fraziers Büro fiel, erleuchtete matt die Gemälde in der Hauptabteilung der Galerie. Es warf einen überirdischen Schimmer auf das künstlerische Schaffen von Jahrhunderten. Frazier und ihr Dad saßen auf dem Sofa im Büro. Beide hatten es für unklug gefunden, sich auf dem Ball zu unterhalten oder irgendwo im Country-Club, wo die Wände Ohren hatten.

Carter, froh, aller Pflichten und emotionalen Verantwortung ledig zu sein, war im Club geblieben, wo er selig mit jeder Frau tanzte, die ihm vor die Augen kam. Es war noch nicht zehn Uhr, da war er schon sturzbesoffen, und jedesmal, wenn er ein Glas an die Lippen hob, deklamierte er: «Könnte keiner Mieze was zuleide tun.»

Nur gut, daß Frazier und Frank den Rest des Balls verpaßten, denn von sturzbesoffen wechselte Carter zu sternhagelvoll, und am Ende war er fast besinnungslos. Als er mit Courtney, Kennys Begleiterin, aufbrach, was nicht weiter empörend war in dieser sexbesessenen Welt, hielt er ihr mit einer galanten Geste die Tür auf. Sie hatte nichts dagegen, in seinen aufgemotzten, irisierenden, ausladenden Ford Transporter zu steigen. Der lila Kleinlaster glitzerte aufregend zwischen den gediegenen Mercedes, Cadillacs, Buicks, Range Rovers und diversen Kombis. So weit, so gut, aber als Carter hinters Steuer rutschte, stellte er fest, daß er von Yancey Weems' 560er Mercedes und Billy Ciceros Volante so eingekeilt war, daß er unmöglich ausparken konnte. Er fuhr einfach rückwärts und krachte in den Aston Martin, dann schaltete er in den ersten Gang und knallte in den Mercedes. Die Dame des Abends kreischte erstaunt, öffnete geschwind den Wagenschlag und stürzte, ein Haufen Satin und Tüll, auf den Bürgersteig. Sie mußte zu dem Schluß gekommen sein, daß einer, der verrückt genug war, um so etwas zu tun, zu verrückt war, um mit ihm zu schlafen. Lachend setzte Carter seinen Kollisionskurs fort, bis er sich hinauslavieren konnte. Er winkte der jungen Dame zu und raste in die Nacht. Als Yancey Weems seinen Mercedes erblickte, dessen Kofferraum einer kostspieligen Ziehharmonika glich, mußte ein Freund ihm Riechsalz verabreichen. Er war auf der Stelle in Ohnmacht gefallen. Billy Cicero, aus gröberem Holz geschnitzt und aus gepfefferten Versicherungsbeiträgen klug geworden, trommelte rasch Zeugen zusammen, wenngleich Courtney, die Hauptzeugin, getürmt war. Dann marschierte er in den Ballsaal zurück und schleppte seinen Anwalt nach draußen, damit der sich die Bescherung ansah.

Carter mochte im Suff vielleicht keiner Mieze etwas zuleide tun, aber er hatte auf alle Fälle den Mercedes und den Aston Martin geschändet.

Vater und Tochter hatten mit ihren eigenen Problemen zu kämpfen. Wenn sie morgen die Nachricht von Carters verrückter Tat erreichte, würden sie auch das verkraften.

Frazier erinnerte sich an die Einleitung ihrer Briefe, weil sie bei allen Empfängern gleich lautete. «Wenn Du dies liest, bin ich höchstwahrscheinlich schon tot.» Sie stückelte zusammen, was sie konnte. Frank, ein Mann, der sich der Vernunft verschrieben hatte, hörte aufmerksam zu.

«Du machst dir immer Sorgen wegen Geld, Daddy. Na ja, wenn ich eine Frau hätte, die so viel ausgibt wie Mutter, ich würde mir auch Sorgen machen. Das habe ich dir in meinem Brief vorgehalten, und ich bat dich, zu genießen, was du hast, vor allem aber bat ich dich, Mom in ihre Schranken zu weisen. Wenn sie dich auffordert zu springen, fragst du sie, wie hoch.»

«Das ist das Problem. Du nimmst sie ernst. Ich lasse sie einfach quasseln, ich gebe ihr recht, und dann geh ich los und mache, was ich will. Solange man deiner Mutter keinen Widerstand entgegensetzt, erreicht man meistens, was man möchte. Du aber legst dich mit ihr an.»

«Ich finde deine Methode verlogen.»

«Schon möglich, aber sie funktioniert. Libby muß das Kommando haben, das heißt, sie muß denken, daß sie es hat. Dasselbe gilt übrigens auch für dich.»

Frazier wurde kratzbürstig. «Das ist nicht wahr. Ich bin zufällig tüchtiger als die meisten, da können sie ruhig nach meiner Pfeife tanzen.»

«Okay.» Frank lächelte. Sie hatte ihn in seiner Ansicht bestätigt.

«Prima, jetzt sind wir einer Meinung. Dad, wirst du es nie leid, dir von Frauen sagen zu lassen, was du zu tun hast, wann und mit wem? Wenn's Mom nicht ist, dann ist es Mildred im Büro.»

«Die beste Geschäftsführerin weit und breit. Herzchen, ich brauche eine Hilfe. Du nicht. Immerhin fahre ich deiner Mutter über den Mund, wenn sie anfängt, meine Fehler aufzuzählen. So ist sie nun mal.»

«Ich möchte keine Beziehung, in der ich meiner Partnerin über den Mund fahren muß.» Frazier sprach in scharfem Ton. «Verzeihung, Dad, es war nicht so grob gemeint, wie es sich angehört hat. Aber es tut mir einfach weh, wenn ich sehen muß, wie du Mom klein beigibst, und es hat mir schon als Kind weh getan, wenn du sie mit Carter und mir umspringen ließest, wie sie wollte. Du hast nie für uns Partei ergriffen.»

Frank fuhr sich mit den Fingern durch das dichte Silberhaar. «Das tut mir leid, Baby. Aber weißt du, als ich jung war, war alles anders. Die Frau herrschte über das Haus und die Kinder. Ich habe gute Geschäfte gemacht und die Rechnungen bezahlt. Arbeitsteilung. Im Rückblick finde ich, wir hätten vielleicht flexibler sein sollen. Ich wünschte, ich hätte mir mehr Zeit für euch Kinder genommen. Ich schätze, es ist schwerer, Libbys Kind zu sein als ihr Mann. Ich setze mich bald zur Ruhe, Herzchen, und dann verbringe ich mehr Zeit mit der Familie und auf dem Golfplatz. Die Uhr tickt, weißt du.»

«Ja, ich weiß, Dad. Deswegen habe ich ja die Briefe geschrieben.» Sie holte tief Luft und nahm allen Mut zusammen. «Was Mom so aufregt, ist, daß ich lesbisch bin. Ich hab's allen geschrieben. Sie sagt, es wird dich umbringen. Verdammt, ich will nicht den ganzen Stuß wiederholen, den sie gesagt hat. Ich nehme jedenfalls an, deswegen hat sie deinen Brief vernichtet.»

«Ich werde schon nicht tot zusammenbrechen.» Er lächelte wehmütig. «Du bist eine schöne Frau. Ich dachte immer, solche Mädchen seien, hm, maskulin. Ich weiß nicht, wie so etwas passiert, und ich glaube, das Leben wäre viel einfacher, wenn du nicht so wärst.» Er machte eine Pause. «Aber wenn du dir das vom Leben wünschst, werde ich dir nichts in den Weg stellen. Du bist und bleibst meine Tochter.» Er griff nach ihrer Hand und führte sie an seine Lippen.

Frazier kämpfte mit den Tränen. Sie wollte etwas sagen, brachte es aber nicht heraus. Schließlich flüsterte sie: «Danke, Daddy. Warum ist mit dir alles so einfach und mit Mom so schwierig?»

Frank hielt ihre Hand in seiner großen Pranke und tätschelte sie. «So ist das seit jeher, Väter und Töchter verstehen sich, Mütter und Söhne verstehen sich. Ich verstehe mich mit Carter so wie Libby mit dir, trotzdem liebe ich ihn. Er ist mein Sohn.» Frank hob verwundert die Stimme, denn normalerweise sprach er nicht über seine eigenen Gefühle, obwohl er stets bereit war, sich in andere Leute hineinzuversetzen. «Ich liebe ihn, aber ich kann nicht mit ihm reden. Ich komme nicht an ihn heran, und er verschwendet sein Leben. Doch ich kann hier sitzen und mich mit dir unterhalten, und ich fühle mich wieder jung. Zwischen uns gibt es keine Barrieren. Wo immer ich mich bei meinen Freunden umsehe, es ist fast überall dieselbe Geschichte. Spannungen mit den Söhnen und ein entspanntes Verhältnis mit den Töchtern.»

Frazier zuckte die Achseln. «Unterschiedliche Erwartungen, nehme ich an. Ich glaube, Väter sind grundsätzlich streng mit ihren Söhnen.»

«Ich war streng, ja. Aber ich dachte, ich würde Disziplin vermitteln, und mit dir war ich auch streng. Du konntest es verkraften. Du warst zäher. Komisch, woran man das merkt. Ich weiß noch, wie ich bei eurem Lacrosse-Spiel zugesehen habe, St. Lukas gegen St. Catherine, letztes Schuljahr. Ihr wart mit zwei Toren im Rückstand.»

«Das war kein Lacrosse, das war Krieg.»

«Damals habe ich dich mit ganz neuen Augen gesehen. Diese miese Verteidigerin von St. Catherine hat mit ihrem Schläger nach dir geschlagen, als die Schiedsrichterin gerade mal nicht hinsah. Zwei Finger hat sie dir gebrochen. Ich konnte deinen kleinen Finger schlaff herabbaumeln sehen. Du hast die Zähne zusammengebissen, du hast ein Tor geschossen. Du hast ein Tor geschossen! Die meisten Mädels wären an den Spielfeldrand gerannt, um zu plärren und zu jammern. Ein paar wenige hätten der Verteidigerin Rache geschworen. Du hast dich auf das Spiel konzentriert. Am Ende des Spiels war deine Hand so geschwollen, daß einem der Anblick weh tat. Ich weiß nicht, wann ich je so stolz auf dich war. Von da an wußte ich, daß du etwas Besonderes bist. Carter hätte in so einem Fall dem Kerl mit seinem Schläger den Schädel eingeschlagen. Er kann seine Gefühle nicht im Zaum halten. Du schon.»

«Das beste Spiel, das ich je gespielt habe», erinnerte sich Frazier. «Das hab ich von dir gelernt, Dad. Du hast zu mir gesagt, das Geheimnis ist, den Doughnut zu sehen statt das Loch in der Mitte.»

«Herzchen, wir kommen da durch, irgendwie. Und wenn du eine Freundin hast, bring sie mit. Mutter wird sich daran gewöhnen müssen.»

«Ich habe keine Freundin. Im Moment weiß ich nicht mal, wie viele Freunde oder Freundinnen ich überhaupt habe, aber immerhin habe ich dich, und es tut mir leid, daß du wegen dieser Geschichte deinen St.-Patrick-Tanz versäumt hast.»

«Mir tut es überhaupt nicht leid.»

Sie unterhielten sich noch eine Weile, dann ging Frank. Sein Schritt war schwer, denn er würde der hysterischen Libby gegenübertreten müssen. Frazier beschloß, im Büro zu bleiben und Papierkram zu erledigen. Sie war zu aufgedreht, um zu schlafen. Um halb zwei Uhr nachts machte sie endlich das Licht aus. Als sie durch die dunkle Galerie ging, fiel ein Lichtstrahl wie ein silberner Pfeil von der Straßenlaterne in die hinteren Räume und spielte auf dem Olymp-Gemälde. Frazier blieb stehen, um die Wirkung zu bewundern. Sie blinzelte und trat unwillkürlich zurück. Sie hätte schwören können, daß die Flügel an Merkurs Sandalen flatterten. Sie lief zum Wandschalter und knipste das Licht an. Sie starrte auf das Bild. Die Flügel waren vollkommen unbeweglich, aber ihr war, als hätte Merkur einen selbstgefälligen Ausdruck im Gesicht. Sie lachte über die Streiche, die das Licht einem spielen kann, und schloß ab.

25

Um sieben Uhr früh wurde Frazier vom Telefon aus dem Schlaf geklingelt. Sie wälzte sich herum und landete auf Currys Bein, was ein gedämpftes Jaulen hervorrief. Die Hündin hob den Kopf, während Basil auf die Kommode sprang, um sich einen besseren Überblick zu verschaffen.

Frazier hätte diesen unerwünschten Anruf ihrem Anrufbeantworter überlassen, aber wer immer es war, er legte mehrere Male nach dem dritten Klingeln auf, bevor sich das Gerät beim vierten Klingeln einschaltete. Dieser Hartnäkkigkeit gab sie schließlich nach.

«Hallo.»

«Komm mir bloß nicht auf die nette Tour», kreischte Libby. «So ein unglaublicher Schlamassel, und alles deine Schuld.»

Frazier setzte sich auf. Es war kalt, und sie bekam eine Gänsehaut. «Verdammt, wovon redest du überhaupt?»

«Hör auf zu fluchen, mein Fräulein. Dazu habe ich dich nicht erzogen. Wenn du deinen Vater nicht die halbe Nacht wach gehalten hättest, wüßtest du es.»

«Mutter, ich habe nicht viel geschlafen. Ich habe noch nicht mal meine erste Tasse Kaffee getrunken. Was ist passiert?»

Libby zischte, aber der Drang, Frazier mit Vorwürfen zu überhäufen, war stärker als ihre Wut über den Tonfall ihrer Tochter. «Deinen Bruder hat die Szene im Club so aufgewühlt, daß er ausgerastet ist und beim Ausparken seinen Transporter zu Schrott gefahren hat.»

«Er hat den Ford in einer Parklücke zu Schrott gefahren?» Für Frazier ergab das keinen Sinn.

«Außerdem hat er Yancey Weems' nagelneuen Mercedes und Billys teuren Dingsda ruiniert.»

Frazier machte sich langsam ein Bild von dem Unfall. «Ihre Wagen auch?» Sie unterdrückte ein Lachen.

«Ja. Es ist furchtbar. Aber das Schlimmste weißt du noch gar nicht. Courtney Wood sagt, er habe sie aus dem Wagen geschubst. Sie ist am Swimmingpool herumgeirrt, dort hat man sie gefunden. Ihr Kleid war zerrissen, sie hatte Kratzer und Prellungen. Und die Absätze an beiden Schuhen sind abgebrochen.»

«Mutter, wie ist sie in den Transporter gekommen?» Frazier bekam allmählich Spaß an der Geschichte.

«Sie ist mit Carter weggegangen. Billy hat ihr einen unsittlichen Antrag gemacht, als Kenny nicht im Saal war. Carter bot ihr an, sie nach Hause zu fahren.»

«Hat Carter dir das erzählt, oder ist das deine Theorie?» Frazier hörte im Geiste, wie Mandy immer sagte: «Ich hab da eine Theorie.»

«Carter hat mir gar nichts erzählt. Er hat einen Kater, ihm ist hundeelend. Geschieht ihm vermutlich recht. Laura rief mich an, völlig außer sich, weil Bobsy Krent von McGuire, Woods, Battle und Boothe angerufen hat, um über die Schäden Bilanz zu ziehen. Kannst du dir vorstellen, wie sie sich erschreckt hat? Sie mußte erst mal fragen, worum es eigentlich ging. Die unerfreulichen Einzelheiten folgten sogleich, kann ich dir versichern. Bobsy vertritt Billy. Yancey Weems soll vor Kummer im Koma liegen, jawohl, im Koma. Laura konnte Carter nicht ans Telefon kriegen. Er hat Schimpfwörter verwendet, die ich hier lieber nicht wiederholen möchte.»

«Warten wir doch erst mal Carters Version ab.» Wie ein geschickter Akupunkteur führte Frazier die Nadel ein. «Nun, Mutter, du meinst doch nicht, daß Courtney vielleicht etwas anderes im Sinn hatte – etwa Carters geschwächten Zustand auszunutzen?»

«Was kann man schon von ihr erwarten», bemerkte Libby

weise. «Und da Kenny Singer sozusagen nichts riskiert, wollte sie einen richtigen Mann. Ihr Ausschnitt ging ja fast bis zum Bauchnabel. Und Carter war nicht mehr ganz zurechnungsfähig. Welcher Gentleman des Südens würde es einer Dame abschlagen, sie nach Hause zu fahren?»

«Du hast recht, Mutter.»

Von der Zustimmung ihrer Tochter eingelullt, schaltete Libbys Tonfall auf «vertraulich» um. «Ann Haviland hat Courtney am Swimmingpool gefunden, total durchgefroren, ist ja auch kein Wunder, und als man Billy erzählte, in was für einem Zustand sie war, soll er gesagt haben, sie sei eine dumme Kuh und wolle Carter bloß wegen seinem – na ja, du weißt schon. Kannst du dir das vorstellen? Und da hat Kenny Billy einen Kinnhaken verpaßt.»

«Was du nicht sagst!»

«Es kam noch schlimmer. Billy hat Kenny einen Lustknaben genannt! Kenny schlug ihn noch einmal, und dann ging er mit Courtney Wood weg, und Laura vermutet, daß er noch immer bei ihr ist. Ann soll deswegen fast in Ohnmacht gefallen sein.»

«Da es jetzt halb acht ist, wage ich die Vermutung, daß Kenny nicht wach ist, egal, wo er sich befindet!» Frazier schauderte bei dem Gedanken, daß Kenny öffentlich gedemütigt wurde. Sie wäre jede Wette eingegangen, daß er Billy nicht beschimpft hatte.

«Er ist also doppelt gemoppelt», sagte Libby in verschwörerischem Ton.

«Bitte?»

«Bilateral?»

«Oh, bisexuell», korrigierte Frazier. «Wer weiß?»

«Ich dachte, ihr würdet euch untereinander erkennen. Und ihr hättet Geheimzeichen wie die Freimaurer.»

Frazier schüttelte den Kopf, denn noch sah sie nicht ganz klar. «Von Geheimzeichen weiß ich nichts.»

«Ach?» Libby war enttäuscht. «Worüber hast du mit Dad gesprochen?»

«Über alles mögliche.»

«Drück dich bitte deutlich aus», verlangte Libby.

«Mutter, Dad war großartig. Für ihn ist das Ganze überhaupt keine große Affäre. Worüber habt ihr denn gesprochen, als er nach Hause kam?»

«Er sagte, er sei müde, und ist sofort ins Bett gegangen. Das hat ihn alles sehr mitgenommen. Er zeigt dir nicht, wie ihm zumute ist, aber ich *weiß* es.»

«Weiß er von Carters Heldentaten?»

«Er ist noch nicht aufgewacht. Er braucht Schlaf.»

«Und ich etwa nicht?»

«Du bist jünger. Mit Laura kann ich nicht mehr reden. Laura ist überhaupt nicht mehr ansprechbar, und das geht bestimmt noch eine Stunde so. Sie denkt bloß noch an Courtney Wood. Ich an ihrer Stelle würde mich mehr darum sorgen, wo Carter das Geld hernehmen will, um die Schäden zu bezahlen. So ein 560er kostet über hunderttausend Dollar! Hirnrissig, soviel für ein Auto auszugeben. Der Preis für Billys Wagen soll astronomisch gewesen sein. Carter hat so viele PKWs und Transporter zu Schrott gefahren, daß Laura befürchtet, die Versicherung wird keinen Pfennig zahlen.»

«Hanckel-Citizens ist die beste, Mutter.»

«Bei der ist er nicht mehr. Er hatte Streit mit seinem Vertreter und ist zur Central-Insurance gewechselt.»

«Hm, er wird bald erfahren, wie gut seine Versicherung ist.» Frazier sehnte sich nach Eiern und Würstchen. «Junge, bin ich froh, daß ich nicht da bin, wenn Carter aufwacht. Juhu!»

Plötzlich triefte Libbys Stimme vor Freundlichkeit: «Ich dachte mir, vielleicht könntest du deinem Bruder helfen.»

«Er braucht die Anonymen Alkoholiker, nicht mich.»

«Nein. Die braucht er ganz bestimmt nicht. Wir haben keine Trinker in der Familie. Draufgänger vielleicht, aber einen Trinker hat es bei den Redingtons nie gegeben. Und in Franks Familie...»

«Onkel Ray.»

«Der ist seit Jahren tot.»

«Das ändert nichts an der Tatsache, daß er Bier gesoffen hat.»

«Manchmal denke ich, daß Ru trinkt. So wie die sich aufführt!»

«Eigentlich nicht.»

«Nur zu. Halt ihr die Stange. Ihr zwei steckt doch immer unter einer Decke.»

«Wenn du willst, daß ich für Carters Demolier-Orgie bleche, solltest du mir lieber Honig ums Maul schmieren, Mutter. Das bringt mehr.» Frazier drehte die imaginäre Akupunkturnadel.

«Honig ums Maul schmieren? Dir? Es ist deine Pflicht. Schließlich steckt er deinetwegen in diesem Schlamassel.»

«Klar, ich hab ihm die Flasche an den Mund gehalten. Ich habe gar nichts getan, verdammt noch mal.»

«Du sollst nicht fluchen. Es ist deine Schuld. Er war auf dem Ball schrecklich durcheinander. Diese ganze Schwulen-», sie erstickte fast an dem Wort, «Schwulengeschichte hat ihn bis ins Mark erschüttert. Ich sehe das. Ich kenne meinen Jungen. Denk an seine Stellung in der Öffentlichkeit.»

«Carters Schwierigkeiten haben nichts mit mir zu tun. Er leidet an Testosteronvergiftung.»

Libby rastete aus. «Ich sehe, mit dir komme ich nicht weiter. Du wirst nicht eher zufrieden sein, als bis du die Familie ruiniert hast. Warum? Damit du dann in Ruhe pervers sein kannst?»

«Die einzigen Menschen, die pervers sind, sind die, die niemanden lieben. Also auch du, Momma. Du bist unfähig zur Liebe!» Frazier knallte den Hörer so heftig auf, daß sie die Katze verscheuchte.

26

Vielleicht brauchen wir eine bessere Beleuchtung für das Bild.» Mandy stand vor dem Olymp-Gemälde. «Eine Lampe, die es mit einem Hauch Rosa überzieht.»

«Das würde eine Fahrt zu Eck & Co bedeuten», murrte Frazier. Sie hatte keine Lust, Besorgungen zu machen, und wollte auch Mandy nicht losschicken. Eine Lawine von Papierkram wartete auf sie, denn in sechs Wochen, unmittelbar vor Ostern, war der elende Steuertermin. Eine gemeine Art, einem die Feiertage zu vermiesen.

«Ich ruf da mal an. Wetten, sie haben auf Lager, was wir brauchen? Dann kann ich es morgen auf dem Weg zur Arbeit abholen. Sonst muß ich es bestellen. Keine Affäre.»

Beide wandten die Köpfe, als sie die Eingangstür aufgehen hörten. Courtney Wood trat ein, von oben bis unten auf Karrierefrau getrimmt. Wenn man so von der Tür her durch den großen Bogen in den zweiten Ausstellungsraum blickte, wirkten Frazier und Mandy fast wie ein Teil des großen Gemäldes. Eine interessante optische Täuschung.

«Guten Morgen, Courtney», begrüßte Frazier sie, während Mandy winkte und in ihr Büro ging, um wegen der Lampen zu telefonieren.

«Hallo, Frazier. Ich bin gerade auf dem Weg zur Arbeit, und da dachte ich, ich hör mal, ob's was Neues gibt und ob du den James Seymour noch hast. 1744 oder um den Dreh.»

«Prima Gedächtnis.» Frazier lächelte. «Und ein prima Schal.»

Courtney betrachtete ihren Hermès-Seidenschal, den sie so um den Hals geschlungen hatte, daß ein Zipfel über ihrer linken Schulter hing. «Danke. Ich sehe den Seymour nicht.»

«Ein Ehepaar aus der Nähe von Nashville hat ihn vor zwei Monaten gekauft.»

«Haben sie viel dafür hinlegen müssen?»

«Ich darf nicht preisgeben, was ein Gemälde gekostet hat, es sei denn, ich wurde von meinen Kunden dazu ermächtigt, was leider nicht der Fall ist. Aber soviel kann ich dir sagen: Das Bild ist für eine sechsstellige Summe weggegangen. Ich wünschte, ich könnte dir mehr verraten. Das ist der Vorteil bei Auktionen: Du weißt, welchen Preis jedes Bild erzielt hat. Eine gute Möglichkeit, sich auf dem laufenden zu halten. Möchtest du Kaffee oder Tee? Ich hab auch was Kaltes da.»

«O nein, danke.» Sie hielt die Hände an die Augen, um anzudeuten, daß sie heute morgen schon genug Flüssigkeit zu sich genommen hatte. Frazier fragte sich, wann Courtney endlich verraten würde, was der wirkliche Grund für ihren Besuch war.

«Soll ich dich allein lassen, damit du dich in Ruhe umsehen kannst?»

«O nein, ähm, Frazier, ich wollte dich wegen des Schlamassels mit Carter auf dem St.-Patrick-Ball sprechen. Billys Anwalt hat mich heute morgen angerufen. Woher er weiß, daß ich mit Carter weggegangen bin, ist mir schleierhaft...» Courtney wollte zu gerne glauben, daß kaum jemand von ihrem Abgang mit Carter wußte. Typischer Fall von jämmerlicher Realitätsflucht, wie sie in Kleinstädten an der Tagesordnung ist.

«Billy hat's ihm gesagt.»

«Woher weißt du das?»

«Ich weiß es nicht, aber ich kenne Billy. Carter ist attraktiv, leichtfertig, könnte man sagen, und er war allein. Du hast dich vielleicht nicht gerade gut amüsiert mit Billy und Kenny, und da hat Carter sein breites, falsches Lächeln aufgesetzt.»

Courtney fummelte verwirrt an ihrer Handtasche herum. «Stimmt genau. Billy kann so biestig sein, obwohl er göttlich aussieht. Ich weiß nicht. Sein Herz ist aus Eis. Und was er zu Kenny gesagt hat, der so ein lieber Kerl ist! Wie hast du es bloß so viele Jahre mit ihm ausgehalten?»

«Gemeinsame Interessen», erwiderte Frazier wahrheitsgemäß, nannte die Interessen aber nicht, und Courtney war zu sehr mit ihren eigenen Problemen beschäftigt, um zu fragen.

«Aber egal, ich will nicht gegen Carter aussagen, falls es soweit kommt. Er hatte einen zuviel in der Krone, das ist alles.»

«Hast du ihm das gesagt?»

«Laura, diese Drachen-Lady, wollte ihn mir partout nicht ans Telefon holen.»

Frazier lachte über Courtneys Beschreibung ihrer Schwägerin, diesem aufgehenden Stern am Gesellschaftshimmel. «Ruf ihn im Büro an.»

«Da ist er nicht, aber ich werd's weiter versuchen. Ich hoffe, er redet mit mir. Vielleicht könntest du mir ja dabei helfen.»

«Was kann ich tun?» Frazier versuchte, möglichst neutral zu bleiben.

«Falls er sauer auf mich ist und mich nicht sprechen will, kannst du ihm ausrichten, daß ich nicht gegen ihn aussagen werde und hoffe, daß er diese Sache irgendwie geregelt bekommt?»

«Ja.»

«Und ich soll dir etwas von Kenny bestellen. Er möchte sich gerne Ende der Woche mit dir treffen.»

Frazier strahlte. «Danke, Courtney.»

«Kenny ist ein Teddybär. Er ist ganz anders als Billy. Ich verstehe nicht, wie sie Freunde sein können, wo sie so verschieden sind. Du hattest wohl Streit mit Billy, wie?»

«Es war ein einseitiger Streit. Er ist wütender auf mich als ich auf ihn, aber wenn es so weitergeht, könnte ich wirklich zickig werden.»

«Diese Männer», sagte Courtney, die offensichtlich davon überzeugt war, daß gegen die Unvernunft der Männer nichts zu machen war.

«Nicht alle!» Frazier lächelte.

Courtney sah auf die Uhr. «Ich muß los. Danke für deine Hilfe.»

Als sie gegangen war, seufzte Frazier vor Erleichterung. In Courtneys Kreisen waren die Bombensplitter noch nicht gefallen. Wie wohltuend, ein normales Gespräch zu führen, ohne versteckte Anspielungen. Courtney hatte Klartext geredet.

Frazier rief Carter in seinem Büro an. Er ging selbst an den Apparat, denn seine Sekretärin lag mit Grippe im Bett.

«Horse-and-Hound-Immobilien, guten Morgen?»

«Hey, wilder Mann!»

«Nerv mich bloß nicht wegen des kleinen Vorfalls im Club. Du bist nicht die erste, die mich darauf ansprechen will. Du mußt dich ans Ende der Schlange stellen.»

«Mir ist das Ganze ziemlich egal, Carter. Aber Courtney Woods hat bei dir zu Hause angerufen, um dir zu sagen, daß sie nicht gegen dich aussagen wird, falls es soweit kommt, und Laura, deine reizende Laura, wollte ihre Anrufe nicht zu dir durchstellen. Courtney war bei mir in der Galerie, um mich zu bitten, dich anzurufen, weil sie dich von der Arbeit aus nicht erreichen kann. Sie befürchtet wohl, ihre Kollegen könnten mithören.»

«Oh.» Carters Ärger verflog. Dann lachte er. «Du hättest mich sehen sollen, Schwesterherz. Richard Petty, rück mal zur Seite.»

«Hoffentlich hast du dich amüsiert. Die Rechnungen...»

«Scheiße, das ist mir egal. Ich hab sowieso kein Geld. Ich schätze, ich werde nach dieser Sache aus der Versicherung fliegen.»

«Wenn sie überhaupt was zahlt.»

Er seufzte. «Na und? Auch wenn sie nicht zahlt, ich treib's schon irgendwie auf. Trotzdem, es hat sich gelohnt.»

«Was hat sich gelohnt? Ich will es genau wissen.»

«Immer tu ich nur, was man mir vorschreibt. Ich meine nicht bloß für Laura und Momma. Ich kaufe ein, wenn man's mir sagt, und ich bezahl die Benzinsteuer an der Tankstelle, wie man es eben machen muß. Und wenn Kunden sich in Orange County ein Haus ansehen wollen, fahr ich sie hin, weil es meine Pflicht ist. Ich hab das Gefühl, mein Leben ist vorgeschrieben, verschrieben und abgeschrieben. Die einzigen Abenteuer sind die Frauen. Mein Leben ist zu einer langen Liste von Regeln verkommen, die ich nicht aufgestellt habe. Regeln und Rechnungen. Verdammt, Frazier, ich fühle mich wie in einer Falle, und ich fühle mich manchmal richtig alt.»

«Ich weiß. Ich weiß.» Sie wußte es wirklich.

«Als wir Kinder waren, und auch später auf dem College, da konnten wir unseren Krempel zusammenpacken und einfach abhauen. O ja, Dad hat rumgemeckert und uns Vorträge über Verantwortung gehalten, aber dann hat er auch immer gesagt, geh los, sieh dir die Welt an, solange du jung bist. Warum muß das aufhören? Wenn ich mich so umgucke, seh ich meine Kumpel: Sie haben dicke Bäuche und Halbglatzen. Jeden Mittwochabend bumsen sie. Donnerstags gehen sie in die Kneipe und trinken Club-Spezial. Anscheinend befolgen sie alle seelenruhig dieselbe Routine, ohne daß sich je was ändert.» Er schwieg einen Moment und fügte dann hinzu: «Du dachtest im Krankenhaus, du würdest sterben. Schwesterherz, ich hab das Gefühl, ich sterbe jetzt, und zwar stückweise.»

«Du kannst dich ändern. Wenn ich mich ändern kann, kannst du's auch.»

«Ja, du hast allen Leuten erzählt, daß du lesbisch bist.»

«Und du findest, das ist keine Veränderung? Ich war unglücklich und zu blöd, um es zu merken. Scheiße, Brudda, ich liebe meine Arbeit, und ich liebe mein Haus und natürlich die Katze und den Hund, aber ich habe mich in meinem eigenen Trott im Kreis gedreht. Jetzt will ich da rauskommen.»

«Du willst in der Stadt bleiben?»

«Vorläufig ja, aber wenn es richtig schlimm wird, ich weiß nicht – ich nehme an, ich könnte auch wegziehen. Aber es würde mir schwerfallen. Ich lebe gerne hier, und ich bin nicht sicher, daß die Leute woanders versöhnlicher oder großzügiger sind.»

«Wenn du nach New York gingst oder in eine andere Großstadt, könntest du mit deinesgleichen zusammensein.» Carter meinte es gut.

«Was meinst du mit meinesgleichen? Lesben? Warum sollte ich meinen Umgang nach den Sexpraktiken der Leute richten? Du bist mein Fleisch und Blut. Bist du nicht meinesgleichen? Vielleicht sind Delta-Delta-Delta-Angehörige meinesgleichen. Es wird langsam verwirrend, nicht?»

«Ich denke mir», sagte Carter, während er sich eine Zigarette anzündete, «es wäre angenehmer, mit Leuten zusammenzusein, die dasselbe fühlen wie du, und die dich deswegen nicht verurteilen.»

«Kann sein, aber weiß ich, ob sie mich nicht wegen was anderem verurteilen? Vielleicht gilt für mich die Devise ‹Lieber den Teufel, den ich kenne, als den Teufel, den ich nicht kenne›. Aber du, du bist nie von zu Hause weggewesen. Ich war die paar Jahre in New York, und als ich wieder hierherkam, wußte ich sicher, daß ich hier leben wollte. Außerdem hat mich diese Zeit abgehärtet. Ich bin eine andere geworden als Libbys und Franks Tochter. Du mußt dich auf die Socken machen – ‹You got to hit the road, Jack.›»

«‹And don't you come back no more, no more›», sang Carter. Und komm nicht mehr zurück.

«Das hab ich nicht gesagt. Lies meinen Brief noch mal. Und werd diesmal nicht sauer auf mich.»

«Schwesterchen – ich bin echt am Arsch. Ich weiß es.»

«Ich vielleicht auch. Vielleicht stehen wir am großen Scheideweg unseres Lebens, und die eine Abzweigung führt in vertraute Gefilde, während die andere alles mögliche Neue bedeutet. Aber wir haben unheimlichen Schiß, weil keiner weiß, wie es ausgehen wird. Wenn wir uns dafür entscheiden, daß alles beim alten bleiben soll, sind wir geborgen, wir langweilen uns, werden aber auch bewundert. All die anderen geborgenen Leute, und das dürften neunzig Prozent unserer Bekannten sein, würden uns als besonnene, verantwortungsbewußte und reife Menschen loben. Wir würden sogar wissen, wo wir mal begraben werden. Die Parzellen würden schon ausgesucht sein. So ist das, wenn du rumsitzt und vor dich hin moderst, oder? Es gibt einem scheint's ein Gefühl der Sicherheit, wenn man sogar weiß, wo man sein wird, wenn man tot ist. Wir müssen zu den anderen zehn Prozent gehören, Carter. Ich weiß nicht, wie ich es hinkriege, aber ich habe einen Anfang gemacht, als ich die Briefe schrieb, und ich mache keinen Rückzieher. Vielleicht muß man sich nur eine einzige Frage beantworten...»

Carter, der aufmerksam zugehört hatte, unterbrach sie: «Und welche?»

«Willst du leben, oder willst du sterben?»

27

Die Flanellbettwäsche wärmte Frazier, als sie erschöpft ins Bett kroch. Der Tag, der mit Courtney begonnen hatte, endete mit Ann, die ins Geschäft gestürmt kam und lauthals über Sünden aller Art schimpfte. Fraziers Sünden, wohlgemerkt. Als Frazier erwähnte, daß Ann den unmißverständlichen Wunsch geäußert habe, sie nie wiederzusehen, um nicht selbst als Lesbe gebrandmarkt zu werden, hatte sie noch ein bißchen herumgebrüllt und war dann so plötzlich verschwunden, wie sie gekommen war. Mandy, die sich im Lager aufgehalten hatte, war nach Anns stürmischem Abgang wieder in die Galerie geschlichen. Seltsam, irgendwie tat Ann ihnen beiden leid. Schließlich würde sie Frazier nicht als eine so schreckliche Person hinstellen, wenn sie sie nicht eigentlich liebte.

Neben dem Bett schwankte ein Bücherstapel, der schon umzufallen drohte. Frazier hatte vor, sie alle zu lesen, aber die Zeit raste ihr davon. Meistens war sie abends zu müde, um die Augen offenzuhalten.

Heute griff sie zu der kleinen Bibel, die sie im Krankenhaus gelesen hatte. Libby hatte sie bedrängt, die Bekanntschaft mit der Heiligen Schrift zu erneuern, und sie las wieder einmal ihre Lieblingsstellen, vor allem das Buch der Psalmen.

Sie liebte es, die Augen zu schließen und dann den Finger auf eine willkürlich aufgeklappte Stelle zu legen. Diese verspielte Art der Lektüre hatte sie im Religionsunterricht gerettet, sonst wäre sie vor Furcht und Langeweile schier vergangen. Der Pastor, der sein Bibelwissen mit Ingrimm vermittelte, hatte verlangt, daß seine Schäflein alles rückwärts und vorwärts kannten. Frazier, die überhaupt nicht fromm war, hatte genug Mühe mit dem Vorwärts, und schon damals, im Alter von zwölf und dreizehn, hatte sie erkannt, daß Religion, zumindest diese Religion, auf Furcht gründete. Wie kann Gott dich lieben, wenn er alles daransetzt, dich in Angst und Schrecken zu versetzen?

Sie schloß die Augen, fühlte die dünnen Seiten zwischen den Fingerkuppen und stieß mit dem rechten Zeigefinger auf die untere rechte Ecke der Seite.

Sie las Paulus' 2. Brief an Timotheus, 4. Kapitel, Vers 7. «Ich habe einen guten Kampf gekämpft, ich habe den Lauf vollendet, ich habe Glauben gehalten.»

Sie klappte das Buch zu, da sie nicht weiterlesen mochte – obwohl sie diesen Vers liebte, konnte sie Paulus kaum ertragen –, und dachte über den Begriff der Vergeltung nach. Äußerliche Vergeltung ist gewiß erfreulich, weil jeder sieht, was man erreicht hat, daß der Herr das Licht der Liebe auf einen scheinen läßt. Innere Vergeltung hingegen verlangte viel mehr. Kein Wunder, daß die schlechten Prediger auf Geld aus waren. Das Christentum, eine schwierige Religion, brachte Heerscharen von falschen Propheten hervor, weil die es den Menschen leichter machten.

Frazier hielt sich nicht für sehr christlich, aber sie wußte, wenn sie hier und da ein bißchen in der Bibel las, blieb etwas in ihrem Kopf hängen. Sie wußte auch, daß die Heilige Schrift als Waffe gegen sie benutzt werden würde.

Komisch, daß so viele Menschen sich anmaßten, über Homosexuelle zu urteilen. Es war, als würden sämtliche schlechten Züge von Heterosexuellen auf die Menschen abgewälzt, die zur gleichgeschlechtlichen Liebe neigten. Sie waren die Sündenböcke der Kultur. Ein gewöhnlicher Ehebrecher richtete mehr Schaden an, als es eine lesbische Frau auch nur im Traum vermochte. Der Ehebrecher betrog seine Frau, verletzte seine Kinder und benutzte die Frau, mit der er schlief, zum Vergnügen. Aber obwohl er wenigstens zwei Frauen und sämtliche von ihm gezeugten Kinder verriet, galt sein Verhalten als nicht so schlimm.

Frazier hielt die kleine alte Bibel in der Hand und fragte sich, wie es möglich war, daß die Menschen so selektiv lesen konnten. Aber vielleicht war ihre eigene Lektüre ja ebenso selektiv. Eine Botschaft verstand sie jedoch deutlich: «Richtet nicht, damit ihr nicht gerichtet werdet.»

28

Der Wind stach wie mit winzigen, von Feuchtigkeit überzogenen Nadeln. Zwischen den scharfen Böen war es dann plötzlich vollkommen windstill und die Sonne schien – wieder ein Märztag. Die Temperatur kletterte auf über dreizehn Grad, ein Anlaß für Frazier, ihre erste Runde Golf der Saison zu spielen. Mandy und Ruru begleiteten sie.

Obwohl es ein ganz normaler Wochentag war, hängte Frazier das «Geschlossen»-Schild an den Eingang der Galerie. Ein paar von puritanischer Arbeitswut besessene Passanten würden finsteren Blickes die Köpfe schütteln. Das waren die Leute, die sich die Devise «Erhalte dein Geschäft, und dein Geschäft erhält dich» aufs Panier geschrieben hatten. Nicht, daß es dieser Weltsicht an Wahrheit mangelte, nur war es nicht Fraziers Wahrheit. Ihr beängstigendes Zwischenspiel im Krankenhaus ermunterte sie dazu, sich mehr zu amüsieren, basta. Mandy hatte sich erboten, die Stellung zu halten, doch Frazier lockte auch sie ins Freie.

Ein langer Fairway mit verborgenen Sandbunkern empfing Tante Ruru, die ihr gelbes Tee in die weiche Erde versenkte. Sie begutachtete die Lage.

Frazier winkte nach rechts hinüber. «Das Grün ist da drüben, Ru. Wenn du geradeschlägst, bist du in einer guten Position für den nächsten Schlag.»

«493 Meter», las Mandy laut von der kleinen Tafel am Damentee ab.

«Für dich.» Frazier nahm immer den Herrenabschlag. Sie schlug den Ball weiter als alle Frauen und die meisten Männer des Clubs. Fraziers Schlagkraft beeindruckte jeden. Das Putten jedoch brachte sie in Rage. Sie wurde rot oder blaß. Es gab Tage, an denen ihr alles gelang. Leider folgten diesen Tagen Wochen, in denen alles schiefging. In diesen Phasen hatten ihr Zigaretten geholfen. Ihre Golftasche war noch voll mit Zigarettenschachteln vom letzten Jahr, und da dies ihr erster Golftag in der neuen Saison war, hatte sie sie bisher nicht ausgemistet.

Hinter der langen, anmutigen Biegung des Fairway erhob sich Libby Armstrongs Haus. Es wurde nach dem zweiten oder dritten Schlag sichtbar, je nachdem, wie stark der zweite Schlag ausfiel.

Ru vollführte das obligatorische Wackeln beim Ansprechen des Balles, ihr Einserholz verharrte gefährlich über ihrer rechten Schulter. Sie führte den Schlag aus, und das Tee zersplitterte in der Luft. Der ebenfalls leuchtend gelbe Ball flog niedrig, aber gerade.

«Guter Schlag!» lobte Frazier.

Mandy verzog das Gesicht, weil sie jetzt vom Tee abschlagen mußte, und als Anfängerin war sie sehr streng mit sich selbst. Sie befürchtete, die anderen aufzuhalten, was zwar stimmte, jedoch niemandem etwas ausmachte. Mandy hatte auf Fraziers Drängen hin mit Golf angefangen. Da das Spiel ihre Chefin glücklicher machte als alles andere, dachte Mandy sich, es müsse was dran sein. War es auch: Blut, Schweiß, Tränen und eine Erweiterung ihres Schimpfwortschatzes. Das Frustrierende am Golf war, daß sie den Ball hin und wieder einwandfrei schlug. Es war ein so wunderbares Gefühl –

wunderbar bis ins Mark –, daß sie vor Begeisterung übersprudelte, überzeugt, dieses Spiel voll im Griff zu haben. Der nächste Schlag freilich machte diese Euphorie zunichte. Trotz aller Quälerei war Mandy gefesselt, und war sie auch kein Naturtalent wie Frazier – aber wer war das schon –, so lernte sie doch schnell und entwickelte sich bald zu einer ganz passablen Spielerin. Noch ein Jahr, und sie würde eine gefragte Partnerin für jeden Zweier- oder Viererflight sein.

Ru und Frazier schwiegen respektvoll, als Mandy ihr orangerotes Tee, gekrönt mit einem orangeroten Ball, in den Boden steckte. Sie zog ihr Einserholz aus dem Golfbag. Die Holzschläger waren für Mandy schwerer zu handhaben als die Eisenschläger, und darüber grämte sie sich maßlos, statt einfach den Ball zu schlagen.

Frazier las ihre Gedanken. «Stell dir einfach vor, es wär ein schweres Eisen.»

Schweres Eisen, von wegen, die Hölzer waren es, die sich klobig anfühlten. Mandy wünschte, sie würde genug verdienen, um sich Graphitschläger zu kaufen. Sie probierte den Satz Schläger im Golfladen immer wieder aus, und sie lagen sagenhaft in der Hand. Der Preis war ebenso sagenhaft. Aber mit *den* Schlägern könnte sie Wunder vollbringen.

Mandy machte ein paar Übungsschwünge. Dann trat sie an den Ball. Sie versuchte, locker zu sein. Langsam hob sie den Schläger über die Schulter, hielt einen Moment inne und versuchte dann, das zu tun, was Frazier ihr immer wieder predigte. «Laß den Kopf des Schlägers die Arbeit machen, den Kopf und die Schwerkraft.» Die Schwerkraft fiel heute aus. Der Ball segelte nach oben wie ein entschwindender Ballon und landete abseits vom Fairway.

«Verdammt, verdammt, verdammt», fluchte Mandy.

Ruru machte ihr Mut: «Schätzchen, wenn mir nach zwei Jahren Golf so ein Schlag gelungen wäre, hätte ich eine Runde Bier ausgegeben.»

Mandy und Ru traten vom Damenabschlag fort, damit sie nicht im Weg standen, und drehten sich um, um Fraziers Schwung zu beobachten. Bei ihr sah es so mühelos aus. Sie machte ein paar Lockerungsübungen, stand dann still, hob den Schläger, als sei er eine Feder, und schwang ihn in einem anmutigen, kraftvollen Bogen abwärts.

Der Ball schwebte empor wie ein heimwehkranker Engel und sirrte, als er in der Ferne an Höhe gewann. Es schien ewig zu dauern, bis der weiße Punkt mitten auf dem Fairway landete.

Mandy und Ru sahen einander an, bevor sie zu Frazier blickten und bewundernd die Köpfe schüttelten. Dann kletterten sie alle drei in den grünen Caddie.

Der zweite Schlag erforderte eine interessante Entscheidung. Je nachdem, wo der Ball zu liegen kam, je nachdem, ob man wirklich ein Holz ohne Zuhilfenahme eines Tees benutzen konnte, war jetzt Gelegenheit, ein Viererholz zu verwenden. Es war knifflig.

Mandy wählte klugerweise ihr Viereisen. Dabei verschenkte sie zwar Distanz, aber ihr war daran gelegen, wieder auf den Fairway zu kommen. Ruru, in guter Position, griff nach ihrem Viererholz. Frazier ebenso.

Frazier und Mandy bedachten Mandys Zwangslage.

«Okay. Siehst du den kleinen Hügel? Ziel dahin, dann müßte es klappen.»

Mandy, froh, daß das Gras nicht so hoch war wie befürchtet, schlug den Ball und traf fester, als sie oder Frazier erwartet hatten. Die orangerote Kugel verschwand über dem gepflegten Hügel.

«War das ein Schlag!» Frazier hatte die Hand gegen die Stirn gelegt, damit sie die Sonne nicht blendete.

Auf dem Fairway jubelte Ruru.

«Ich hätte nicht gedacht, daß ich ihn so weit schlagen würde.» Mandy blinzelte.

«Du bist in Moms und Dads Garten gelandet», sagte Frazier.

Nachdem Ruru ihren zweiten Schlag ausgeführt hatte, schnurgerade, aber etwas kurz geraten, gesellte sie sich zu Frazier und Mandy, die über den kleinen Hügel kletterten. Fraziers Ball lag noch weiter oben auf dem Fairway. Die drei Frauen blickten auf das weiße Haus der Armstrongs hinunter. Wie eine leuchtende Goldamsel saß Mandys Golfball vor der Hintertür.

«Oje!» Mandy war verzweifelt.

«Es gibt einen kreativen Ausweg.» Frazier rieb sich die Hände.

«Wenn sie ihr Fünfereisen nimmt, kann sie über Libbys Buchsbaum pitchen. Das kostet sie einen Schlag, und noch einen, um auf den Fairway zu kommen, aber es könnte viel schlimmer sein.» Ruru schulterte ihr Holz.

«Ru, es kostet mich mehr als einen Schlag. Ich weiß nicht, ob ich den Ball so einfach hochkriege, und denk an die Kuhle, die ich in Mrs. Armstrongs Rasen machen werde. Sie kriegt einen Herzanfall!»

«Dieses Glück wird uns wohl nicht vergönnt sein», erwiderte Frazier. «Mir nach. Ich weiß, wie das gemacht wird. Es kostet dich zwei Schläge, aber es wird klappen.»

Frazier und Mandy marschierten in den Garten, gefolgt von Tante Ruru, die den Caddie fuhr.

«Siebenereisen», überlegte Ru.

«Nee.» Frazier öffnete die Hintertür. Die riesige Eingangshalle in der Mitte des Landhauses, ein leerer Saal mit irrwitzig teuren Stühlen an der Wand, lud das Trio ein. «Ruru, halt die Haustür auf.»

«Mit dem größten Vergnügen.» Ruru kicherte, daß ihre grauen Locken wippten.

«Deine Mutter bringt uns um.»

«Sie ist im Garten-Club, also wird sie's nie erfahren. Jetzt tu, was ich dir sage. Nimm deinen Pitching-Wedge, weil du den Ball über die Kante der Hintertreppe schlagen mußt. Aber viel ist es nicht, siehst du. Nur ein ganz sanfter Schwung mit dem Handgelenk, sonst kriegt die Decke ein Loch. Nicht, daß ich was dagegen hätte. Ich würde was darum geben, Mutters Gesicht zu sehen, wenn sie es entdeckte, und ich möchte zu gerne den Kommentar hören, den sie sich ausdenken würde, um die plötzliche Delle in der Decke zu erklären.»

«Frazier, ich glaub, ich schaff das nicht.»

«Doch, du schaffst es. Denk dran, ganz sachte.» Frazier reichte Mandy ihren Pitching-Wedge, dann schloß sie die Tür und trat beiseite.

Mandy schluckte und bewegte ruckartig das Handgelenk. Der Ball sprang über die Stufen und landete mitten in der Halle, deren Dielenbretter aus Fichtenkernholz von jahrzehntelangem Bohnern glänzten.

«Roll, du blödes Ding, roll doch!» rief Ruru am anderen Ende.

Der orangerote Ball blieb an einem Queen-Anne-Stuhl liegen, aber Gott sei Dank nicht darunter.

Frazier schnappte sich Mandys Putter. «Komm.»

Mandy folgte gehorsam. «Das war zu sanft.»

«Hey, das ist vielleicht eine originelle Golfsituation. Keine Sorge.» Sie reichte Mandy ihren Putter. «Ziel auf Ru.»

«Vielen Dank.» Ru zog den Kopf ein.

«Nur nicht zu schüchtern.»

Mandy befolgte Fraziers Anweisungen und schlug den Ball weit in den Vorgarten. Ru schloß die Tür und eilte hintenherum zum Caddie.

Jubelnd flitzten Frazier und Mandy hinaus, um zu sehen, ob Mandy eine Möglichkeit hatte. Ja. Mit einem einzigen kräftigen Schlag würde sie unterm Grün sein. Sie mußte ein paar Hecken in knapp zwanzig Metern Entfernung überwinden, aber Frazier meinte, das sei ein Kinderspiel, und als Ruru mit den Schlägern ankam, zeigte es sich, daß sie recht hatte.

Am Ende dieses Tages gackerten sie wie drei Schulmädchen, verjüngt durch die Situation, durch den Sport und von ihrer gegenseitigen Gesellschaft.

Am Abend rief Libby Frazier an. Als Frazier den Hörer abnahm, stöhnte sie, denn sie befürchtete, daß sie ein neues Kapitel aus «Ein Tag im Leben von Carter Redington Armstrong und seiner Mutter» erwartete.

Statt dessen kreischte Libby: «Was mir heute passiert ist, das errätst du nie!»

«Was?» Der Ton ihrer Mutter beunruhigte sie: Krankheit, Geldverlust, neuer Ärger mit Carter, jemand hatte im Club wegen Fraziers sexueller Neigung auf ihr herumgehackt – sie war gespannt.

«Der Fußboden in meiner Halle hat Pockennarben! Es ist nicht zu fassen – es ist einfach nicht zu fassen. Ich habe es gleich gemerkt, als ich vom Club kam, es war spät geworden, weil Florence Grissom mir von ihrem Urlaub auf St. John Island erzählen mußte, dabei wollte ich es gar nicht wissen. Bilder hat sie mir auch gezeigt.» Libbys Stimme zitterte vor Abscheu. «Wie viele Wildesel kann man sich schon ansehen, frage ich dich? Sie muß fünf Filme für diese Wildesel und das Meer verknipst haben. Ich weiß, wie das Meer aussieht. Es ist groß, es ist blau, und es ist langweilig. Und dann komme ich nach Hause, mir sind von den schweren Einkaufstüten fast die Arme abgefallen – bei Giant haben sie Steaks im Sonderangebot, da hielt ich es für klug, den Gefrierschrank aufzufüllen. Jedenfalls, ich hatte kaum den Fuß in der Tür, da bemerkte ich schon die kleinen Abdrücke, wie von Zähnen. Ich hab die Lebensmittel hingestellt und geguckt. Dann bin ich auf alle viere gegangen. Meine Halle ist von vorne bis hinten pockennarbig. Pockennarbig!»

«Windpocken.»

«Was?»

«Du hast gesagt, der Fußboden ist mit Pockennarben übersät, und ich habe vermutet, es sind wohl Windpocken.»

«Eine schöne Art, deine Mutter zu trösten», brummte Libby. «Ich will dir sagen, was passiert ist. Da sind welche von diesen gräßlichen Golfern durch mein Haus gegangen. Mit Golfschuhen durch mein Haus! Ich weiß genau, daß es so war. In Zukunft werde ich immer abschließen. Man kann den Menschen heutzutage nicht mehr trauen. Ich hab's satt, ich hab's wirklich satt, und glaub mir, der Country-Club wird was von mir zu hören bekommen.»

«Mom, das tut mir aber wirklich leid», log Frazier.

29

Die Liebe kotzt mich an.» Billy lehnte an seinem silbermetallic lackierten Range Rover. Da er in Richmond arbeitete, war die Wartung des Fahrzeugs einfach, und er hing wirklich an dem Wagen.

Frazier sah die Zahlen an der Tanksäule sausen. Es war wie bei einem Spielautomaten – und in jeder Woche bewegte sich der Anzeiger in einem anderen Tempo, weil die Benzinpreise so instabil waren. Sie war heute früh zur Werkstatt an der Zion-Kreuzung gerast, um sich nach Carters Transporter zu erkundigen, der gerade repariert wurde. Die Tankstelle war gleich nebenan. Sie hatte festgestellt, daß sie tanken mußte, und wie es der Zufall wollte, tankte auch Billy gerade seinen Range Rover.

Beide waren überrascht, sich hier zu sehen, und Frazier überlegte, ob das Schicksal sie zu einem letzten Wurf der Würfel oder zu einem ganz neuen Spiel zusammengeführt hatte. Sie fragte Billy, ob er Kenny liebe. Daß die Liebe ihn ankotze, war die Antwort.

«Zu schade. Er ist ein guter Typ.»

«Fray, ich war nie an Langzeitbeziehungen interessiert. Warum soll ich mich jetzt ändern? Kenny ist langweilig geworden.»

«Ann auch.» Frazier konnte sich einen Hieb auf ihre Exgeliebte nicht verkneifen. «Die Dessous-Prinzessin gibt mehr Geld für teure Klamotten aus als die meisten Familien fürs Essen.»

«Ich werde nicht oft mit ihr ausgehen.» Er lächelte. «Ich mußte sie zum St.-Patrick-Ball begleiten. Sie ist so kleinkariert, und unser gemeinsamer Auftritt hat ihr einen matten Glanz verschafft, wenn auch nur für einen Moment – und außerdem hab ich deinen Gesichtsausdruck genossen.»

«Billy, warum bist du so ekelhaft zu mir?»

Seine strahlenden Augen blitzten. «Weil du alles versaut hast. Ich hätte dich geheiratet. Es wäre ideal gewesen. Dann hast du diese Herzschmerz-Briefe geschrieben. Herrgott, Frazier, ich hätte nie gedacht, daß du auf billige Gefühlsduselei herabsinken würdest. Wen kümmert deine Wahrheit? Menschen wollen nun mal belogen, umschmeichelt, bei Laune gehalten werden. Belästige sie nicht mit Tatsachen. Du hast dich bloßgestellt, und ich werde dafür sorgen, daß du mich nicht auch noch bloßstellst.»

«Daß du eine lesbische Freundin hast, bedeutet nicht, daß du schwul bist. Jetzt mach aber wirklich mal 'nen Punkt.» Die Säule hinter ihr klingelte. Sie zog den Zapfhahn heraus.

«Warum etwas riskieren? Das Leben gefällt mir im Moment. Ich hatte keine andere Wahl, als dich und Kenny fallenzulassen.»

«Warum fällt es dir so schwer, die Wahrheit zu sagen?» Sie umklammerte den Zapfhahn, bis ihre Knöchel weiß hervorstachen.

Er legte die Hand an ihre Zapfsäule und lehnte sich dagegen. «Frazier, die Menschen verdienen die Wahrheit nicht. Sieh dich doch um. Willst du dem Kerl hinter der Ladentheke die Wahrheit sagen? Sein Intelligenzquotient entspricht in etwa seiner Körpertemperatur. Glaubst du, der sogenannte Durchschnittsamerikaner denkt an was anderes als an seinen Bauch und seinen Schwanz? Und was die Amerikanerin betrifft, die denkt überhaupt nicht. Wenn sie denken würde, hätte es während der Hill-Thomas-Anhörung einen Aufstand gegeben. Ihr Weiber werdet zu Sexobjekten erzogen. Das ist normal für euch. Warum, sag mir, warum mußtest du diesen Katastrophen auf zwei Beinen unbedingt die kostbaren Informationen über dich, über deine Angelegenheiten, über die Welt übermitteln?»

Frazier biß die Zähne zusammen und entspannte sich dann wieder. «Vielleicht halte ich den Durchschnittsamerikaner nicht für so doof. Vielleicht bin ich der Überzeugung, daß Jefferson, Madison, Franklin und Washington recht hatten.»

«Die kann man ja wohl kaum als durchschnittlich bezeichnen, und sie waren alle reich. Die Demokratie ist wie die meisten bestechenden Ideen unmöglich zu praktizieren. Wenn du zehn willkürlich auf der Straße herausgepickten Leuten in Richmond, San Francisco oder Lincoln, Nebraska, die Grundrechte vorliest, werden sie zunächst mal sagen, das sei zu radikal. Zweitens würden die Arschlöcher nicht mal wissen, was die Grundrechte überhaupt sind. Scheiße, gib ihnen was Grundverkehrtes und was Grundgutes, und halt den gemeinen Mann von der Wahlurne weg. Am besten ist, man sagt diesen Leuten überhaupt nichts. Aber du mußtest das Maul aufreißen oder vielmehr zum Füller greifen. Verdammt, Fray, wir hätten uns das Leben so schön machen können.»

«Mit Lügen?» Sie winkte dem Mann im Laden zu, um ihm mitzuteilen, daß sie gleich hereinkommen würde.

«Nein, indem wir unsere Werte schützen. Ich will dir sagen, wie das Leben in Amerika funktioniert, mein Herz. Michael Milken sitzt im Gefängnis. Schlimm. Richtig? Falsch? Es ist kein Hochsicherheitstrakt, er braucht nicht mit üblen Kerlen die Zelle zu teilen. Er muß bloß dasitzen und abwarten, denn wenn er entlassen wird, hat er immer noch an die 125 Millionen Dollar, und das nach Abzug der Verfahrenskosten. Das Spar- und Darlehensdebakel ist die Titelmelodie der Republikanischen Partei, und niemand zuckt mit der Wimper, am wenigsten Michael Milken selbst. Drexel Burnham Lambert, sein früherer Arbeitgeber, wird ungefähr 1,3 Billionen Dollar an Verfahrenskosten blechen, und die armen Schlucker auf der Straße dürfen die Rechnung für den Spar- und Darlehenskonzern begleichen. Und du beharrst auf der Wahrheit? Michael Milken und viele andere haben den Weg gewiesen. Während sie die Kasse leeren, erstellt die Verwaltung hehre Prognosen über den wirtschaftlichen Aufschwung. Die Wahrheit wird dich nicht befreien. Mit der Wahrheit wirst du keine Bewunderer gewinnen. Die Wahrheit stellt sich dir nur in den Weg.»

«In puncto ‹Staatliche Verwaltung der Nationalen Versäumnisse› muß ich dir wohl recht geben», sagte sie seufzend, «aber nicht in puncto Wahrheit.»

«Es sind nicht mal die nationalen Versäumnisse, außer du bist schwarz oder eine Frau oder beides zusammen. Hier geht es um Habgier, und sie haben sich im Gegensatz zum Bundesfinanzamt nicht einmal die Mühe gemacht, sie zu legalisieren. Das ist regelrechter Diebstahl, der so gut wie unbestraft bleibt, und solange der wunderbare Durchschnittsamerikaner, dem du anscheinend traust, sich nicht wehrt, werden die Gauner weiter stehlen. Wach auf, Frazier. Nur Narren sagen die Wahrheit.»

«Billy, ich könnte nicht leben, wenn ich dermaßen zynisch wäre.»

«Okay, aber kommen wir zum Thema Homosexualität zurück. Die Hälfte der Frauen, mit denen du von nun an zusammentriffst, wird nervös werden. Die andere Hälfte ebenso, dabei allerdings insgeheim wütend darüber, daß du dich nicht an sie heranmachst. Man wird dir Handlungen vorwerfen, erotisch motivierte Handlungen natürlich, die du nie begangen hast. Wenn du mit einer jüngeren Frau zusammen bist, werden sie dich beschuldigen, eine ältere, dominierende, verführende Lesbe zu sein, die auf junge Unschuldslämmer Jagd macht. Wenn du mit einer älteren Frau zusammen bist, werden sie sagen, du suchst eine Mutter. Wenn du mit einer gleichaltrigen Frau zusammen bist, werden sie sagen, das Verhältnis ist zu geschwisterlich, um lange halten zu können. Du wirst es niemandem recht machen können. Die rechten Christen, die überall ihr Fischsymbol hinkleben, werden dich bei jeder möglichen Gelegenheit angreifen, und weißt du was? Andere Lesben werden dir vorwerfen, nicht radikal genug zu sein. Keine Achtung. Keine Unterstützung. Kein gar nichts. So ein Leben will ich nicht.»

«Ich auch nicht, aber ich bereue es trotzdem nicht, daß ich die Briefe geschrieben habe.»

«Ich schon.» Er sah zu dem Mann im Laden hinüber. «Guck dir den Kerl an. Der ist so häßlich, daß er wohl Kühe vögeln muß.»

Frazier lachte. Billys Bemerkung war zwar grausam und herzlos, dabei aber trotzdem witzig. Der Bursche hinter der Theke hatte es bestimmt wirklich schwer, eine Frau zu finden, die ihn anziehend fand. «Billy, wann wirst du jemals erwachsen?»

«Das Geheimnis der Jugend ist gehemmte Entwicklung.»

Er grinste. «Ich weiß, du findest, ich bin hart. Bin ich aber nicht. Ich sehe die Welt so, wie sie ist. Die Amerikaner wollen einen ungekreuzigten Christus. Unterdessen kreuzigen sie jeden, der auch nur ein bißchen außergewöhnlich ist, jeden, der das kleinste bißchen Individualität an den Tag legt. Und Baby, so jemand bist du. Du noch mehr als ich. Wie kannst du es wagen, eine unabhängige Frau zu sein? Wie kannst du es wagen, reich zu sein? Leiden solltest du!» Er legte ihr seine Hand auf die Schulter. «Es wäre einfach ideal gewesen.»

«Nein.» Sie legte ihre Hand auf seine. «Weil du mich nicht geliebt hast. Ich glaube, es hätte mir nicht viel ausgemacht, daß du nicht in mich verliebt warst. Ich war genauso wie du immer mißtrauisch gegenüber der romantischen Liebe; sie hat immer etwas von Narzißmus zu zweit. Aber ich wäre gerne von dir geliebt worden, und zwar um meiner selbst willen. Laß uns in Frieden auseinandergehen. Sei nicht böse auf mich, wenn sich's vermeiden läßt. Ich will versuchen, mich an die schönen Zeiten zu erinnern, und davon hatten wir jede Menge.» Sie steuerte auf den Kassierer im Laden zu.

Billy riß sie zurück. «Große Gefühle sind nicht unbedingt mein Fall, aber ich will mich bemühen. Wir werden uns aus naheliegenden Gründen nicht oft sehen. Laß mich wenigstens dein Benzin bezahlen. Ein letztes Geschenk, okay?» Wenn Billy lächelte, war sein Gesicht wirklich schön.

«Okay.» Eine Träne rollte über Fraziers Wange.

Billy zog seine Tankstellenkarte hervor. «Ich beneide Christus. Er wurde vor der Kreditkarte geboren.» Er ging in den Laden und winkte ihr, ohne sich umzudrehen, noch einmal zu.

Frazier rutschte hinters Steuer und fuhr los. Sie bemühte sich nicht, gegen ihre Tränen anzukämpfen. Himmel, es konnte sie ja eh niemand sehen. Sie würde ihn vermissen, seine Sprachgewandtheit, seine Souveränität, sein Engagement und sein Selbstvertrauen. Sie würde seine Küsse vermissen, auch wenn es Judasküsse waren. Und sie wollte über seine Worte nachdenken. Sie lebte in einem Land, wo ihre Art zu lieben ein Verbrechen war.

Wie furchtbar es ist, für das Beste in einem selbst verfolgt zu werden. Vielleicht war Billy der weitaus Klügere.

30

Frazier schloß die Eingangstür zur Galerie auf und bemerkte sofort, daß die Fensterscheibe zerschmettert war. Als sie den Stein fand, den sie wegen eventueller Fingerabdrücke mit einem Stück Papier aufhob, fuhr sie angewidert zurück. Auf dem Stein stand in roten Buchstaben das Wort «Lesbe» geschrieben. Na schön, auch eine Methode.

Sie legte den Stein wieder dorthin, wo er gelandet war, und überprüfte genauestens ihr Inventar. Nichts war angerührt worden. Aber Dionysos' Weinkelch stand auf dem Fußboden vor dem Olymp-Gemälde! Frazier lief zu dem Bild. Wieder bückte sie sich, diesmal, um den Becher zu berühren. Ja wirklich, da stand er, ein kunstvoller goldener Kelch, mit Wein gefüllt. Und Dionysos hielt jetzt herrliche Trauben in der Hand.

Frazier schüttelte den Kopf und kniff die Augen zusammen, denn sie wollte nicht glauben, was sie sah. Der Kelch schimmerte, der Wein lockte mit einem überirdischen Glanz.

Sie lief zum Telefon und rief die Polizei an, und ihr nächster Anruf galt dem Sicherheitsdienst. Sie brauchte ein besseres Sicherheitssystem. Wie konnte jemand in die Galerie gelangen und einen ungemein kostbaren goldenen Becher auf den Boden stellen, ohne die Alarmanlage auszulösen?

Es war einfach unerklärlich.

Als Mandy kam, nahm Frazier, die fast so weiß war wie die Wände der Galerie, sie an der Hand und zog sie in den inneren Raum.

«Sieh dir das an!»

«Was?» Mandy sah sich um. «Die roten Lampen waren nicht vorrätig. Ich habe aber ein Dutzend bestellt.»

«Verdammt noch mal, jetzt reicht's aber.»

«Ach, Frazier, manche Leute sind eben einfach ekelhaft. Den Stein hat vermutlich ein Teenager geworfen.»

«Davon rede ich nicht. Hier, genau hier stand ein Kelch mit Wein.»

«Du meinst so einen wie den, den Dionysos in der Hand hält?»

«Ja!»

Mandy deutete auf das Gemälde. Der Kelch ruhte in der rechten Hand des seltsam strahlenden, betörenden Gottes. «Ich kann mich nicht erinnern, daß er so anzüglich gegrinst hätte.»

Frazier zitterte. Sie war im Begriff, den Verstand zu verlieren, aber vielleicht hatte es jemand ja genau darauf angelegt.

«Chefin, komm. Du mußt dich setzen. Du bist ja völlig durcheinander.»

«Mandy, der Becher stand hier, und Dionysos hatte statt des Bechers Trauben in der Hand, und in dem Becher war Wein. Ich meine es ernst, es ist keine Einbildung!»

«Das weiß ich doch», beruhigte Mandy sie, und sie glaubte Frazier, die schließlich alles andere als verrückt war. «Aber setzen wir uns, ja? Die Polizei wird dir das mit dem Kelch nicht abnehmen, also konzentrieren wir uns lieber auf den Stein. Verstehst du, was ich meine?»

Frazier verstand genau. Man würde sie als Hysterikerin abtun, als überspannte Künstlerin oder Homosexuelle, und sind nicht die meisten Homosexuellen Künstler? Ach Scheiße, sie wußte nicht, was sie denken sollte. Sie flüsterte: «Mandy, ich schwöre dir beim Blute von da Vinci, der Kelch stand vor dem Bild, und der Wein, du, der hat gefunkelt.»

«Ich glaube dir – Tausende würden dir nicht glauben.»

Mandys beherzter, aufrichtiger Beistand entlockte Frazier ein Lächeln, und sie ließ sich in ihr Büro führen.

«Der Kelch war da.» Frazier umklammerte Mandys Schulter.

«Vielleicht solltest du dein Unterbewußtsein der Wissenschaft vermachen.» Mandy legte den Arm um Fraziers Taille. «Irgendwas geht da drin vor.» Sie tippte mit dem Finger an Fraziers Stirn.

«Sag so was nicht.» Frazier bekam es mit der Angst.

«Du befürchtest, es ist was Schlimmes. Und wenn es etwas Wunderbares ist?»

«Himmel noch mal, was hättest du gemacht, wenn du das verdammte Ding gesehen hättest?»

«Es leergetrunken.»

31

Schatz, sei ganz locker.» Sarahs Lippenstift schimmerte im dämmrigen Licht einer flackernden Kerze. Ihre Bluse, aufgeknöpft, aber noch in den Jeans steckend, entblößte zwei spitzenmäßige Stellen von Sarahs Körper.

Carter lehnte am Messingkopfteil des Bettes und ließ seine

Cowboystiefel über die Bettkante baumeln. Bei allen Fehlern, die Carter hatte, er pflegte darauf zu achten, keine Daunendecken zu beschmutzen. «Ich bin locker.»

«Wieso beißt du dann die Zähne zusammen?» Sie streichelte sein Kinn; die Nachmittagsstoppeln unterstrichen sein derbes Aussehen.

«Ach, es ist nichts.» Er fuhr mit dem Finger zwischen ihre Brüste; die samtweiche Haut lenkte ihn von seinen Grübeleien ab.

«Ich merke doch, daß dir etwas auf der Seele liegt. Mir hilft es immer, wenn ich reden kann. Nun mach schon. Es wird dir guttun und mir auch. Es bedrückt mich, wenn du dir über etwas Sorgen machst.»

Carter bewunderte Sarahs Profil. «Die Reparatur von dem verdammten Aston Martin Volante wird 45 000 Dollar kosten. Billy wird ihn mit einem Güterwagen nach New York transportieren und die ganze Karre neu lackieren lassen, nicht bloß vorne, wo ich sie demoliert habe. Er sagt, die schwarze Metallicfarbe bekommt er hier nicht, und deswegen muß der ganze Wagen neu lackiert werden. Mistkerl. Yancey Weems' Reparatur wird nicht so teuer, aber Yancey ist noch schlimmer als Billy. Das Schwein hat zu mir gesagt, ich würde mich aufspielen und müßte lernen, mit meinen Aggressionen umzugehen. Er hat mir sogar zu einer Therapie geraten, dieser windige Scharlatan.» Carter schlug mit der Faust ins Kissen.

«Ist vielleicht gar keine schlechte Idee, so eine Therapie.»

«Fang du nicht auch noch damit an!» brüllte Carter, doch sie legte ihm einen Finger auf den Mund und leckte dann seine Lippen und ihren Finger ab.

«Sextherapie.»

Er verdrehte erleichtert die Augen. «Heiße Sache! Ich fühl mich schon jetzt viel besser.» Aber schon verspannte er sich wieder.

«Komm, ich massier dir die Schultern.» Sarah hatte sich den ganzen Tag auf den Abend mit Carter gefreut und wollte ihn nun genießen. Sie hatte nichts dagegen, Carter mit kleinen Dingen zu verwöhnen. Es machte sie glücklich, mit ihm zu schlafen. Ob das Objekt ihrer Begierde es wert war oder nicht, war ihr nicht so wichtig wie die Hingabe an dieses Objekt.

«Weißt du, was noch passiert ist?» Carter setze sich auf und schwang die Beine vom Bett. «Irgendein Arschloch hat meiner Schwester einen Stein in den Laden geworfen. Und ‹Lesbe› draufgeschrieben.» Er zog zornig einen Stiefel aus. «Wenn ich das Schwein erwische, ich reiß ihm die Eier ab – falls er welche hat.» Er streichelte Sarahs Hand, während sie seine Schulter massierte und die Deltamuskeln knetete. «Das tut gut, Baby.»

«Ich dachte, du bist sauer, weil Frazier lesbisch ist.»

«*Sauer* ist das falsche Wort. *Hocherfreut* bin ich. Endlich bin mal nicht ich der Verlierer, verstehst du? Ich kann sie aufziehen und ihr das Leben schwermachen wie sonst keiner.»

«Warum ziehst du den anderen Stiefel nicht auch noch aus?»

«Ach so, ja.» Carter zog den abgetragenen Stiefel aus, der mit einem Plumps auf die Erde fiel.

Sarah griff tiefer und massierte seine Brustmuskeln. Sie zog ihn sachte wieder aufs Bett, stopfte ihm Kissen in den Rücken. Mit den Fingernägeln fuhr sie zwischen seine Brustmuskeln und ließ die linke Hand schließlich auf seinem Schritt ruhen.

Carter war damit sehr einverstanden, und er schob Sarah die Bluse von den Schultern. Flink entblößte er ihren rechten Oberarm.

«Hey, ich bin ein anständiges Mädchen!» Sie knöpfte seine Levi's 501 auf.

«Ich liebe anständige Mädchen!»

«Offensichtlich.» Sarah knöpfte den letzten kleinen Knopf auf und legte die Finger um seinen schwellenden Schwanz.

«Danke, Jesus.» Carter schloß die Augen und nahm zwei vollkommene Brüste in die Hände.

Sarah, noch in Jeans, setzte sich auf Carter und rieb ihn zwischen ihren straffen Schenkeln.

Sie trieben sich gegenseitig fast zum Wahnsinn, bis er es nicht mehr aushielt. Er hob sie hoch, legte sie aufs Bett und riß ihr die Jeans vom Leib.

So ging es los. Carter und Sarah stürzten sich in jede verfügbare Öffnung. Wären ihre Nasenlöcher groß genug gewesen, hätten sie auch die ausprobiert.

Sie liebte es, kurz bevor er kam, mit ihren erotischen Tricks aufzuhören. Carter hatte wirklich Standvermögen, und das brauchte er heute abend auch.

Nach fünfundvierzig Minuten unerfüllter Ekstase verschwand Sarah im Badezimmer. Als sie wieder erschien, konnte Carter nur noch murmeln: «O mein Gott.»

Sie trug eine Cowboyüberhose aus schwarzem Schweinsleder mit Fransen, schwarze Cowboystiefel, und von ihrem Hals baumelte wie eine offene Halskette eine lange schwarze, geflochtene Reitpeitsche. Peitschenschnüre aus Rohleder hingen an ihrer linken Hand. Die Überhose umrahmte ihr Lustnest, eine Aufforderung, die Carter verrückt machte.

Sie stakste zu ihm hin. Seine Augen waren so groß wie Tischtennisbälle. «Baby, hab Vertrauen zu mir. Du wirst jede einzelne Minute genießen.»

«Tut es weh?» Er konnte den Blick nicht von der Peitsche wenden.

«So wie ich es mache, tut's nicht weh.»

Es war nicht gelogen. Sie kitzelte ihn mit dem Peitschenschmitz am ganzen Körper, dann nahm sie sich zwanzig Minuten Zeit, um ihn mit den Schnüren ans Bett zu fesseln, wobei sie immer mal wieder seinen Schwanz streichelte. Dieses fremdartige Gefühl, sich nicht bewegen zu können, war anders als alles, was er bislang bei seinen Lustübungen gefühlt hatte, und enthemmte seinen Körper. Sein Schwanz toste. Er hatte die vielleicht größte Erektion in der Geschichte der Menschheit. Doch langsam, ganz langsam, wurde er in geheime Tiefen seiner Seele entrückt. Er war Mann und Frau zugleich. Er mußte Sarah vertrauen, weil er hilflos war. Sie wand den Peitschenschmitz fest um seinen Schwanz, lockerte ihn dann und bestieg Carter, zu ihrem großen Genuß. Zuckungen durchrasten jede Zelle seines muskulösen Körpers. Es dauerte so lange, daß sein Mund austrocknete und er keuchend und krächzend nach Luft schnappte.

Sarah bewegte sich langsam auf ihm, glitt aufwärts, dann wieder abwärts. Sie hatten so lange gewartet, daß ihre Orgasmen detonierten wie Atombomben. Die Cowboyüberhose war weich von Schweiß, und Sarah ließ sich erschöpft auf seine Brust fallen.

Später, als Carter Sarah einen Gutenachtkuß gab und die Tür ihrer kleinen Wohnung hinter sich schloß, konnte er kaum einen Fuß vor den anderen setzen. Es war, als versuche er auf einer abwärts fahrenden Rolltreppe nach oben zu laufen. Er wünschte sich, er könnte die Nacht über bei Sarah bleiben. Er wollte in ihrer Umarmung schlafen, seine Nase in ihren roten Haaren vergraben.

Als er die Hintertür zu seinem Haus öffnete, war ihm, als müßte er vor Sehnsucht nach Sarah zerspringen.

Die Standuhr in der Eingangshalle schlug zehn. Im Wohnzimmer flimmerte der Fernseher. Laura saß auf dem Sofa, die Füße auf dem Couchtisch. Der Fußboden war mit ihren Gartenbauentwürfen übersät.

«Hallo.»

«Wie ich sehe, hast du die gute Nachricht schon erhalten.»

«Was?» Er wurde nervös, war augenblicklich hellwach.

«Deine Versicherung sagt, du kannst sie mal. Ich hab's gewußt.» Oh, wie sich Laura darin gefiel, recht zu haben.

«Ach – das.» Carter tat so, als ob er es gewußt hätte.

«Und? Was gedenkst du zu unternehmen?» Sie blieb steif auf dem Sofa sitzen.

«Ich laß mir was einfallen.» Carter stand schwankend da. Er wollte ins Bett gehen und sich die Decke über den Kopf ziehen.

«Bitte Frazier um Hilfe. Sie ist reich.»

«Das werde ich nicht tun.»

«Ach.» Ein Tropfen Gift überzog Lauras Stimmbänder. «Willst du zu Momma laufen?»

«Nein.» Carter blinzelte.

«Das wäre ja wohl auch noch schöner. Sie hat schon genug durchgemacht. Ich verehre und liebe deine Mutter, weil sie dich verehrt und liebt.» Laura zeigte ihre Zähne.

Waren sie Mungo und Cobra? fragte sich Carter. «Mutter findet es grandios, einen Sohn zu haben. Um mich geht es im Grunde gar nicht. Frazier hat Mom wenigstens durchschaut. Ich habe bis jetzt gebraucht, um dahinterzukommen.»

«Ach, welche Einsicht.» Laura legt die Beine übereinander und schwang sie vom Couchtisch. «Welche Bourbon-Marke hat diese Erkenntnis erzeugt?»

«Keine. Ich habe seit dem St.-Patrick-Tag keinen Tropfen angerührt.»

Laura klatschte in die Hände, womit sie ihren Spott unterstrich. «Der Beginn eines neuen Lebens?»

Carter ging zum Schlafzimmer. «Ja.» Er schloß die Schlafzimmertür hinter sich. Giftwolken hingen in der Luft, ein dichter Nebel aus Eheelend. Carter würgte vor

Verlangen nach reiner Luft. Er wußte nicht, was er tun oder wie er es tun sollte, aber endlich, endlich war er bereit, es zu versuchen.

32

Der Regen auf dem Blechdach trommelte einen Code, rat tat, rat tat tat. Frazier strengte sich an, die Botschaft zu entschlüsseln, einen Code von Jupiter, denn er war der wahre Regengott. Ob Regen, Schnee, Sonnenschein, früh erblühende Weidenkätzchen, ein verirrter Schwalbenschwanzschmetterling, die grünen Augen eines Kätzchens oder ein linder Südwind – vielleicht enthielten all diese Naturerscheinungen einst Botschaften, und der Mensch hat nur die Fähigkeit verloren, sie zu entziffern.

Immerhin konnte Frazier die Zeitung entziffern, und ihr Blick verweilte auf einer schreienden Schlagzeile: «Keine Angst vor der Zubereitung von Käsesoufflés.» Diese Ermutigung sprang sie in serifenloser 12-Punkt-Schrift an.

Sie sprach die Zeile laut vor sich hin: «‹Keine Angst vor der Zubereitung von Käsesoufflés.› Schön und gut, aber wenn das Soufflé zusammenfällt? Ich meine, fällt dann auch das Selbstbewußtsein zusammen, husch und futsch?»

Bei «husch» wälzte sich die Katze herum und schnurrte.

Frazier richtete das Wort an Basil. «Haben Katzen Angst vor der Zubereitung von Käsesoufflés? Ich meine, wenn du kochen könntest, Basil, wärst du dann von Versagensängsten paralysiert? Paralyse durch Analyse. Da stündest du gelähmt vor dem Ofen, der dich aus der halboffenen Klappe anstarrt.

Was können wir sonst noch fürchten? Kummer mit der Schuppenflechte. Den Nachbarn mit Körpergeruch zu beleidigen. Verdammt, es stört keinen, wenn du auf die Frau deines Nachbarn geil bist, solange nur nicht dein Deodorant versagt. Südafrika ist kurz vorm Explodieren, Osteuropa kurz vorm Zusammenbruch, und Abtreibungsgegner legen sich auf die Straße. Aber für manche Leute ist ein zusammengefallenes Käsesoufflé die entsetzlichste aller Vorstellungen.»

Sie warf die Zeitung auf den Fußboden, woraufhin der Jack Russel Terrier anfing zu bellen.

«Schnauze, Curry.»

Wenn Curry könnte, hätte er zweifellos erwidert: «Selber Schnauze, blöde Krabbe.»

Frazier warf einen Blick auf das Bett und stellte fest, daß sie den Rezeptteil gelesen hatte. Reportagen aus Südafrika wurden ja nun mal selten im Rezeptteil abgedruckt...

Das Prasseln wurde zum Rauschen und erfüllte ihr Schlafzimmer. Ab und zu verirrte sich ein Regentropfen durch den Schornstein und fiel zischend ins Feuer. Curry und Basil kuschelten sich am Fußende des Bettes aneinander. Es war wohl um die fünf Grad, und die Kälte kroch allen dreien in die Knochen.

In die Daunendecke und Flanellaken eingemummelt, schlug Frazier *Bullfinch's Mythology* auf. Sie hatte das Taschenbuch auf dem Nachhauseweg von der Galerie gekauft. Ihre Hände wurden kalt. Sie hielt das Buch mit einer Hand und steckte die andere unter die Decke. Ab und zu wechselte sie der Kälte wegen die Hände.

Dionysos' Kelch ließ ihr einfach keine Ruhe. Sie beschloß, ihr Wissen über griechische Mythologie aufzufrischen, aber es fiel ihr schwer, sich zu konzentrieren.

Zum einen erinnerte sie der strömende Regen daran, daß sie vor vier Monaten das letzte Mal mit jemandem geschlafen hatte, und zwar mit Ann, während eines Gewitters. Wie machte Carter das bloß? Sie hatte diese Geschichte noch immer nicht verarbeitet, und ihr Bruder legte die Frauen um wie Kegel. Sie nahm sich vor, Carter zu fragen, wie er die Mädels rumkriegte und sich dann, was noch imponierender war, wieder aus dem Staub machte. Nicht, daß Ann sich an eine lebenslange Bindung klammern würde. Die arme Ann. Sie versteckte sich so tief im Schrank, daß sie Gefahr lief, sich in einen Kleidersack zu verwandeln, und sie zitterte bei der Vorstellung, entlarvt zu werden. Es liegt in der Natur einer Bindung, daß man sich in ihr entlarvt. Und die Zeit erledigt den Rest.

Frazier fragte sich, ob sie je wieder mit einer Frau schlafen würde – oder auch mit einem Mann. Sie war eigentlich gar nicht so festgelegt. Es gefiel ihr, ihre Neigung als launige Toleranz gegenüber Geschlechtsunterschieden zu betrachten. Sie wußte aber, daß ihre tiefsten Gefühle, sofern sie sie überhaupt definieren konnte, Frauen vorbehalten waren. Im Augenblick, mit kalten Händen, beim knisternden Feuer, sehnte sie sich jedoch eher nach animalischem Sex als nach irgendwelchen tiefen Gefühlen.

Es stand ja wohl fest, daß niemand in der Stadt mehr mit ihr ins Bett gehen würde. Nachdem sich die Neuigkeit herumgesprochen hatte, dank Carters Saufnacht bei Buddy und Lauras hinterhältiger Andeutungen und wohlüberlegter Indiskretionen, würde kein auch nur entfernt homosexueller Mensch sich in ihre Nähe wagen. Charlottesville war eine anständige Stadt: hier war man hetero, homo durfte man nur sein, wenn man die Stadt verließ.

Ein Leben in Einsamkeit. Eigentlich nicht so schlimm. Ein Leben ohne Sex. Das absolut Beschissenste.

Sie wechselte die Hände. Ihre Gedanken schweiften vom Sex zum Olymp-Gemälde. Mit Ausnahme von Artemis und Athene verlustierten sich die Götter ohne Schuldbewußtsein. Aber Schuldgefühle waren ja auch eine spätere Erfindung, sie waren aus den Wüsten des Mittleren Ostens hervorgekrochen. Die Juden haben die Schuld erfunden, die Christen haben sie verfeinert.

Warum mußte bloß alles so kompliziert sein? Wie die Leitungen eines Menschen aufgebaut waren, ging schließlich nur die an, die mit ihm Flüssigkeiten austauschten.

Frazier gab auf. Sie klappte das Buch zu und knipste das Licht aus. Der Feuerschein tanzte auf den Wänden und warf Schatten. Als sie fast eingedöst war, schreckte sie auf: Da war ein großer Schatten, der aussah wie Vulcanus am Schmiedefeuer.

Der Kelch. Sie wälzte sich herum und stöhnte. Es mußte eine Halluzination gewesen sein. Hatte Mandy sich nicht großartig verhalten? Trotzdem, es war so wirklich gewesen.

Der Regen trommelte in heftigen Schüben gegen das Haus. Frazier lauschte und überlegte, daß man an Zeus/Jupiter ebensogut glauben konnte wie an jeden anderen Gott. Wir müssen erklären, was wir nicht verstehen können. Donner und Blitz müssen die primitiven Völker geängstigt haben, genau wie sie heute kleine Kinder ängstigten. Warum nicht einen majestätischen Wallebartgott erfinden, der vollkommen gestaltete Blitzpfeile auf die Erde schleudert? Und was den Kelch betraf, randvoll mit einem Wein, der so schwer war wie manche Gedanken, so hatten ihr ihre Sinne wohl einen Streich gespielt. Oder vielleicht war es der Gott der schlechten Beleuchtung gewesen.

Während sie wegdämmerte, wünschte sie einen Moment lang, es gäbe eine Venus. Vielleicht würde die Göttin Mitleid mit ihr haben und ihr die Liebe bringen – oder ein gelungenes Käsesoufflé.

33

Ich bringe sie um, diese Ziege», murmelte Laura vor sich hin. Die Wut brach sich Bahn, überflutete ihr sorgfältig geschminktes Gesicht, verzerrte ihre Züge. Sobald sie sich wieder in der Gewalt hatte, steckte Laura Fraziers Brief vorsichtig in Carters Manilapapier-Umschlag mit der Aufschrift *Verschiedenes* zurück. Laura kannte die Gewohnheiten ihres Mannes und hatte ihre Durchsuchung mit dem sicheren Gefühl vorgenommen, daß er Fraziers Brief ordentlich abgelegt hatte. In diesen Dingen war Carter ein Pedant.

Sie hatte ein quälendes Bekenntnis zum Lesbentum erwartet, und es war typisch für seine selbstsichere, ja arrogante Schwester, daß sie sich nicht mit einer Silbe entschuldigte – Herrgott, sie sollte für diesen Brief bezahlen! Carter zu raten, sie zu verlassen. Sie, Laura, sollte für ihren Lebensunterhalt arbeiten! Als ob das Leben mit diesem verflixten Bruder von Frazier nicht schon Arbeit genug wäre. Wie konnte sie es wagen?

Der Schlag mit Sarah Saxe kam nicht völlig unerwartet. Lauras Nase hatte den Duft auf Carters Kleidung gerochen. Sie hatte ihm seine Lügen geglaubt, weil sie sie glauben wollte. Warum die Dinge aus dem Gleichgewicht bringen? Er hatte aufgehört, wie wild den Frauen nachzujagen. Laura hatte dies darauf zurückgeführt, daß mit Grundstücken zur Zeit kein Geschäft zu machen war und er schlichtweg kein Geld hatte, um seine Damen weiterhin zu verwöhnen. Laura hatte sich gewappnet, denn in wirtschaftlich besseren Zeiten würde sich das wieder ändern, aber nun hatte Frazier geschrieben, daß er Sarah liebte. Mit kleinen Seitensprüngen wird jede Ehefrau fertig. Und wenn Carter nun tatsächlich ganz absprang? Immerhin kam er nachts nach Hause. Zudem machten Lauras Geduld und ihr öffentliches Benehmen als «gute Ehefrau» bei den anderen Frauen im Garten-Club Eindruck. Männliche Untreue verband offenbar mehr Frauen miteinander, als sie eingestehen wollten, somit bestimmte die Handhabung des Problems den Status einer Frau innerhalb der alten Hut – der Garde der Alten und Behüteten.

Wäre sie eine leidenschaftliche Frau gewesen, dann hätte Laura die Finger um den kalten Griff einer 38er gelegt und Carter die Eier weggepustet. Aber damit hätte sie ein Gefühl gezeigt. Gott behüte. Es war viel besser, ihn tröpfchenweise auszuwringen, ihn mit Vergebung zu demütigen, eine Technik, die sie noch nicht beherrschte. Aber wenn Laura sich auf Vergebung verstanden hätte, dann hätte sie sich auch auf ein paar Schüsse aus einer 38er verstanden. Laura entschied sich für die kleinen Grausamkeiten: kalte Blicke, bissige Bemerkungen, wenn andere Frauen nicht hinsahen. In der Öffentlichkeit legte sie ihrem Gatten die Hand auf den Arm und lächelte strahlend. Man hätte fast meinen können, sie sei eine politische Ehefrau, aber vielleicht sind ja alle Ehefrauen politisch.

Sie zog ihr hautenges neongrünes Trikot an, die passenden Aerobic-Turnschuhe, ihren grünen Sport-BH, den sie ohne weiteres als Top hätte tragen können, und darüber ein knalliges pinkfarbenes T-Shirt. Zeit für die Gymnastik im Boar's Head-Sport-Club.

Und wer war in ihrer Aerobicstunde, der schwierigsten des Tages? Niemand anders als Ann Haviland. Laura, die sich jetzt wieder vollkommen in der Gewalt hatte, toupierte sich vor dem Spiegel ihre Haare, schminkte sich die Lippen nach und summte vor sich hin.

Sie war nicht dumm und wagte die Vermutung, daß Frazier und Ann was miteinander hatten. Warum würde sich eine Frau mit Frazier abgeben wollen, wenn nicht aus erotischen Motiven? So aberwitzig dieser Gedanke war, Laura buddelte das begrabene Band zwischen Ann und Frazier wieder aus.

Es machte Laura nichts aus, sich zwei Frauen beim Liebesakt vorzustellen. Sie hatte schließlich Pornofilme gesehen, und der Anblick einer vollkommen gestalteten Frau, die in die rasierten und pomadisierten tieferen Regionen einer anderen eintaucht, war zwar nicht erregend – was war da schon zu sehen –, aber auch nicht abstoßend. Außerdem, was konnten sie denn tun, die Ärmsten? Das störte Laura nicht. Sie fand es sogar durchaus nachvollziehbar, daß die verwegene Schönheit der blonden Frazier andere Frauen verrückt machen konnte. Waren sich Frazier und Carter da nicht durchaus ähnlich, zwei einfach umwerfend gutaussehende Menschen? Nein, das war nicht das Problem. Woran sie bis ins Mark hinein Anstoß nahm, war die Verschandelung der Fassade, es war wie ein Kratzer auf einem neuen Wagen. Frazier hätte standesgemäß heiraten, Kinder gebären und aufziehen sollen, und wenn sie es ab und zu auch mal mit einer Frau trieb, wer würde das schon merken? Wenigstens konnten aus einer solchen Vereinigung keine Kinder entspringen. Laura bebte vor Empörung, weil sie sich nun öffentlich mit einem unangenehmen Thema auseinandersetzen mußte. Die Leute würden Andeutungen machen, es waren ja sogar schon entsprechende Bemerkungen gefallen. Man konnte bei anderen Frauen viel gewinnen – und immerhin besaßen die Frauen in dieser Stadt gesellschaftliche Macht –, indem man die Untreue des Ehemannes mit Würde und Anstand ertrug. Mit einer lesbischen Schwägerin aber ließ sich keine Ehre erringen. Und was würde man nun munkeln, wenn man sie mit Frazier zusammen sah?

Darcy Schleswieg hatte neulich beim Bridge erwähnt, sie habe gehört, daß Lesbierinnen sehr verführerisch seien. Sie hätten es besonders auf schwache Frauen abgesehen, vermutlich deswegen, weil keine starke Frau sich mit einer anderen starken Frau einlassen würde. Darcy, die Quelle kosmopolitischer Weisheit, hatte außerdem beim Bedienen von

Herz-Vier gesagt, die Öffentlichkeit sei im Irrtum, total im Irrtum, was Lesbierinnen angehe. Sie seien keineswegs maskuline Softball-Typen, sondern vielmehr ungeheuer attraktiv, und so würden sie sich langsam und ohne daß man Verdacht schöpfte, an einen heranpirschen. Sollte heißen: Darcy hatte, was Frazier betraf, nie Verdacht geschöpft. Laura feixte. Es könnte ebensogut heißen, daß Darcy sich ärgerte, weil Frazier sie nie angemacht hatte.

Darcys ganzes Leben drehte sich darum, ob es ihr gelang, Männer erotisch anzuziehen. Das war ihre Macht. Von hier war es kein weiter Sprung zu der Annahme, daß sie vielleicht auch für Frazier attraktiv sein wollte. Jetzt verleumdete sie Frazier mit der Behauptung, sie habe sich an sie herangemacht, was ihr, Darcy, einen doppelten Sieg bescherte. Laura wußte, wie diese Frauen waren. Schließlich gehörte sie dazu.

Sie warf sich ihren bunten Sportbeutel über die Schulter und strebte dem unvermeidlichen BMW zu. Sie hatte wirklich keine Vorurteile gegen Frazier, jedenfalls glaubte sie das. Aber sie war stinksauer und hatte eine Mordswut wegen Fraziers herzzerreißenden Briefes an Carter. Das sollten sie beide büßen, Bruder und Schwester, Apollo und Artemis. Und Ann Haviland sollte ihre Handlangerin sein.

34

Wir haben rumgeknutscht.» Kenny bemühte sich, sein Koboldslächeln zu verbergen. «Die ganze Nacht war ausgesprochen erfreulich, obwohl ich mich erst wieder an Brüste gewöhnen mußte.»

«Soll das heißen, du bist mit Courtney Wood zusammen?» Frazier lachte, während sie mit Kenny die Straße zu ihrem Haus entlangging.

«Ja. Wie findest du das?»

«Ich finde, ihr solltet beide einen Aidstest machen lassen.»

«Hab ich schon. Negativ.»

«Den Göttern sei Dank, Kenny.» Frazier war wirklich erleichtert. «Ich mach mir Sorgen wegen Billy...»

Kenny lächelte, aber es war ein schmerzliches Lächeln. «Er würde einen Hund bumsen, wenn er richtig mit dem Hintern wackelt, aber er benutzt Kondome und ein Spermizid.»

«Bei dir. Aber wenn er zugekokst ist, wer weiß, was er dann macht.»

«Dinge, von denen du nicht zu träumen wagtest!» Kenny seufzte, nicht resigniert, sondern erfüllt von himmlischen Erinnerungen.

«Kenny, ich fühle mich dafür verantwortlich, daß Billy dich fallengelassen hat. Er wollte, daß du mich schneidest, und du hast es nicht getan.»

«Es war höchste Zeit, die Beziehung zu beenden. Billy benutzt alles und jeden als Ausrede – aber es ist nie die Wahrheit. Mach dir deswegen keine Gedanken.»

Sie seufzte. «Ich bin so froh, daß du beschlossen hast, mein Freund zu bleiben – trotz allem.»

«Ich brauche einen Schuß Phantasie. Ich muß aus zweiter Hand leben.»

«Schön, wenn du dich von jetzt an mit Frauen amüsieren

willst, mußt du nach New York oder Denver oder in sonst eine Stadt mit gutaussehenden Frauen reisen. Ich persönlich wäre für Denver. Dort gibt es jede Menge unternehmungslustige Frauen. Meine Güte, Kenny, warum übernimmst du nicht mein Leben?» Frazier lachte.

Curry sauste unter wütendem Gebell voraus, während Basil mit majestätischer Würde, wie es ihrem Namen anstand – Basil war schließlich vom griechischen Wort basileios, königlich, abgeleitet –, Frazier auf den Fersen blieb. Die Knospen waren geschwollen und hatten eine dunkelbraune Farbe angenommen, aber bisher hatten nur die Forsythiensträucher schon Blätter, und zwischen ihren halboffenen Knospen lugte sogar schon das Gelb der Blüten hervor. Der Frühling benahm sich wie Carter in seinem Transporter, er stieß vor und zurück, bevor er sich endlich frei wand.

Kenny fuhr sich mit den Fingern durch das kurzgeschnittene braune Haar. Mit zweiunddreißig hatte er zwar eine sympathische Persönlichkeit, aber wenig Berufserfahrung. Er hatte das Gefühl, endlich einmal etwas Ernsthaftes anpacken zu müssen. Die Sache mit Billy stand ja nun auf noch wackeligerem Boden als zuvor. «Ich geh wieder auf die Schule.»

«Die Universität von Virginia?»

«Nein, Virginia Commonwealth in Richmond. Die Fakultät für Graphik ist recht gut, und sie arbeiten viel mit Computern. Ich werde vermutlich der älteste Schüler im Kurs sein, aber ich hab mich einfach zu lange treiben lassen.»

«Du warst Schneeweißchen im Schneetreiben.» Frazier lachte über Tallulah Bankheads bekannte Redensart.

«Die Zeit ist mir davongelaufen.»

Frazier kickte einen Erdklumpen weg. Curry raste hinterher, fing ihn mit der Schnauze auf, der Klumpen zerkrümelte, worauf Frazier und Kenny Curry auslachten. Basil schritt würdevoll vorüber, als wollte sie sagen: «Blöder Hund.»

«Virginia-Commonwealth-Uni klingt gut.» Frazier machte eine Pause. «Liebst du Billy noch?»

«Ich glaube, ich werde ihn immer lieben. Ich weiß, es hört sich theatralisch an, aber Billy ist ein Teil von mir, obwohl ich weiß, daß er sich aus meinem Leben zurückgezogen hat. Er ist ein Arschloch, aber er ist einfach niemals langweilig.»

«Das stimmt. Und was ist mit Courtney?»

«Ich habe sie wirklich gern. Ich habe ihr gesagt, daß ich bisexuell bin, daß ich aber seit der High-School nur noch mit Männern geschlafen habe. Sie ist zwar nicht der hellste und erfahrenste Mensch auf Erden – so helle und erfahren bin ich ja andererseits auch nicht –, aber sie ist lieb. Sie hat gesagt, es ist ihr egal. Und sie sagte etwas, worüber ich nie nachgedacht hatte. ‹Die Männer mögen mich bloß wegen meiner Titten. Vielleicht magst du mich einfach, weil ich so bin wie ich bin.› Ich fand das richtig rührend.»

«Ich weiß genau, was sie meint.» Und Frazier wußte es wirklich.

«Ich fänd es schön, wenn mal aus einem Freund ein Liebhaber wird statt umgekehrt. Ich möchte am liebsten den ganzen zwanghaften Blödsinn umgehen, den man am Anfang durchmacht und Liebe nennt.» Kenny seufzte. «Herrgott, Frazier, es ist so anstrengend, und es dauert ungefähr ein Jahr, bis du weißt, wer der andere Mensch wirklich ist. Ich möchte Courtney erst mal kennenlernen, und sie kann mich kennenlernen. Wir können miteinander gehen. Hört sich kitschig an.»

«Hört sich wundervoll an.»

«Möchtest du einen unverlangten Rat?»

«Von dir, ja.»

Er hielt inne und suchte nach der richtigen Formulierung.

«Du solltest versuchen, mit Mandy Eisenhart zusammenzukommen.»

«Was?»

«Sie ist die Richtige für dich.»

Frazier stammelte fassungslos: «Sie ist hetero. Sie ist meine Angestellte, und außerdem, ich weiß nicht, ob sie, äh, sich überhaupt so weit mit einem weißen Menschen einlassen würde, und schon gar nicht mit mir. Ich meine, sie hat mich gesehen, als ich ganz unten war, den Arsch auf Grundeis hatte.»

«Eben.»

«Was, eben?»

«Sie *kennt* dich. Sie kennt *dich*.»

«Kenny, du hast einen Knacks, genauso wie die Freiheitsglocke.»

Kenny lachte. Er legte seinen starken Arm um Fraziers Taille und zog sie an sich. «Manchmal müssen einen Dritte darauf hinweisen, was man direkt vor der Nase hat. Mandy liebt Kunst. Sie sieht sagenhaft aus. Sie ist höchstens eins sechzig groß, aber was für ein Prachtstück – diese hellbraunen Augen und der feine Mund. Ihr zwei im Bett würdet jeden Mann rasend machen. Selbst die Impotenten würden beim Gedanken an diese Kombination 'nen Steifen kriegen.»

«Du schmeichelst mir.»

«Ich weiß, ich weiß, es klingt verrückt, aber mit der Zeit, wenn sich die Wogen, die dein Geständnis ausgelöst hat, geglättet haben – wie war dein Coming-out?»

«Mit Vollgas rückwärts.» Frazier lachte über sich selbst. «Und ein paar Bäume hab ich auch noch mitgenommen.»

«Frauen am Steuer.» Kenny schüttelte den Kopf. «Egal, früher oder später wird Gras drüber wachsen, und sei es nur, weil es in dieser Stadt ungefähr alle drei, vier Monate einen saftigen Skandal gibt. Dann werden die Leute wegen was anderem die Köpfe schütteln, mit den Zungen schnalzen und sich als Richter aufspielen – oh, wie unsere Freunde und Nachbarn und sogar die Leute, die wir kaum kennen, es lieben, über uns zu richten. Es muß wunderbar sein, immerzu recht zu haben.»

«In der Tat.»

«Jedenfalls, wenn sich diese Sache beruhigt hat, wirst du erkennen, daß du ein Leben hast. Es wird einen Menschen für dich allein geben, und vielleicht könnt ihr einigermaßen unbehelligt als Paar leben. Es wird sicher nicht leicht sein. Scheiße, denk doch bloß dran, wie ich mich für Billy zum Narren gemacht habe. Wenn ich ein bißchen mehr Mumm gehabt hätte, ich hätte ihn zum Teufel geschickt. Aber das ist leichter gesagt als getan. Ich schätze, weil ich dich beobachtet und deinen Brief gelesen habe, bin ich auf die Idee gekommen, mir ein paar Fragen über mich selbst zu stellen, und da du mir, ohne es zu wissen, sehr geholfen hast, wollte ich dir auch helfen. Mit Mandy.»

«Ich werde darüber nachdenken», wich Frazier aus.

Kenny nickte. Er hätte Frazier noch viel erzählen können, aber er beschloß, es für sich zu behalten. Bei Frazier durfte man nichts überstürzen. Er führte sie zu einem Feld mit riesengroßen Narzissen, einer hellen Frühlingswolke, die gerade gelb aufsprang.

«Eine Gloriole der Hoffnung», sagte er.

35

Die Reste ihres improvisierten Mittagessens waren auf dem Tisch verstreut wie der Schutt vergangener Gespräche: hier ein entschlüpftes Verb, dort ein verbrauchtes Adjektiv, ein verworfenes Substantiv. Laura webte ihr Netz mit Geschick. Sie wartete mit dem Lichten des Ankers, bis die Crème brulée gebracht wurde, die sie sich beide meinten leisten zu können, da sie ja als Hauptgang nur einen Salat gegessen hatten.

«Wie ich höre, ist Frazier nicht mehr im Komitee für den Krebsball.» Laura rührte in ihrem Espresso.

«Oh, davon habe ich noch gar nichts gehört.» Anns lange Fingernägel klickten gegen die Theke, als sie ihren Löffel hinlegte.

«Darcy hat mir vor ein paar Tagen beim Bridge gesagt, daß Frazier aus dem Komitee ausgeschieden ist und daß sie Billy Cicero bitten wollen, sie zu ersetzen. Zuviel zu tun, hat Darcy gesagt, aber wir wissen ja alle, was dahintersteckt. Ich persönlich finde, man sollte ehrlich sein und solche Dinge öffentlich austragen. Ich hasse Heimlichkeiten hinter dem Rücken», sagte ausgerechnet sie, die darin eine Expertin war.

Anns Hände flatterten nervös über dem delikaten Dessert. «Frazier nennt diese Komitees ‹Die Krankheit der Woche›, aber andererseits – sie versteht es wirklich, Geld einzutreiben.»

«Ihr zwei wart sehr gut befreundet, nicht?» Laura blickte sie aus ihren blauen Augen sanft und verständnisvoll an.

«Nein, das würde ich nicht sagen.» Anns Oberlippe zuckte leicht. «Ich liebe einfach Kunst. Und Frazier und Kunst sind nun mal ein und dasselbe.»

«Hast du Bescheid gewußt – über ihre Neigung, meine ich?»

«Ach – darüber hab ich mir nie Gedanken gemacht. Meistens war sie mit Billy Cicero zusammen.»

«Und du mit Kenny Singer», warf Laura ein. «Wenn ich in dieser Richtung weiterdenke, kannst du dir vorstellen, wie die anderen in der Stadt das einschätzen, und deswegen wollte ich auch mit dir Mittag essen gehen. Ich dachte, du würdest vielleicht gern Bescheid wissen, damit du vorbereitet bist.»

Ann wurde bleich, aber ihre Stimme blieb fest. «Vorbereitet? Worauf?»

«Ann, stell dich nicht dumm. Wenn du nun nicht wieder aufgefordert würdest, in deinen diversen Komitees mitzumachen? Ich weiß, die Allied Assets Bank ist eine ausgezeichnete Firma, aber die Leute erwarten eine gewisse, nun ja, Verläßlichkeit von ihren Bankleuten.»

«Laura, mach dich nicht lächerlich. Ich bin nicht lesbisch. Ich stehe genauso auf Männer wie du.»

In Anbetracht der Tatsache, daß Laura Männer haßte, hatte Anns Aussage etwas Komisches, aber Laura war immerhin verheiratet. Es kam anscheinend niemandem in den Sinn, daß Heterosexualität einen nicht vom Haß auf das andere Geschlecht befreite. Wenn man mit jemandem schläft, heißt das nicht, daß man ihn mag, es bedeutet, daß man sich seinen Körper leiht. Von Carter lieh sich Laura nur seinen Penis, alles andere an ihm interessierte sie nicht. In jüngster Zeit tat sie nicht einmal mehr das.

«Das freut mich zu hören», gurrte Laura. «Wenn ich dir einen Rat geben darf, dann gehst du Frazier in nächster Zeit besser aus dem Weg.»

«Das wird mir nicht schwerfallen», bemerkte Ann wahrheitsgemäß.

«Die Armstrongs sind ein komischer Schlag...» Bevor Laura ihren Gedanken zu Ende geführt hatte, tauchte Sarah Saxe aus dem hinteren Teil des Restaurants auf, wo sie mit

Carter in einer Nische gesessen hatte. Sie erspähte Laura und machte schnurstracks kehrt, um Carter zu warnen. Carter sah seine Frau, aber statt sich zu verstecken, stand er auf, gab der Kellnerin ein üppiges Trinkgeld und stellte sich neben Sarah.

«Carter, du solltest von hier verschwinden.»

«Ich denk nicht dran.» Er führte Sarah am Arm in Richtung Eingangstür.

«Es gibt bestimmt eine Hintertür», flüsterte sie. Ihr Herz hämmerte.

«Die hat eine Alarmanlage. Kopf hoch, Mädchen.»

Sie mußten an Laura und Ann vorbei. Carter blieb stehen. Sarah blieb ebenfalls stehen, und der kalte Schweiß rann ihr den Rücken hinunter.

«Hallo, Ann, schön dich zu sehen. Hallo, Laura.» Carter lächelte. «Ann, ich weiß nicht, ob du meine Freundin Sarah Saxe schon kennst.»

«Nein, wir kennen uns nicht.» Ann nickte zur Begrüßung.

«Sehr erfreut.» Sarah lächelte, aber das Lächeln fühlte sich an, als hätte es ihr jemand ins Gesicht gekleistert.

Laura, nonchalant trotz ihrer Wut, sagte zu Carter: «Liebling, du wirst noch einen Dreizack ins Paradies tragen.»

«Äh, hm, war nett, Sie zu sehen.» Sarah trat den Rückzug an.

Carter sagte stichelnd, aber mit sanfter Stimme zu Laura: «Weißt du, mein Herz, du nährst Haßgefühle. Sie sind die Kinder, die du nicht bekommen hast.»

«Und wer ist schuld daran?» zischte sie.

Sarah war die Situation für sich selbst, aber auch für Carter peinlich, der sich nun vorbeugte und leise zu Laura sagte: «Tja, Liebling, du machst wirklich ein erotisches Martyrium durch, stimmt's?»

Während sie ihrem Mann nachsah, als er zur Tür ging, lächelte Laura und trank ihren Espresso aus. Ann, von dem spannungsgeladenen Moment wie zermürbt, verschlang ihre Crème brulée.

«Weißt du, Ann, vielleicht bist du als Lesbe wirklich besser dran.»

«Ich bin nicht lesbisch.»

«Aber ich sollte es mir vielleicht noch mal überlegen. Der Kerl ist unmöglich.» Laura tat so, als würde sie das Ganze gelassen hinnehmen. «Scheint in der Familie zu liegen.» Ann errötete; vielleicht war ihr klargeworden, daß sie sowohl eine Liebe als auch eine Wunde verraten hatte.

36

Ach, wer ist gestorben und hat dich zu Gott gemacht?› hab ich gesagt. Du hättest sein Gesicht sehen sollen, Frazier. Kein schöner Anblick.» Mandy schob den Katalog aus England fort, den sie sich angesehen hatte. «Ich hab die ganze Sache zu lange laufen lassen. Es ist meine Schuld.»

«Weißt du, was Tante Ruru immer sagt? Es ist leicht, sie reinzukriegen, aber ach so schwer, sie rauszukriegen.»

«Ru hat für jede Lebenslage einen Spruch auf Lager, aber ich hab da eine Theorie...»

Frazier lachte. «Ja, ich weiß...»

«Nein, wirklich, ich hab die Theorie, daß man durch andere Menschen wächst. Es sind nicht bloß Bücher und einzelne Erfahrungen. Ich meine, da fließt so ein unterbewußter Strom, ein unterirdisches Wasser...»

«Mandy, ich kann Wasserbilder zur Beschreibung von Gemütszuständen nicht ausstehen. Wirklich.»

«Frazier, sei nicht zickig.»

«Dann sei du nicht konventionell.»

«Wie ich eben sagte», Mandys klare Augen wurden weit, «ich glaube, wir suchen nach Menschen, weil wir von ihnen lernen. Wir wachsen einer durch den anderen, oder aber wir werden einer durch den anderen in unserer Entwicklung gehemmt.»

«So, und was hast du von Sean gelernt?» Frazier verschränkte die Arme.

Mandy ahmte sie nach: «Und was hast du von Ann gelernt?»

«Eins zu null für dich.»

«Oh, ich kann noch gröber werden, aber weil ich ein gutmütiger Mensch bin, will ich deine Frage beantworten. Sean sieht gut aus. Ich kann mir einfach nicht vorstellen, mit einem häßlichen Mann zusammenzusein. Mein Ego hängt von seinem Aussehen ab. Er ist intelligent. Er ist zudem so auf seine Karriere fixiert, daß er mich kaum beachtet hat, außer wenn er mich brauchte. Und wenn du es recht bedenkst, wie viele attraktive, gebildete schwarze Männer gibt es hier schon?»

«Jede Menge.»

«In Mittelvirginia?»

«Vielleicht brauchst du mal...»

«Urlaub. Nein. Ich brauche Abwechslung, aber nicht so eine. Ich brauche dieselbe Art von Abwechslung wie du, nehme ich mal an.»

«Gott, das will ich nicht hoffen. Ich kriege keine Abwechslung. Ich kriege Prügel. Heute morgen hab ich unterwegs angehalten, um mir Rühreier und ein Croissant zu holen, und neben mir in der Schlange stand Olivia Marshall, mit der ich in jedem Komitee zusammengearbeitet habe, außer in der King-James-Sache, und sie ist von mir abgerückt, hat nicht einmal hallo gesagt. Als hätte ich die Pest. Wenn wir nicht mitten in

Bodos Laden gestanden hätten, ich hätte sie zur Rede gestellt, aber das ist es ja eben! Sie beziehen ihre kümmerlichen kleinen Freuden daraus, daß sie dich schneiden, wenn du dich nicht wehren kannst, oder daß du als die Hysterikerin dastehst, wenn du dich wehrst. Aber was mir passiert ist, ist ja gar nichts angesichts der Tatsache, daß du mit Sean Schluß gemacht hast. Ich fand ihn irgendwie süß.»

«Was hältst du von meiner Theorie?»

Mandy duldete keine langen Abschweifungen von einem Thema, eine der Eigenschaften, die Frazier an ihr liebte, denn sie selbst war wirklich sprunghaft in ihren Gedanken. «Deine Theorie hat was für sich.»

«Warum hast du dir dann Ann ausgesucht? Was gab es da zu lernen?»

«Moment mal. Du hast mir nicht gesagt, was du von Sean gelernt hast.»

«Daß Männer egoistische Schweine sind.»

«Ach komm. Das ist nicht wahr.»

«Du hast leicht reden. Du wirst nie mit einem Mann leben.»

«Man kann nie wissen.» Fraziers grüne Augen leuchteten auf.

«Was ich gelernt habe?» Mandy ging auf und ab. «Okay, ich habe gelernt, daß die Verpackung, egal, wie phantastisch sie für dich und andere aussieht, nicht so wichtig ist wie der Inhalt. Ja, ich weiß, das ist eine Platitüde. Aber trotzdem muß man diese Erkenntnis erst mal verinnerlichen. Etwas intellektuell zu wissen nützt gar nichts, wenn es nicht hiermit verbunden ist.» Sie klopfte sich auf den Bauch.

«Bin ich jetzt dran?» Mandy nickte, und Frazier ergriff das Wort: «Ich habe nie vorgehabt zu heiraten. Der Rest der Welt scheint zu zweit herumzulaufen, aber ich kann dieser Pärchenwirtschaft nichts abgewinnen. Ich hatte mir mein Leben als eine Reihe von diskreten Affären vorgestellt. Hin und wieder fand ich jemanden, der mich einigermaßen faszinierte, mit ihr oder ihm – aber ich habe eigentlich immer Frauen bevorzugt – bin ich dann ins Bett gegangen, und sobald sie auf eine Dauerbindung drängte, habe ich die Beziehung so höflich wie möglich beendet. Ann liest viel, was heutzutage ein großer Pluspunkt ist. Man kann mit ihr anregende Gespräche führen, obwohl sie ständig versucht, sich und alle anderen zu analysieren, aber mal abgesehen von dieser Selbstbesessenheit, hat sie einen regen Verstand. Sie mag Golf. Sie mag Museen und geht gerne ins Theater. Das schien mir eine ganze Menge.» Frazier drehte die Handflächen nach oben.

«Hast du sie geliebt?»

«Natürlich nicht. Sie ist nicht sehr liebenswert.»

«Sean auch nicht, aber dasselbe würde er vermutlich von mir sagen.»

«Hoffentlich finden andere Menschen sie liebenswert. Ich meine, ich behaupte nicht, daß Ann theoretisch nicht auch liebenswert sein könnte, aber für mich oder zu mir war sie es nie – jetzt bringe ich schon die Präpositionen durcheinander. Gott, ich hasse Grammatik.»

«Die, die in der Schule gut in Grammatik waren, waren genauso schlimm wie die ewigen Sieger in Rechtschreib-Wettbewerben. Richtige Streber», stimmte Mandy zu. «Wie auch immer, wir sind, wie wir sind. Das interessante ist, was immer wir gelernt haben, sie werden es leugnen. Sie haben ihre Version von der Beziehung, und die rückt uns in ein ziemlich schlechtes Licht.»

«Ann muß da ja vorsichtig sein, denn nichts wäre für sie schlimmer, als wenn jemand von uns erführe. Sie muß wohl in ihrem eigenen Saft schmoren.»

«Man soll die Rachsucht des Menschen nicht unterschätzen, ebensowenig wie seinen ewigen Drang zur Selbstbedienung. Alle haben lautere Motive. Jeder ist das unschuldige kleine Gänseblümchen in einem Feld voll Scheiße. Es ist ja so ehrenvoll, das Opfer zu sein, besonders das Liebesopfer. Frauen suhlen sich in der Opferrolle, und Männer, die sich mit verletzter männlicher Eitelkeit quälen, versuchen, darüber hinwegzuspielen. Ach, wie wir uns zu den Höhen postamouröser Vorwürfe emporschwingen.» Ihre Hände bewegten sich in Spiralen aufwärts.

«Wie Berninis vier Bronzesäulen, die sich im Petersdom zu Michelangelos Domkuppel hochdrehen.»

«Du lieber Himmel, wovon redest du?»

«Deine Handbewegung» – Frazier wiederholte sie – «hat mich an die Säulen erinnert, und irgendwie finde ich, daß diese Wut, diese Zurückweisungen, die Fundamente für die Dome der Menschen sind, wenn du so willst. Ihre Identität hängt von ihrer Opferung ab. Nimmt man ihre Klagelitaneien fort, ihre Novenen über das, was ihnen angetan wurde, fällt die Kuppel in sich zusammen. Krach. Bumm. Peng. Sie müßten auf einem neuen Fundament aufbauen. Sie müßten Menschen sein statt schmierige Profanheilige.»

«Meine Güte, du bist aber heute in Fahrt – und ich dachte, ich bin diejenige welche.»

«Mandy, ich bin nie konventionell gewesen. Im Religionsunterricht wollte ich immer Beweise: Beweise dafür, daß Wein und Brot zu Blut und Fleisch werden können, und wenn das geht, dann ist die Kommunion eine kannibalistische Feier, unglaublich primitiv. Ich sehe jetzt ein, daß diese Haltung meine Sünde ist, das Kreuz, das ich zu tragen habe, um im Bild zu bleiben. Das Problem ist nicht, daß ich lesbisch bin, das ist das Stigma, alle können es sehen und vor den Wunden zurückschrecken. Nein, das Problem ist, daß ich sie nicht mag, ich will etwas anderes als sie, und das können sie nicht ertragen. Sie denken, daß mein Leben ihrem Leben irgendwie schadet, sie halten mich für einen wandelnden Angriff auf ihre Mittelmäßigkeit, und vielleicht sind sie nicht mal mittelmäßig – sie schwimmen bloß mit dem Strom. Wie kann es jemand wagen, einen anderen Weg zu gehen? Und meine Antwort ist, was soll ich anderes tun? Irgend jemand muß doch vorwärtsdrängen.»

«Der künstlerische Drang.»

«Ich bin keine Künstlerin, wobei ich wenigstens das große Glück habe, von Kunstwerken umgeben zu sein. Nein, es ist ein Drang zur Unabhängigkeit. Frauen haben nicht unabhängig zu sein, und Männer in Wirklichkeit auch nicht. Sie werden ja auch geopfert, sie sind Futter für die Betriebe, wo sie zu rotem Brei zerrieben werden, pulverisiert von langweiligen Versammlungen, in Würfel geschnitten von hausinterner Politik, in Sorge um ihre Kinder und wie sie sie ernähren können und allzuoft belastet mit einer Frau, die ihnen eigentlich zur Seite stehen sollte. Hat sie die Vierzig überschritten, wendet sie sich rachsüchtig gegen ihn und wirft ihm vor, ihr die besten Jahre ihres Lebens gestohlen zu haben. Was hören wir nicht alles von Frauenopfern. Und von Männeropfern? Siehst du nicht, daß das ganze System darauf ausgerichtet ist, uns zu Schafen zu machen? Wir kriegen Kinder. Wir leben nicht in Großfamilien, darum braucht jede kleine Einheit einen Kühlschrank, einen Herd, zwei Autos und ein Haus. Du siehst, wie das eskaliert. Also marschieren wir geschlossen zur Bank und leihen uns Geld für diese unentbehrlichen Dinge, und so machen wir uns noch mehr zu Sklaven des Betriebes oder was immer es ist, wo wir unseren Unterhalt verdienen. Und abends schleppt man sich dann nach Hause und schiebt sich was in die Mikrowelle. Da draußen findet eine ganze Generation, daß Hamburger wie Pappendeckel schmecken! Und das soll Unabhängigkeit sein? Ich habe eher das Gefühl, wir sind wie Hamster in einem goldenen Käfig, die sich in ihrem Laufrad abhetzen und nicht vom Fleck kommen. Kein Wunder, daß uns Cowboys so faszinieren. Der Cowboy ist ein Wesen, das von unserer Realität am weitesten entfernt ist. Kein Heim.

Keine Qualifikation, außer der, mit dem Lasso Vieh einzufangen. Kein Familienleben. Keine Therapeuten. Kein Gesichts-Lifting. Keine Probleme mit dem Cholesterinspiegel. Ein Leben voll harter Arbeit – aber in Freiheit.» Erschöpft nahm Frazier sich eine Cola und leerte sie in einem Zug.

Zermürbt von diesem tiefsinnigen Vortrag, nahm Mandy sich auch eine Cola. «Gibt es einen Ausweg?»

«Ich habe ihn gefunden – für mich.»

«Du hast ein Haus und ein Auto. Herrgott, du bist reich.»

«An diese Dinge bin ich gekommen, weil ich meinem Herzen gefolgt bin. Es war das einzige Mal, daß ich das getan habe. Aber, Mandy, selbst wenn mir das alles genommen, wenn ich alles verlieren würde, ich habe mich. Mich selbst! Das verdanke ich dem Krankenhaus. Ich richte mich nicht mehr nach den Vorschriften.»

«Das hast du nie getan.»

«Von wegen. Ich bin mit meinem Leihbegleiter überallhin getrabt. Ich habe selten gesagt, was wirklich in meinem Herzen vorging, weil ich aber dauernd erzählt habe, was mir durch den Kopf ging, dachten die Leute, ich sei aufrichtig. Nein, das war ich nicht. Ich habe mein Gewissen heruntergeschluckt, um zurechtzukommen, um mich an Leute anzupassen, die ich nie zum Essen einladen würde, und auch, um meiner Mutter zu gefallen. Schlimm genug, daß ich sie heimlich verachtet habe, weil sie so waren, so durchschnittlich. Schlimmer noch, ich habe mich selbst gehaßt, weil ich sie in ihren Vorurteilen bestärkte. Ich habe über Schwulenwitze gelacht. Ich habe mich abgewandt, wenn jemand eine rassistische Bemerkung machte. Ich habe mir die Augen zugehalten, wenn im Einkaufszentrum Betrunkene umfielen. Kleine Sünden, die sich summieren wie die Glieder in Marleys Kette.» Sie griff nach der nächsten Cola, eine revolutionäre Tat, da sie sich sonst nur zwei pro Tag erlaubte. «Ich hatte gehofft, du würdest es anders machen als ich.»

Mandy hielt sich die kalte Dose an die glühende Stirn. «Ich weiß nicht. Das Leben entgleitet einem manchmal. Ich zucke zusammen, wenn andere Schwarze Slang sprechen, wenn einer ‹wif› sagt statt ‹with›. Ich weiß nicht.»

«Sind wir zwei Tauben aus einem Schlag oder Enten auf dem Trockenen?» Frazier lachte.

«Vielleicht beides.» Mandy streifte die Schuhe von den Füßen. «Das Leben ist nicht, wie ich es mir vorgestellt hatte. Als ich klein war, dachte ich, mit zehn Jahren würde die absolute Seligkeit beginnen. An meinem zehnten Geburtstag entdeckte ich, daß ich dazu noch älter werden mußte. Ich war nicht vollkommen. Dann dachte ich, in der High-School richtig beliebt sein, das würde es bringen. Es hat's nicht gebracht. Okay. Die beste Studentinnenverbindung im College, der beste Freund und dann der beste Job. Es ist schwerer, als ich dachte, aber vielleicht ist es auch besser so. Ich dachte einfach, der Tag würde kommen, wo alles sich von selbst fügen würde: Ich würde richtig klug sein, ganz oben, und die Götter würden mich wohlwollend anlächeln.»

«Haben sie auch.»

Im Nebenraum erschütterte ein Donnern die Wände. Mandy trat ans Fenster. «Keine Wolke am Himmel. Komisch.»

«Das kam von dem Bild.»

«Frazier, du hast wirklich eine Macke, was dieses Bild betrifft.» Dennoch ging Mandy, gefolgt von Frazier, nach nebenan.

Das Olymp-Gemälde wirkte noch gewaltiger als zuvor, majestätisch wie Berninis Säulen im Petersdom, massiv wie eine Rodin-Skulptur und doch leicht, erfüllt von Licht und Lachen. Zeus erschien in diesem Licht besonders imposant. Er war im wahrsten Sinne des Wortes jovial. Frazier mußte unwillkürlich lächeln, als sie seine fröhliche Miene betrachtete.

Mandy flüsterte vor sich hin: «Der Herr segne und behüte dich; der Herr lasse sein Angesicht leuchten über dir und gebe dir – Lachen.» Dann lachte sie, ein ehrliches Lachen aus tiefster Seele. «Frazier, wo hast du noch mal dieses Bild her?»

«Hab ich dir doch erzählt – aus einem Bordell in Venedig. Also, es war das Haus von dem Mann, dem ich es abgekauft habe. Dieser Mann sagte, das Haus sei vor dem Ersten Weltkrieg, als er noch ein kleiner Junge war, ein Haus der Lust gewesen. Offensichtlich hat es seine Mutter betrieben. War knapp bei Kasse, der Kerl. Und ich hab mich in das Bild verliebt.»

«Aber wer hat dir davon erzählt?»

«Ein Gondoliere, als wir an dem Haus vorbeikamen. Purer Zufall.»

«Schicksal.» Mandy lächelte Jupiter an. «Es ist zauberhaft. Ich hoffe, daß du es nie verkaufst.»

«Du wolltest schon nicht, daß ich den Ben Marshall verkaufe…»

Mandy unterbrach sie. «Du könntest dich nie von Sir Teddy trennen. Das Bild ist einfach zu schön.»

«Ich mache diese Arbeit, um Geld zu verdienen. Wenn ich jedes Bild behalte, das ich kaufe oder in Kommission nehme, lande ich bald im Armenhaus.»

Mandy zuckte die Achseln. «Vielleicht ist der Olymp eines dieser Gemälde, die das Leben des jeweiligen Besitzers verändern.»

«Und du sagst, *ich* hätte nicht alle Tassen im Schrank. Jetzt kommst du mir mit mystischen Thesen. Liegt das an der Trennung von Sean?»

«Sehr komisch.» Mandy legte einen Finger auf Jupiters Lippen. Sie fühlten sich warm an. Das mußte wohl von den Lampen kommen, die das Bild anstrahlten. «Weißt du, ich wette, er kannte Susanna im Bade.»

«Heute wäre sie Susanna im Bidet.»

Mandy boxte Frazier in den Arm, dann lachte sie wieder, kräftiger, lauter. Jupiters strahlender Glanz legte sich um ihre Nase, breitete sich in ihren Lungen aus. «Ach, was soll's», dachte Mandy, «wir leben, bis wir sterben, und wir werden noch lange genug tot sein, also halten wir uns lieber ran; halten wir uns einfach ran und überlassen den stumpfsinnigen Arbeitstieren die Sorge, sie könnten albern sein. Wir sind nicht lange hier, aber es kann eine verdammt schöne Zeit sein.»

37

Die Fastenzeit zog sich hin wie immer, und Frazier brachte mehr Opfer, als sie beabsichtigt hatte. Sie kaufte Carters flammend lackierten Ford F 150 mit Vierradantrieb. Carter brauchte das Geld, und als sie sich vergewissert hatte, daß das Fahrgestell der Karambolage standgehalten hatte, rückte sie 16 000 Dollar heraus, weit mehr, als der Wagen in diesem Zustand noch wert war.

Carter lachte und sagte ihr, da sie nun einen Laster für ihr Laster habe, sei sie eine richtige Abschlepplesbe. Frazier lachte. So unnütz und destruktiv er auch war, Frazier liebte ihren Bruder einfach.

Anschließend stattete sie Dr. Yancey Weems einen spontanen Besuch ab. Weems, der immer noch fürchtete, sie würde es sich anders überlegen und ihn verklagen, sprang auf, um sie mit ausgebreiteten Armen zu begrüßen. Er setzte sich ganz schnell wieder hin, als sie von der Sache mit Carter anfing. Wenn Yancey diese Episode vergessen könnte, sagte

Frazier, und einverstanden wäre, daß Carter die Reparaturen übernahm, dann würde sie nicht im Traum daran denken, ihn wegen seiner falschen Behandlung zu verklagen. Er ging auf diesen Handel ein, was ihm nicht sonderlich schwerfiel. Wenn er Carter verklagte, was würde es ihm schon bringen? Konnte er Wasser aus einem Stein pressen? Carters Haus? Es war nicht mal auf Carters Namen eingetragen. Frank, der wußte, daß sein Sohn auf der ganzen Linie ein Versager war, ließ den Besitz auch nachdem er ihn seinem Sohn als Hochzeitsgeschenk vermacht hatte, auf seinen Namen weiterlaufen. Das wurmte die verschlagene Laura. Was, wenn Carter sie verlassen würde? Wenn er die Scheidung einreichte? Sie konnte sie unter diesen Umständen auf keinen Fall einreichen, egal, was der Kerl anstellte. Sie würde ihr Haus verlieren. Früher oder später würde Frank, der zwar anständig, aber dennoch ein Geschäftsmann war, das Haus verkaufen.

Unterdessen verbreitete die vor Angst zerrissene Ann in der ganzen Stadt das Gerücht, Frazier habe sich einmal an Laura herangemacht; Laura jedoch, eine Seele von einer Frau, habe kein Sterbenswörtchen darüber gesagt, weil Libby und Frank, die Ärmsten, es nicht verkraften würden und Carter seine Schwester umgebracht hätte. Mit dieser Schmutzkampagne stellte Ann unter Beweis, daß sie höchst gerissen war. Hätte sie erzählt, daß Frazier *sie* anmacht, hätte man sie in der Stadt vielleicht scheel angeguckt. So aber konnte Ann, in der man eine Vertraute der gepeinigten Laura sah, als gute Freundin Punkte sammeln, und auf Lauras Name fiel noch mehr Glanz. Kein Zweifel, Laura war auf dem besten Weg, Präsidentin des Garten-Clubs zu werden, emporgetragen von den Märtyrerinnen der Stadt, ein Nimbus, der um so strahlender war, als Laura selbst niemals klagte.

Diese Geschichte kam Ruru zu Ohren, als sie in Elzroths Gärtnerei Stiefmütterchen einkaufte. Wilfreda Gimble, aktives Mitglied des Jagdclubs, eine winzige Person, erzählte ihr alles in einem Ton, als spende sie ein heiliges Sakrament, das Band, das alle weiblichen Opfer einen sollte. Und welche Freude, Laura Armstrong wurde von beiden, Bruder und Schwester, zum Opfer gemacht, und dann, o äußerste Ekstase, ging es auch noch um Sex. Dieser Skandal war zu schön, um wahr zu sein. Wilfreda hatte ihren gesellschaftlichen Status dadurch errungen, daß sie von Katastrophen immer als erste erfuhr. Sie war darauf spezialisiert, sie schwelgte darin, sie ließ die Nachrichtensprecher und alle anderen aufgedonnerten Figuren im Fernsehen wie Waisenknaben aussehen. Im Theater ihres Ehrgeizes, die erste in Sachen Horrornachrichten zu sein, lief eine hochkarätige Vorstellung. Sie senkte die Stimme, als sie sich an Ru heranpirschte. Sorgenfalten furchten ihre kleine Stirn.

«Oh, Mary Russell, du bist wohl auf dem Frühstart in den Frühling?»

«Du offenbar auch, Wilfreda! Wie geht's deinen Pferden?»

«Gut. Wenn ich dich doch nur auf ein Pferd kriegen könnte, Mary Russell. Man ist immer nur so alt wie das Pferd, das man reitet. Reiten hält uns Mädels jung.» Herzhaftes Gelächter. «Sag mal, mir tut diese schreckliche Dreiecksgeschichte mit Carter, Laura und Frazier ja so leid.»

Ru stellte ihre Steigen mit lila Stiefmütterchen auf die Erde. «Was für eine Dreiecksgeschichte?»

Theatralisch legte Wilfreda die Hand aufs Herz. «Ach du liebe Zeit, hast du es noch nicht gehört?»

«Offenbar nicht. Aber du kannst ja wohl kaum erwarten, es mir zu erzählen. Also schieß los. Ich möchte es lieber von dir hören als von jemand anderem.» Das stimmte. Wilfredas geheuchelte Gefühle waren für sie immer wieder ein Phänomen. Sie betrachtete Wilfreda mit geradezu wissenschaftlichem Interesse, so, wie ein Entomologe eine Küchenschabe beobachtet.

«Frazier hat sich an Laura herangemacht, die Arme.»

Ruru warf den Kopf zurück und lachte schallend. Das brachte Wilfreda durcheinander, die in ihrer Strategie darauf angewiesen war, Entsetzen und tiefe Besorgnis auszulösen, auf daß sie dann jedem, dem sie in der folgenden Woche begegnete, auch noch Rus Reaktion mitliefern konnte. Jetzt geriet das ganze Konzept durcheinander. «Da schmückt sich Laura aber mit fremden Lorbeeren!»

«Wie bitte?» Wilfredas Stimme wurde frostig. Jetzt würde sie womöglich einen Rückzieher machen und so tun müssen, als stimme mit Ru etwas nicht oder als habe Ru sie mißverstanden.

«Meine Nichte hat einen besseren Geschmack, Wilfreda. Ich bezweifle, daß sie sich an Laura heranmachen würde, und wenn Laura die einzige Frau auf Erden wäre. Ich kann mir noch immer nicht erklären, warum mein Neffe diese berechnende Zicke geheiratet hat.»

Ruru pfiff auf dem ganzen Heimweg vor sich hin, was Chief, Marco, Toby und Lulu zu harmonischem Geheul veranlaßte. Sie konnte es nicht erwarten, bis ihr Ausdruck «berechnende Zicke» in irgendeiner Form Laura zu Ohren kam.

Carter hatte, wie so viele Männer, eine Frau geheiratet, die seiner Mutter sehr ähnlich war. Da Ruru Libby seit jeher nicht leiden konnte, hatte auch Laura bei ihr kaum eine Chance. Vielleicht hatten Libby und Laura sich beide entschieden, durch einen Mann zu leben, wohingegen Ruru der Meinung war, man müsse schon als eigenständiges Wesen leben. Ein Mann ist ein Partner, aber kein Lebensgrund. Kein Mensch kann die Belastung ertragen, daß ein anderer Mensch sich so auf einen fixiert. Früher oder später verliert die Frau ihre Illusionen, und der Mann erstickt.

Für sie lag es auf der Hand, daß solche Beziehungen zwangsläufig zu gegenseitiger Entfremdung führten. Doch Millionen von Menschen fielen auf den alten romantischen

Krampf herein: Du bist mein alles. Ich kann ohne dich nicht leben. Ich war nichts, bis ich dir begegnete. Und so weiter und so fort.

Sie wendete auf der breiten Straße und fuhr Richtung Country-Club. Warum warten? Warum Frank nicht erzählen, was vorging, und Libby auch, falls die Schmeißfliege zu Hause war.

Und Libby war zu Hause. Sie terrorisierte wieder einmal ihr Hausmädchen, das Silber putzte, den üblichen alten Kram, den Libby in London ersteigert hatte und als Familienerbe ausgab. Und Frank war fast in Ohnmacht gefallen, als er die Rechnung bekam. Es war das letzte Mal, daß er seine Frau allein ins Flugzeug hatte steigen lassen. Nach Europa fuhren sie fortan nur noch gemeinsam, sonst hätte Libby ganz Europa ausgeplündert. Feldmarschall Göring mußte ihr heimliches Vorbild gewesen sein.

«... und das erzählt man sich jetzt in der ganzen Stadt.» Ruru verschränkte die Arme.

«Ich kann es nicht glauben! Ich kann es einfach nicht glauben!» kreischte Libby.

Frank schüttelte den Kopf. Die Kleinlichkeit der Menschen verstörte ihn. Vielleicht war dies einer der vielen Gründe, weshalb er seine Gefühle grundsätzlich für sich behielt. Außerdem war ihm schon vor Jahrzehnten aufgegangen, daß im Grunde niemand wirklich wissen wollte, was er fühlte. Mit Ausnahme vielleicht von Ru und Frazier, aber es war ihm inzwischen zur Gewohnheit geworden, sich nicht mitzuteilen, und Gewohnheiten sind, wie jeder Raucher bestätigen kann, verdammt schwer abzulegen. «Gerüchte haben eine Eigendynamik, aber bei diesem müssen wir wirklich zusammenhalten. Wenn jemand auch nur eine Andeutung macht, müßt ihr sofort zurückschlagen.»

«Könnte Frazier nicht die Stadt verlassen?» schlug Libby vor. «Gott, ist das alles peinlich.»

«Libby, du wirst diesen Blödsinn doch wohl nicht glauben?» Ru war empört.

«Ich weiß nicht, was ich glauben soll. Ich weiß nicht, was diese Lesbierinnen tun, Gott sei Dank.»

«Sie tun, was du und ich mit unseren Männern tun oder getan haben. Nur eben mit Frauen.» Ru hätte Libby erwürgen können.

«Wenn sie's schon unbedingt tun muß, soll sie wenigstens den Mund halten!» fauchte Libby. «Sieh doch, wie mitgenommen der arme Frank schon ist... und alles nur wegen dieser Geschichte.»

«Ich bin überhaupt nicht mitgenommen», sagte Frank, der zwar mitgenommen war, aber nicht wegen Frazier.

«Liebling, du schleppst dich abends von der Arbeit nach Hause, bist ganz grau im Gesicht. Es bricht mir das Herz, dich anzusehen.» Libby übertraf sich wirklich selbst.

Ru glaubte Libby so wenig, wie sie Wilfreda geglaubt hatte. Wenn Libbys Sorge um Frank echt wäre, sollte sie zunächst einmal weniger von seinem Geld ausgeben. «Frazier nimmt mehr als ihren Teil Schuld auf sich, Libby. Carter ist in letzter Zeit auch kein Heiliger gewesen.»

«Der arme Junge. Der Grundstücksmarkt ist im Keller», Libby senkte die Stimme, «und es war natürlich ein Schock, als er das mit Frazier erfuhr. Schließlich hingen sie sehr aneinander, als sie Kinder waren.»

«Und du hast sie bei jeder nur möglichen Gelegenheit gegeneinander ausgespielt.» Die Sehnen an Rurus Hals traten hervor.

«Mädels, wir kommen vom Thema ab.» Frank war mit seiner Schwester einer Meinung, hütete sich aber, dies zu sagen, denn dann würden die nächsten Monate mit Libby zur reinsten Hölle. «Ruru, Menschen sind wie Geier. Sie ernähren sich von anderen Menschen, um ihre eigene Leere zu füllen.»

Beide Frauen starrten Frank an, verblüfft darüber, daß er plötzlich philosophierte.

«Oh, Frankie...» Tränen standen in Rurus Augenwinkeln.

«Sie werden darauf herumkauen, bis ein neuer Skandal daherkommt, und dann kauen sie auf dem herum. Wenn es jemand wagt, schlecht über mein Mädchen zu reden, dann gnade ihm Gott, ich zerschlage ihm die Fresse!» Er knallte seine Zeitung auf den Sessel und stand auf.

«Nicht, Schatz, reg dich nicht auf», gurrte Libby.

«Was heißt hier aufregen. Ich bin hier geboren und aufgewachsen. Ich arbeite hart. Meine Tochter arbeitet hart, und sie hat was aus ihrem Leben gemacht. Und Carter, na ja, vielleicht kommt er ja auch noch auf einen grünen Zweig. Ich war streng zu ihm, aber vielleicht sind Väter ja grundsätzlich streng zu ihren Söhnen. Und dies soll nun der Dank dafür sein? Ich soll zusehen, wie Frazier von Geiern zerpflückt wird, von denen ihr keiner auch nur annähernd das Wasser reichen kann? Weiß ich denn, worum es bei diesem lesbischen Zeugs geht? Mein Gott, ich kann mich kaum an mein eigenes Geschlechtsleben erinnern!»

Libby wurde rot. «Nicht, Schatz, du darfst dich nicht echauffieren.»

Er fegte an seiner Frau vorbei. Schon in den ersten zwei Ehejahren war ihm klargeworden, daß diese Frau ein hohler Kürbis war, aber Frank hatte vor Gott und den Menschen ein Gelöbnis abgelegt, das er nicht brechen wollte. Und als er erkannte, daß er tatsächlich allein auf der Welt war, hatte er für einen Sohn zu sorgen. In seiner Generation dachte man nicht gleich an Scheidung. Frank entdeckte Golf, und als dann Frazier kam, war da wieder ein weibliches Wesen, das ihm das Herz stahl.

«Frank, ich verstehe Frazier.» Libby und Frank waren verblüfft.

«Was meinst du?» Libby kniff die Augen zusammen.

«Frazier muß umsorgt werden. Nicht bemuttert, sondern umsorgt, und das können Frauen besser als Männer. Widersprich mir, wenn du meinst, daß das nicht stimmt, Frank.»

«Nein, du hast vollkommen recht.» Frank war sehr aufgeregt. Libby bemerkte es, hielt aber den Mund.

«Ich schätze, Hormone sind Hormone», fuhr Ru fort, «und zweifellos ist Lust im Spiel. Und die fühlt sich bestimmt nicht anders an als bei uns. Es geht um die tieferen Schichten, um Fürsorge. Sie braucht mehr Hilfe, als wir ahnen. Frazier war das ideale Kind, nur glatte Einser, die beste Sportlerin, Klassensprecherin. Aber wir haben nie in sie hineingesehen. Carter hat fast unsere ganze emotionale Zuwendung in Anspruch genommen. Seine Bedürfnisse waren – und bleiben – offensichtlich. Frazier braucht Fürsorge. So einfach ist das.»

Libby spürte, daß dies eine listige Attacke auf die Ausübung ihrer Mutterrolle war. Aber Ru hatte so klug formuliert, daß sie nicht recht wußte, wie sie zurückschlagen sollte. Libby schäumte.

Franks Stimme zitterte. «Könnte ich nur die Jahre zurückhaben.» Ru ging zu ihrem Bruder und legte ihm den Arm um die Schultern. «Hätte ich mich nur mehr um meine Kinder gekümmert.»

«Dummes Zeug, du warst ein guter Vater.» Libbys Verteidigung war in Wirklichkeit eine Anklage.

«Wißt ihr, zu unserer Zeit, zu meiner Zeit», er lächelte schwach, «haben wir uns über so was keine Gedanken gemacht. Ich dachte, es genügt, wenn ich Geld verdiene, und manchmal bin ich mit den Kindern angeln gegangen. Heute weiß ich, daß ich einen Fehler gemacht habe. Ich habe meine Kinder verloren.»

«Das hast du nicht.» Libbys Oberlippe kräuselte sich.

«Vielleicht wollte ich die emotionale Verantwortung

nicht. Vielleicht war es einfacher, sie auf meine Frau abzuwälzen.»

«Frank, du bist zu streng mit dir. Es ist doch natürlich, daß man als Mutter eine stärkere Bindung zu den Kindern hat. Das hat die Natur so eingerichtet», sagte Libby. Sie vergaß natürlich zu gerne, daß ihre Bindung an Frazier sich durch Feindseligkeit auszeichnete und daß diese Feindseligkeit wohl zum Teil auf Fraziers Jugend und Schönheit zurückzuführen war. Die Tochter hatte die Mutter übertroffen.

«Es ist nie zu spät, Frank.» Ru umarmte Frank und bemerkte, wie schmal er geworden war. «Und du hast es so gut gemacht, wie du konntest, den Bedingungen entsprechend. Mehr kann man nicht von sich verlangen.»

«Das hört sich an, als hättest du es in einer Kitsch-Serie aufgeschnappt.» Libby rümpfte die Nase.

«Ich mag Frazier, und es gefällt mir, wie sie durchhält.» Ru ließ Frank los. Fast hätte sie zu Libby gesagt, «und dich mag ich nicht», aber das war ohnehin klar.

Frank seufzte. «Diese Stadt braucht ein Klistier.»

38

Trotz der plötzlich aufbrechenden Forsythien und der schwellenden Judasbäume zögerte der Frühling. Graue Wolken zogen durch die Blue Ridge Mountains und verbreiteten ihre Düsternis über Mittelvirginia. Die Rotkehlchen plusterten sich auf, um sich warm zu halten, und die Menschen murrten in ihren Winterpullovern.

Frazier wich den Elementen aus, indem sie durch das überdachte Einkaufszentrum ging, das sie normalerweise mied. Aber ihre Lieblingskörperlotion, «Progress» von Lancôme, war ihr ausgegangen, und das einzige Geschäft, das das teure Produkt führte, lag im Einkaufszentrum. Es war halb sieben Uhr abends, und das Zentrum vibrierte von klappernden Absätzen, dem langsamen Schlurfen halbwüchsiger Jungen in hochmodischen Turnschuhen und dem gelegentlichen gemächlichen Stapfen von Spaziergängern, denn auch ältere Leute beteiligten sich an der Orgie des Kommerz.

Frazier ging an zwei Sportschuhgeschäften vorbei, die Turnschuhe zu maßlos übertriebenen Preisen verkauften, vor allem die, für die ein Basketball-Spieler seinen Namen hergab. Basketball, das von Chromosomen gespielt wurde, fesselte die Verkäufer von Reebok, Nike, Puma und diversen anderen Marken. Gleich neben den Sportschuhgeschäften waren die Boutiquen, rammelvoll mit Männern und Frauen, die sich durch die Frühjahrssonderangebote wühlten. Der Geruch nach Schokoladenplätzchen, Joghurt und McDonald's drang ihr in die Nase. Das war schlimm genug, aber noch unerträglicher war der Geruch in der Kosmetikabteilung von Stone und Thomas, einem für ein solches Einkaufszentrum an sich sehr seriösen Geschäft. So mußte es in billigen Puffs in Paris riechen, ein bezeichnender Duft, geschwängert von lüsterner Verheißung.

Eine hübsche rothaarige Kundin, höchstens Anfang Dreißig, die ihre Haare so ernst nahm, wie nur Texanerinnen ihre Haare ernst nehmen können, stand über die Theke gebeugt da und reihte Flakons mit Red, Opium, Poison und Cinnabar vor sich auf. Obwohl sie der Frau nie begegnet war, wußte Frazier, daß es sich um Sarah Saxe handelte. Die Aussicht auf ein Gespräch lockte sie, vermutlich so, wie Circe die Seeleute angelockt hatte.

Frazier griff nach einem Flacon Ysatis. Sarah, eine freundliche Natur, sagte munter: «Das hab ich nie probiert, aber eins steht fest: Giorgio habe ich gründlich satt.»

«Zu aufdringlich.» Frazier lächelte, und wenn sie lächelte, hatte sie eine sehr starke Ähnlichkeit mit ihrem Bruder.

«Kennen wir uns nicht?» Dies mußte wirklich der älteste Anmachsatz der Weltgeschichte sein.

«Nein, aber ich glaube, Sie kennen meinen Bruder.»

«Oh.» Sarah strahlte unschuldig.

Frazier staunte, wie offen diese Frau war, so ganz anders als Laura. «Ich bin Mary Frazier Armstrong.» Frazier streckte die Hand aus. «Aber alle nennen mich Frazier, außer Carter, der nennt mich Schwesterherz.»

Sarah nahm ihre Hand. «Sie sehen aus wie Zwillinge. Kein Wunder, daß ich dachte, ich würde Sie kennen.» Sie zog ihre Hand rasch zurück, besorgt, Frazier könne sie verurteilen, weil sie eine Affäre mit ihrem Bruder hatte; Frazier hingegen dachte, Sarah war reserviert, weil sie gehört hatte, daß sie lesbisch war.

«Ja, das sagen alle.»

«Ich, äh, ich freu mich, Sie kennenzulernen.»

«Ich freu mich auch, Sie kennenzulernen, und, Sarah, wenn Sie meinen, ich hätte was dagegen, daß Sie mit meinem Bruder zusammen sind, dann irren Sie sich. Seine Frau ist ein hinterhältiges Miststück. Sie machen ihn wenigstens glücklich.»

Sarah sah sich um. «Möchten Sie eine Tasse Kaffee? Hier werden wir offenbar sowieso nicht bedient.»

«Bis wir hier unser Parfum kriegen, sind wir in den Wechseljahren.»

Sarah lachte. «Da haben wir viel Zeit.»

«Zeit. Wir haben vermutlich noch fünfundzwanzig Jahre, und ich möchte gerne wissen, wozu eine Lesbe eine Periode braucht.»

Sarah bog sich vor Lachen. Sie hatte nicht gedacht, daß

Frazier so offenherzig war. Aber gewöhnlich war Frazier auch nicht so, und sie hatte noch nie in der Öffentlichkeit so von sich gesprochen. Aber vielleicht konnten die beiden Frauen deshalb so offen miteinander reden, weil sie beide gefesselt waren von der Vorstellung einer Liebe ohne Fesseln.

«Sie sind überhaupt nicht so, wie ich Sie mir vorgestellt hatte», bekannte Sarah, als sie sich an einen Tisch setzten.

«Sie schon.» Frazier faltete ihre Serviette auseinander.

«Oh...»

«Und ich bin begeistert. Ich bin so froh, daß er sich nicht noch so eine propere Virginia-Frau angelacht hat, eine, die ihren Stammbaum kennt, die anderer Leute Stammbaum kennt und im Frühjahr Rosa trägt.»

«Tja!»

«Sie sehen mir sehr nach einer Texanerin aus, Süße.»

«Und Sie sehen aus wie ein *Vogue*-Covergirl. Carter hat mir nie erzählt, daß Sie schön sind.»

«Keine Schwester ist in den Augen ihres Bruders schön, schätze ich.»

«Haben Sie sich wieder versöhnt?»

«Oh, Carter und ich sind die besten Freunde, außer wenn wir Feinde sind.»

«Er ist auf jeden Fall heilfroh, daß Sie den Wagen gekauft haben.» Sie bestellte Kaffee; Frazier entschied sich für Perrier. «Zu spät für Kaffee?»

«Ich würde die ganze Nacht auf sein.»

«Bei mir wirkt er nicht, weder so noch so.» Sie sah Frazier an. «Als Carter mir diese – Geschichte erzählte, hab ich ein paar Witze gerissen, Lesbenwitze, aber ich meinte es eigentlich nicht so.»

«Das brauchen Sie mir nicht zu sagen.»

«Ich weiß, aber ich habe so ein Gefühl, als ob ich Sie kenne. Es ist verrückt. Immerhin, ich habe schon den einen oder anderen Dreier hinter mir, deshalb weiß ich vielleicht ein bißchen mehr über die Materie als Carter – ich habe ihm übrigens noch nichts davon erzählt.»

«Ist dies ein sexuelles Geständnis? Wenn ja, will ich alles hören.» Frazier beugte sich vor. Sie begriff instinktiv, warum Carter diese Frau liebte. Das Mädchen war weiß Gott eine scharfe Nummer.

«Hm, ja, gewissermaßen. Ich meine, als ich Carter kennenlernte, da dachte ich, meine Güte, was für ein Tier. Ich wollte nur mit ihm ins Bett springen, und es war ganz einfach.»

«Ist es das nicht immer?»

«Ja, schon.» Sarah lachte. «Aber eins führte zum andern, und ich merkte, daß ich diesen Knaben gern hatte, und er war so unglücklich – so unglücklich wie ein Hündchen mit Bauchweh.»

«Haben Sie seine Frau mal gesehen?»

«Einmal. Aber sie kann nicht der einzige Grund für sein Unglück sein.» Sarah traf den Nagel auf den Kopf. «Er glaubt nicht an sich.»

«Ja, ich weiß.»

«Tja, nach gern haben kommt lieben, und ich liebe Ihren Bruder. Dabei weiß ich nicht, was werden soll. Ich will nicht verletzt werden; ich will nicht, daß er verletzt wird; und eigentlich will ich auch nicht, daß seine Frau verletzt wird, aber in Wirklichkeit ist sie mir ziemlich egal, verstehen Sie? Dabei sollte das wohl eigentlich anders sein. Ich hätte es schließlich auch nicht gern, wenn mein Mann mich sitzenließe.»

«Ihr Mann würde Sie nicht sitzenlassen.» Frazier lauschte auf das Klirren der Eiswürfel in ihrem Glas, als die Kellnerin das Wasser vor sie hinstellte.

Sarah lächelte matt. «Das möchte jede Frau gern glauben, aber die Zeit verändert die Menschen, und die Männer werden unruhig.»

«Warum haben Sie nicht geheiratet?»

«Ich wollte nicht. Die Ehe kam mir vor wie eine Falle.»

«Würden Sie Carter heiraten, wenn er Sie fragen würde? Tut mir leid, wenn ich zu direkt bin.»

«Ich weiß nicht. Eigentlich schon, aber seine Trinkerei macht mir Sorgen. Nicht, daß er gemein oder unangenehm wird, wenn er trinkt. Er wird ausgesprochen witzig und bleibt es, bis er umfällt, aber es tut seiner Leber nicht gut.»

«Sie trinken nicht?»

«Jedenfalls nicht in dem Maße.»

«Nun, ehrlich gesagt, er war untreu, solange ich ihn kenne, aber ich glaube, Sie liebt er wirklich. Das ist was Neues.»

«Er liebt mich?» Sarahs unschuldiges Bedürfnis nach Gewißheit war rührend.

«Ich schätze, ich kenne ihn besser als sonst irgend jemand. Er liebt Sie.» Frazier stützte ihr Kinn in die Hand. «Machen Sie ihn zum Star einer ganzen Flut von brillanten erotischen Szenen, und wenn er dabei nicht den Verstand verliert oder sein Teil vollkommen abnutzt, ist er für immer der Ihre.»

«Warum sagen Sie das?»

«Es ist mir gerade in diesem Moment aufgegangen. Er hat Energie, aber er hat eigentlich keine Phantasie. Wenn Sie ihm die Phantasie liefern, vor allem im Bett, muß er nicht mit anderen Frauen schlafen, stimmt's? Und wie wir alle wissen, gibt es keine richtige oder falsche Art, sich zu lieben. Also...»

Sarah schüttelte den Kopf. «Sie sind wirklich ganz anders, als ich Sie mir vorgestellt hatte.»

«Ich bin von mir selber überrascht!»

Sie schüttelten sich vor Lachen, und gerade in dem Moment kam Kimberley Noakes am Tisch vorbei.

«Na, Kimberley, wie geht's?» rief Frazier.

Kimberley blinzelte. «Oh, prima. Ich bin so froh, daß du wieder gesund bist.»

«Das ist Sarah Saxe.» Frazier stellte die zwei Frauen einander vor.

Kimberley musterte Sarah mit höchstem Interesse. «Sehr erfreut. Frazier, gut, daß ich dich treffe. Ich muß dich in nächster Zeit unbedingt mal sprechen.»

«Wegen dem Pfadfinderinnen-Vorstand?»

«Äh, ja. Ich ruf dich morgen früh an, okay?»

«Kimberley, du siehst blaß aus. Wie wär's, wenn ich dir die Quälerei erspare und freiwillig zurücktrete?»

Erleichterung legte sich über Kimberleys bleiche Züge. «Ich hatte nicht erwartet, daß du so verständnisvoll sein würdest, aber du kannst dir vorstellen, in was für einer Lage wir sind, und die jungen Mädchen sind so leicht zu beeinflussen. Es ist sehr bedauerlich, und...» Sie holte Luft, aber Frazier unterbrach sie.

«Soviel ich weiß, Kimberley, sind junge Frauen vor älteren sexuellen Beutejägerinnen ziemlich sicher. Mir fällt kein einziges Beispiel ein, wo so etwas passiert wäre. Mit Männern passiert es dagegen immerzu. Lehrer verführen doch häufiger mal das hübscheste Mädchen in der Klasse.»

«Sehr richtig, Mädchen», tönte Sarah.

«Hör zu, Frazier, ich hab gewußt, daß dich das aufregen würde, wirklich, und es tut mir leid. Ich möchte nicht, daß du auch nur einen Augenblick annimmst, einer von uns würde so etwas von dir denken. Davon kann überhaupt keine Rede sein, aber überleg doch mal, wie es aussehen würde.»

«Hab ich schon. Und deswegen trete ich zurück, Kimberley, aber bedenke bitte eins. Einige dieser Mädchen sind ungeheuer aufgewühlt. Sexuelle Identität ist in dem Alter nicht einfach, nicht mal, wenn du hetero bist. Denk an die Qualen, die ein homosexuelles Mädchen durchmacht. Mit wem kann sie reden? Mit ihrer Familie? Mit dir, Kimberley? Mit ihrem

Pfarrer? Einer Schulfreundin? Meinst du nicht, daß es unter unseren Pfadfinderinnen Mädchen gibt, die darunter leiden, keine Ansprechpartnerin zu haben?»

«Nun ja, ehrlich gesagt, ich habe nie darüber nachgedacht.»

«Niemand denkt darüber nach. Und genau darauf will ich hinaus. Wenn es bei den Pfadfinderinnen oder in Schulen oder Kirchen lesbische Ansprechpartnerinnen gäbe, müßten diese Mädchen wenigstens nicht durchmachen, was ich durchgemacht habe – und auch jetzt noch durchmache. Sie hätten jemand, mit dem sie reden könnten, und wenn's nur meine Wenigkeit wäre.»

Kimberley hatte aufmerksam zugehört und war erschüttert: «Es tut mir leid. Ehrlich.»

«Mir auch. Aber ich bin nicht wütend auf dich. Ich bin auf niemanden wütend. Allerdings macht mir genau das angst. Ich glaube, ich wäre besser dran, wenn ich wütend wäre.»

Als Kimberley gegangen war, blieben Sarah und Frazier noch einen Moment sitzen. «Sarah, ich habe allmählich das Gefühl, den Leuten wäre es lieber, wenn ich gestorben wäre. Dann müßten sie sich mit gewissen Dingen nicht auseinandersetzen. Oder vielleicht ist es eine zu starke Behauptung, daß sie wünschen, ich wäre tot. Vielleicht hätten sie einfach gerne ein Schreiben, das alles, was ich tue, irgendwie entschuldigt.»

39

Mildred Saviano wies in die rechte Spalte der Bilanzen, und Frank sah ihr über die Schulter. Mildred arbeitete seit dreißig Jahren in der Firma. Loyal, tüchtig und in Zahlen verliebt, weil es immer eine richtige Lösung gab, ließ sie jegliche Abenteuerlust vermissen. Aber bei ihm selbst war es ja vielleicht genauso, dachte Frank bei sich. Er stand jeden Morgen um sieben auf. Trank seine erste Tasse Kaffee beim Rasieren. Setzte sich um halb acht zu Libby an den Frühstückstisch, wo sich das Gespräch um den Tagesplan drehte. Er aß eine halbe Grapefruit, zwei Scheiben Toast, trank ein Glas Orangensaft und dann seine zweite Tasse Kaffee.

Mittags aß er meistens einen Imbiß, und bei warmer Witterung verließ er nach Möglichkeit um vier Uhr das Büro, um Golf zu spielen. Zuweilen dachte er, daß Mildred und er gut zusammenpaßten. Libby hingegen gierte nach Aufregung und Macht. Die unaufhörlichen Versammlungen seiner Frau, die Wohltätigkeitsveranstaltungen, Bridge-Runden und Gala-Mittagessen, die Reisebroschüren, die sie auf seine Bettseite warf, ihre Listen mit zu erledigenden Dingen – das alles zermürbte ihn. Wenn sie getrunken hatte, warf sie ihm vor, daß er sie langweile, und er konnte sich gegen die Beschuldigungen nicht wehren. Sich selbst langweilte er nicht. Frank war eben ein Mensch, der wünschte, daß die Züge pünktlich fuhren. Mildred wäre als Partnerin die bessere Wahl gewesen, aber wenn man jung ist, denkt man kaum an Vereinbarkeit.

Frank hatte auf Libbys üppigen Busen, ihre hübschen Beine, ihre feinen Gesichtszüge geachtet. Der Rest war, wie man so sagt, von nebensächlichem Interesse gewesen.

Sein Blick folgte Mildreds Finger, der langsam die Zeile entlangfuhr.

«Diese nicht eingegangenen Zahlungen machen uns kaputt.» Mildred identifizierte sich voll und ganz mit der Firma.

«Ich weiß.»

«Frank, wir schreiben, ich rufe ständig an, aber nichts passiert. Okay, dann ruf ich bei Richardson, Fuqua und Garrick an. Sie schreiben. Sie schreiben noch mal. Wir müssen entweder Druck machen und klagen oder die Rechnungen einer Inkassofirma übergeben und ihnen einen Prozentanteil überlassen – auf diese Weise wird so etwas ja wohl gehandhabt.» Sie steckte sich den Bleistift hinters Ohr.

«Das tue ich ungern.» Er tippte auf eine Zeile. «Pete Barber. Hat sich beim Bauen übernommen. Er hat in Raintree ein Haus stehen, das einen Schätzwert von 725 000 Dollar hat. Er hat tatsächlich überall Häuser stehen, und er muß die Zinsen für die Darlehen zahlen.»

«Das war seine Entscheidung. Ich habe kein Mitleid mit den Bauunternehmern, deren Augen größer waren als der Mund.» Mildred zog den Bleistift hinterm Ohr hervor und strich die Namen an, bei denen etwas nicht in Ordnung war. «Lionel Jacobs. Hat wie wild Bürogebäude hingesetzt. Wozu bloß? Wir sind hier nicht in New York. Und hier, die private Asphaltzufahrt, die du für Fred Vanarmans Haus gebaut hast. Die Zufahrt ist achthundert Meter lang. Er hat mit dem Hintern in seinem großen Sessel bei Strong und Simon gehockt und jedermanns Wertpapierbestand umgekrempelt. Der Markt geht baden, und Fred beschließt einfach, daß du auf dein Geld warten kannst.»

«Ich kenn diese Burschen.»

«Und sie kennen dich. Komm, Frank, laß dich nicht so ausnutzen. Du hast letzten Monat sechs Leute entlassen. Wenn diese Rechnungen bezahlt worden wären, hättest du die Hälfte der Männer behalten können. Seien wir ehrlich, Pete und Lionel gehen davon aus, daß du nichts gegen sie unternimmst. Oh, Frank Armstrong, dieser nette Mensch. So kann es nicht weitergehen. Du hast Kredite für deine Maschinen aufgenommen, vergiß das nicht.»

Er fuhr sich mit der Hand durch das dichte Silberhaar. «Mildred, du bist einfach zu gut für mich.»

«Warum hörst du dann nicht auf mich?» versetzte sie bissig.

«Und ob ich auf dich höre. Was schlägst du vor? Unsere Anwälte oder eine Inkassofirma?»

«Unsere Anwälte. Auf Stundenbasis sind sie teurer, aber jeder kennt jeden. Lionel Jacobs wird nicht im Club Golf spielen wollen, wenn Ned Fuqua im Caddie vorbeirollt, nachdem er die Unterlagen verschickt hat. Verstehst du? Eine Inkassofirma ist weit weg, und obwohl ihre Erfolgsquote hoch ist, ihren Briefen und den anschließenden Verfahren fehlt die Schlagkraft, die unsere Anwälte in unserer Heimatstadt haben.»

«Du hättest in die Politik gehen sollen.»

«Vielen Dank, so tief möchte ich nun wirklich nicht sinken.» Mildred drehte sich mit ihrem Stuhl. Auf der rechten hinteren Ecke ihres Schreibtisches stand ein Foto von ihren Enkelkindern.

«Ich überlasse dir das.» Er seufzte. «Hat sich jemand auf die Anzeige für die Planiermaschine gemeldet?»

«Nein.»

«Hm. Wir setzen sie noch mal rein.»

«Hast du nach eurem Treffen noch mal was von den anderen Bauunternehmern gehört?»

«Äh, nein, und dabei dachte ich, ich hätte einen guten Vorschlag gemacht.»

«Hast du auch, aber du weißt, was ich von Versammlungen halte, besonders von geschäftlichen. Was sich da tut, ist ein großes Nichts, oder schlimmer, es kommt einem immer so vor wie eine Riesenverhandlung, in der am Ende so Nichtiges wie Regeln und Vorschriften zum korrekten Naseputzen beschlossen wird.»

«Schon gut, Mildred, heute willst du's mir aber geben.»

Sie lachte, weil er sie so gut kannte. «Ruf selbst an. Warte nicht drauf, bis ihr euch als Gruppe einig werdet. Ich wette, von den anderen sind längst welche dran. Pickens Oliguy.»

«Das würde er nicht tun.»

«Aber Larry Taylor, dieser kleine Lackaffe. Der hat wahrscheinlich zwischen hier und Neumexiko längst die Telefondrähte heißlaufen lassen.»

«Ich ruf zuerst die anderen an und sag ihnen, was ich mache.»

«Ich wußte, daß du das sagen würdest. Tu's einfach. Es ist leichter, sich zu entschuldigen, als um Erlaubnis zu bitten. Warum fragen? Es war deine Idee!»

«Sie sind meine Freunde.»

«Pete, Lionel und Fred sind auch deine Freunde. Frank, sei mal hart.»

«Ich werd's mir überlegen. Wegen der Anrufe nach Westen, meine ich. Vielleicht hast du recht.» Er verschränkte die Arme. «Ist das alles?»

«Im Prinzip ja. Was du noch wissen solltest, ist, daß der Schmutz über Frazier jetzt wohl in der Stadt herum ist. Wenn er bei meiner Friseuse ankommt, die so alt ist wie Gott, dann weißt du, daß der Klatsch die komplette Runde gedreht hat. Willst du, daß ich jemandem das Gesicht zerkratze?»

«Warum sind die Menschen so?» Frank schüttelte den Kopf.

«Kleinlicher Neid. Frazier ist schön, intelligent – die Kleine war immer die klügste – und erfolgreich. Und dann hat sie plötzlich gezeigt, daß sie auch ein Mensch ist. Die Leute müssen immer über andere herziehen. Dann fühlen sie sich größer, und wenn nicht größer, dann wenigstens nicht ganz so unbedeutend.»

Frank hatte mit Mildred bisher nicht über das Thema gesprochen. Sie verstanden sich so gut, daß er viele Dinge kaum erwähnen mußte. Mildred wußte es einfach. Aber jetzt verspürte er den Drang, etwas zu sagen. «Mildred, ich bin ein Mann. Männer sehen diese Dinge anders. Wenn es um Carter ginge, wäre ich wütend. Er ist mein Sohn, um Gottes willen, aber bei Frazier macht es mir nicht so viel aus.»

Mildred lächelte übers ganze Gesicht. «Klar, kein anderer Mann wird sie kriegen. Du bleibst immer die Nummer eins.»

«So siehst du das?» Frank war fassungslos.

«Gibt es eine andere Frau in deinem Leben, bei der du dich so wohl fühlst wie mit Frazier?» Mildred hatte ins Schwarze getroffen.

«Dich.»

«Ha!» Mildred drehte sich um und schlug ihn auf den Bauch.

«Ehrlich.»

«Du weißt, was ich meine. Wer erfüllt dein Herz? Deine Tochter. Das war schon immer so.»

Frank war beunruhigt. War er wirklich so ein Egoist, daß er sich freute, weil seine geliebte Tochter lesbisch war? «Darüber habe ich nie nachgedacht.»

«Du denkst über vieles nicht nach, deshalb sitze ich ja auch hier und muß mir wegen dieser verdammten Rechnungen die Haare raufen. Es ist gut und schön, daß du schuftest wie verrückt, aber sieh dich auch hin und wieder mal um, Frank – und in dich hinein.»

«Das einzige, was mich an Fraziers Wahl» – er betonte das Wort ‹Wahl› – «stört, ist, daß sie keine Kinder bekommen wird.»

«Und keinen Rechtsschutz. Ich habe in der Zeitung von diesen irrsinnigen Prozessen gelesen. Das könnte ihr auch passieren. Sie gewähren ihr keine Aussetzung der Einkommensteuer und ihrer Versicherungsbeiträge, und sie muß den doppelten Beitrag für jeden Club bezahlen, in dem sie Mitglied ist. Mir scheint, sie hat eine teure Wahl getroffen. Und wenn sie mit einer zusammenlebt, die nicht arbeitet? Viele Frauen wollen nicht arbeiten, besonders in Fraziers gesellschaftlichen Kreisen. Dann muß Frazier die Rechnungen bezahlen. Also, wenn du mich fragst, ich finde, sie hat den kürzeren gezogen.»

«Ja, ich frage dich.»

«Und sie ist so schön, daß sie von Frauen, die sie ausnutzen wollen, geradezu belagert sein wird, du wirst schon sehen.»

«Komisch, ich fürchte, genau das Gegenteil wird der Fall sein.»

«Wie meinst du das?» Mildred machte große Augen, denn es wollte ihr nichts in den Kopf, was von ihrer eigenen Vorstellung abwich.

«Ich fürchte, sie wird ihr Leben allein verbringen. Sie ist ein liebes Kind, ich möchte, daß jemand für sie sorgt, wenn ich nicht mehr bin.»

«Ich will so ein Geschwätz nicht hören.» Mildred schlug mit der Hand auf den Tisch. «Von wegen, wenn du nicht mehr bist. Außerdem, Frank, sie ist finanziell unabhängig, seit sie auf dem College war.»

«Ich weiß, aber ich bin ihr Vater. Ich will, daß sie geliebt wird. Ich will, daß sie beschützt wird. Ich will wissen, daß ich sie jemand Besonderem anvertrauen kann. Ich weiß nicht, ob eine Frau dazu imstande ist.»

«Anscheinend nicht.»

«Warum sagst du das?»

«Sie verdienen nicht soviel wie Männer. Wie können sie füreinander sorgen? Und Männer haben ihre kleinen Vereine, ihre Kumpel. Sie schieben sich gegenseitig Geschäfte zu. Frauen tun das nicht. Wie sollten sie auch? Also wird

Frazier die Verantwortung übernehmen, und das wird beschwerlich, vor allem, wenn sie sich mit irgendeiner Zimtzicke zusammentut, die in Saus und Braus leben will!»

«Mildred, ich wußte gar nicht, daß du so hitzig sein kannst.»

«Ich liebe sie auch, mußt du wissen.»

40

Ich bin keine brave, fröhliche Pfadfinderin mehr», schloß Frazier, die Mandy und Kenny ihre Geschichte erzählt hatte.

«Unerhört», meinte Kenny.

Mandy blieb vor einer vollendet gestalteten antiken griechischen Vase stehen. Das Virginia-Museum in Richmond besaß eine ansehnliche Sammlung von Kunst und Handwerk, die laufend durch wechselnde Ausstellungen ergänzt wurde.

Frazier blieb ebenfalls stehen, um die schwarze Vase zu betrachten. «Patricia Kluge hat eine der weltweit wunderbarsten Sammlungen klassischer schwarzfiguriger und rotfiguriger Vasen.»

Kenny fragte: «Ist sie so sexy, wie alle sagen?»

«Fragst du mich als Frau, oder fragst du mich als Mann?» Frazier stemmte die Hand in die Hüfte.

«Weil du's bist, als Dame», antwortete Kenny.

«Feurig, feuriger Sex. Macht die Männer verrückt. Sie braucht nichts weiter zu tun, als einen Raum zu betreten.»

«Das funktioniert bei dir auch», sagte Mandy.

«Danke für das Kompliment, aber ich wirke eisig. Der

Knalleffekt ist anders, schätze ich.» Frazier ging den Flur entlang. «Mandy, du bist selber ja auch ein ziemlicher Knalleffekt.»

«Stimmt», griff Kenny das Thema auf. «Breite Schultern, schmale Taille, hm, üppiger Busen, wunderbares Gesicht und weiße, weiße Zähne.»

«Alle Schwarzen haben weiße Zähne.» Mandy lachte. Sie wechselte das Thema. «Hör mal, Frazier, ich hab nicht so gründlich Kunstgeschichte studiert wie du. Warum haben auf den Vasen oder Urnen oder Amphoren oder wie die Dinger richtig heißen, so viele Männer Erektionen?»

«Weil sie glücklich sind.»

Kenny surrte mit seiner vollen Tenorstimme: «Dem Anschein nach muß es in Athen lange vor Christus eine Menge glückliche Männer gegeben haben. Zu schade, daß noch keiner Reisen durch die Zeit erfunden hat.»

«Was – bist du mit Courtney nicht glücklich?»

«Wir sind noch nicht soweit, und ich bin aus der Übung. Ich werde mich womöglich vergessen und der Ärmsten sagen, sie soll sich vornüber beugen.» Mandy und Frazier brüllten vor Lachen. Kenny fuhr fort: «Andererseits sollte sie's so vielleicht auch mal versuchen, und irgendwann greife ich bestimmt mal auf konventionellere Methoden zurück.»

«Freut mich zu hören. Der verblichene, unbetrauerte Sean, mein Exfreund – ich meine, er ist nicht wirklich tot, bloß in meinem Herzen –, der war vielleicht konservativ, Hornbrille und so, normaler geht's nicht. Ein richtiger Durchschnittstyp.»

«Ist das der, den du mal als Ken-Puppe mit anatomisch richtigen Teilen beschrieben hast?» erkundigte sich Kenny.

«Nein so hat Frazier Taylor Anderson beschrieben.»

«Nein, nicht Taylor Anderson. Der war vielleicht von der Natur nicht großartig ausgestattet, aber er war okay. Es ging um Sam Krueger, und das ist lange her. Gott, hast du ein gutes Gedächtnis.»

«Ich liebe Weibergeschwätz – Mädels.» Kenny lächelte. «Mein Gefühl sagt mir, wenn es Zeitreisen gäbe, würden wir uns im alten Athen gründlich getummelt haben.»

«Du schon. Die Frauen mußten sich auch damals mit Sexismus und den Kindern herumschlagen.»

«Wie traurig.» Kenny meinte es ernst. Seit er sich dazu bekannte, bisexuell zu sein, vertrat er die Meinung, jeder sollte mit jedem in jeder möglichen Kombination Sex haben. Eine sympathische Philosophie.

«Weißt du, Frazier ist auf dieses Olymp-Gemälde fixiert, das dieselbe Atmosphäre vermittelt wie die Vasen, obwohl es viel später – sagen wir siebzehnhundert Jahre später – gemalt wurde. Jedenfalls ist sie überzeugt, daß das Bild irgendwie lebendig ist, und ich meine, sie hat eine Menge Streß, und deswegen ist es – eine Art Erleichterung.»

«Mandy, verdammt, Kenny interessiert sich nicht die Bohne für das Olymp-Gemälde. Und ich habe nie gesagt, daß es lebendig ist. Ich finde bloß manches daran sonderbar.»

«Zum Beispiel?» fragte Kenny. Er hob seine dunklen, glänzenden Augenbrauen.

«Ach, vergiß es», wich Frazier aus.

«Mitten am hellichten Tag haben wir Donner gehört. Jupiters Gelächter», antwortete Mandy.

«Das habe ich nicht behauptet. Aber es war nicht eine Wolke am Himmel. Ich habe bei der Elektrizitätsgesellschaft angerufen und gefragt, ob vielleicht ein Transformator explodiert ist...»

«Sie war völlig besessen, und dann hat sie bei der Polizei angerufen und gefragt, ob irgendwo eine Bombe hochgegangen sei.»

«Mandy, komm, ich war einfach neugierig. Es war so außergewöhnlich. Jedenfalls wäre mir Jupiters Gelächter als

Ursprung eines Donnergeräuschs immer lieber als eine Bombe. Im Moment geht alles dermaßen drunter und drüber, daß es wirklich befreiend ist, wenn jemand lacht. Ich fänd es schrecklich, wenn das ganze Elend umsonst wäre.»

«Ja, alle sind übertrieben höflich. Wie sagte Tennessee Williams? ‹Ein Schwuler ist ein homosexueller Gentleman, der soeben den Raum verlassen hat.› Bei Frauen ist es ähnlich, denke ich.»

«Es ist wie ein Sog. Ich kann es nicht immer sehen, aber ich kann es spüren.» Frazier ging langsamer. «Ich würde mich besser fühlen, wenn sie aus dem Versteck kämen, all diese Leute, die stumm dasitzen und heimlich ihr Urteil fällen.»

«Ich denke kaum, daß deine Mutter stumm dasitzt und *heimlich* Urteile fällt.» Mandy schnippte mit den Fingern.

«Mutter ist ein Sonderfall. Oh, das hab ich ganz vergessen, der erste Detektivbericht ist gekommen.»

«Und?»

«Nichts.»

«Was für ein Bericht?» Kenny witterte Klatsch, und pikante Geschichten ließ er sich ungern entgehen.

«Mandy hat mir geraten, einen Detektiv auf Laura anzusetzen.»

«Unsere Liebe Frau der Vollkommenheit?» Kenny war verblüfft.

«So vollkommen ist sie gar nicht», verteidigte Mandy ihre Idee. «Sie haßt ihren Mann, und sie haßt auch Frazier.»

«Uii.» Kenny sog die Luft ein. «Schaurig, aber wahr. Glaubst du, sie springt mit einem anderen ins Bett als mit Carter, dem ewig spitzen Superkater?»

«Nein.» Frazier schüttelte den Kopf. «Sie geht zu verschiedenen Ärzten. Abgesehen von ihren diversen Freizeitaktivitäten – Aerobic, Tennisstunden, Bridge, Garten-Club – nur das Übliche.»

«Vielleicht macht sie's ja mit den Ärzten.» Kenny, ganz der

Südstaaten-Gentleman, schritt vor den Damen die Treppe hinunter. Sollte eine Dame den Halt verlieren, konnte der Herr sie so auffangen. Ging man eine Treppe hinauf, hatten die Damen Vortritt.

«Daran habe ich auch schon gedacht.» Frazier funkelte Mandy an. «Du hast mich richtig verdorben, Eisenhart. Aber sie war nicht lange genug in der Sprechstunde, es sei denn, diese Kerls sind Weltmeister im Schnellficken.»

«Das sind die meisten Ärzte», sagte Kenny gedehnt.

«Sprichst du aus eigener Erfahrung?» Mandys Hand glitt über das polierte Geländer.

«Ja.»

«Das zählt nicht.»

«Und wieso nicht?» Er drehte den Kopf nach Frazier um.

«Ihr könnt schneller in eure gegenseitigen, äh, unteren Regionen schießen, als ich eine Strumpfhose anziehen kann.»

«Und du willst mir erzählen, ein Arzt kann nicht schnell mal von vorn in eine Vagina düsen?»

«Klar kann er», sagte Mandy, «aber die Dame seiner flüchtigen Begierde dürfte nicht viel davon haben.»

«Und wie wär's mit der anderen Öffnung?» Kenny drehte die Hand aufwärts.

«Ich bleib bei meiner Meinung», sagte Mandy triumphierend.

«Du liebe Güte. Soll das heißen, wenn ich endlich mit Courtney zu den ersehnten Intimitäten komme, wird ihr oraler Sex gar keinen Spaß machen?»

«Woher willst du wissen, ob sie's überhaupt tun wird?» Frazier trat neben Mandy, als sie die letzte Stufe nahmen.

«Machst du Witze?» Kenny erschrak.

«Nein. Manche Frauen machen das nicht.» Mandy sprang Frazier bei.

«Ihr zwei aber schon.» Kennys Augen blitzten.

«Kommt auf den Mann an», verriet Mandy. «Wenn er nicht scharf ist, mach ich's nicht. Wenn er mir gefällt, okay.»

«Aber macht es euch Spaß?» Kenny liebte es, über Sex zu reden.

«Ich kann mir Schöneres vorstellen», bekam er trocken zur Antwort.

Zwei Augenpaare richteten sich jetzt auf Frazier.

«He, ich bin hier die Lesbe, habt ihr das vergessen?»

«Ach, Scheiße, Mary», konterte Kenny. «Habe ich dich nicht soeben über die Glieder gewisser Gentlemen reden hören, die das Glück hatten, sich deiner Gunst zu erfreuen?»

«Du drückst dich aber höflich aus, Kenny. Warum guckt ihr mich so an? Ob ich gerne blase? Ist das die Frage?»

«Genau.» Kenny nickte.

«Ich hab's geliebt. Von oben bis unten.»

Mandys Augen wurden noch größer. Sie war überrascht, denn da sie es nicht mochte, konnte sie sich nicht vorstellen, daß es ausgerechnet der lesbischen Frazier Spaß machte. «Moment mal. Ich bin hetero, und ich mag's nicht. Du bist lesbisch, und dir gefällt's?»

«Wie hetero bist du eigentlich, Süße?» Wäre Kenny eine Katze gewesen, hätte er in diesem Moment den Schwanz vorne um sich herum gelegt.

Jetzt richteten sich zwei Augenpaare auf Mandy. «Ihr seid beide verrückt.»

«Das will ich hoffen.» Kenny grinste.

«Ich will mal so sagen ...», begann Mandy.

«Mach dich auf was gefaßt, Kenny, ich glaube, wir kriegen eine gepfefferte Ladung Diplomatie vorgesetzt.»

Mandy lachte. «He, vergiß nicht, du bist meine Chefin.»

«Das vergeß ich bestimmt nicht. Also sag schon – die Wahrheit. Auch wenn du meinst, daß es mich kränkt.»

«Ich bin noch nie mit einer Geschlechtsgenossin ins Bett gegangen, aber als ich siebzehn war, hab ich mal im Bootshaus der Uni von Pennsylvania Meredith Burns geküßt.»

«Du mußtest bis nach Pennsylvania reisen, um ein Mädchen zu küssen?» Frazier konnte es sich nicht verkneifen, Mandy noch ein bißchen zu triezen.

«Wir waren zusammen auf dem College.» Sie hielt inne. «Wieso erzähle ich euch das eigentlich?»

«Weil wir gefragt haben, weil es faszinierend ist und weil Sex neben Geld das schönste, das fesselndste, das erinnerungsträchtigste Thema auf der ganzen Welt ist.» Kenny seufzte.

«Ist es lange her, mein Herz?» Frazier hakte ihn auf der linken Seite unter, Mandy auf der rechten.

«Für mich sind zwei Monate eine Ewigkeit. Billy und ich hatten meistens vier-, fünfmal die Woche Sex, und dabei waren wir nicht immer allein.»

«Abartig.» Mandy bemerkte eine Skulptur von Isidore Bonheur, und sie dachte an seine Schwester Rosa, eine Malerin von verhaltener Leidenschaft, einer Leidenschaft, die sich mehr auf Tiere als auf Menschen richtete.

«Sehr. Ich kriegte alle Löcher gleichzeitig gestopft und stopfte selbst die der anderen, die mir oft unbekannt waren – die Personen, nicht die Löcher. Billys Geilheit übertrifft sogar meine eigene, aber was ich wirklich suche, ist vertraute Nähe. Nach einer Weile war Sex mit ihm nur noch Gymnastik – oder Verkehrskontrolle. Ich wollte nur in den Arm genommen werden, so sentimental das vielleicht klingt.»

«In meinen Ohren klingt das einfach schön», gab Frazier zu. «O Mandy, du hast uns nicht erzählt, ob es dir Spaß gemacht hat, Meredith Soundso zu küssen.»

«Wenn ich es erzähle, erzählt Kenny dann von seinen Perversionen?»

«Abgemacht.»

«Meredith Burns war eine prima Küsserin.»

«Aber weiter seid ihr nicht gegangen?» Kenny wollte es genau wissen.

«Nein. Darüber habe ich mir keine Gedanken gemacht. Mädchen können das. Sich küssen, meine ich, und es ganz normal finden. Und wenn du mich fragst, ob ich imstande bin, mit einer Frau zu schlafen – klar. Ob ich es tun werde? Woher soll ich das wissen? Ich bin wie eine Trapezkünstlerin. Ich schwinge mich von einem Freund zum andern. Wenn ich mal in Ruhe überlegen würde, was ich tue, würde ich mir vielleicht auch das überlegen.»

«Serielle Monogamie.» Fraziers Stimme klang ernst.

«Du sagst das, als sei es eine Krankheit.»

«Entschuldige, ich stelle es bloß fest. Es war keine Verurteilung. Im Gegenteil, ich finde, es hat viel für sich. Draußen probierst du es aus, und dann kannst du zu Hause sitzen und dir Gedanken über die perfekte Beziehung machen. Du kannst dich auch ummodeln, weißt du. Gegen deine Neurose ankämpfen. Dir vorstellen, wie die nächste Beziehung aussehen wird. Während du zu Hause sitzt und diese Vollkommenheit herbeisinnierst, steht die Welt nicht still. Und wenn du aus dem Kokon ausbrichst, um dir jemanden zu suchen, ist dieser Mensch nicht vollkommen, und du bist es auch nicht. Aber während du da draußen bist und Beziehungen hast und was ausprobierst und liebst und heulst und was sonst noch, sammelst du Erfahrungen, und das ist viel mehr, als ich je getan habe. Ich hatte hier und da eine heimliche Beziehung mit einer, die alles genauso unterdrückt hat wie ich. Intime Freundinnen, na klar, der Inbegriff eines lesbischen Paares, nur daß ich mich nie gepaart habe; gevögelt ja, gepaart nein. Ich tauge höchstens zum Oberfeigling.»

«Das kann man nie wissen, Schwester, das kann man nie wissen», sagte Mandy, und Kenny nickte. «Und jetzt, Mr.

Singer, eine Perversion. Was war das Wüsteste, was du je gemacht hast?»

Er setzte sich auf eine Bank in der Mitte des Raumes. Die zwei Frauen ließen sich rechts und links von ihm nieder, und da der Raum leer war, sprach er mit normaler Lautstärke. «Letztes Jahr ist Billy zu meinem dreißigsten Geburtstag mit mir nach Florida geflogen, und wir haben eine Karibik-Kreuzfahrt gemacht, auf einem irrsinnig großen Pott, der war so lang wie ein Häuserblock in einer Großstadt. Zwei andere Paare sind zu uns gestoßen, lauter schwule Männer, und die ganze Besatzung war auch schwul. Oder bisexuell. Ich meine, wenn du jemand bumst, ist es dir scheißegal, ob er auch Frauen bumst. Mir hat's jedenfalls nie was ausgemacht. An meinem Geburtstag haben wir uns zu einem feierlichen Abendessen hingesetzt, alle im Smoking, und zum Nachtisch wurde das Besatzungsmitglied mit dem größten Schwanz hereingetragen, auf einer mit Trauben und Obst dekorierten Platte. Wir haben erst das Obst geknabbert. Dann haben wir angefangen, ihn zu vernaschen. Dann haben wir uns langsam ausgezogen, und die Männer von der Besatzung haben sich auch ausgezogen, nur daß sie Befehl hatten, ihre weißen Mützen und marineblauen Blazer mit den Messingknöpfen anzubehalten. Oh, der Anblick dieser kräftigen Brustmuskeln, dazwischen ein Rinnsal aus Schweiß! Billy streichelte die Glieder der schwarzen Besatzungsmitglieder. Er streute genüßlich Kokain-Linien auf die erigierten Penisse, und die weißen Passagiere und Besatzungsmitglieder schnupften sie. Dann haben die schwarzen Besatzungsmitglieder und Gäste, ein Paar war gemischt, uns auf den Bauch gedreht und uns Kokain-Linien auf den Hintern gestreut, und dann haben sie geschnupft. Wir haben noch mehr von diesem gesetzlich verbotenen Zeug auf diverse Ärsche gegeben und haben uns nach Belieben reingestürzt ins Vergnügen. Um unsere Erektionen zu halten, haben wir das Pulver auf die Eicheln von unseren Schwänzen gestrichen, was den Erguß hinausgezögert hat, und wir haben uns vereinigt und immer neu vereinigt, in jeder nur denkbaren Kombination und Stellung. Ich konnte am nächsten Tag nicht sitzen. Eine der Regeln der Geburtstagsparty lautete, daß man sowohl werfen als auch fangen mußte, wie beim Baseball. Ich bin kein guter Fänger, und glaubt mir, ich war froh über das Kokain auf meinem armen kleinen Ärschlein. Verdammt, am nächsten Tag hat mir alles weh getan. Meinen dreißigsten Geburtstag werde ich jedenfalls nie vergessen... und keine Angst, safe Sex war natürlich Bedingung. Ich wollte schließlich nicht als Folge meines dreißigsten Geburtstags sterben.»

«Muß sich Courtney Wood auch auf so was gefaßt machen – Kokain von deinem Schwanz schnupfen?» fragte Frazier, während Mandy langsam ihre heruntergeklappte Kinnlade wieder schloß.

«Sieht auf einem weißen Schwanz nicht so gut aus.»

«Das weiß sie nicht.»

«Ich würde lieber ohne Alkohol oder Drogen mit Courtney schlafen. Ich hab das alles satt, und was das – äh, Kreative angeht, glaube ich nicht, daß Frauen da so gut drauf sind wie Männer.»

«Ich muß doch sehr bitten.» Frazier war entrüstet. «Mandy, wollen wir das unwidersprochen durchgehen lassen?»

«Ich habe so was nie gemacht, soviel steht fest.»

«Und du?» fragte Kenny Frazier.

«Auch nicht.»

«Was ist das Wüsteste, was du je gemacht hast?»

«Kenny, ich bin nicht besonders wüst gewesen, wobei das nicht nur daran liegt, daß ich eine Frau bin, und ja, ich gebe traurig zu, daß Frauen unterdrückte Gefangene ihres eigenen Körpers sind...»

Mandy warf ein: «Und wenn man auch noch ungewollt schwanger wird, dann hat man den Salat.»

«Ich weiß nicht. Ich finde es einfach blöd. Ich will nicht unterdrückt sein. Ich will, daß das Leben ein Cocktail aus silbernen, sinnlichen Wonnen ist, aber das kann ich nicht allein schaffen. Wenn ich je die richtige Frau finde, dann lodern aber die Laken!»

«Mandy?» Kenny ließ nicht locker.

Ihre Stimme wurde ganz leise, und sie flüsterte: «Das Wüsteste, was ich je getan habe, ist, daß ich mich – Sean aufs Gesicht gesetzt habe.» Sie wurde rot.

«Gott, wenn das nicht das absolut, eindeutig Beste ist. Sich jemandem aufs Gesicht setzen!» rief Kenny just in dem Moment, als eine Gruppe ältere Leute den Raum betrat.

41

Die Route 64, eine vierspurige Schnellstraße in ost-westlicher Richtung, belebte sich zur Hauptverkehrszeit. Wie buntglänzende Metallic-Ostereier bewegten sich die Fahrzeuge mit weniger als 100 Stundenkilometern voran, aber immerhin bewegten sie sich. Frazier fuhr nach Hause.

Kenny hatte Frazier und Mandy nach Richmond eingeladen, sie konnten auch dort übernachten. Mandy hatte abgelehnt, weil Duncan gefüttert und rausgelassen werden mußte. Frazier hatte sich erboten, den Terrier abzuholen und mit zu sich nach Hause zu nehmen. Duncan, Curry und Basil kannten sich und verstanden sich gut. Mandy war froh über die Abwechslung und sagte zu, zur Freude von Kenny, da die zwei einander gerade entdeckten. Einen Freund oder eine Freundin zu finden war ebenso aufregend, wie eine Geliebte oder einen Geliebten zu finden. Für Frazier waren Freunde wie eine Familie ohne den ganzen Krampf.

Dichter Nebel hüllte die Stadt ein. Als sie am Hyatt-Hotel vorbeifuhr, konnte sie den Gebäudekomplex nicht sehen. Auch das Ausfahrtschild zur Bond Street West war kaum zu erkennen. Der Verkehrsfluß verlangsamte sich noch, als die milchigen, platingrauen Wolken tiefer zur Erde sanken und alles mit einem magischen Glanz überzogen, der ein Gefühl von Geheimnis und Verheißung vermittelte. Das Gefühl bevorstehender Blechschäden wurde ebenfalls verschärft. Viele Autos schossen durch den Nebel und krachten in die Wagen vor ihnen. Als sie an die Auffahrt Parham Road kam, hatte sich der Nebel so weit gelichtet, daß sie wenigstens die entgegenkommenden Fahrzeuge sehen konnte, aber es war, als ob sie die Wolken auf den Dächern transportierten. Leichter Nieselregen besprenkelte Fraziers Windschutzscheibe. In weißrosa Tupfen blühte im Wald der Hartriegel, und schwerköpfige Tulpen, flammend orange, rosa, gelb, magentarot und weiß, winkten bei jedem Windstoß. Das Leben rief. Aber wem? Frazier fühlte sich so allein und verwirrt wie noch nie in ihrem Leben. Das einzig Gute war, daß sie und Carter sich, wenn auch auf verquere Weise, wieder nähergekommen waren.

«Jeden Tag zähle ich die segensreichen Dinge, die mir passiert sind, und jeden Tag sind es ein paar weniger», dachte sie, doch bei genauerem Nachdenken stimmte das nicht hundertprozentig. Sie war gesund. Ihre Freundschaft zu Mandy und Kenny war enger geworden. Ruru hielt zu ihr wie immer. Sie hatte einen Sonderfrieden mit ihrem Vater geschlossen und sich damit abgefunden, daß er sich nie gegen Libby auflehnen würde. Und das hieß auch keine Auflehnung, um Frazier zu beschützen. Als Kind hätte sie diese

Auflehnung wirklich gebraucht, und jetzt brauchte Frank vielleicht sie, sollte er sich die Mühe machen, seine emotionalen Bedürfnisse zu erforschen. Das waren also die segensreichen Dinge. Die unseligen Dinge türmten sich wie Pelion auf Ossa. Das einzige, worauf sie sich besinnen konnte, war etwas, das Tante Ruru früher einmal zu ihr gesagt hatte, um sie zu trösten, weil sie ein Golfturnier verloren hatte. «Du wirst nicht erwachsen, solange du nicht lernst, Gott für deinen Kummer genauso zu danken wie für das, was dich glücklich macht.»

Sosehr sie sich bemühte, Frazier hatte, was ihre Situation betraf, das Stadium der Dankbarkeit noch nicht erreicht.

Der Nebel leuchtete jetzt silbern, und in der Gegenrichtung glaubte sie Andrea Bittner in einem gelben Saab zu erkennen. Die Fahrerin, die Haare zu einem Knoten gedreht und schick angezogen, hätte wirklich Andrea sein können. In dem Volvo Kombi, der dem Saab folgte, saß ein Mann mit lockigem Haar und kantigem Kinn am Steuer. Taylor Anderson. Er rauchte eine Pfeife. Taylor war Pfeifenraucher.

Gebannt von der Prozession, die ihr entgegenkam, musterte sie alle Autofahrer und sah ihnen prüfend in die Gesichter. Eine Prozession von Exgeliebten, Bettgenossen, Feinden, Freunden, Geistern. Eine Prozession von Seelen. Einige von ihnen hatte sie einst an sich gedrückt, einige hatte sie verstoßen, und vor einigen war sie davongelaufen. Konnte das sein? War dies die Realität von Beziehungen? Sie kommen dir in einem Strom entgegen, aber dennoch verfolgt jeder erbarmungslos sein eigenes Ziel?

Und wie viele Geliebte hatte sie gehabt? Keine, wenn sie es sich genau überlegte. Sie hatte mit Leuten geschlafen, angefangen mit einem Studenten in Yale, wirklich ein prima Kerl, aber eben nicht das Richtige für sie. Die erste Frau, mit der sie geschlafen hatte, eine Kreatur mit glänzenden schwarzen Haaren, hatte an der Universität von Miami Meeresbiologie studiert. Verstohlene Vögeleien. Und Vögeleien ohne jede Raffinesse. Sie wußten nicht, was sie taten, besonders Frazier nicht. Sie wackelte herum und fragte sich, ob bei der ganzen schweißtreibenden Angelegenheit wohl etwas Gutes herauskommen würde.

Diejenigen, die auf der Gegenfahrbahn in die Stadt fuhren, aus der sie kam, auf dem Weg zu den Weiden und in die herrlichen Wälder von Virginia, der Mutter der Nation, stolperten auch sie rückwärts in die Zukunft? Wir können die Vergangenheit deutlich sehen oder uns einbilden, sie zu sehen, aber wer kann die Zukunft sehen? Und der Mann mit dem kantigen Kinn, den du heute nacht an deinen Busen drückst, könnte morgen früh als ein gewöhnlicher Typ aufwachen, und sein Herz ist so hart, wie es sein Penis war. Und manchmal wachte sie auf, und sie selbst war der ungewöhnliche Typ. Sie schoß aus ihren Wohnungen und Häusern wie ein losgelassener Windhund auf der Jagd nach einem falschen Kaninchen.

Ein Gefühl der Verlorenheit überkam sie, als der Nebel sich noch tiefer senkte und sie die Gesichtszüge der Menschen, die sie sich als ihre Geliebten vorgestellt hatte, nicht mehr erkennen konnte. Bleibt die Anziehung bestehen? Wenn die Menschen nicht zusammenbleiben können, dann ist das, was bleibt, das Individuum. Wenn alle Beziehungen vergänglich und austauschbar sind, dann mußt du dich selber sehr gern haben, denn das ist alles, was du hast. Frazier dachte darüber nach, und sie hatte sich sehr gern, obwohl sie in ihren dreieinhalb Jahrzehnten auf diesem Planeten noch nie so gelitten hatte wie jetzt. Sie mochte ein dummes Schaf gewesen sein, aber sie war keine Lügnerin. Das war ein moralischer Sieg in dieser Zeit voller Lug und Trug.

Aber die Geliebten, Feinde und Freunde – wohin gingen sie? Wußte sie es, wenn sie bei ihnen war? Und welche wurden ihre Feinde? Laura Armstrong bestimmt. Und Billy –

vermutlich. Und davor die Menschen, die sie zurückgewiesen hatte oder mit denen sie geschlafen hatte, um sich ihnen dann zu verweigern. Die Kunden, die etwas umsonst wollten. Sie hatte sich mit etlichen von ihnen überworfen. Sind Feinde nicht Menschen mit Erwartungen, die du nicht erfüllen konntest? Sie legte es ja nicht darauf an, Laura oder Billy zu verärgern. Sie störten sich an der schlichten Tatsache, daß sie war, wer sie war, daß sie ehrlich ihre Meinung sagte. Sie spielte nicht die Rolle, die sie ihr im Drehbuch ihres Lebens aufdrücken wollten. Vielleicht wußten sie nicht, wer sie war, oder es war ihnen egal. Sie war brauchbar, wenn sie kostümiert war und ihren Text ordentlich aufsagte. Und die Freunde, die sie ziehen ließ? Manchmal entwickelten sich die Menschen in verschiedene Richtungen. Keine Streitereien, keine spektakulären Kräche bestimmten die neue Barriere, kein Gerangel um ein emotionales Elsaß.

Hatte Frazier auf irgendeiner Linie versagt, oder ging es allen Menschen so wie ihr? Die, die hier an ihr vorbeifuhren – zählten auch sie ihre Verluste, fragten sie sich, ob sie einen Freund oder eine Freundin schlecht behandelt, ein Kind grob zurechtgewiesen oder vielleicht nicht deutlich genug zurechtgewiesen hatten? Wie soll man das wissen? Zwei Menschen schlafen im selben Bett, aber sie haben verschiedene Träume. Woher weißt du, ob das, was du sagst und was du vernünftig findest, nicht falsch verstanden, falsch interpretiert, falsch wer weiß was wird? Spricht jeder von uns eine eigene Sprache mit eigenen bunten Metaphern?

Der Verkehr ließ nach, und das Licht, ein glanzloses Silber, wurde schwächer. Der Nebel verdunkelte sich zu einem Preußischblau, und der Regen schlug an die Windschutzscheibe. Frazier beschleunigte, und je schneller sie fuhr, desto mehr hörten sich die Regentropfen wie Gewehrkugeln an. Ein Blitz und ein Donnergrollen erschreckten sie, und sie verstand, warum die alten Griechen einen Donnergott zum Oberhaupt der Götter gemacht hatten. Das Tier in ihr sagte: weglaufen und verstecken. Die Frau des 20. Jahrhunderts sagte: weiterfahren. Sie hatte einen Termin, sie mußte nach einem Faxgerät sehen, einen Terrier abholen, Telefonate führen, und dabei wußte sie wiederum ganz genau, daß das alles nur Schein war. Der Donner indes war echt.

42

Duncan lag neben ihr auf dem Beifahrersitz und schlief. Dieser liebenswerte schwarzhaarige Handfeger liebte seine Mandy. Wenn er Leute nicht leiden konnte, hob Duncan elegant sein Bein und pinkelte sie an. Einmal war er in seiner Abneigung derart in Fahrt geraten, daß er umkippte und schnurgerade in die Luft pißte. Was hochsteigt, muß leider auch wieder herunter, deshalb war Mandy mit ihm ins Badezimmer gesaust und hatte ihn gründlich abgeschrubbt.

Der Regen trommelte ohne Unterlaß. Frazier bog in die Zufahrt ein. Sie hatte sich noch nicht an den Anblick von Carters unterdessen repariertem Transporter in ihrer Garage gewöhnt und erschrak. Sie saß beim Fahren gerne hoch, deswegen war sie letztendlich froh, den Transporter gekauft zu haben, obwohl ihr linkes Bein vom vielen Kuppeln weh tat.

Katze und Hund begrüßten sie stürmisch und tauschten Nasenküsse mit Duncan. Die Hunde hoben hastig ihr Bein, denn sie mochten den Regen nicht. Nachdem sie ihre kleinen Schützlinge gefüttert hatte, ging Frazier ins Badezimmer und nahm ihre großen Ohrringe ab, ihre erlesene Cartier-Panther-Uhr, ihren Siegelring mit dem von Hand in Gold eingravierten Familienwappen und ihren dreifach verschlungenen Ring aus Rotgold, Gelbgold und Weißgold, ebenfalls von Cartier. Als sie ihre Schmuckkassette aufmachte, stellte sie fest, daß vier Paar Ohrringe und eine Halskette fehlten. Ihr wurde übel, als hätte ihr jemand einen Schlag in die Magengrube verpaßt, und sie lief zu der Schublade, wo sie ihr Bargeld aufbewahrte. Unberührt. Dann rannte sie zu dem Schrank, wo sie die Stereoanlage untergebracht hatte. Ebenfalls unberührt.

Erst als sie ihren begehbaren Kleiderschrank betrat und feststellte, daß auch ein Paar Larry-Mahan-Stiefel aus Straußenleder fehlte, ging Frazier allmählich ein Licht auf.

«Ann, verdammt noch mal, was hattest du in meinem Haus zu suchen, und warum hast du meine Stiefel und meine Ohrringe mitgenommen?»

Die Stimme am anderen Ende der Leitung triefte von Selbstgerechtigkeit. «Die waren ein Geschenk von mir, und ich wollte sie wiederhaben.»

«Dann gib mir bitte das Tiffany-Armband zurück, das Lapislazulidöschen», ihr Verstand raste, weil sie sich nicht erinnern konnte, mit welchen Unterpfändern sie Ann während ihres Geschichtchens (wie sie sagte) überschüttet hatte, «und alle Ohrringe, die ich dir geschenkt habe, verdammt noch mal.»

«Du hast mich gekränkt! Du hast mich verletzt, und die ganze Stadt weiß, daß du lesbisch bist. Das habe ich nun davon, daß ich mich auf diesen Schlamassel eingelassen habe. Wer Spaß hat, muß dafür bezahlen.» Ann setzte zu einer kleinen Litanei ihrer Wunden an, der Schrecknisse einer in die Brüche gegangenen Beziehung, als sie ein Knakken in der Leitung hörte.

Frazier legte auf und rief bei Brown an, der besten Schlosserei der Gegend. «Hallo, ich weiß, es ist spät, aber wenn jemand diese Nachricht abhört, könnte morgen vormittag jemand bei mir zu Hause vorbeikommen? Mary Frazier Armstrong in Somerset, 625-9098. Vielen Dank.»

Sie legte auf. Nach fünf zornigen Minuten lachte sie über sich selbst. «Wer mit Hunden schlafen geht, wacht mit Flöhen auf.»

43

Das große Gemälde von Alfred Munnings zierte die Mitte des cremefarbenen Raumes. Eine Dame, die im Damensattel auf einem schönen kastanienbraunen Pferd ritt, betörte den Betrachter von der Mitte der Leinwand her, die, obwohl nicht rosa oder cremefarben, dennoch irgendwie diesen Eindruck vermittelte.

Frazier zeichnete das Bild mit 225 000 Dollar aus, ein durchaus angemessener Preis. Ein Händler rief aus San Francisco an, und sie sah die Dias durch, um eines zu finden, auf dem das Gemälde besonders gut zur Geltung kam. Sie liebte Munnings' Werke: Sein Gespür für Beherrschung und Kraft sprach sie im selben Maße an, wie seine Tiraden gegen die moderne Kunst sie abstießen.

«He, Schwesterherz», rief Carter.

«Hier, im Mittelraum.»

Er marschierte herein; er hatte seine ältesten Jeans an, die mit den vielen Flickenschichten. «Was machst du?»

«Ich verschicke Dias von dem Munnings.»

«Wo ist Mandy? Kann sie das nicht machen?»

«Mandy ist noch bei Kenny in Richmond. Ich hab ihr heute freigegeben. Sie hatte wirklich einen Urlaubstag nötig.»

«Hoffentlich bumst sie ihn nicht. Diese Kerle sind wandelnde Zeitbomben.»

«Sie bumst ihn nicht, und außerdem hat er einen Aidstest machen lassen. Negativ. Und du solltest auch einen machen lassen, bei der Masse Frauen, mit denen du ins Bett gesprungen bist, Brudda.»

«Scheiße.»

«Ich geh mit und laß mich auch testen. Obwohl ich keinen Anlaß zur Sorge habe.»

«Ich muß mir das noch überlegen.» Carter haßte Spritzen, wollte es aber nicht zugeben. «Hast du Dad kürzlich gesehen?»

«Nein. Warum?»

«Ich wollte bloß wissen, ob er gut drauf ist.»

«Wie kann man gut drauf sein, wenn man mit Mutter verheiratet ist?» Sie räumte den Stapel Dias weg.

«Da ist was dran.»

«Carter, spuck's aus, ja? Erstens, du machst ein Gesicht wie ein Honigkuchenpferd. Zweitens, du warst bisher vielleicht fünfmal in dieser Galerie, seit ich sie eröffnet habe.»

«Ich bin öfter hier gewesen.»

«Ja, ja – also?»

«Ich habe Laura verlassen.»

Frazier klatschte unwillkürlich in die Hände. «Entschuldige, Carter. Ich wollte nicht, äh, jubeln über etwas, das vielleicht schmerzlich für dich ist, aber ich habe die Frau nie leiden können, von dem Tag an, als du sie aus dem Studentinnenheim angeschleppt hast.»

«Was soll ich sagen? Sie hat mir die Hose aufgemacht, und mein Verstand ist rausgeflutscht. Immerhin war ich sehr jung.» Er hustete. «Aber ich hab drüber nachgedacht. Sie würde mich nie verlassen. Das ist ihr Glorienschein, weißt du, zusammengekettet sein, bis daß der Tod uns scheidet. Einer mußte gehen, sonst wäre ich im Alkoholsumpf zugrunde gegangen.»

«Willst du mit Sarah zusammenziehen?»

«Nein. Mein Anwalt sagt, ich muß mir sechs Monate lang eine weiße Weste bewahren, sonst kann Laura mich ausnehmen wie eine Weihnachtsgans, bloß daß bei mir nicht viel zu holen ist.» Er ließ sich schwer auf einen «Barcelona»-Sessel an der Galeriewand fallen.

«Läuft das Haus noch auf Dads Namen?»

«Ja, deswegen will ich ihn sprechen.»

Frazier setzte sich auf einen zweiten «Barcelona»-Sessel neben ihren Bruder. Die zwei sahen wie Zwillinge aus. «Wann hast du die rechtlichen Schritte eingeleitet?»

«Jetzt eben. Ich komme direkt von meinem Anwalt.»

«Du machst es genau richtig, Brudda, obwohl dich das ein paar dicke Beulen kosten wird. Laura ist so gemein, wie es nur eine verschmähte Ehefrau sein kann.»

«Es ist mir scheißegal, was sie über mich erzählt. Sollen sie doch alle reden. Also die Armstrongs liefern der Stadt ein richtiges Spektakel.»

Frazier schnippte die Fingernägel ihrer rechten Hand unter die ihrer linken. «Weißt du noch, wie wir das immer gemacht haben?»

«Ja. Und mit den Füßen war's am besten.» Er lächelte bei der Erinnerung, wie sie sich auf diese Weise gegenseitig aus dem Bett zu schubsen versuchten. Der Verlierer rächte sich meistens, indem er eine Kissenschlacht begann.

«Geht's dir gut?» Sie lehnte sich an ihn, ihre Stühle stießen aneinander. «Verlier den Glauben an die Liebe nicht.»

«Ich verliere gar nichts – ich, äh, ich weiß nicht. Ich muß wohl eine Weile ein bißchen kürzer treten. In gewisser Hinsicht kann ich nicht mal richtig wütend auf Laura sein. Sie dachte, wir würden bis in alle Ewigkeit so leben wie das Brautpaar auf der Hochzeitstorte. Ich hab mich nicht als besonders verantwortungsbewußt erwiesen. Sie hat sich vielleicht vernachlässigt oder betrogen gefühlt. Als Reaktion darauf hat sie das Haus so saubergehalten wie ein Museum und immer noch mehr Kurse belegt. Darauf läuft es hinaus, oder? Ich bring die Kohle nach Hause, und die Frau verfeuert sie? Sie hat ihre Hälfte der Abmachung perfekt erfüllt, und ich hab einen Dreck getan.» Er legte seinen Arm um Fraziers breite Schultern. «Tut's dir leid, daß du nicht heiraten wirst?»

«Woher weißt du, daß ich nicht heiraten werde?»

«Ist doch eher unwahrscheinlich, und find ich auch völlig in Ordnung. Für dich ist eh kein Mann gut genug.»

«Hör auf, dich bei deiner Schwester einzuschleimen.»

«Du hast ja recht.»

«Und wenn ich eine Frau heirate?»

Er dachte kurz darüber nach. «Ich hätte nichts dagegen, aber Mom würde es ins Grab bringen.» Er richtete sich gerade auf. «Weißt du, ich hab mich über dich lustig gemacht, als das alles anfing, aber jetzt seh ich das anders. Wenn du mit einer Frau vor den Traualtar willst, okay. Ich habe drüber nachgedacht, ob das mit Sarah falsch ist. Du weißt selbst, was gegen sie spricht, aber sie fühlt sich einfach richtig an. Was in dir vorgeht, ist vielleicht gar nicht so anders. Vielleicht ist es richtig.»

Frazier zuckte die Achseln. «Im Augenblick weiß ich überhaupt nichts mehr, aber komisch, irgendwie fühle ich mich leichter.»

«Meinst du, irgendwo wartet jemand auf dich? Du weißt ja, was Tante Ru immer sagt. Auf jeden Topf paßt ein Deckel.»

«Wer würde mich wollen? Die meisten Homosexuellen, die ich kenne, sind so damit beschäftigt, Heteros was vorzumachen, daß sie sich nicht in meine Nähe trauen. Ich bin mit

Wahrheit besudelt. Mit Teer und Federn der Ehrlichkeit bedeckt. Die Heteros sind wütend, weil ich ihr falsches Weltbild erschüttert habe, und die Homosexuellen haben Angst vor mir, weil mein Handeln auf sie abfärben und ihr Versteckspiel auffliegen könnte. Es ist ein einziger Sumpf, Brudda, und ich werde mein Leben wohl allein verbringen.»

«Du hast doch mich.»

«Die unverwüstlichen Blutsbande, was?»

«Solange wir uns nicht um ein Mädchen prügeln.»

«Blöder Sack.» Frazier lachte.

Er lachte auch. «Ach, was ich dir noch erzählen wollte...»

«Gott, was ist denn nun schon wieder? Wen soll ich diesmal verführt haben?»

«Du hast den Quatsch über Laura also schon gehört?»

«Welchen?»

«Ach du Scheiße.» Er ließ sich gegen die Wand plumpsen.

«Sag's mir, oder ich reiße dir alle Haare einzeln aus.»

«Die Leute munkeln, du hättest Laura angemacht. Ich hab mich totgelacht, als ich das gehört habe.»

Frazier sprang vom Stuhl. «Heilige Scheiße! Das wird ja immer schlimmer. Ich würde deine Frau, von der du dich ja nun endlich trennst, nicht mal anrühren, und wenn sie die einzige Frau auf Erden wäre.»

Er lachte schallend. «Ich auch nicht.»

«Also, was wolltest du mir erzählen?»

Noch immer lachend, sprudelte Carter hervor: «Billy Cicero, dieser Schlawiner, heiratet Camille Kastenmeyer – so in sechs Wochen.» Frazier klappte der Kinnladen herunter. Carter fuhr fort: «Ich hab's drüben am Court Square gehört. Sonntag wird's in allen Zeitungen stehen, von der *New York Times* an abwärts. Unanständig schnell, würde ich sagen. Sie soll schwanger sein, und bestimmt nicht von Billy.»

«Wer weiß? Aber er wird wollen, daß wir ihn für den Vater halten.»

«Nicht zu fassen!»

«Ob Kenny es schon weiß?»

Daran hatte Carter nicht gedacht. «Ach ja. Wird ihn wohl ziemlich kränken.»

«Oder er ist stinksauer. Was ist Billy nur für ein blöder Feigling. Mich meidet er, als hätte ich die Beulenpest, Kenny läßt er einfach fallen, und jetzt will er auch noch dieses arme Mädchen schleunigst in den heiligen Stand der Ehe befördern. Es ist einfach nicht zu fassen.»

«Vielleicht ginge sein Erbe flöten, wenn seine Familie erführe, daß er schwul ist.»

Frazier schnaubte. «Nein, das glaube ich nicht. Aber sein Selbstbild würde ins Wanken geraten. Er liebt es, Geheimnisse zu haben. Er redet sich gern ein, klüger zu sein als andere. Ob er den Leuten weismacht, hetero zu sein, oder ob er sie bei einem Geschäft reinlegt – er sieht es als Zeichen für seine Überlegenheit. Er ist so was von verkorkst, aber vielleicht wird man als Lügner so. Und wenn es einem als Lügner nicht gutginge, würde man doch aufhören, oder?»

«Kann schon sein.»

«So fühlen sie sich schlauer als die anderen.»

«Das ist mir zu hoch. Ich versuche bloß, mich von meiner Frau zu trennen und zu überleben.»

«Das schaffst du schon. Ich mach mir Sorgen wegen des Geldes.»

Er verzog den Mund. «Mein Geld ist müde, es arbeitet nicht mehr für mich.» Er senkte die Stimme. «Ich hatte gehofft, ich könnte für eine Weile bei dir wohnen.»

«O Brudda, ich wußte, als du zur Tür reinkamst, daß du pleite bist. Sie berührte seinen kräftigen Arm. «Komm nach Hause. Wir können uns wieder unter demselben Dach streiten. Da sparen wir Sprit.»

44

Frazier wachte davon auf, daß die Hintertür zuschlug, Curry und Basil wurden ebenso geweckt. Curry kläffte, und Basil schoß vom Bett, um nachzusehen, was los war. Frazier sprang aus dem Bett und sah auf die hübsche emaillierte Cartier-Uhr auf ihrem Nachttisch. 7 Uhr 45. Sie warf sich ihren rotseidenen Morgenmantel um die Schultern und lief die Treppe hinunter. Sie fürchtete, es sei Laura, die mal wieder streiten wollte.

Schlimmer, es war ihre Mutter.

«Wo ist er?»

«Er schläft im Gästezimmer.»

Libby stürmte in den hinteren Teil des Hauses. «Deinetwegen geht es ihm so schlecht. Dein Bekenntnis hat ihn völlig aus der Bahn geworfen. Ich weiß es genau. Er kann nicht mehr klar denken, und...» Sie stürzte ins Gästezimmer.

Frazier stieß den Schlachtruf ihrer Kindheit aus: «Mutter, laß ihn in Ruhe!»

Carter hob den Kopf vom Kissen. Als er seine zeternde Mutter sah, ließ er ihn wieder zurücksinken.

Libby stürmte ans Bett: «Aufwachen! Wach auf und verschwinde von hier. Ich helfe dir packen.»

Carter stöhnte, dann setzte er sich auf. Die krausen blonden Haare auf seiner Brust waren verklebt. «Mom, bitte laß mich in Ruhe.»

Libby zerrte ihn hoch. «Du kommst mit zu mir.»

Frazier lehnte sich an die Tür, gespannt, ob ihr Bruder wohl Widerstand leisten würde.

«Ich bleibe hier.»

«Du kannst nicht hierbleiben. Du weißt nicht, was für Leute Frazier mit nach Hause bringt. Es ist nicht gut für dich.»

«Mom, du hast 'nen Knall.» Frazier verdrehte nur die Augen, aber innerlich kochte sie.

«Du hältst dich da raus. Du hast einen schlechten Einfluß auf Carter. Er hat einen Nervenzusammenbruch. Männer verlassen ihre Frauen, wenn sie einen Nervenzusammenbruch haben, und er kommt jetzt in dieses Alter.» Die Betonung lag auf *dieses Alter*.

Carter schlug die Bettdecke zurück und tappte ins Badezimmer. Daß er nackt war, störte weder Mutter noch Schwester. Er rief aus dem Bad: «Wenn ich hier schon am frühen Morgen eine Abreibung bekomme, brauche ich erst mal meinen Schuß Koffein.»

Frazier zog ihre Mutter vom Bett weg.

«Laß mich los.»

«Komm in die Küche.»

In der Küche, umringt von Carter, Curry und Basil, legte Libby erst richtig los. Das Koffein brachte auch sie auf Touren.

«Du kannst nicht hierbleiben, Carter. Entweder kommst du mit nach Hause, oder du gehst zurück zu Laura. Sie ist eine gute Ehefrau, und sie liebt dich. Du weißt ja nicht, was du tust.»

Er sah sie fest an. «Ich weiß genau, was ich tue, und ich hätte es schon vor Jahren tun sollen. Und ich danke Gott, daß wir keine Kinder haben, so daß ich niemand andern mit in die Scheiße ziehen muß.»

Libby funkelte Frazier an, die strahlend aussah im Morgenlicht, natürlich, ohne Make-up. «Du und deine verfluchten Briefe. Er ist ganz durcheinander. Du hast ihn verwirrt. Du hast ihm Flausen in den Kopf gesetzt.»

«Hab ich nicht!»

«Ich habe den Brief gesehen.» Libby triumphierte.

«Die läßt aber auch keinen Trick aus, was?» Carter meinte seine Frau.

«Carter war immer ein Gefühlsmensch, und du warst die Intellektuelle. Du hast hinterhältig an seine Gefühle appelliert, und ausgerechnet jetzt, wo er in die mittleren Jahre kommt.»

«Ich bin siebenunddreißig!»

«Genau.» Libby genoß die Situation.

«Carter hat früher nie auf mich gehört, warum sollte er jetzt auf mich hören?» verteidigte sich Frazier. «Mom, du kannst es nicht ertragen, daß deine ideale Familie gar nicht so ideal ist. Das ist sie nie gewesen, aber selbst deine Verdrängungskünste genügen nicht für diese Dosis Realität.»

«Halte du mir keine Vorträge, Madam.» Libby hob die Stimme und wandte sich an ihren Sohn. «Sie hat einen schlechten Einfluß auf dich. Man kann nicht einfach hingehen und sein Leben leben, wie es einem paßt. Man muß Zugeständnisse machen. Man muß Opfer bringen. Frazier hat dir in ihrem Brief geschrieben, du sollst abhauen, oder vielleicht hat sie es auch anders ausgedrückt. Das kannst du nicht machen. Du bleibst hier, und du bleibst bei Laura. Sie ist eine gute Ehefrau, und laß dir sagen, eine bessere wirst du nicht finden.»

«Dann leb du doch mit ihr.» Carter, dem es gewöhnlich gelang, die Wut seiner Mutter zu dämpfen, wurde selber wütend.

«Tja, Mom.» Frazier genoß es, daß ihr Bruder mit ihr ins selbe Horn stieß.

Libby ging nicht weiter auf sie ein und langte über den Tisch nach Carters großer Pranke. Carter zog sie zurück. «Laura wird dich wieder aufnehmen. Sie wird diese Frau vergessen. So sind Männer eben. Wir Frauen wissen das. Und sie hat mir geschworen, daß sie nie, niemals ein Wort darüber verlieren wird.»

«Herrgott, ihr zwei gebt ein wunderbares Paar ab.» Carter schob seine Kaffeetasse weg. «Mutter, ich bin kein Musterknabe. Ich steh seit kurzem ohne Geld da. Ich hab die Geduld verloren und meine Zukunftsaussichten obendrein, aber ich fühle mich so gut wie seit Jahren nicht. Seit Jahren. Ich gehe nicht zurück zu diesem steifen Miststück. Ich hasse sie wie die Pest, und wenn du nicht endlich den Mund hältst, hasse ich dich bald genauso.»

Tränen stiegen Libby in die Augen. «Wie kannst du es wagen, so mit mir zu sprechen? Es ist alles Fraziers Schuld. Sie hat schon als Kind gegen mich gekämpft. Jetzt nimmt sie dich mir weg. Mein Junge würde nie so mit mir sprechen.»

«Ja, und vielleicht hat dein Junge deshalb gesoffen wie ein Loch und gevögelt wie Don Juan. Hätte ich ein bißchen Mumm gehabt, dann hätte ich dir schon die Meinung gesagt, als ich auf dem College war. Aber jetzt reicht's mir endgültig. Halt dich raus aus meinem Leben! Halt dich raus aus Fraziers Angelegenheiten. Wenn du deine angebetete Laura uns beiden vorziehst, schön. Aber halt endlich die Klappe!»

Libby stand zitternd auf und steuerte auf die Tür zu. «Ich lasse mich hier nicht von meinem eigenen Sohn beleidigen.» Sie bewegte sich langsam, ihre Würde war verletzt, und sie erwartete, daß Carter sie zurückrief, sich entschuldigte, ihren lauthals verkündeten Schmerz linderte. Doch Schweigen begleitete ihren theatralischen Abgang.

Als die Tür zugeschlagen war, atmeten Frazier und Carter erleichtert auf. Als Libby den Motor startete und der Wagen rückwärts über die Steine knirschte, ließen sie die Schultern hängen.

Frazier ergriff als erste das Wort. «Ich versuche, mich an Augenblicke zu erinnern, wenn sie lieb war.»

«Die Gewittergeschichte», sagte Carter. «Weißt du noch?»

«O ja.» Frazier lächelte. «Ich hatte Angst vor Donner und Blitz, und du hast mich ausgelacht.»

«Ehrlich gesagt, ich glaube, im fortgeschrittenen Alter von sechs Jahren hatte ich wohl auch Angst. Einmal waren wir im

Garten, und ganz plötzlich kam ein Gewitter, schwarz wie ein Rabenflügel, und es stürmte. Mom kam herausgerannt, um uns zu holen, und ich erinnere mich an einen Blitz ganz nah beim Haus. Der Blitz war lavendelblau.»

Frazier erinnerte sich: «Dann hat sie gesagt, wir brauchen keine Angst vorm Gewitter zu haben. Gott spiele bloß Theater für die Engel. Je heftiger das Gewitter, desto größer das Theater. Der Blitz seien die Strahler, die an- und ausgingen, und der Donner seien die Engel, die klatschten, weil ihnen die Vorstellung gefiel.»

«Danach hatte ich keine Angst mehr.»

«Ich auch nicht. Jedenfalls nicht vor Gewittern, vor Mutter schon.» Frazier setzte sich aufrecht. «Und ich hatte jedesmal Angst, wenn sie uns Jahre später die Familiengeschichte der Redingtons erzählte, besonders die von Rachel Redington.

«Erbsen enthülsen.» Carter nickte. «Der Blitz ist in die Schüssel oder das Messer oder was immer es war eingeschlagen. Und ich wäre nie darauf gekommen, daß die Geschichte vom blitzschnellen Ableben unserer Vorfahrin und Moms Gewittergeschichte sich widersprachen. Daß es zwei Erklärungen gab, war einfach ein weiterer Beweis dafür, daß alles passieren kann – absolut alles.»

«Ah, ich hab das so verstanden: So schnell kann's gehen. Komisch, daß wir das beide nie vergessen haben.»

«Wie könnte man so etwas vergessen?» Carter wechselte das Thema. «Weißt du, in meinem Leben gab es bisher immer irgendeine Frau, die mir sagte, was ich zu tun hatte und wie. Manchmal hasse ich sie alle miteinander, und dann hab ich wieder vor mir selber Schiß.» Er hob den Kopf und sah sie an. «Du bist der einzige Mensch, dem ich wirklich vertraue.»

«Ich bin eine Frau, falls dir das entgangen sein sollte.»

«Du bist meine Schwester, und» – er blinzelte – «du bist

lesbisch. Bei dir bin ich sicher, weil du nicht zu diesen Frauen gehörst. Manchmal denke ich, alle Frauen, die heterosexuellen jedenfalls, haben sich miteinander verschworen, um uns Männer zu schwächen und in die Knie zu zwingen, uns niederzumachen, bloß um uns auszunutzen bis zum Gehtnichtmehr.»

«Mein Lieber, im Krieg der Geschlechter komme ich mir vor wie der Schiedsrichter. Ich kann beide Seiten deutlich sehen.»

Er nahm sich einen Blaubeermuffin. «Ich lerne dich ja ganz neu kennen. Bis zum College waren wir die besten Freunde, und dann, na ja, du bist deinen Weg gegangen, und ich den meinen, tja, so ist das eben. Eigentlich bin ich froh, daß alles so gekommen ist. Ich habe mich nie viel um dich oder sonst wen gekümmert.»

«Ich mich auch nicht.»

«Meinst du, das liegt an unserer Erziehung?» Er strich reichlich Butter auf den Muffin, aus dem die Blaubeeren hervorlugten.

Frazier überlegte lange. «In gewisser Hinsicht bestimmt. Ich will es mal so ausdrücken: Wir wurden nie belohnt, wenn wir echte Gefühle zeigten. Weißt du noch, als Onkel Ray starb? Ich war in der vierten Klasse, du mußt also in der sechsten gewesen sein, und wir haben bei der Beerdigung geweint. Mutter hat uns dafür ausgeschimpft. Es wurde uns beigebracht, alles zu verstecken. Du als Mann konntest dich ausleben, wie man so schön sagt. Mir hat man das nicht erlaubt, aber ich glaube, am Ende haben wir uns beide für die Leere gerächt. Ich will nie wieder leer sein. Selbst wenn ich mal am Boden zerstört bin – leer werde ich nicht sein. Diese Leere ist das Schlimmste überhaupt.»

«Macht mir irgendwie angst.»

«Was?»

«Den Schmerz zu empfinden. Deswegen liebe ich den

Alk. Der tötet die Nervenenden ab. Alles gleitet von mir ab.» Er machte mit der Handkante eine Schlitterbewegung.

«Du hattest in deinem Leben wenigstens Gelüste.»

«Dich hat's nach Geld gelüstet. Ist das so ein großer Unterschied?»

«Na ja, meine Gelüste haben Bestand.» Sie lächelte.

«Ja, aber meine haben mehr Spaß gemacht.» Er stand auf und setzte Wasser für eine zweite Kanne Kaffee auf. «Schwesterherz, glaubst du, du hättest dich geändert, wenn du nicht geglaubt hättest, sterben zu müssen? Ich meine, hast du dagelegen und mit Gott verhandelt, du weißt schon, ‹lieber Gott, wenn du mich leben läßt, werde ich gute Taten vollbringen› oder so ähnlich?»

«Das habe ich mich seitdem tausendmal gefragt. Ich glaube, ich hätte bestimmt was verändert, aber ich hätte mir Zeit gelassen, hätte versucht, mich vor mir selbst zu rechtfertigen, bei jedem Schritt auf Nummer Sicher zu gehen. Wenn ich auch sonst vielleicht nichts gelernt habe, eins weiß ich jetzt: Wer nichts riskieren will, den hol der Teufel.» Ihre Augen blitzten.

Er prostete ihr mit seiner Kaffeetasse zu.

45

Wie von einem Rhythmus im Hintergrund angetrieben, bewegte sich Frazier vorwärts. Ihre Gefühle waren in Aufruhr. Alles, was sie tat, schien von einer unterschwelligen Spannung getragen. Wenn es an die Oberfläche kam, verbannte sie es aus ihren Gedanken und ging wieder an die Arbeit.

Draußen blühten die Apfelbäume, und der Hartriegel mit den kaum geöffneten Knospen schimmerte noch blaßgrün, nur ein Hauch von Weiß und Rosa war zu sehen.

Mandy, die ein Gespür für Fraziers Stimmungen hatte, ging ihr heute aus dem Weg.

Nicht so Laura Armstrong, die zur Eingangstür hereinschlenderte und ohne Mandy zu beachten in Fraziers Büro stürmte.

«Wie kannst du es wagen!»

Frazier war wieder in ihre Dias vertieft, der Schreibtisch war voller Nachschlagewerke, und erst nach einer Weile blickte sie zu ihrer wütenden Schwägerin auf. «Soll er vielleicht auf der Straße schlafen?» Sie wartete einen Moment, dann fügte sie boshaft hinzu: «Oder mit einer anderen Frau?»

Mandy lauerte an der Türschwelle. Laura drehte sich auf dem Absatz um. «Raus hier, Schnüfflerin.»

Ehe Laura sich's versah, fauchte Frazier: «So sprichst du nie wieder mit ihr. Nie wieder!»

«Oh, ist sie deine neue Favoritin?» Lauras Lippen kräuselten sich.

Es schallte, als Frazier Laura so fest schlug, daß ein roter Handabdruck auf ihrem routiniert geschminkten Gesicht zurückblieb.

Mandy, inzwischen an Fraziers Seite, schob ihre Chefin sachte fort von der keuchenden Laura.

«Möchten Sie nicht lieber gehen, Mrs. Armstrong?»

Laura, die eine neue Zielscheibe für ihr erstarrtes Unglück ausmachte, zischte: «Halte du dich an deinesgleichen.»

Frazier fegte an Mandy vorbei und stieß Laura gegen die Wand: «Du bist krank!»

Geistesgegenwärtig zwängte sich Mandy zwischen die beiden Frauen. Sie legte Laura ihre Hände auf die Schultern, bugsierte sie zum Ausgang und schaffte es schließlich, sie auf die Straße zu schubsen. Zwei weiße Frauen auf dem Kriegspfad entsprachen nicht gerade ihrer Vorstellung von einem guten Tag.

Als sie zurückkam, zitterte Frazier vor Wut.

«Ich bring sie um. Verdammte Scheiße, ich bring sie um.»

«Sie ist es nicht wert, daß du ihretwegen im Gefängnis landest. Du solltest sie eher verängstigen. Oder ihr in die Kniescheiben schießen.»

«Was?» Frazier hielt in ihrer Rage inne.

«In die Kniescheiben schießen. Stell dir vor, kein Aerobic mehr. Keine Tennisstunden. Sie könnte nicht mehr auf den Bällen des Country-Clubs tanzen. Sie müßte am Stock gehen, es sei denn, du schießt gleich beide Scheiben weg. Dann bräuchte sie einen Rollstuhl. Du kämst natürlich vor Gericht, aber nicht ins Gefängnis. Sie würden dir bescheinigen, daß du vorübergehend zurechnungsfähig warst.»

Frazier lachte. «Zurechnungsfähig?»

Mandy nickte ernst. «Du hättest der Stadt einen Gefallen getan. Ihr die Zunge aufzuschlitzen wäre eigentlich noch vernünftiger. Stell dir diesen Frieden und diese Ruhe vor.»

«Sie könnte Briefe schreiben.»

«Hack ihr die Hände ab.» Mandy schlug auf ihre rechte Hand und stellte sich das herausspritzende Blut vor, den bloßgelegten Knochen, den Plumps, wenn die abgetrennte Hand auf den Boden fiel.

«Wo kommst du bloß her!» Frazier seufzte, erfüllt von Dankbarkeit für dieses wunderbare Wesen in ihrem Leben.

«Aus Birmingham, Alabama, weißt du doch genau.»

«Wenn das so ist, hoch lebe Birmingham.» Frazier umarmte Mandy, dann versteifte sie sich und ließ sie los.

«Umarmst du keine Schwarzen?» fragte Mandy pikiert.

«Scheiße, Mandy.» Frazier faßte sich an die Schläfe. Ihr Schädel hämmerte. «Nein. Das heißt doch. Aber wenn jemand vorbeikäme? Wie würde das aussehen?»

«Wie zwei Menschen, die sich umarmen.»

«Stell dich nicht doof. Wenn Laura sagt... was sie gesagt hat» – als sie im Geiste die Stimme ihrer Schwägerin hörte, wurde sie wieder wütend – «dann verbreitet sie es in der ganzen Stadt – wenn es sich nicht schon rumgesprochen hat. Das ist dir gegenüber nicht fair.»

Mandy richtete sich zu ihren vollen 1,60 Meter auf. «Ich bin ein großes Mädchen. Ich kann auf mich selbst aufpassen, und es gibt sehr viel Schlimmeres, als Lesbe genannt zu werden.»

«Zum Beispiel?»

«Nigger.» Das Wort schlug ein wie eine Bombe. Mandy fügte hinzu: «Oder dumm. Wenn eine Frau Angst hat, als Lesbe bezeichnet zu werden, dann hat sie Angst, eine Frau zu sein.» Mandy sah, daß Frazier ihr nicht folgen konnte. «Gehört alles zum Frausein. Ehefrau. Freundin. Schwester. Lesbe. Ein Mann kann nicht lesbisch sein. Was ist denn schon dabei? Es gibt wirklich Schlimmeres, als Lesbe genannt zu werden.»

«Ich glaube, du bist klüger als ich.» Frazier meinte es ernst, sie war voller Ehrfurcht.

«Du hast Millionen verdient, nicht ich. Ich habe mich nie genötigt gefühlt, meine Weiblichkeit zu verteidigen, wenn du verstehst, was ich meine.»

«Vielleicht denke ich zuviel und fühle zuwenig. Du bist klüger, was Gefühle angeht.» Plötzlich wurde Frazier schwindelig, ein Anfall von Müdigkeit überkam sie.

Mandy bemerkte die Blässe. «Fray, alles in Ordnung?»

«Ja, ja. Ich muß mich bloß mal hinsetzen.» Sie ließ sich auf einen Stuhl fallen.

«Was immer dir bisher an Gefühlen entgangen ist, jetzt holst du sie nach.»

«Du sprichst ein großes Wort gelassen aus.» Frazier warf den Kopf zurück und sah zur Decke. «Mandy, ein Unglück jagt das nächste. Heute morgen ist Mutter hereingeplatzt, das sprichwörtliche aufgescheuchte Huhn. Sie hat mir eine lange Rede gehalten und mir vorgeworfen, ich würde meinen Bruder verderben. Und weißt du was, er hat sich gewehrt. Er hat sich ihr offen widersetzt. Ich hätte ihn küssen können. Ich denke, ich sollte ihm sagen, daß Laura hier war.»

«Sag's ihm heute abend.»

Frazier schnüffelte. «Riechst du das?»

«Dein Parfüm?»

«Nein.»

«Es ist ein Parfüm, aber», Mandy holte tief Luft, «auch noch was anderes. Schwereres. Vielleicht Lauras Geruch.»

«Ha! Laura hat noch nie einen Wohlgeruch hinterlassen, höchstens eine Fährte, die nach Intrige stinkt.» Frazier stand auf. «Welches Parfüm trägst du?»

«Jardin de Montecatini. Nummer VI.» Mandy schrieb mit dem Zeigefinger die römischen Zahlen. «Und du?»

«Ysatis. Wie üblich.»

Mandy trat zu Frazier und lehnte sich dicht an ihren Hals. «Sehr schön.»

Frazier lief es heiß und kalt den Rücken hinunter. «Danke – aber der Duft ist es nicht. Da ist was, hm, Fröhliches. Weißt du, was ich meine?»

Mandy sog so viel Luft ein, wie ihre Lungen fassen konnten, dann atmete sie lachend aus. «Ja.»

Ein leises Lachen, wie das Plätschern der Brandung bei Ebbe, erfüllte sanft und lieblich das Zimmer.

Frazier raste in den Hauptraum, Mandy hinterher. Sie starrten auf das Olymp-Gemälde.

«Da kommt es her.» Frazier wies auf die versammelten Götter und Göttinnen. «Ganz bestimmt.»

Mandy, die sich den ungewöhnlichen Duft und das Gelächter nicht erklären konnte, betrachtete das Gemälde. Das wunderbare, scharfgeschnittene Gesicht Jupiters strahlte.

Venus, in goldenes Licht gehüllt, lächelte ein aufmunterndes Lächeln. Juno überblickte majestätisch die anderen Götter und Göttinnen. Merkur, so prachtvoll und jung, mit Flügeln an den Fersen, hatte einen diabolischen Gesichtsausdruck. Apoll, das Urbild der musischen Künste, zupfte an seiner Lyra. Der kräftige, verschwitzte Vulcanus hielt in seiner Arbeit inne, um seinen Vater anzuhören. Neptun und Pluto, deren Kraft fast beängstigend war, strahlten ein maskulines Charisma aus, das Dionysos, der sexy, dabei aber nicht besonders männlich war, fehlte. Diana, keusch und rein, wirkte unheimlich jung, während Athene von einer Reinheit und Würde umgeben war, die ihre Schönheit unterstrichen, eine ungeschmückte Schönheit.

Schließlich flüsterte Mandy: «Es kann nicht sein», doch noch während sie den Mund aufmachte, wurde der Duft stärker, und sie verspürte ein unerklärliches Glück.

Das Telefon, diese Erfindung aus den Tiefen der Hölle, brach den Bann. Mandy ging an den Apparat im Nebenzimmer. Harry McIntire, der Vorsitzende des Country-Clubs, wollte Frazier sprechen.

Frazier nahm den Hörer. «Harry, hallo. Rufst du an, um mir zu sagen, daß ich aus dem Country-Club fliege?»

«Äh – was?» Harry war völlig perplex.

«Willst du mich aus dem Club werfen? Ich meine, alle hakken sie doch jetzt auf mir herum. Dabei weiß ich, daß ich nicht die einzige Homosexuelle im Country-Club bin. Ich bin nur die einzige, die ehrlich genug ist, es zuzugeben.»

«Mary Frazier», besänftigte sie Harrys rauhe Stimme, «dein Privatleben ist deine Sache.»

«Gott sei Dank», rief Frazier erleichtert.

«Hör mal, Mädchen, laß dich davon nicht unterkriegen. Ich weiß, wie sich die Leute in dieser Stadt aufführen können. Denk dran, daß die Vögel zuerst an den besten Früchten picken. Laß mich dir sagen, warum ich anrufe. Das Komitee für das Hartriegelblütenfest will dieses Jahr ein Feuerwerk machen, sozusagen um den Frühling einzuläuten. Wir wollen auf dem Rasen feiern, so ähnlich wie am Vierten Juli, und, nun ja», er räusperte sich, «wir brauchen das Geld. Wir werden für diese Feier und den anschließenden Ball einen etwas höheren Eintritt verlangen. Abendgarderobe.»

«Großartige Idee.»

«Würdest du das übernehmen? Ich weiß, ich rufe in letzter Sekunde an, aber ich wollte dich nicht fragen, bevor ich die Zustimmung des Festkomitees hatte.»

«Mit dem größten Vergnügen.»

Sie plauderten noch ein wenig, und dann legte Frazier auf. «Mandy?»

«Ja.»

«Vielleicht ist heute doch kein so schlechter Tag. Harry und der Club veranstalten ein ganz besonderes Fest, mit Feuerwerk, und ich habe die Leitung, wie immer.»

«Während du telefoniert hast, hab ich auch telefoniert. Heute ist ein sehr guter Tag. Sie haben den Munnings gekauft.»

«Juhuu!» Frazier klatschte in die Hände, und dann schnupperten Frazier und Mandy beide in die Luft.

Darauf mußten sie lachen.

46

Wenn reichen Menschen das Geld durch die Finger rinnt, hoffen sie, daß niemand es rieseln sieht. Das unter solchen Umständen allgemein verwendete Wort lautet «Diskretion». Auch Frazier bekam ständig gesagt, sie solle diskret sein. Kelso McConchie war der Besitzer eines gigantischen Grundbesitzes in Orange County, eines Gestüts mit Springpferden. McConchies Ehefrau war auch nicht eben bescheiden – hier rann das Geld nicht einfach nur, man schwamm darin.

Frazier ging durch seine riesige Kunstsammlung und bewunderte Werke von Sir Edwin Landseer, Henry Alken jr., Jacques-Laurent Agasse, John Ferneley, J. N. Sartorius jr., John Wootton, Francis Sartorius, George Stubbs, Ben Marshall, Rosa Bonheur sowie Skulpturen von Isidore Bonheur und Herbert Haseltine. Von seinen Kunstwerken, die keine Jagdmotive darstellten, mochte McConchie sich noch nicht trennen. Taktvoll deutete Frazier jedoch an, daß sie von einem Käufer wisse, der an dem Caravaggio durchaus Interesse hätte.

Als sie nach Hause fuhr, funkelten die Weiden dank der Frühlingsschauer wie Diamanten. Die Wälder und Wiesen waren voller Hartriegel, und samtige Rasenflächen, Flecken von cremigem Weiß und betörendem Rosa weckten Frühlingsgefühle. Der Country-Club hatte sich genau die richtige Zeit für sein Frühlingsfest ausgesucht. Ein paar frühe Azaleen erblühten, die Farben rangierten von Weiß bis zum tiefsten Magentarot. Leben. Frühling ist Leben, und Frazier liefen unwillkürlich Tränen übers Gesicht, als sie sich der übermütigen Freude hingab, am Leben zu sein.

Ihre Verzückung und ihre Demut angesichts der großzügigen Gaben von Mutter Natur schwanden jäh, als das Autotelefon klingelte. Die Erfindung von Alexander Graham Bell konnte einen nicht nur um drei Uhr morgens aus dem Schlaf reißen, beim Essen oder bei einem emotionsgeladenen Gespräch stören. Jetzt war man sogar im Auto erreichbar, der letzten Bastion der Privatsphäre in Amerika. Manche Idioten installierten sich sogar schon Faxgeräte im Auto. Vielleicht gaben diese modernen Apparate den Menschen das Gefühl, in Verbindung zu bleiben, wie man so sagt, die Möglichkeit, jederzeit mit jedem kommunizieren zu können. Wobei sich die Kommunikation selten auf ein Gedicht von Shelley oder eine gelungene Karikatur bezog, es hieß bloß «Machen wir einen Termin», «Zahlen Sie Ihre Rechnung» oder «Wann haben Sie die Arbeit fertig?» Die Faxgeräte und Telefone schraubten die Ansprüche höher, die man aneinander stellte, im geschäftlichen Bereich, aber auch wenn einen die eigene Ehefrau daran erinnerte, die Sachen aus der Reinigung zu holen. Der ungeheure Leistungs- und Produktivitätsdruck ging auf Kosten der Ruhe, die jeder Mensch braucht, um Kraft zu schöpfen. Letztendlich zerstörten die Maschinen die Menschen, die sie benutzten, denn Verspieltheit, Poesie und Alleinsein kamen ihnen bei der irrwitzigen Jagd nach Produktivität und Profit abhanden, wodurch ihre Leistungsfähigkeit nachließ. Es gab Momente, da hatte Frazier das Gefühl, von all den elektronischen Schlingen erwürgt zu werden, aber ihre Kunden und die anderen Händler erwarteten, daß auch sie mit allem ausgestattet war. Wer nicht Tausende von Dollars in die neuesten Autotelefone, Faxgeräte, Fotokopierer, Video- und hochauflösenden Fernsehgeräte steckte, hinkte hinterher. Gott bewahre! Wer in diesem Bereich hinterherhinkte, war womöglich mit den Trends in seinem Metier auch nicht auf dem laufenden. Und dann sah man alt aus, denn wer würde nun noch mit einem Geschäfte machen?

Wütend und deprimiert über diese rüde Unterbrechung,

griff Frazier zum Autotelefon. Dann wurde sie erst recht wütend. Mutter.

«Mary Frazier, ich bin über deine Einstellung zur Ehe deines Bruders entsetzt. Ich kann dein Benehmen nicht billigen, und vor allem kann ich nicht billigen, wie du und Carter euch heute morgen gegen mich verbündet habt. Ich werde es deinem Vater sagen. Ich tu es nicht gerne, er hat genug um die Ohren, aber das geht zu weit. Hast du verstanden? Das geht zu weit.»

«Ja, Mutter.»

«Und?»

«Und was?»

«Was hast du zu deiner Entschuldigung zu sagen?» Libbys Stimme knatterte, als der Wagen unter einem kleinen Ausläufer der Southwest Range hindurchfuhr, jener Kette der Blue Ridge Mountains, die wie ein langer Rattenschwanz nach Orange County hineinragte.

Bis Frazier antwortete, war die Leitung wieder klar. «Ich habe nichts weiter zu sagen, als daß Carter die Zimtzicke schon vor Jahren hätte verlassen sollen.»

«Wie kannst du nur so von deiner Schwägerin sprechen, sie ist einer der nettesten Menschen überhaupt, Laura ist bei allen im Garten-Club beliebt.»

«Mutter, ich konnte sie seit dem Tag nicht leiden, als Carter sie mit nach Hause brachte. Du hast sie gern und ich nicht. Du kannst mich nicht umstimmen; der einzige Mensch, der mich umstimmen könnte, wäre Laura selbst. Und ich weiß hundertprozentig, daß ich dich nicht umstimmen kann.»

Eine kleine Pause am anderen Ende signalisierte, daß Libby ihre Ventile öffnete. «Leute wie du glauben nicht an die Ehe. Das ist die Wurzel des Problems mit Carter. Du probierst, ihn auf deine Seite zu ziehen.»

«Leute wie ich?»

«Homosexuelle. Flattern einfach von einem Menschen zum anderen. Ich weiß Bescheid über diese Dinge.»

«Das ist ja wunderbar. Ich habe eine Mutter, die Expertin für Homos ist.»

«Leute wie ihr haben andere Werte. Keine Beständigkeit in den Beziehungen. Keine Trauscheine. So ist das nämlich.»

«Ich darf dich darauf aufmerksam machen, Mutter, daß jeder homosexuelle Mensch aus einem heterosexuellen Haus kommt. Wenn du Probleme mit meinen Werten hast, dann solltest du mal deine eigenen überprüfen. Und rein zufällig glaube ich von ganzem Herzen und aus ganzer Seele an die Ehe, das nur zu deiner Information.»

«Ich habe dich homosexuell gemacht? Ich wußte, daß du es so hinbiegen würdest. Immer geben alle der Mutter die Schuld. Ein Mörder schlägt zu, und man fragt: Wer war seine Mutter? Hat sie getrunken oder ihn geschlagen? Oh, ich wußte, daß du so tief sinken würdest. Ich kann's kaum erwarten, zu hören, wie ich dich zu einer, einer – ich kann das Wort nicht aussprechen –, wie ich dich dazu gemacht habe. Ich hasse dieses Wort.»

«Lesbierin? Ich buchstabiere es dir. L-e-s-b-i-e-r-i-n.» Frazier konnte das Wort auch nicht leiden. Es haftete ihm etwas Trübseliges an. Vielleicht lag es an der Silbenzahl oder an zu vielen Konsonanten. Das Wort schwul hingegen mochte sie. Es hatte etwas Frivoles, Leichtfertiges, es erinnerte an «schwül», klang aber nicht so kalt. Vielleicht sollte sie Heterosexuelle von jetzt an Schwüle nennen, oder wie wäre es mit Stinknormale? Sollten sich doch alle Menschen gegenseitig beschimpfen. Wie du mir, so ich dir.

«Du denkst wohl, du stehst über allem», knurrte Libby.

«Ich behaupte nicht, daß es an dir lag. Ich bin, was ich bin. Es ist wie der Unterschied zwischen Rechtshändern und Linkshändern. Ich bin eine Linkshänderin in einer rechtshändigen Welt. So einfach ist das. Aber du könntest deine linke

Hand benutzen, wenn es sein müßte, und ich kann auf alle Fälle meine rechte benutzen. Kein Gegensatz ist so eindeutig, wie wir denken.»

«Du sagst mir, deiner Mutter, ich könnte eine, du weißt schon, sein?»

«Nur, wenn du Glück hast.» Das war unverschämt, aber Frazier kochte vor Wut.

«Versuchst du, deinen Bruder auch so zu machen?» Libbys Stimme war eiskalt.

«Nein, Mom, das könntest nur du schaffen.» Frazier widersprach dem, was sie eben gesagt und ehrlich gemeint hatte, aber jetzt war ihr einfach danach, ihre Mutter zu verletzen.

«Eben hast du das genaue Gegenteil behauptet. Was ist eigentlich los mit dir?»

«Ich wollte dich auf die Palme bringen. Weil ich dies alles satt habe, Mutter, ein für allemal, endgültig *satt*!»

«In dieser Familie war alles wunderbar – bis du hingehen und es herausposaunen mußtest. Warum konntest du es nicht für dich behalten? Wir brauchen es nicht zu wissen.»

«Ich dachte, ich würde sterben. Himmel, ich dachte, ich würde dir und allen anderen einen Gefallen tun, indem ich zur Abwechslung mal ehrlich war. Ehrlichkeit ist die beste Politik, hast du mir das nicht immer wieder eingetrichtert, als ich klein war?»

«Das hier ist etwas anderes!»

«Nein, ist es nicht. Entweder, du liebst mich, wie ich bin, oder du liebst mich überhaupt nicht. Und vielleicht ist das die Lektion, die ich gelernt habe. Ich werde niemanden ändern, höchstens mich selbst. Ob dich oder Carter oder Mandy – euch akzeptiere ich doch auch so, wie ihr seid.»

Libby wechselte die Taktik und griff wieder in die Gemeinheitskiste. «Schläfst du mit Mandy? Hast du sie umgedreht?»

Frazier sah rot. «NEIN!»

«Sie ist außergewöhnlich schön für eine von denen. Und es sähe dir ähnlich, das Problem noch dadurch zu verschlimmern, daß du dich mit einer Person einer anderen Rasse einläßt. Rassenmischung mag zwar nicht ungesetzlich sein, meine Liebe, aber sie ist auf jeden Fall ein gesellschaftliches Kriterium. Du kannst nicht einfach gegen alle Regeln verstoßen.»

«Mutter, du bist so ekelhaft, zu diesem Rassismus fällt mir einfach nichts mehr ein.»

«Wenn Gott gewollt hätte, daß wir alle ein und dieselbe Hautfarbe haben, dann hätte er uns auch so geschaffen. Jedem das Seine. Und du hast meine Frage noch nicht beantwortet.»

«Du hast kein Recht auf mein Leben, aber, nein, ich schlafe nicht mit Mandy. Ich bin nicht mal auf die Idee gekommen, und ehrlich gesagt, Mutter, ich glaube, sie ist zu gut für mich, ganz abgesehen davon, daß sie nie angedeutet hat, auf Frauen zu stehen.»

«Zu gut für dich?» Libby war platt.

«Ja. Sie ist treu, sie ist lieb, und sie hat nichts Falsches. Sie ist einfach offen und ehrlich, Mutter, ganz im Gegensatz zu dir und mir.»

Dieser Offenbarung folgte ein langes Schweigen. «Wenn du dein eigenes Leben ruinieren willst, na schön. Aber laß bitte Carter in Ruhe.»

«Ich liebe ihn.»

«Dann gestatte, daß ich dir eine Frage stelle. Liebst du mich überhaupt?» Libby sprach von Liebe wie von Schulden, die man gerichtlich einklagen konnte.

Jetzt verfiel Frazier in Schweigen. Sie merkte, daß ihr Fuß schwer aufs Gaspedal drückte, und sie ließ locker. Hatte sie sich nicht der Wahrheit verschrieben? Dann mußte sie es jetzt sagen. «Nein. Nein, Mutter, ich liebe dich nicht, und ich liebe dich seit Jahren nicht mehr. Aber ich danke dir für alles, was du für mich getan hast. Ich glaube, kein Kind kann jemals zurückzahlen, was ein Vater oder eine Mutter an Mühen mit ihm hatte.»

«Das ist alles, was ich wissen wollte.» Libby legte auf.

Als Frazier am Kaufhaus Somerset links auf die Route 231 abbog, schäumte sie vor Wut. Sie konnte nicht wissen, wie es war, Mutter zu sein, aber wenn sie Glück hatte, würde sie es vielleicht eines Tages erfahren. Frazier liebte Kinder, aber sie wollte nur dann Mutter werden, wenn sie eine feste Beziehung hätte und der Vater ein guter Freund wäre. Billy kam ihr in den Sinn. Jetzt wurde er Vater. Komisch. Ob ihn das verändern würde?

Frazier konnte nichts von den Strapazen ahnen, die sie ihrer Mutter aufgebürdet hatte: die zerbrochenen Vasen, die Windpocken, die Golfstunden, das gebrochene Bein, die Kiefernorthopädie, der Transport zur Privatschule und zurück, die absurden Vortragsabende, die ständigen Erfordernisse in puncto Kleidung, und hier was Neues, da was Neues, und das Schlimmste von allem: die furchtbare Plackerei, täglich drei Mahlzeiten zubereiten zu müssen. Woher sollte sie das kennen? Sie war noch nie mitten in der Nacht aufgewacht, wenn ein Kind das ganze Schlafzimmer vollkotzte. Sie hatte keine Fahrräder repariert oder Pyjama-Partys ertragen. Oder den ständigen Strom von halbwüchsigen Jungen, die ihre Tochter umwarben, oder den Strom von Mädchen, die von ihrem Sohn umworben wurden. Sie hatte sich nicht sonntags morgens nach samstäglichen Tanztees im Club aus dem Bett gequält, um dafür zu sorgen, daß die Familie pünktlich zur Kirche kam. Libby hatte all diese Opfer gebracht. Und Frazier war ihr dankbar dafür.

Bevor die Schwingen des Todesgeiers ihren Schatten über sie warfen, hatte sie nicht darüber nachgedacht, was ihre Eltern für sie getan hatten. Nur ab und zu hatte sie sich mal für etwas offiziell bedankt. Jetzt zog sie alles und jeden in Zweifel, vor allem sich selbst.

Libby hatte immer alles richtig gemacht. Sie war die perfekte Mutter gewesen, nur hatte sie sich nie hingesetzt, um ihren Kindern zuzuhören. Oh, sie war strenger mit Frazier gewesen als mit Carter, aber das war zu erwarten. Mütter sind streng mit Töchtern, und Väter sind streng mit Söhnen, besonders im Süden. Libby wollte sichtbare Resultate, Kinder, für die sie ihre Freundinnen bewunderten. Sie wollte ihre Kinder nicht als Menschen kennen. Sie waren Ausstellungsstücke, Beweise ihrer Tüchtigkeit als Ehefrau und Mutter, als Dame. Für Libby war alles eine Erweiterung ihrer selbst, und das hatte Frazier schon erkannt, als sie noch ganz klein war. Sie konnte es damals nicht begreifen, aber sie hatte es gespürt. Jetzt begriff sie es. Äußerlich machte Libby alles richtig, aber sie hatte ihre Kinder nie geliebt... nicht mit wahrer, toleranter, schenkender Liebe. Vermutlich hatte sie eine solche Liebe nicht zu vergeben, und Frazier hatte das Gefühl, ihrer Mutter verzeihen zu müssen. Libby würde ja imstande sein, sich weiter zu öffnen, nachgiebig zu sein, aber das war Libbys Kampf, ein Kampf, dem sie auszuweichen oder den sie zu ignorieren schien. Oder vielleicht war ihre Mutter so weit von sich selbst entfernt, daß sie nicht einmal merkte, wie leer sie war.

Als Frazier in ihre Zufahrt einbog und Currys und Basils Gesichter am Fenster sah, wurde ihr klar, daß diese zwei pelzigen Kreaturen ihr mehr Liebe schenkten, als sie je von ihrer Mutter empfangen hatte. Vielleicht sollte sie ihre Katze und ihren Hund in ihre Liste von guten Dingen in diesem Leben aufnehmen. Vielleicht sollte sie danach streben, ihnen ähnlicher und den Menschen unähnlicher zu werden. Auf jeden Fall wußte sie, daß sie nicht sein wollte wie ihre Mutter, und sie betete darum, ihrer Mutter vergeben zu können. Es hörte sich ganz einfach an, war aber ungeheuer schwierig.

Wenn Libby und Frank, ihre Eltern, sich als Schablonen erweisen sollten, bangte sie um ihre eigene Liebesfähigkeit. Ihrer Mutter vergeben bedeutete, in sich zu gehen und in ihrem Herzen und ihrem Leben Raum für andere Menschen zu schaffen. Sie hatte sich drei Jahrzehnte lang gegen andere Menschen verschlossen, sich versteckt, und das nicht nur, weil sie lesbisch war. Der Gedanke, unzulänglich zu sein, machte ihr mehr Angst als die Aussicht, verletzt zu werden. Aber immerhin hatten diese infernalischen Briefe ihr gezeigt, wer sie wirklich liebte, und das war ein Anfang. Sie hatte in ihrem Leben bestimmt manches richtig gemacht, und nun würde sie lernen müssen, noch mehr richtig zu machen.

47

Wie eine dünne blaue Linie schwebte der Rauch über den Köpfen von Frank Armstrong, George Demerius, Pickens Oliguy, Randy Milliken und Larry Taylor. Alle rauchten, mit Ausnahme von Larry, der Ende Dreißig war. Aber Larry trank ja auch nicht, außerdem hatte er Angst vor einem zu hohen Cholesterinspiegel und trug Turnschuhe. Er war zu lange aus Virginia fort gewesen, aber dafür war er ein gewiefter Geschäftsmann.

Die Temperatur sank rapide, als wieder eine Kaltfront von Westen herantrieb, mit Sturmwolken, die sogar im Dämmerlicht noch zu sehen waren. Frank sah aus dem Fenster des Lokals und wünschte, sein Heimweg wäre nicht so lang. Er würde fünfundvierzig Minuten durch den Sturm fahren müssen, der sich hinter den Wolken zusammenzubrauen schien.

In letzter Zeit war er mit den Gedanken oft ganz woanders. Er war lebhaft interessiert, beteiligte sich aufmerksam am Gespräch, und dann plötzlich fühlte er sich um Jahrzehnte zurückversetzt und stand vor dem verfallenden Lattenzaun, wo er mit seinem Geschäft angefangen hatte. Er konnte das Öl riechen, das er auf dem blaugrauen Sandstein verteilt hatte. Er konnte die ausgeleierte Kupplung unter seinen Füßen knirschen hören, wenn er den uralten Kipper schaltete. Er spürte die Energie in seinem jungen Körper. Er hatte morgens, mittags, abends gearbeitet. Er war fremde Auffahrten hinaufgegangen und hatte gefragt, ob die Besitzer eine Ladung Steine brauchten oder vielleicht sogar auf Asphalt umstellen wollten. Ja, der sei viel teurer, aber je nach Qualität halte er garantiert sieben bis fünfzehn Jahre. Er hatte unentgeltlich Schlaglöcher ausgebessert. Er hatte in den schwülen Blue-Ridge-Sommern geschwitzt und im rauhen Frost zahlloser grauer Winter gefroren. Er hatte im Schneesturm die Einfahrten der Nachbarn freigepflügt, ohne einen Pfennig dafür zu nehmen. Er hatte Maschinen an sich abrackernde Freunde ausgeliehen. Er hatte seine Erfahrungen bereitwillig mit anderen Straßenbauunternehmern geteilt und alles aufgesogen, was sie ihm vermitteln konnten.

Die Jahre waren verflogen und wie zerlassene Butter zu einem goldenen Pfad zusammengeflossen. Er erinnerte sich, wie Frazier die ersten Schritte machte. Er erinnerte sich an Carters Baumhaus, das er mit ihm zusammen errichtet hatte. Besonders deutlich war seine Erinnerung an Fraziers letztes Lacrosse-Spiel in der High-School. Überhaupt fielen ihm, wenn er an seine Kinder dachte, nur einzelne Ereignisse ein. Wenn er hingegen an seine Firma dachte, konnte er sich sogar an die Farbe der Tinte in seinen ersten Geschäftsbüchern erinnern. An den Tag, als Mildred in einem flotten Sommerkleid an das baufällige Haus am Rivanna klopfte; der Dampf war vom Fluß heraufgestiegen, obwohl es schon halb neun Uhr morgens war. Er erinnerte sich an ihr Parfüm an jenem Augustmorgen, und wenngleich er nie mit der Frau geschlafen hatte – es war ihm gar nicht in den Sinn gekommen –, kam er zu der Erkenntnis, daß er sie, von seiner Tochter abgesehen, mehr liebte als irgendeinen anderen Menschen. Warum? Weil auch sie gelernt hatte, die Straßenbaubranche zu lieben.

Buchführung genügte ihr nicht, sie befaßte sich auch mit Angeboten. Sie lernte, welche Beläge man verwenden konnte, und machte sich mit den verschiedenen Böden vertraut. Sie lernte, gute Straßenqualität von mittelmäßiger zu unterscheiden. Sie inspizierte Entwässerungsgräben, fuhr auch mal Lastwagen, wenn ein Fahrer sich krank meldete, und schickte trotzdem rechtzeitig die Rechnungen und die Post ab.

Armstrong-Straßenbau wurde das Baby der beiden. Frank wunderte sich, daß ihm dies erst nach fast sechzig Jahren klar wurde. Schaltete er entsetzlich langsam, oder waren Männer in diesen Dingen blöd?

Die größte Enttäuschung seines Lebens hatte ebenfalls mit Armstrong-Straßenbau zu tun. Er hatte das Geschäft aufgebaut, um es seinem Sohn zu vermachen, aber Carter schien das Ganze gräßlich zu langweilen. Frazier liebte die Firma, aber als seine Tochter jung war, war Frank zu sehr ein Mensch seiner Zeit gewesen. Er hatte es ihr ausgeredet. Aber warum sich jetzt noch was vormachen? Frazier hätte aus Armstrong-Straßenbau ein riesiges Imperium gemacht. Aber sie war ihren eigenen Weg gegangen und hatte ihr eigenes Geschäft gegründet. Sie liebte ihr Geschäft so sehr wie Frank das seine. Im tiefsten Innern wußte er, daß Frazier ihm seine konventionelle Denkweise verzieh. Heute sah er das anders. Ohne daß seine Frau davon wußte, hatte er in seinem

Testament seine beiden Kinder als Erben der Firma bestimmt, mit der Auflage, daß Frazier die Firma leitete. Wenn sie Armstrong-Straßenbau und ihre Galerie nicht gleichzeitig leiten konnte, würde sie auf jeden Fall den richtigen Steuermann für das Schiff finden, für das sie den Kurs bestimmte.

Libby, für die im Testament auch gesorgt wurde, würde nicht einmal merken, was aus der Gans wurde, die das goldene Ei gelegt hatte. Seine Frau hatte ihn nicht ein einziges Mal nach seinem Geschäft gefragt. Libby konnte einen Kipper nicht von einer Planierraupe und Sandstein nicht von Brechsand unterscheiden.

Die Aufregungen beim Aufbau seiner Firma hatten Frank so in Anspruch genommen, daß er erst nach etlichen Ehejahren merkte, wie allein er war. Dann kamen die Kinder, und sie erhielten ihn aufrecht. Frank glaubte nicht an Hintertürchen, durch die man aus der Ehe schlüpfte. Hatte man ein schlechtes Los gezogen, machte man das Beste daraus. Vielleicht war es gar nicht so falsch gewesen, Libby zu heiraten. Sie war schön. Sie war eine gute Gastgeberin und organisierte leichthändig Abendessen für seine Kunden und Berufskollegen. Daß sie zweitausend Dollar allein für Blumenschmuck ausgeben konnte, erschütterte ihn, aber sie sagte ihm, dies sei sozusagen ihr Kipper: Man brauche die richtige Ausrüstung, um einen Laden zu schmeißen. Auf ihre Art war Libby eine Partnerin gewesen, jedenfalls insoweit, als ihre Einladungen dem Geschäft nützten. Das einzig Törichte an seiner Heirat mit Libby war vielleicht sein Glaube gewesen, daß sie ihn wirklich lieben würde. Sie tat es nicht, wollte es nicht, konnte es nicht. Sie liebte Frank nur, weil er sie großzügig versorgte.

Er blickte mit seinen dunklen, klaren Augen in die Tischrunde und fragte sich, ob diese Männer, von denen er die meisten seit mindestens dreißig Jahren kannte, genauso empfanden? Hatten sie überhaupt solche Gedanken?

Und warum wurde er plötzlich in seine Vergangenheit gezogen, als taumelte er in einem Gefühlsstrudel rückwärts? Er hatte ein schönes langes Leben gelebt, aber erst jetzt begann er, dieses Leben und sich selbst zu verstehen.

Vielleicht wurden Männer in den Sechzigern nachdenklich. Ein Blick auf George Demerius' Wabbelkinn belehrte ihn eines Besseren. Durch Fraziers Enthüllung dachte Frank plötzlich über sich selbst nach. Er hatte befürchten müssen, seine geliebte Frazier zu verlieren, und war vor Gott dem Allmächtigen auf die Knie gefallen. Das war eine Lektion, aber ihr unglaublicher Schritt war auch eine. Daß sie lesbisch war, verblüffte ihn, aber was ihn wirklich berührte, war, wie sehr sie sich verändert hatte. Die kühle, distanzierte Frazier war plötzlich offen, emotional und streitlustig. Sie würde Libby auf den Mond schicken. Er hätte nichts dagegen, Libby selbst dorthin zu schicken. Wenn seine Tochter sich ändern konnte, konnte er sich auch ändern.

«Da sagt dieser Idiot zu mir: ‹Sie haben das falsche Formular eingeschickt.› Das falsche Formular? Ich habe schon Ausfahrten gebaut, bevor dieses Ekel das erstemal einen Steifen hatte!» erregte Pickens sich.

Frank konzentrierte sich wieder auf das Gespräch. «Wer in der Verwaltung arbeitet, egal, ob in Staat, Land oder Gemeinde, lebt nicht in der wirklichen Welt, Pickens. Diese Leute haben sogar Formulare dafür, wann sie 'nen Steifen kriegen können, wie viele Steife ihnen in einem Zeitraum von vierundzwanzig Stunden zugebilligt werden, bei wem sie einen Steifen kriegen dürfen und bei wem sie sich beschweren können, wenn das Ergebnis nicht zur vollsten Zufriedenheit ausfällt.»

Randy lachte. «Hört sich für mich nach 'nem Haufen Holzköpfe an.»

«Frauen sind Schleifenköpfe», warf Larry Taylor ein.

«Schleifenköpfe?» fragte George.

Larry hielt sich die ausgebreiteten Hände hinter den Kopf. «Ja, ist euch das nie aufgefallen? Je weiter oben sie stehen in der Bürokratie, desto größer die Haarschleifen. Als Kleinkinder fangen sie an mit kleinen rosa oder gelben Schleifchen, buntkarierte zu Weihnachten. In der Grundschule tragen sie dann so Glitzerdinger, in der Hauptschule diese kleinen Schleifen aus Plüsch, und in der High-School ist es dann schwarze Seide oder irgendein anderer Stoff. Die Schleife, die eine Frau sich an den Kopf steckt, zeigt dir, was sie vom Leben erwartet und ob sie dir einen blasen wird oder nicht. Schleifenköpfe.»

«Ist was dran.» Pickens kratzte sich am Kopf.

«Und was bedeutet es, wenn eine Frau keine Schleife im Haar trägt?» wollte George wissen.

«Ohne Schleife kann sie nicht für die Regierung arbeiten.» Larry lächelte. «Folglich sind Frauen ohne Schleife vermutlich von der wüsten Sorte, besonders in Virginia.»

«He, das Mädel möcht ich kennenlernen.» Randy klatschte in die Hände.

Pickens kam auf das wesentliche Thema zurück: «Ich möchte wissen, welche Art von Schleifen darauf hinweist, daß sie mir den Schwanz lutscht?»

«Das sag ich nicht. Sonst machst du dich noch an meine Süße ran.»

Alle lachten, und Pickens schrie: «He, kennt ihr den Unterschied zwischen einer Schlampe und einer Nutte?» Die anderen schüttelten die Köpfe, und er lieferte die Antwort: «Eine Nutte macht es mit allen. Eine Schlampe macht es mit allen, außer mit dir.»

Frank fuhr sich nervös durchs Haar. Er mußte unwillkürlich lachen. Im Grunde mußte die Spannung zwischen Männern und Frauen einfach mal abgelassen werden. Und was hieß schon «anstößig»? Was für Frauen anstößig war, erschien den Männern gar nicht so schlimm. Er würde es vermutlich nie ergründen.

«Um auf den Schlappschwanz zurückzukommen, der dich wegen des Formulars für die Ausschreibung genervt hat», sagte Randy, «was hast du gemacht?»

«Hab meine Kleine hingeschickt, die hat dann das richtige Formular geholt, und als ich das dann sah, bin ich erst richtig wütend geworden: Mein ursprüngliches Formular war im Prinzip das richtige, aber der Staat hat letztes Jahr eine Kleinigkeit geändert, und daraus wurde dann ein neues Formular. Die Änderungen sind so minimal, daß man sie mit der Lupe suchen muß.»

«Arschloch», platzte es aus George heraus.

«Ja, aber ein Arschloch mit gesichertem Arbeitsplatz», setzte Frank hinzu. «Was glaubt ihr wohl, weshalb diese Leute sich so aufführen und andere so behandeln können? Habt ihr euch schon mal die Voraussetzungen angesehen, die diese kleinen Beamten mitbringen müssen? Nicht einer von uns hier am Tisch würde so einen einstellen.» Er legte sein Messer quer über seinen Teller. «Die höheren vielleicht. Wenn sie sonst nichts gelernt haben, mit Karriereleitern und Arschkriecherei kennen sie sich aus. In dieser Welt ist das gleichbedeutend mit Genie.»

«Da hast du ein wahres Wort gesprochen, Bruder.» George nickte.

«Was mich wirklich fertigmacht», Randy verlagerte sein Gewicht auf dem Stuhl, «ist, daß die Kerle im Straßenbauamt wissen, die Neupflasterung einer Ausfahrt in Louisa County ist ein 600000-Dollar-Auftrag, egal, wer ihn ausführt.»

Larry Taylor stand leise auf und ging hinaus. Die anderen Männer merkten es kaum und schimpften weiter über das Straßenbauamt und die Regierung. Irgendwann überlegten sie dann, wie die Orioles, der Baseballverein von Baltimore, wohl diese Saison abschneiden würde. Ein bei weitem wichtigeres Thema.

Eine Stunde verging, ehe George fragte: «Wo ist eigentlich Larry?»

48

Die bestürzende Antwort auf die Frage, wo Larry war, kam am nächsten Morgen vor zehn Uhr, als Frank Armstrong einen Anruf von der Verwaltungskommission des Staates Virginia bekam. Es ging um Preisabsprachen. Mildred wurde blaß, als Frank ihr schilderte, wie George Demerius, Pickens Oliguy, Larry Taylor und Randy Milliken sich in der schönen Kleinstadt Orange zum Abendessen getroffen hatten. Nichts sei daran ungewöhnlich gewesen, außer daß Randy Milliken die halbe Nacht über komplizierte Formulare für die staatliche Autobahnverwaltung geschimpft habe. Sie alle hätten Kostenvoranschläge für einen Neubelag der Louisa-Ausfahrt auf der I-64 gemacht, und Randy habe erwähnt, er glaube, es sei ein 600000-Dollar-Auftrag, egal, wer ihn ausführe. Larry habe darauf die Tischrunde verlassen.

«Offenbar ist er rausgegangen, um im zuständigen Ministerium anzurufen und uns der Preisabsprache zu bezichtigen.» Mildred rieb sich mit den Daumen die Schläfen. «Verdammt, was ist los mit ihm?»

Frank saß auf ihrer Schreibtischkante. «Ich weiß es nicht. Ich habe ein gutes Geschäft aufgebaut und mir einen guten Ruf erworben. Larry weiß, daß ich mich nicht auf Preisabsprachen einlassen würde, und was Randy betrifft, na ja, er war geladen, das ist ihm rausgerutscht, ein Versprecher, weiter nichts.»

«Larry Taylor scheint ja ein richtiger Pfadfinder zu sein. Wahrscheinlich trägt er die Zehn Gebote und die Verfassung der Vereinigten Staaten in der Hosentasche mit sich herum.»

«Hm, ich würde ihn nicht gerade als flexibel bezeichnen.» Frank rieb sich das Kinn. «Mildred, ruf George an und stell ihn zu mir durch. Mal hören, was er dazu sagt.»

«Halt den Hörer weit vom Ohr.»

«Warum?»

«Weil darin eine Explosion stattfinden wird.» Mildred wählte die Nummer.

Frank ging in sein kleines Büro und nahm ab, als Mildred rief: «George…»

«Ich bring ihn um, dieses Arschloch! Der hat wohl nicht mehr alle Tassen im Schrank, verdammte Scheiße! Ich springe ihm an die Gurgel, ich zerreiß ihn in Stücke.»

«Hast du mit Larry gesprochen? Ich hab ihn noch nicht angerufen.»

«Ich versuch den miesen Schweinehund zu erreichen, seit ich heute morgen den verflixten Anruf von der Kommission gekriegt habe, Herrgott im Himmel, das ist keine anderthalb Stunden her. Scheiße, ich komm ins Büro, das Telefon klingelt, die Kleine ist nicht da, also geh ich ran. Ermittlungen wegen unlauterer Preisabsprachen. Oder so 'n ähnlicher Quatsch. Ich hab mich gefragt, wer so was macht, und dann ist es mir wie Schuppen von den Augen gefallen, es war alles sonnenklar. Ich ruf also das Arschloch an, und er ist nicht zu sprechen, kein Kommentar. Der ist nicht bloß eine wandelnde Hämorrhoide, der ist obendrein ein Behördenkriecher!»

«Sobald der erste Dominostein fällt, können wir nichts mehr machen», sagte Frank halb zu sich selbst.

«Wie wahr. Die Kommission wird ermitteln. Eidesstattliche Erklärungen noch und nöcher. Geheime Vernehmungen hinter verschlossenen Türen, angeblich, um uns zu schützen, aber das bleibt nicht lange geheim. Bleibt es nie, mein Freund, bleibt es nie.»

«Ich rufe wohl besser meine Anwältin an.» Frank seufzte. Er ärgerte sich nicht nur über das Geld, sondern auch über die ungeheure Zeitverschwendung.

«Milliken ruft auch seinen Anwalt an, und Pickens ist draußen auf einer Baustelle. Der Arme weiß vermutlich noch gar nicht, was los ist. Wenn du eher als ich von ihnen hörst, ruf mich an.»

«Klar.»

«Weißt du, was ich tun werde?» stieß George hervor. «Ich werde alt, Frankie. Ich hab schwer geschuftet, und ich bin vielleicht nicht der schlauste Kerl der Welt, aber ich hab's zu was gebracht. Ich dachte, dies war das Land der unbegrenzten Möglichkeiten, und ich betone *war*. Heute kannst du nicht mal kacken, ohne daß einer plärrt und fragt, ob deine Scheiße biologisch abbaubar ist. Verstehst du, was ich meine?»

«Ja. Es wird immer schwieriger, Geschäfte zu machen.»

«Ich zieh mich zurück. Diese Geschichte bringt das Faß zum Überlaufen. Ich verkaufe. Ich weiß, ich kriege nicht so viel, wie mein Laden eigentlich wert ist, aber es dürfte genügen, um mich zur Ruhe zu setzen, und dann ziehen Lorraine und ich nach Arizona. Ich hab die Schnauze voll.»

«Ich verstehe.» Frank fühlte sich plötzlich ausgelaugt.

«Frank, steig aus, solange es sich noch auszahlt.»

«Das kann ich nicht, George. Ich will das Geschäft meinen Kindern hinterlassen. Frazier ist 'n heller Kopf.»

«Das bezweifle ich nicht. Aber es ist nur eine Frage der Zeit, irgendwann steht diese Sache in der Zeitung. Straßenbaukartell, Vetternwirtschaft, raffgierige Geschäftsleute, verstehst du? Scheiße, ich hab in Korea gekämpft. Ich hab so viele Steuern bezahlt, daß man davon eine Autobahn von Richmond, Virginia, bis nach Louisville, Kentucky, bauen könnte. Diese Geschichte wird nicht nur eine Weile das Geschäft blockieren», er legte die Betonung auf das Wort *blokkieren,* «die Presseheinis werden meinen guten Namen ruinieren. Und weißt du was? Selbst wenn am Ende alles widerlegt wird, klebt für immer Scheiße an unseren Namen, weil so ein Stinktier dachte, er hätte uns über Preisabsprachen reden hören. Ich könnte Randy den Hals umdrehen, aber andererseits hat er doch wirklich nur einen Höchstpreis genannt. Er hat sein Angebot nicht festgelegt, und keiner von uns anderen hat es aufgegriffen, verstehst du, was ich meine?»

«Ja, und ich hoffe, es wird bei den Ermittlungen aufgeklärt.»

«Aufgeklärt oder nicht, wir werden durch den Dreck gezogen, und ich mach mich aus dem Staub.»

«George, ich finde das wirklich schade, aber ich kann dich verstehen.»

«Na ja, guter Freund, halt die Ohren steif.»

Frank drückte die Umschalttaste, dann rief er seine Anwältin an. Sie riet ihm, sich Journalisten gegenüber auf keinen Fall zu äußern – und die würden bestimmt bald anrufen. Sie schlug ihm außerdem vor, mit ihr zusammen Mittag essen zu gehen.

Als Frank sein Gespräch mit Barbara beendet hatte, ging er wieder in Mildreds Büro. «Ich treffe mich zum Mittagessen mit Barbara.»

Mildred schob ihren Stuhl zurück. «Sie ist umwerfend. Hat bei ihrem Daddy gelernt.»

«Ja.» Frank dachte an Weed Garrick, Barbaras Vater, der sein Anwalt gewesen war, bis er ganz plötzlich an einem Herzinfarkt starb. «Weißt du, was George gesagt hat?» Er wartete eine Sekunde. «Er verkauft den Laden. Er sagt, er hat zu schwer und zu lange für diesen Scheiß geschuftet. Er zieht mit Lorraine nach Arizona.»

«Zu heiß.»

«Ja.»

«Was denkst du, Frank?» Mildred sah ihren geliebten Chef über ihre Halbbrille hinweg an.

«Ich denke, das dicke Ende kommt erst noch.»

49

Schwarzer Asphalt umgab die Gebäude des Einkaufszentrums und drohte ihren strahlenden Glanz zu verfinstern. Es war keine Hauptverkehrszeit, und nur wenige Autos standen herum, deswegen war mehr als sonst von dem dunklen Belag zu sehen.

Frazier fiel das sofort auf, und als Tochter eines Straßenbauunternehmers überschlug sie grob, was es kosten würde, diesen Geschäftsparkplatz zu pflastern. Ihr Vater stellte für solche Arbeiten oft keine einmalige Rechnung, sondern ließ sich lieber über einen Zeitraum von zehn, fünfzehn Jahren einen Anteil an den Ladenmieten auszahlen. So hatte er eine Art regelmäßiges Einkommen statt Riesenbatzen aus großen Aufträgen, die seine Steuern für das betreffende Jahr in die Höhe schnellen ließen. Frank Armstrong würde niemals Steuern hinterziehen, aber er würde auch nicht mehr bezahlen, als er mußte. Diese Devise hatte er an seine Tochter weitergegeben.

Frazier schob ihren Einkaufswagen nach draußen, endlich hatte sie mal wieder ihre Vorräte aufgefrischt. Bei den Mädels am Gemüsestand anzustehen gehörte nicht zu ihren Vergnügungen, deshalb schob Frazier Lebensmitteleinkäufe meistens so lange hinaus, bis die Schränke leer waren.

Aus dem Augenwinkel hatte sie Laura Armstrong und Ann Haviland in ihren Aerobic-Klamotten erspäht. Sie trugen neonfarbene Augenschirme, die das Logo des Country-Clubs zierte. Sie hatten Frazier noch nicht gesehen, und vielleicht würde es ihr gelingen, unbemerkt zu verschwinden. Anns Gemeinheiten ärgerten sie, aber Lauras scheinheiliges Getue um Carter, die Ehe und die Rolle der Gattin kotzte sie an.

Mandy hatte ihr heute bei der Arbeit erzählt, daß Ann mehrmals in aller Öffentlichkeit wegen Billys Verlobung Zustände bekommen hätte. Wie praktisch. Sie führte ein heterosexuelles Drama auf, ohne den heterosexuellen Schmerz wirklich zu empfinden, und die Erklärung, daß Billy ihr das Herz gebrochen habe, entband sie ungefähr sechs Monate lang von der Verpflichtung, mit irgendwelchen Männern auszugehen. Ann war nach Fraziers Briefen ganze drei Mal mit Billy weggewesen. Dies genügte der öffentlichen Meinung offenbar, um eine intime Beziehung zu vermuten, eine Beziehung, die Ann vorangetrieben hatte, die wiedergeborene Heterosexuelle.

Frazier fragte sich, welche Frau Ann wohl gerade nach allen Regeln der Kunst verführte. Laura konnte es nicht sein. Nicht mal Ann würde sich auf so ein Minenfeld begeben. Außerdem, wer wollte sich mit einer so vertrockneten Person ins Bett legen? So eine Tollerei würde doch Lauras Frisur ruinieren. Ein Super-Gau.

Frazier hatte vor dem Krankenhausaufenthalt über ihre Sexualität gelogen. Jetzt schämte sie sich ihrer Feigheit, aber sie lernte auch, sich selbst zu verzeihen. Ann, die aus einem anderen Holz geschnitzt war, genoß das Drama, lesbisch zu sein. Sie bediente sich einer Geheimsprache, um im Angesicht des Feindes mit Stammesgenossinnen zu reden. So hatte sie Frazier etwa zugeflüstert: «Soundso ist eine Freundin von Bertha» oder «Sie geht in dieselbe Kirche wie wir.» Die Aufgeregtheit in ihrer Stimme kündete von ihrem Bedürfnis, an Lug und Trug teilzuhaben. Wer es kann, wer es nicht kann, wer es tut, wer es nicht tut. Das war alles so ungeheuer wichtig. Die Wochenendorgien an sicheren Orten, abgeschirmt von feindseligen Blicken und Mißbilligung, lieferten Anns Leben den Treibstoff. Lesbisch zu sein verlieh ihrem ansonsten faden Dasein Glanz. Vielleicht war das einzig Bemerkenswerte an Ann, daß sie lesbisch war. Wenn Homosexualität öffentlich akzeptiert würde, würden die Anns dieser Welt ihren heimlichen Kitzel, ihre Besonderheit mit einem Schlag verlieren. Der Reiz des Verbotenen zog Ann im selben Maße an, wie er Frazier abstieß. Caravaggio erregte sie. Nicht, wer «es» war und wer nicht. Sie hatte keine Zeit für gehauchte Mitteilungen, für gepflegte Frauen, die sich vorbeugten und tuschelten: «*Entre nous*, und so weiter und so fort.» Es kümmerte sie nicht die Bohne, wer hetero war und wer schwul. Frazier fand, wer mit sich selbst zufrieden war, wer ein ausgeglichenes Sexualleben hatte, der hatte keine Zeit, sich darum zu kümmern, wer was mit wem tat. Sie fand, daß die meisten Menschen erbärmliche Geschöpfe waren, die sich langweilten, die verzweifelt hofften, daß irgendwo Leute wild herumbumsten, um es ihnen dann höllisch zu verübeln, wenn sie es tatsächlich taten. Sie waren wie hungrige Kinder, die sich an der Fensterscheibe der Bäkkerei die Nasen platt drückten, bis sie vor Wut die Scheibe einschlugen.

Frazier fühlte sich in keiner Weise für das sexuelle Elend anderer Menschen verantwortlich. Vielleicht war es schwer, aus dem Ghetto zu springen, vielleicht war es schwer, die Karriereleiter zu erklimmen, so vieles war schwer. Aber man konnte auf jeden Fall das eigene Sexualleben, das eigene Gefühlsleben verbessern, ohne das Glück anderer zerstören zu müssen.

Frazier hatte sich an eine nichtige Hoffnung geklammert; denn als sie die Heckklappe des Explorers zumachte, stürzten sich Laura und Ann auf sie, Zwillings-Rachefurien.

«Sag meinem Mann, wenn er sich nicht anständig benimmt, saug ich ihn restlos aus.» Laura tobte. Wo war die ewig leidende Ehefrau geblieben?

«Sag's ihm doch selber.» Frazier öffnete die Autotür.

«Nach allem, was du deiner Familie und deinen Freundinnen angetan hast», Anns Stimme tönte von hohler Selbstgerechtigkeit, «ist das mindeste, was du tun könntest, Laura und Carter zu helfen. Er steckt in einer Krise. Er braucht seine Frau und seine Familie.»

«Ich bin seine Familie.» Frazier rutschte auf den Fahrersitz und schloß die Tür.

Ann klopfte ans Fenster. Frazier ignorierte sie und fuhr einfach los. Im Rückspiegel konnte sie die beiden sehen, die Köpfe zusammengesteckt, so daß ihre grellbunten Augenschirme sich fast berührten. Sie sahen aus wie zwei Hühner, die sich über einen saftigen Japankäfer hermachten.

50

«Ich dachte, das Ding hier wär der Rolls-Royce unter den Schubkarren.» Mandy wankte hinter dem schwerbeladenen Gerät.

«Ist es auch. Es hat zwei Vorderräder und ist bestens ausbalanciert», erwiderte Frazier.

Mandy stellte ihre Last ab. «Die wiegt ja mindestens 'ne Tonne.»

«Laß mich mal.» Frazier packte die beiden Holzgriffe, hob die Schubkarre mühelos an und schob sie zu den hinteren Blumenbeeten. Der fruchtbare Mutterboden verströmte einen Duft, der jedes Gärtnerherz erfreut hätte.

«Ich hatte vergessen, wie stark du bist.» Mandy bückte sich und hob das vor der Hintertür verstreute Werkzeug auf, während Hund und Katze im Kreis um sie herumrasten. «Ich bin froh, wenn es länger hell bleibt. Dieses Wochenende.»

«Ich auch. Dann kann ich bis neun Uhr abends draußen arbeiten. Ich liebe das sanfte Abendlicht.» Sie stellte die Schubkarre ab und nahm die Schaufel, die Mandy ihr reichte. «Guck mal, zuerst streue ich eine dünne Schicht in die aufgelockerte Erde. Und dann muß man den Dünger untergraben. Deswegen wollte ich, daß der alte Hitchcock mit seinem Pflug rüberkommt und das für mich erledigt, aber das Wetter hat verrückt gespielt, deswegen ist er mit allem im Rückstand. Aber es hat mir nichts ausgemacht, den Boden selbst umzugraben.»

«Bis auf die Schwielen.»

«Und das, obwohl ich Handschuhe anhatte.» Sie warf die braune Erde auf die rechteckigen Herbstbeete, die Mitte Juli Frühchrysanthemen hervorbringen würden, dann die Zinnien und die großen Chrysanthemen, die das Ende des Sommers ankündigten.

Reihen von Ringelblumen wechselten mit Grasstreifen zwischen den Zeilen ihres Gemüsegartens. Die Herbstblumenbeete begrenzten den hinteren Teil des Gartens. Die Rückseite bildete eine Mauer, gut einen halben Meter hoch, mit einem weißen Tor in der Mitte.

«So ein ruhiges Wochenende haben wir beide schon lange nicht mehr gehabt», sagte Mandy, während sie die frische Erde harkte.

«Meine Mutter spricht nicht mehr mit mir, das trägt auch zur Ruhe bei. Carter ist mit Sarah Saxe nach Nag's Head gefahren. Kenny ist in New York, und Tante Ru, mit der ich in aller Herrgottsfrühe gesprochen habe, kümmert sich um ihren eigenen Garten. Von denen abgesehen ruft mich niemand mehr an. Ich schätze, ich bin gleichzeitig befreit und verlassen.»

«Ich bin froh, daß dein Geschäft nicht auf diese Stadt angewiesen ist.»

Frazier lud einen großen Haufen Erde auf die Schaufel. «Und nicht nur aus den naheliegenden Gründen. Die Leute hier sind knickerig. Versuch mal, Geld für einen guten Zweck zu sammeln.»

«Komisch.»

«Siedlermentalität.»

«Hä?» Mandy verstand nicht gleich.

«Früher hat man für seine Familie gesorgt. Warum sich um die anderen kümmern? Fremden was zu geben gehört nicht zu unserem Erbe. Das ist zwar nicht die beste Erklärung, aber es ist die einzige, die ich habe, denn ich könnte nicht behaupten, daß meine Familie ansonsten geizig wäre.»

«Komisch, wie sich Gewohnheiten halten, lange nachdem sich die Verhältnisse geändert haben.» Mandy wischte sich den Hals mit einem Taschentuch ab und steckte es in die Gesäßtasche ihrer Jeans. «Gewöhnst du dich dran? Daß sie dich links liegenlassen, meine ich?»

«Ja. Ich lerne langsam, mit der Stille zu leben, und weißt du was? Das ist gut so.»

«Du gehst besser damit um, als ich es könnte», sagte Mandy aufrichtig.

«Hoppla.» Frazier war auf eine Blumenzwiebel gestoßen und ging auf die Knie, um ein Loch dafür zu graben. Als sie mit beiden Händen über die Zwiebel strich, fühlte sie die kühlen Erdklümpchen durch die Finger rieseln. Dies war der

Ursprung allen Wohlstands, gute Erde. In dieser Gegend war Davis-Lehm das Beste, was es gab. Aber Frazier hatte die fette schwarze Erde von Iowa gesehen, die endlosen fruchtbaren Prärien Amerikas. Sie stand auf. «Mandy, wenn wir je vergessen, was dieses Land groß gemacht hat, verdienen wir zu scheitern. Es waren die Erde und die Flüsse. Wir sind so reich, daß wir die Kornkammer der Welt sein könnten.»

«Du und meine Momma.» Mandy zerkrümelte einen Erdklumpen. «Offen gesagt, ich finde, du verkraftest diese, äh, Veränderung außerordentlich gut.»

«Vielleicht hab ich erkannt, daß ich selbst was tun muß. Es ist sinnlos, zu jammern und zu stöhnen und mit dem Finger auf andere Leute zu zeigen. Ich hab es ganz allein geschafft, und ich hatte mich so weit von mir selbst entfernt, daß wohl nur eine Katastrophe erster Güte mich zwingen konnte, was dagegen zu tun. Weißt du, Mandy, mein Kopf war wie ein Koffer, die Kleider wahllos reingeworfen und dann zugeknallt, weil ich's eilig hatte, irgendwo anzukommen – nur wußte ich nicht wo. Wenn ich nicht krank geworden wäre, wenn ich die Briefe nicht geschrieben hätte, dann hätte ich vermutlich nicht über meine Art zu leben und zu handeln nachgedacht, bis ich alt gewesen wäre. Ich glaube, man kann sich in jedem Alter ändern, aber es ist viel besser, es jetzt zu tun. Zumindest wird die zweite Hälfte meines Lebens erfüllter sein als die erste. Wenn ich jetzt lache, kommt es aus dem Bauch, nicht die höflichen kleinen Gluckser in der Kehle, verstehst du?»

«Mmh.» Mandy wischte sich die Hände ab. «Meinst du, Carter kann sich ändern?»

«Er bemüht sich, aber ich weiß nicht, ob er es schafft. Das ist nicht böse gemeint, aber, na ja...»

«Ich weiß. Vielleicht liegt es daran, wie Männer erzogen werden, oder vielleicht liegt's an Carter, aber nach meiner Erfahrung mit Männern wollen sie sich nicht mit ihren Gefühlen auseinandersetzen, wenn keine Frau da ist, die sie mitzieht: Mommy, die Ehefrau, die Geliebte, was weiß ich. Es muß schrecklich sein, so von Frauen abhängig zu sein. Ich würde alle Frauen hassen.»

«So hab ich das noch nie gesehen.» Frazier lud die letzte Schaufel Erde ab. «Wenn die Scheidung durch ist, hoffe ich, daß er den Mumm hat, wegzugehen oder ernsthaft über einen Beruf nachzudenken.»

«Ja, das hoffe ich auch. Meinst du, er bleibt mit Sarah zusammen?»

«Sie ist gut für ihn, und sie steht mit beiden Beinen auf der Erde. Auch er hat sich sehr weit von sich selbst entfernt. Wie kommt das, Mandy? Ich kenne nicht viele Menschen, die wirklich sie selbst sind.»

«*Authentisches Ich* nennen das die Therapeuten.»

Frazier, die von Therapie keinen blassen Schimmer hatten, dachte einen Augenblick über den Begriff nach. «Egal, wie man das nennt, jedenfalls sind verdammt wenige Leute dazu vorgestoßen. Ich glaube nicht, daß meine Mutter jemals ein authentisches Gefühl hatte. Und Dad, der hat vor so langer Zeit klein beigegeben, daß es vermutlich eh keinen Unterschied mehr macht. Vielleicht wird man mit Sechzig vergeßlich.» Plötzlich wurde sie heftig. «Gott, das will ich nicht hoffen. Ich liebe meinen Dad, auch wenn er sich von ihr hat kleinkriegen lassen. In dieser Hinsicht ist er schwach, aber er verdient es, glücklich zu sein. Carter auch. Ich möchte, daß er glücklich ist.»

«Familien. Wir sind so verschieden und doch so ähnlich. Die Familie ist die Ursache jeden tiefen Kummers und Zorns, aber wenn es überhaupt Kraft gibt, dann kommt sie von denselben Leuten. Ich liebe meine Momma und meinen Daddy. Ich kann meine Schwestern gelegentlich ertragen. Ich liebe sie sogar, nehme ich an, aber ich bin verdammt froh, daß sie alle in Birmingham geblieben sind. Ich könnte sie nicht um mich haben wie du. Warum bist du hierher zurückgekommen?»

Frazier lächelte und deutete auf ihre Füße. «Die Antwort ist unter dir. Ich bin wie Antaeus. Wenn meine Füße auf dem Boden Virginias stehen, bin ich unschlagbar. Wenn man mich hochhebt, wie Herkules es im Ringkampf mit Antaeus gemacht hat – wobei ihm natürlich jemand geholfen hat; eine Göttin sagte ihm, was er tun sollte, denn er war am Verlieren, aber als er den Titanen über seinen Kopf hob, konnte Antaeus keine Kraft mehr aus der Mutter Erde schöpfen, das schwächte ihn, und er wurde besiegt. Ich brauche das hier, Mandy. Ich brauche diese Erde, und ich brauche die Gemälde. Ich muß sie nicht besitzen, aber ich muß sie ausfindig machen, sie erforschen, die Entwicklung des Malers verfolgen und dann ein Zuhause für sie finden. Malerei, Bildhauerei, Musik, Literatur – das ist das Beste, was andere Menschen uns hinterlassen haben. Was ich auch immer getan habe, daran habe ich festgehalten. Ich hatte eine Art emotionaler Intelligenz in mir, auch wenn sie noch so schwach war.»

«Vielleicht ist es dasselbe – die Erde und die Kunst. Beide ernähren sie uns – die Erde den Körper, die Kunst den Geist. Und ich weiß, gleich wirst du sagen, wie gut wir dran sind, und du hast ja recht, aber mir tut der Rücken weh. Ich muß mich hinsetzen.»

Gesagt, getan. Sie setzte sich unter die zartgrünen Knospen eines Storaxbaumes und sah Frazier bei der Arbeit zu. Und Mandy fragte sich, was ihre Vorfahren gefühlt haben mochten, als sie Land bebauten, das sie nie besitzen würden. Je länger sie darüber nachdachte, desto klarer wurde ihr, daß sich Frazier und sie, so unterschiedlich ihre Wege auch gewesen waren, in diesem Moment am selben Ort befanden. Und die Sonne schien hell auf ihre Köpfe in Somerset, Virginia.

51

Stärkst du mir den Rücken, wenn ich mit Sarah zum Hartriegelblütenfest komme?» fragte Carter.

«Ja, aber ich muß mich ums Feuerwerk kümmern. Wenn das Fest in vollem Gange ist, kann ich nicht viel machen», warnte ihn Frazier.

«Laura und Mutter werden zusammenhalten wie Pech und Schwefel.» Er rieb sich die blonden Stoppeln am Kinn. Es war sieben Uhr morgens, und er hatte sich noch nicht rasiert.

«Das ist doch nichts Neues, oder?»

Carter brummte. Das Telefon klingelte. «Wer zum Teufel...?»

«Hallo.» Frazier nahm ab. «Tante Ru, was ist los?» Sie hörte aufmerksam zu und rief dann: «Carter, zieh deine Schuhe an und lauf zum Briefkasten.»

«Warum?»

«Nun mach schon!» Er gehorchte, und Frazier hörte wieder ihrer Tante zu. Sie war jetzt richtig wütend. «Das ist unglaublich.»

«Wie können sie ihm das antun?» Ru kämpfte mit den Tränen.

«Tante Ru, bevor ich den Artikel nicht gelesen habe, kann ich weiter nichts sagen, aber es hört sich verdammt nach einer Lüge an. Hast du Dad angerufen?»

«Nein, er steht nicht vor halb acht auf, aber ich ruf ihn an, bevor die Meckerziege sich zu ihrem Morgenkaffee und Orangensaft setzt, die Zeitung aufschlägt und 'nen Tobsuchtsanfall kriegt. Das wird ihre Kreativität anheizen.» Ru wälzte einen Teil ihres Kummers und ihrer Wut auf Libby ab, die jederzeit willkommene Zielscheibe.

«Mutter ist sehr kreativ, ich wünschte nur, das würde sich

bei ihr anders äußern als in seelischer Grausamkeit. Ah, da kommt Carter.»

«Mein Gott!» Carter reichte Frazier die Zeitung, den Lokalteil von Mittelvirginia. Auch im *Richmond Times Dispatch*, den sie abonniert hatte, fand er inkriminierendes Material.

Frazier überflog die Zeitung. «Oh, mein Gott.»

«Schwesterherz, hier steht auch was.» Er schob ihr die Richmonder Zeitung hin.

«Ru, in der Richmonder Zeitung steht es auch.»

«Mein Bruder hat in seinem ganzen Leben noch nie einem Kunden zuviel berechnet. Er ist der redlichste und anständigste Mensch, den ich kenne, genau wie unser Daddy, und ich dreh dem miesen Schweinehund, der Frankie das angetan hat, den Hals um. Ich mach ihn kalt!»

Frazier las weiter. «Ich helf dir dabei.»

«Unzuverlässiges Vorgehen – was? Sie werfen ihm eine Monopolstellung vor, sie beschuldigen ihn der...»

«Preisabsprachen. Armer Daddy, armer Daddy.» Frazier fühlte sich hilflos, dann versuchte sie ihr Hirn anzukurbeln, was schwierig war, weil sie erst einmal ihren Tee brauchte. Als hätte er ihre Gedanken gelesen, goß Carter kochendes Wasser über einen Teebeutel und reichte ihr die Tasse. Sie nahm seine Hand und hielt sie einen Moment. «Tante Ru, am besten sagst du es Pop. Wenn du mit ihm gesprochen hast, ruf mich an, laß es zweimal klingeln und leg auf, dann ruf ich ihn an. Bis acht Uhr werden alle, mit denen er sprechen will, und alle, mit denen er nicht sprechen will, es gelesen haben, und die Telefondrähte werden heißlaufen. Okay?»

«Okay.»

«Und Tante Ru, laß dich morgen abend beim Hartriegelblütenfest im Country-Club sehen. Ich will verdammt sein, wenn wir uns verstecken. Jetzt heißt es, alle Mann an Deck.»

«Ich komme bestimmt, aufgetakelt wie eine Fregatte. Tschüs, mein Herz.»

Carter reichte ihr einen Teller mit Doughnuts. Sie winkte ab und trank ihren Tee, wobei sie mit grimmiger Miene überlegte. Carter war bedrückt. «Schätze, ich bitte Dad jetzt lieber nicht um ein Darlehen.»

«Du solltest ihn grundsätzlich nicht um ein Darlehen bitten.»

Er rutschte unbehaglich auf seinem Stuhl herum. «Ich war nie so schlau wie du.»

«Quatsch. Jedenfalls könnte es sein, Carter, daß Dad unser Geld braucht, um...»

«Dein Geld», warf er ein. «Ich hab keins.»

Sie setzte sich ihm gegenüber. «Diese Sache könnte seinem Geschäft wirklich schaden, und die Rezession hat ihn ohnehin schon schwer getroffen. Carter, es könnte sein, daß wir eine Weile für Daddy arbeiten müssen.»

«Du wärst verrückt, wenn du das tätest.» Er richtete sich auf. «Du verdienst ein Schweinegeld mit dem, was du machst, und so gut Mandy auch ist, sie hat einfach nicht deine Verbindungen und deinen Blick.»

«Danke, aber wir können Daddy nicht im Stich lassen.»

«Hör mal, wenn es so schlimm kommt, kann Tante Ru auch mitarbeiten. Verdammt, ihr macht es nichts aus, zu schuften wie ein Berserker, und ich kann die schweren Maschinen bedienen. Es ist schon eine Weile her, aber das hab ich schnell wieder drauf.»

«Also wirst du ihm helfen?»

«Ja – wenn er mich läßt.» Es war der leichteste Entschluß, den Carter je in seinem Leben gefaßt hatte. Noch gestern hätte er sich damit gequält, beide Seiten der Angelegenheit gegeneinander abzuwägen, seine schwierige Beziehung zu seinem Vater, die bleibende Nähe, geographisch gesehen, zu Laura, dieser Vagina mit Zähnen.

Das Telefon klingelte zweimal. Frazier sprang auf und rief Dad an. Carter trat hinter sie.

«Mom, kann ich bitte mit Dad sprechen?»

«Das ist eine Katastrophe!» jammerte Libby. «Nein, er versucht gerade zu frühstücken, und du wirst ihn nur noch mehr aufregen.»

Carter, das Ohr dicht am Telefon, hörte das und riß Frazier den Hörer aus der Hand. «Mutter, hol sofort Dad an den Apparat.»

Da ihr angebetetes Kind bisher nur einmal so wutentbrannt mit ihr gesprochen hatte, reichte Libby, vermutlich im Schockzustand, ihrem Mann das schnurlose Telefon. Carter übergab den Hörer wieder an Frazier.

«Daddy – geht's dir gut?»

Frank schluckte einen Mundvoll Essen hinunter. «Das ist nur ein Sturm im Wasserglas. Es geht vorüber. Mach dir um mich keine Sorgen.»

«Ich mach mir aber Sorgen um dich. Du bist ein großartiger Geschäftsmann, Dad, und diese Geschichte ist einfach absurd. Ich möchte dir helfen.»

«Du kannst mir helfen, indem du auf dich aufpaßt, dann hab ich nur noch ein Kind, um das ich mir Sorgen machen muß.»

Carter hörte das. Frazier antwortete rasch: «Daddy, ich glaube nicht, daß du dir um Carter Sorgen machen mußt. Er ist hier bei mir, und er will mit dir sprechen.» Sie übergab den Hörer an Carter.

Er schluckte, blinzelte heftig, dann begann er mit ungewöhnlich heiserer Stimme: «Dad, ich weiß, bisher habe ich nur Mist gebaut, aber jetzt fang ich ein neues Leben an. Ich hab keinen Tropfen getrunken, seit ich Yancey Weems' Mercedes und Billys Volante zu Schrott gefahren hab. Mir ist einiges klargeworden. Nein, ich will mich nicht rechtfertigen, Dad.» Er holte wieder tief Luft. «Was ich sagen will, ist, ich würde gern bei Armstrong-Straßenbau arbeiten, und ich erwarte keine große Bezahlung. Nur gerade genug, um für

Lebensmittel aufzukommen, solange Frazier mich hier erträgt. Ich kann die Maschinen bedienen, und mit ein bißchen Arbeit kann ich lernen, Kostenvoranschläge zu machen, na schön, ist eigentlich doch 'ne Menge Arbeit, aber ich kann das, Dad, und so sparst du ein Gehalt ein. Die Zeiten sind schlecht, und es kann sein, daß die Geschäfte nach diesem blöden Artikel noch schlechter gehen. Und Ru kann auch mitarbeiten. Wir schaffen das schon – wenn du mir bloß eine Chance gibst.»

Die endlos lange Pause am anderen Ende der Leitung war quälend. «Hört sich gut an, mein Sohn.»

Röte schoß Carter in die Wangen. Frazier legte ihm den Arm um die Schultern. «Nur noch eine Kleinigkeit – kannst du bei Mildred ein gutes Wort für mich einlegen? Du weißt, sie kann mich nicht ausstehen.»

Frank lachte. «Carter, mach dir darüber keine Gedanken. Wir sehen uns, hm, sagen wir in einer Stunde?»

«Prima.»

«Sag Frazier, sie soll sich keine Sorgen machen. Du weißt, wie sie ist.»

«Ja, sag ich ihr. Tschüs.»

«Wiedersehen.»

Carter behielt den Hörer in der Hand. Er konnte nicht auflegen. Frazier drückte auf die Gabel. «Er sagt, du sollst dir keine Sorgen machen. Du machst dir viel zu viele Sorgen.»

«Ich bin stolz auf dich, Brudda.»

«Ja?»

«Ja.»

Sie wäre auch stolz auf ihren Vater gewesen, wenn sie ihn in Libbys Landhausküche hätte sehen können. Als er es seiner Frau erzählte, drehte sie durch und sagte, das würde alles ruinieren, was vom Geschäft noch übrig sei – nicht, daß Carter keine Hilfe sein könnte, aber Vater und Sohn würden sich zanken wie Katze und Hund. Dann deutete sie an, daß dies Laura das Herz brechen würde.

Frank war vielleicht nicht der scharfsinnigste Mann der Welt, aber er begriff, daß seine Frau fürchtete, er würde eine engere Beziehung zu seinem Sohn knüpfen und sie dann nicht mehr als Vermittlerin benötigen. Libby lebte nach dem Motto «Entzweie und gebiete!» Sie nervte ihn so lange weiter, bis er schließlich sagte, sie solle den Mund halten.

Libby, die Franks Entschlossenheit mißdeutete, ein Fehler, der ihr nur zu leicht unterlaufen konnte, nachdem sie ihn vier Jahrzehnte unterm Pantoffel gehalten hatte, bedrängte ihn weiter: «Dann bestehe darauf, daß er sich von dieser Freundin trennt. Die Person taugt nichts. Diese Beziehung schadet deinem Image, sie schadet deinem Geschäft. Carter muß sich von ihr trennen.»

Frank brüllte: «Verdammte Scheiße, halt endlich die Klappe!» und knallte seine Tasse mitsamt Untertasse an die Wand. Das Geschirr zerbrach und hinterließ an der Wand einen Kaffeefleck. Frank schnappte sich seine Autoschlüssel, und Libby blieb allein mit sich und der neuen Situation, mit der sie zurechtkommen mußte.

52

Das Gebäude des Country-Clubs mit seinen rötlichen Ziegeln und dem schneeweißen Gesims kontrastierte mit dem Frühlingsgrün der umstehenden Walnuß- und Ahornbäume, der Kastanien und Roteichen. Bald würden die haushohen Magnolien wie auf Kommando ihre großen Knospen öffnen, und die weißen Blüten zwischen den grünglänzenden Blättern würden aussehen wie Wasserlilien.

Die Straßen zum Club waren von Autos verstopft, und die Leute mußten fast einen Kilometer zu Fuß gehen, um zu Tanz und Feuerwerk zu gelangen.

Tische mit pastellfarbenen Tischdecken standen auf dem wogenden Rasen, Blumenarrangements mit Windlichtern zierten die Mitte jedes Tisches. Livrierte Kellner und Kellnerinnen bedienten die Gäste. Ein Tanzboden, der bei Festen im Freien aufgestellt wurde, erhob sich über der ausgedehnten Rasenfläche. Im anhaltenden Dämmerlicht klopfte der Kapellmeister mit seinem Taktstock auf ein Notenpult. Sein Toupé sah furchtbar aus; hätte es auf der Straße gelegen, Autofahrer hätten es für eine tote Katze gehalten. Die Mitglieder des kleinen Orchesters ergriffen ihre Instrumente. Melodien der dreißiger und vierziger Jahre schwebten über Buchsbaum und Azaleen.

Alles, was gehen, laufen oder getragen werden konnte, war heute abend zur Stelle. Die Frühlingsgarderoben der Damen schimmerten in Pastellfarben, während die Herren eleganten Pinguinen glichen. Frank und Libby saßen am Kopfende eines Tisches an der Tanzfläche. Libby schäumte, als Carter mit Sarah ankam, die aufgetakelt, aber sehr sexy war. Franks gestriger Ausbruch hielt Libbys Mundwerk vorübergehend in Schach. Sie ließ sich Sarah vorstellen, blieb aber kühl. Ru lenkte Libby bei jeder Gelegenheit ab. Frazier saß der erotischen Frau gegenüber. Sie unterhielten sich lebhaft, während Mandy, die ein pfirsichfarbenes Chiffonkleid trug, mit Frank plauderte. Auch das paßte Libby nicht; eine Farbige an ihrem Tisch. Sie beschloß, es heldenhaft zu tragen, damit ihre Clique mit ihr fühlen und ihren Charme, den sie trotz aller Bedrängnis spielen ließ, zur Kenntnis nehmen konnte. Die jüngsten Tumulte in Los Angeles flößten Libby Angst ein; sie fürchtete, jede Unmutsäußerung ihrerseits würde

Gewalt auf seiten nichtweißer Individuen auslösen. Libby mit ihrem Rassismus und ihren anderen Ismen brachte es fertig, aktuelle Ereignisse so einzuordnen, daß sie ihre Vorurteile untermauerten, statt sie in Frage zu stellen.

Laura Armstrong, die sich ihre Idealfigur erhungert hatte, saß mit Pete Barber und seiner Frau an einem Tisch. Laura hatte einen Begleiter aus New York angeheuert, um den Leuten zu beweisen, daß sie imstande war, einen attraktiven Mann anzuziehen, aber welche Frau kann das nicht, wenn sie die Rechnungen bezahlt?

Laura hatte noch andere Rechnungen zu bezahlen. Aus dem letzten Detektivbericht hatte Frazier erfahren, daß ihre Schwägerin Ärzte in Richmond, Washington und sogar Norfolk aufsuchte, um an Rezepte für das altbewährte Valium und Unmengen von Stimmungsaufhellern zu kommen.

Frazier bezahlte den Detektiv, behielt aber die Information für sich. Sollte bei der Scheidung schmutzige Wäsche gewaschen werden, wollte sie den Bericht Carters Anwalt zuspielen.

Und es freute sie ungemein, daß die perfekte Dame so perfekt nicht war.

Pete Barber bezahlte seine Rechnung sofort, nachdem er die Zeitungsattacke gegen Frank gelesen hatte. Frank erkannte nun, wer seine wirklichen Freunde waren, und Pete hatte er bisher nicht dazugezählt. Diese wunderbare Überraschung war ebenso groß wie die Enttäuschung über Fred Vanarman, den Börsenmakler. Der hatte den Vorwurf der Preisabsprache zum Anlaß genommen, die Rechnung für seine 400 Meter lange Zufahrt von seiner Anwältin überprüfen zu lassen. Bedacht darauf, Frank zu schneiden, spazierte er immer wieder an dessen Tisch vorbei.

Wilfreda Gimble, dieses abgegriffene Geldstück, das schon viel zu lange im Umlauf war, genoß das Schauspiel, die Armstrongs in ihren vermeintlich letzten Zügen zu sehen.

Billy Cicero schritt mit Camille Kastenmeyer am Arm auf die Tanzfläche. Er war eigens aus Richmond gekommen, um seine zukünftige Braut und seinen Frack vorzuführen. Kenny Singer schlenderte zu Frazier und beugte sich zu ihr hinab. «Camille fehlt eigentlich nichts als ein Kinn.»

«Die Habsburger hatten auch keins. Hat ihnen nicht geschadet», erwiderte Frazier.

«Stimmt, aber sie waren klug genug, sich Bärte wachsen zu lassen.» Kenny lachte. Nach einer Pause sagte er: «Tut mir leid, die Sache mit deinem Dad.»

«Mir auch, aber das vergeht. Dad steht über den Dingen. Bloß mit Mutter stimmt irgendwas nicht. Es sieht ihr gar nicht ähnlich, daß sie sich die Gelegenheit entgehen läßt, im Unglück zu schwelgen.»

«A propos schwelgen.»

Laura Armstrong wirbelte in den Armen ihres gelockten Begleiters vorbei. Sie lächelte Libby überschwenglich an, die die Huldigung erwiderte. Nach dieser Präsentation zahnärztlicher Kunst plapperte Laura ihrem Begleiter lebhaft ins Ohr.

Carter bemerkte nichts von alledem. Sarah schon.

Courtney kam herbei, um Kenny mit Beschlag zu belegen. Sie nickte allen höflich zu, und Kenny versprach, auf einen Tanz wiederzukommen, während Courtney ihn auf die Tanzfläche schleppte. Frank forderte seine Frau auf, und Carter folgte mit Sarah. Sie war eine besessene Tänzerin.

Frazier, Mandy und Mary Russell, die Damen, die ohne Begleitung waren, sahen den Tanzenden zu.

«Darf ich vermuten, daß mein Neffe glücklich ist?» Rus knallrote Lippen verzogen sich zu einem Lächeln.

«Selig.» Frazier verschränkte die Arme über ihrem üppigen Busen und beobachtete, wie die Leute *sie* beobachteten. Wahrhaftig, eine Kleinstadt.

«Was glaubst du, wieviel Laura für das Kleid ausgegeben

hat? Mindestens einen Tausender. Carters Geld. Armer Carter.» Mandy schmiegte das Kinn in die Hand.

«Carters Plastikkarte. Geld hat er keins», korrigierte Ru sie.

Billy Cicero, von boshafter Fröhlichkeit beflügelt, wirbelte mit Camille dicht an Fraziers Tisch vorbei und sie hörte, wie er zu seiner Verlobten sagte: «Sie sieht aus wie das blühende Leben, nicht?» Camille lachte perlend.

«Mies bis auf die Knochen.» Tante Ru langte nach der Weinflasche auf dem Tisch, besann sich dann aber eines Besseren und rief den Ober, um sich Kaffee zu bestellen. «Billy hat zu schnell zu viel Geld verdient. Und abgesehen davon, sagt ihm jede Frau in seinem Leben, angefangen bei seiner Mutter, wie charmant er ist. Eine Mutter braucht zwanzig Jahre, um aus ihrem Sohn einen Mann zu machen, und eine andere Frau braucht zwanzig Minuten, um einen Narren aus ihm zu machen. Allerdings hat es bei Billy mit dem Mannwerden nie geklappt.»

«Weil er schwul ist?» fragte Mandy unschuldig.

«Himmel, nein», Ru goß Sahne in ihren Kaffee, «weil er keine Verantwortung übernehmen will.»

«Ich bin im Moment nicht sein größter Fan, aber er leitet Atlantic Tobacco mit Schwung und Intelligenz.» Frazier hielt ihm die Stange.

«Ich meine emotionale Verantwortung. Paß auf, Mädchen», sagte Ru zu Mandy, «Dr. Yancey Weems dampft auf dich zu wie ein Güterzug.»

Mandy hatte keine Zeit mehr, sich umzudrehen, weil Yancey schon neben ihr stand und sie um einen Tanz bat. Gnädig folgte sie seiner Aufforderung, als Ann Haviland, bereits sonnengebräunt und in Rosa, ebenfalls auf die Tanzfläche glitt. Sie lächelte Laura strahlend zu, während sie Frazier und alle anderen Armstrongs demonstrativ ignorierte.

Frazier rutschte auf den nächsten Stuhl, um näher bei ihrer Tante zu sein. «Ich glaube, Dad wird es verkraften, wenn Mom ihn nur in Ruhe läßt.»

«Er ist ein starker Mann. Stille Wasser sind tief. Die Leute mißdeuten Franks Ausgeglichenheit und sein sanftes Gemüt als Schwäche. Er ist ein Panzer, wenn die Bombe fällt. Er hat die Orden in Korea nicht umsonst bekommen, und er redet nie darüber. Er spricht nicht gern vom Krieg», sagte Ru.

«Dad fragt sich eben, wie man einen Orden dafür bekommen kann, daß man andere tötet. Wo wir gerade von Kriegshelden reden – hab ich dir eigentlich erzählt, daß George Demerius nach Arizona zieht? Er will alles verkaufen.»

«Frank hat's mir erzählt. Er hat mir auch von Carter erzählt. Das könnte jetzt der Wendepunkt für Carter sein, und weißt du, Frank muß ihm vertrauen. Das tut beiden gut. Ich liebe Frank, aber er war zu streng mit Carter. Allerdings hätte ich nicht gedacht, daß er seine Kindheit bis in sein siebenunddreißigstes Lebensjahr ausdehnen würde.» Sie sah sich um. «Aber Wilfreda Gimble hat ihre Jugend bis in die Fünfziger verlängert. Ich persönlich glaube, sie ist schon über Sechzig.» Sie nahm noch einen Schluck von dem wohltuenden Koffein. «Herzchen, warum gehst du nicht tanzen? Du bist eine wunderbare Tänzerin.»

«Seit die ganze verfluchte Stadt weiß, daß ich lesbisch bin, denken wahrscheinlich alle, ich würde nicht mit Männern tanzen. Ich weiß nicht. Vielleicht glauben sie, daß es ansteckend ist.»

«Oder daß du nicht mit dem richtigen Mann ins Bett gegangen bist. Eine anständige Nummer, und du wärst kuriert. Ach ja, die männliche Eitelkeit, blind gegen die Realität.»

Das konnte man auch von Yancey behaupten, der Mandy mit seiner liberalen Einstellung beeindrucken wollte. Sie hörte höflich zu und wünschte dabei nur, die Weißen würden ihre Schuldgefühle für sich behalten.

«Sie glauben gar nicht, was ich als Arzt alles zu sehen bekomme», sagte er. «Zum Beispiel gibt es in den besten Familien von Albemarle County, den besten *weißen* Familien – ich spreche hier von der Aristokratie, Mandy – Fälle von Sichelzellenanämie. Das sage ich ihnen natürlich nicht. Ich sage ihnen, sie hätten Leukämie. Sie könnten die Wahrheit über ihre Vorfahren nicht ertragen.»

Während Yancey weiterredete, hielt Laura ihrem Begleiter endlose Monologe. Carter ging es gut, er war erfüllt von der Musik und stolz darauf, das schönste Mädchen des Abends in seinen Armen zu halten. So konnte er es sich nicht verkneifen, seine Frau leicht zu streifen. Sie fuhr zusammen, entspannte sich dann aber in den Armen ihres Begleiters, und ihre Augen bekamen einen besonders lüsternen Glanz. Der attraktive Mann an ihrer Seite und das an einer Seite bis zum Oberschenkel geschlitzte «Fick-mich-Kleid», das sie trug, gaben ihr das Gefühl, hinreißend zu sein, auch wenn Carter ihrer Meinung nach grausam war und versuchte, ihr weh zu tun. Laura konnte einfach nicht begreifen, daß sie nicht mehr der Mittelpunkt im Leben ihres Mannes war.

«Die hängt an ihm wie eine Klette», sagte Laura kichernd zu ihrem Begleiter.

«Wenn sonst nichts an ihm hängt», erwiderte er.

Sie warf den Kopf zurück und lachte exaltiert.

«Eine oscarreife Vorstellung.» Frazier klopfte beifallspendend mit ihrer Gabel auf den Tisch.

«Früh gefreit und dann bereut. Wie teuer es wohl wird, sie abzustoßen?»

«Ru, egal, was es kostet, das Geld ist gut angelegt.» Sie sah auf ihre Uhr. «Ich geh mal rüber zum Feuerwerk. Ich hab heute nachmittag zwar alles überprüft, aber ich seh lieber noch mal nach. Schick Mandy rüber, wenn der Tanz vorbei ist.»

«Frazier, ich weiß, wie schwer es für dich ist, hier zu sitzen, aber ich bin froh, daß du da bist. Die Leute müssen sehen, daß du dich nicht schämst, daß du nichts zu verbergen hast. Dasselbe gilt für Frank. Ihr habt dasselbe Recht hierzusein wie alle anderen.»

«Tante Ru, du bist die Beste.»

«Hm, das kann ich nicht beurteilen, aber als alte Frau sitze ich viel zu Hause und denke nach. Im Auto denke ich auch viel nach. Du mußt den Leuten eine Chance geben. Du mußt verstehen, daß sie vor den Kopf gestoßen sind. Sie haben dich anders gekannt, und jetzt müssen sie sich umgewöhnen. Du hast nicht gelogen, aber du hast auch nicht die Wahrheit gesagt. Vielleicht könnte man sagen, du bist unter falscher Flagge gesegelt.» Ru tätschelte ihre Hand. «Aber gib den Leuten eine Chance. Stell dir vor, die Situation wäre umgekehrt.»

«Wie meinst du das?»

«Was, wenn Homosexualität die Regel wäre und die Heterosexuellen sich verstecken müßten? Wer würde uns dann interessieren? Zuhälter und Prostituierte zum Beispiel. Die Verrückten würden uns interessieren, und Leute wie du und ich wären plötzlich ganz normal.»

«So hab ich das noch nie gesehen.»

«Wie gesagt, ich bin eine alte Frau. Ich verfüge über den Luxus, genug Zeit zum Nachdenken zu haben. Also, gib den Leuten eine Chance. Und wenn mehr Männer und Frauen wie du ehrlich wären, ich glaube, dann würde unsere Gesellschaft ein bißchen reifer werden. So ist der Mensch nun mal.»

«Wie gerne würde ich das glauben, aber solange Frauen ihre Kinder verlieren können, ihre Arbeit, ihre Stellung in der Gesellschaft, denke ich, daß es lohnender ist, zu lügen, als die Wahrheit zu sagen. Gott, ist das alles kompliziert.»

«Wie fühlst du dich jetzt?»

Frazier spielte mit ihrer Serviette, während sie sich die Frage durch den Kopf gehen ließ. «Ich fühle mich sauber und im Einklang mit mir selbst, aber ich bin wütend – mir war vorher nie bewußt, daß ich eine solche Wut in mir habe. Ich weiß nicht, ob es wegen dieser ganzen Schwulengeschichte ist oder ob es was mit Mutter zu tun hat oder mit dem wahnsinnigen Druck, mich anpassen zu müssen, aber ich wette, in erster Linie waren es die Nerven, die mich ins Krankenhaus gebracht haben. Ich konnte einfach nicht atmen. Jetzt kann ich atmen. Und ich spucke Feuer.»

«Bisher warst du ein Muster an Gelassenheit. Das Feuer war nicht zu sehen. Ich glaube, das viele Geld, das Frank in deine Erziehung gesteckt hat, hat sich ausgezahlt.» Ru lachte.

Frazier stand auf und ging zu den Feuerwerkskörpern. Auf dem Weg dorthin kam Debbie Noakes, Kimberleys zwölfjährige Tochter, in ihrem ersten Erwachsenenkleid angelaufen, um Frazier zu begrüßen. Die beiden kannten sich von den Pfadfinderinnen, und Kimberley in ihrer bürgerlichen Art war ausgewichen und hatte ihrer Tochter erzählt, Frazier mache nicht mehr mit, weil sie zu viel Arbeit habe.

«Miss Armstrong, ich bin so froh, Sie zu sehen.»

«Ganz meinerseits, und hübsch siehst du aus. Das ist ein tolles Fest, weil alle sich so schön machen.»

Kimberley, von ihrer Mutter angestachelt, stand von ihrem Platz auf und rief mit honigsüßem Lächeln: «Debbie, Schätzchen, komm zurück an den Tisch. Du weißt, Miss Armstrong ist sehr beschäftigt.»

«Mom ist komisch. So ist sie immer», stöhnte Debbie, aber sie gehorchte.

Als Frazier an dem Tisch vorbeiging, hörte sie Kimberleys Mutter, die alte Tiny Lockett, sagen: «Du solltest dem Kind nicht erlauben, mit solchen Leuten zu verkehren.»

Frazier ging weiter, aber sie hörte Debbie fragen: «Mit was für Leuten?»

Als sie zu den Feuerwerkskörpern kam, war sie froh, weit

weg von der Menge zu sein. Wie sollte sie den Leuten eine Chance geben, wenn die meisten es vorzogen, über Menschen, die anders waren als sie, zu richten, statt sie verstehen zu lernen? Sie hockte sich hinter das Gerüst. Die diversen Feuerwerkskörper und Zünder waren säuberlich aufgereiht und numeriert, denn sie legte Wert darauf, ihr Feuerwerk mit System abzubrennen. Jedesmal, wenn sie das tat, mußte sie an Monet, Renoir, Pissarro denken. Für Frazier waren Feuerwerke ein himmlischer Impressionismus, etwas scheinbar mühelos Hingekleckstes, was jedoch technisches Geschick und Planung erforderte.

Das Bild von Vulcanus, der abseits von seinem Vater auf dem Olymp stand, ging ihr durch den Kopf. Hatte Vulcanus die Aufsicht über Feuerwerke? Eigentlich sollte er sie haben. Selbst auf dem Olymp gibt es verstoßene Kinder, unvollkommene Sprößlinge, und einen Augenblick lang war sie mit ihren Gedanken bei dem schwitzenden, verkrüppelten Gott, der, mit Venus vermählt, von dieser zwar nicht gehaßt, aber auch nicht geliebt wurde.

«Il Penseroso.» Mandy ließ sich neben sie fallen.

«Verschon mich bitte mit John Milton, ein für allemal.»

«Du sahst nachdenklich aus.» Mandy lächelte.

«Ich hab überlegt, ob Vulcanus vielleicht der Schutzpatron der Feuerwerke ist.»

«Schon wieder das Gemälde.» Mandy lächelte wieder. «Es hat was Berauschendes an sich.»

Jim Burguss trat zu ihnen. «Wird Zeit. Die Kapelle spielt die Erkennungsmelodie.»

«Dixie», bemerkte Mandy gequält.

«Nee», Jim klopfte ihr auf den Rücken, «das ist ‹Rote Segel›, sie spielen es bloß sehr schnell.»

«Jetzt wo Rußland auseinanderbricht, sind die roten Segel wohl gestrichen», meinte Frazier.

«Du läßt nach, Frazier. Aber unsere Regierung läßt auch

nach. Wenn wir Rußland diesmal im Stich lassen, wenn wir nicht helfen, dann haben wir zweimal versagt. Einmal 1917 in Archangelsk und jetzt wieder.»

«Jim, ich hatte vergessen, daß du Geschichte studierst.»

«Wenn mehr Menschen Geschichte studieren würden, könnten wir uns eine Menge Ärger ersparen.» Die Musiker erhoben sich. «Okay, das ist das Signal. Ich gehe wieder auf die Veranda.»

«Gut.» Frazier zündete ihre erste Schnur. Mandy stand bereit. Die erste Rakete war ein Zischer mit einem Knall, gefolgt von einem Schauer aus Funken und Glitzer.

Frazier bekam eine Gänsehaut, als sie die Ohs und Ahs der Menge hörte. Sie liebte es, ein Publikum zu beglücken.

«Toll! Der blaue Stern ist unglaublich.» Mandy beschattete die Augen. «Sag mal, hast du Ann gesehen?»

«Das ist mir erspart geblieben.»

«Sie übertreibt es mit der Weiblichkeit.» Mandy sah eine rote Lichtflut emporsteigen, gefolgt von Grün, dann einem bunten Regenbogen. Sensationell! Also, jedenfalls stakst Ann auf Absätzen herum, so hoch wie Stelzen, und ihre Stimme ist so hoch, daß bloß ein Hund sie hören könnte.»

«Was finden die Männer nur an dieser ganzen gekünstelten Weiblichkeit?» Frazier beugte sich über den nächsten Stoß. «Mich macht das nicht an. Ich find's zum Kotzen. Gib mir die mal bitte rüber.» Sie zeigte auf eine Zündschnur.

«He, vielleicht wirkt es auf sie so, wie der Spruch ‹Schätzchen, zerbrich dir nicht dein hübsches Köpfchen, ich kümmer mich schon um alles› auf uns wirkt.»

«Ich geb es ungern zu, aber kein Mann in meinem Leben hat mir je angeboten, sich um irgendwas zu kümmern. Ich wecke anscheinend keinen Beschützerinstinkt.»

«Kann sein. Ein tieferes Dekolleté könnte dem abhelfen.»

«Du bist irre. He, wie findest du die goldenen Schößchen an dem Kleid?»

«Todschick.» Mandy hielt sich wegen des bevorstehenden Knalls die Ohren zu. Der Knall kam verzögert und ging erst los, als sie gerade die Finger aus den Ohren nahm. «Raffiniert. Sehr raffiniert.»

Ann kam aus der Menge getorkelt und zog ihren Begleiter mit Bürstenhaarschnitt, Bob Alton, hinter sich her. Sie hatte einen in der Krone. Sie ging auf Frazier zu und sagte: «Na, wenn das nicht das kleine Mädchen mit den Schwefelhölzchen ist.»

«Du bist betrunken, Ann», warnte Frazier sie.

«Ja, aber morgen bin ich nüchtern. Und du bist immer noch 'ne Lesbe.» Sie lachte hysterisch.

Bob, der nüchterner war, versuchte Ann zurückzuhalten, als sie Tempo zulegte und auf die Raketen zusteuerte. «Ann, he, nicht so schnell.»

Weitere Raketen erhellten den Himmel. Ann stolperte in Fraziers sorgfältiges Arrangement. «Ich hatte ganz vergessen, wie pingelig du bist.» Ann stieß Folge Nummer sieben um.

«Verschwinde von hier, Ann.» Mandy packte ihren einen Arm, Bob den anderen.

«Laßt mich los», fauchte sie.

«Laß das, Ann, du fällst unangenehm auf.»

Ann wankte auf Frazier zu. «Ich fall unangenehm auf? Ich? Mein Vater ist kein Betrüger, und ich bin nicht Miss Homo.»

In Fraziers Kopf brannte eine Sicherung durch, und sie landete eine Rechte auf Anns quatschendem Mund. Ann ging in die Knie, sackte dann auf die Seite, wobei sie einen brennenden Zünder in die Knallkörper stieß, die ebenfalls umgekippt waren. Binnen Sekunden schoß ein Feuerwerk in großen Flammenzungen vom Rasen in die Höhe.

Mit Bobs Hilfe zog Mandy die kreischende und um sich tretende Ann, deren Mund blutete, aus den Feuerwerkskörpern heraus. Die Menge schrie. Hunderte warfen sich zu Boden, und Tiny Lockett rief: «Rettet die Kinder!»

Tische wurden umgestoßen, und die Leute gingen dahinter in Deckung. Billy rannte ins Hauptgebäude und überließ die kinnlose Camille ihrem Schicksal. Sie mußte sich jetzt ernsthaft fragen, was er überhaupt für ein Mann war. Carter spurtete über den Rasen, um ein Kind zu Boden zu reißen, nachdem er Sarah bei Ru, Frank und Libby hinter dem Tisch in Sicherheit gebracht hatte.

«Mandy, hol den Feuerlöscher!» Frazier erstickte eine Zündschnur im Gras, aber schon wurde die nächste Reihe von Knallkörpern am Boden entzündet, und das gesamte Feuerwerk schoß jetzt mit solcher Helligkeit in den Himmel und über den Rasen, daß man es vermutlich bis Nelson County sehen konnte. Der große Abschlußstern entzündete sich und regnete in weißen Funken auf die Erde.

Mandy warf sich schützend über die Zündschnüre, Frazier trat hektisch glimmende Funken aus.

Nachdem der letzte Funkenregen auf die Erde geprasselt war, krochen die Zuschauer bäuchlings hervor. In weiter Ferne bezeugte eine Sirene, daß jemand so geistesgegenwärtig gewesen war, die Feuerwehr zu rufen. Yancey Weems zischte: «Ich werde sie wegen emotionaler Grausamkeit und grober Fahrlässigkeit verklagen.»

Frazier schwankte benommen und setzte sich dann auf die Erde.

Mandy stand vor ihr. «Ich hab da eine Theorie ...»

Frazier unterbrach sie heiser: «Daß die Liebe ... ein sehr destruktives Gefühl ist.»

«Was du nicht sagst, Sherlock.»

Drüben auf dem Rasen begeisterte sich Debbie Noakes: «Das ist das schönste Hartriegelblütenfest aller Zeiten!»

53

Die Titelseite des Lokalblatts brachte ein Farbfoto von dem Feuerwerksdebakel im Country-Club. Die Schlagzeile lautete «Explosion!» Der im Zorn auf den Fußboden des Büros geworfenen Zeitung war anzusehen, daß Frazier mehrmals darübergetrampelt war. Der Fotograf hatte gute Arbeit geleistet. Das machte Frazier also nicht wütend. Was sie wütend machte, war die Story. Der Reporter – eine schmeichelhafte Bezeichnung – hatte ihren Beruf und ihr Alter falsch angegeben und außerdem ihren Vornamen falsch buchstabiert. Aneinandergereihte Augenzeugenberichte verrieten, daß der Reporter sich die Story nicht zusammenreimen konnte und deshalb auf Zitate angewiesen war.

Wie konnten diese Leute Augenzeugen sein? Sie hatten sich hinter die Tische verkrochen. Wenigstens hatte niemand Ann interviewt. Sie hätte bestimmt erklärt, daß Lesben labil und aggressiv seien, daß sie Männer haßten und nicht mit Feuerwerkskörpern umgehen könnten. Dann hätte sie Bob zu Boden geworfen und ihn gebumst, um ihre heterosexuellen Neigungen zu beweisen.

Das Telefon klingelte. Mandy nahm ab, wie sie es den ganzen Vormittag getan hatte. Man muß der Stadt zugute halten, daß die meisten Anrufer sich nach Fraziers Befinden erkundigten und wissen wollten, was wirklich passiert war. Alle wußten, daß Sicherheit für Frazier das oberste Gebot war. Wie konnte sie ihnen erklären, was wirklich passiert war? Sie müßte preisgeben, daß sie und Ann eine Affäre hatten. Sosehr sie Ann verachtete, sie fühlte sich an den alten Kodex gebunden, nichts über ihre Liebschaften mit anderen auszuplaudern. Und außerdem, sollte sie sich etwa dazu bekennen, mit so einer blöden Kuh geschlafen zu haben? Es war weit weniger peinlich, eine stadtbekannte Lesbe zu sein, als vorgehalten zu bekommen, unter Geschmacksverirrung zu leiden. Darum druckste Frazier herum, jemand von den Zuschauern sei angeheitert gewesen und in die Knallkörper gefallen, die Zünder hätten Feuer gefangen und rumms! Damit gaben sich alle zufrieden.

Mandy kam auf Zehenspitzen herein. «Ihre Mutterschaft. Soll ich ihr sagen, du bist nicht da?»

«Nein, sie wird immer wieder versuchen, mich zu erwischen. Ich bring's lieber hinter mich.» Sie nahm den Hörer von der Gabel, Mandy ging hinaus. «Hallo, Mutter.»

«Hast du die Zeitung gelesen?»

«Ja, hab ich.»

«Was würde die Central Virginia Tribune ohne die Armstrongs anfangen?»

«Auf jemand anderm rumhacken, schätze ich. So mußt du das sehen, Mutter. Wenn sie sich uns vornehmen, heißt das, daß die anderen in Ruhe gelassen werden.»

Libby senkte die Stimme. «Die anderen interessieren mich nicht. Ich will jetzt genau wissen, was passiert ist. Ich war gestern abend so aufgewühlt, daß dein Vater mich gleich nach Hause gefahren hat, und dann bin ich mitten in der Nacht aufgewacht, weil ich dachte, Frank hat einen Herzanfall.» Libby wartete auf die erwünschte Reaktion und bekam sie.

«Was?»

«O ja, diese ganzen Aufregungen – angefangen bei dir, Miss Mary Frazier – haben ihn sehr mitgenommen. Der gräßliche Zeitungsartikel über sein Geschäft, und dann der gestrige Abend. Ich weiß nicht, wie er das verkraftet hat, aber dann wurde es zuviel für ihn. Er klagte über Schmerzen, ich bin aufgewacht, weil er aufstand – du weißt, ich wache von der kleinsten Bewegung auf, ich habe einen so leichten Schlaf – und ins Badezimmer ging. Er hatte sämtliche Medikamente auf der Ablage stehen. Ich fragte ihn, was er hätte, er hat so geschwitzt. Er hat die Hand auf die Brust gelegt, und ich wußte, es konnte nur das Herz sein. Ich wollte zum Telefon laufen, aber er hat mich zurückgehalten. ‹Sodbrennen›, sagte er, und ich sagte: ‹In deinem Alter, ich weiß nicht, wir sollten besser einen Arzt rufen.› Dein Vater kann Ärzte nicht ausstehen, und er sagte: ‹Wenn's ein Herzanfall ist, ist es mir lieber, ich leide allein und sterbe in Frieden. Wenn Yancey Weems' Gesicht das letzte wäre, was ich auf dieser Erde sähe, wäre ich wirklich wütend.› Es stellte sich heraus, daß er recht hatte mit dem Sodbrennen, aber er steht unter einem solchen Streß, und du und Carter, ihr vermehrt seinen Kummer noch. Er war entsetzt von Sarah.»

«Auf mich wirkte er nicht entsetzt. Ihre Titten waren vollmast geflaggt, und ich hatte den Eindruck, daß Dad Spaß daran hatte.»

«Dein Vater achtet mehr auf Beine. Du warst vermutlich diejenige, die in ihren Ausschnitt gestiert hat!»

Frazier wartete einen Moment, um die Bemerkung ihrer Mutter zu verdauen, bevor sie antwortete: «Es ist nicht zu fassen, wie unglücklich und haßerfüllt du bist.» Sie legte auf und rief ihren Dad an. «Hallo, Mildred, ist Pop da?»

«Ach Herzchen, war das ein Schlamassel gestern abend. Es tut mir so leid, und du bist bestimmt ganz durcheinander.»

«Ich bin bloß froh, daß niemand verletzt wurde.»

«Ich stell dich zu Big Frank durch.»

«Dad?»

«Ja.»

«Geht's dir gut? Mom sagte, du warst heute nacht krank.»

«Ach, der verdammte Fraß. Der neue Koch im Club gießt überall diese Soßen drüber, ich glaube, das war zu schwer für mich. Deine Mutter dachte, ich hätte einen Herzanfall.» Er machte eine Pause. «Vielleicht wünscht sie mir einen, damit sie wieder alles unter Kontrolle hat.»

«Dad?» Frazier traute ihren Ohren nicht.

«Zu Hause wird sich was ändern. Ich hätte schon viel früher das Kommando übernehmen sollen, aber besser spät als nie. Frazier, bist du noch da?»

«Ja. Ich bin bloß platt.»

«Irgendwann ist Schluß. Ich möchte nicht gemein werden, aber ich halte es nicht mehr aus. Was war ich doch für ein Waschlappen. Wenn Libby mir befahl, zu springen, dann hab ich gefragt: Wie hoch. Die Zeiten sind vorbei. Und Frazier, ich möchte, daß du es als erste erfährst: Wenn wir uns nicht einigen können, werde ich deine Mutter verlassen. Ich weiß nicht, wie viele Jahre mir in diesem Leben noch bleiben, aber ich möchte, daß sie – friedlich sind. Das Glück habe ich aufgegeben, als ich aus Korea zurückkam.»

«Dad, das darfst du nie aufgeben.»

«Ich werd's versuchen, und du mußt versuchen, den Zeitungsartikel zu vergessen. Beide Artikel. Alles Schwachsinn.»

«Ich weiß.»

«Stell dir vor, Carter ist heute morgen pünktlich zur Arbeit gekommen und hat mit mir die Maschinen inspiziert. Nach allem, was gestern abend passiert ist, und bei seiner neuen Freundin – das ist vielleicht 'ne scharfe Mieze, meine Güte! –, dachte ich, er würde erst später zur Arbeit kommen, aber er war um Punkt halb acht hier.»

«Er gibt sich Mühe, Dad. Er ist ein guter Kerl.»

Frank schwieg eine Weile. «Frazier, ich glaube, ich muß noch viel lernen.»

«Ich auch, Daddy.»

«Wir reden später drüber. Wiedersehen.»

«Ist gut.» Frazier legte auf und hoffte, daß ihr Vater später *wirklich* mit ihr reden würde. Vielleicht könnten sie sich dann endlich einmal aussprechen.

Das Telefon klingelte wieder. Diesmal war es die reizende,

reife Ann Haviland. «Ich werde dich wegen Körperverletzung verklagen.»

«Das ist ja eine nette Begrüßung.»

«Ich hab mein blutiges Gesicht fotografieren lassen, und ich hab einen abgebrochenen Zahn, und ich wollte dir bloß Bescheid sagen, daß ich dich verklage, bevor du's aus der Zeitung erfährst.»

«Mir vorher Bescheid zu sagen bedeutet also deiner Meinung nach, daß du eine verantwortungsbewußte Virginia-Lady bist? Ann, wenn du wirklich eine Virginia-Lady wärst, hättest du dich erstens gar nicht betrunken, und zweitens wärst du dann nicht über den Rasen getorkelt, um mich zu schikanieren. Reiß dich zusammen.»

Ann flüchtete sich in kühle Überlegenheit, um zu beweisen, daß sie auch in den widrigsten Umständen reif und verantwortungsbewußt war und die Situation im Griff hatte. Ach ja, das große amerikanische Laster: die Situation im Griff haben wollen. Ihre Stimme hörte sich an, als käme sie aus der Tiefe eines Brunnens. «Wir lassen das Gericht entscheiden.»

«Weißt du, es tut mir leid.» Frazier konnte Ann am anderen Ende der Leitung unruhig atmen hören, während sie darauf wartete, daß Frazier zu Kreuze kriechen würde. «Es tut mir unendlich leid, daß ich dir nicht den Schädel eingeschlagen habe. Mein Anwalt wird sich mit deinem Anwalt in Verbindung setzen, und ich hoffe, das macht dich glücklich, du dumme Pute, weil du dann immer noch eine gewisse Verbindung mit mir hast.»

«Ich will nichts mehr mit dir zu tun haben!»

«He, wenn du mich verklagst, wirst du eine Menge mit mir zu tun haben. Was soll das Theater, Ann? Ob im positiven oder im negativen Sinn – du willst wohl immer der Mittelpunkt meines Lebens sein.»

«Ich war nie der Mittelpunkt deines Lebens. Du denkst

nur an dich. Du hast mir nie Liebesbriefe geschrieben. Wann hast du mir jemals Blumen geschenkt? Du hast mich nie wirklich geliebt.»

«Ich habe nie behauptet, daß ich dich liebe. *Du* hast immer gesagt, daß du mich liebst. Du wolltest mir damit nur eine Falle stellen. Wenn eine Frau dir sagt, daß sie dich liebt, dann mußt du das gleiche zu ihr sagen, sonst bist du herzlos, und *wenn* du's sagst, obwohl es gar nicht stimmt, dann bist du eine Lügnerin. Was ist schlimmer?»

«Ich weiß nicht. Du bist jedenfalls beides.»

«Bist du überhaupt intelligent genug, um den Unterschied zu erkennen? Verdammt noch mal, worüber beklagst du dich eigentlich? Wir waren doch ein Jahr oder so zusammen ...»

«Anderthalb Jahre! Nimm das nicht auf die leichte Schulter.»

«Ich hab fast immer die Reisen bezahlt, ich hab mich um alles gekümmert, ich hab an deinen Geburtstag und an Weihnachten gedacht, und für mich ist das schon viel. Ich wollte keine feste Bindung, und wenn du's dir überlegst, so wie wir beide nach Strich und Faden gelogen haben, was das Lesbischsein betrifft, wie hätten wir da zusammenleben können, ohne daß es zehnmal so stressig geworden wäre? Ich hab dich nicht geliebt? Was erwartest du von mir? Daß ich auf ewig dafür büße? Ich war nicht knickerig. Ich hab mich bemüht, nett zu dir zu sein. Das ist alles.»

«Du tust mir leid.» Ann versuchte jetzt, überlegen zu klingen. «Du tust mir leid, weil du nie jemanden an dich herankommen läßt, weil du nicht verwundbar sein willst. Du wirst irgendwann mal allein sein – alt und allein.»

«Verwundbar ist wohl das neueste Schlagwort, was? Kannst du mir sagen, welches intelligente Wesen verwundbar sein will? Die Natur hat den Tieren Fänge, Krallen, Hufe, Schnelligkeit und was sonst noch alles gegeben, damit sie nicht verwundbar sind. Ich glaube, Leute wie du, die solche Worte benutzen, ihr seid so weit von der Realität entfernt, daß eure einzige Realität euer Vokabular ist. Ich hab dich nicht geliebt. Ich mochte dich, aber ich hab dich nicht geliebt. Scheiß drauf.»

«Du hast mich verletzt, und dafür wirst du büßen.»

Frazier beruhigte sich und sagte leise: «Danke, Ann. Endlich hast du die Wahrheit gesagt.» Sie legte auf. «Mein Gott, was ist bloß los? Schlittert Merkur durch die Pfützen des Universums, oder was?»

Mandy rief aus dem anderen Zimmer: «Regression. Dann fährt Merkur rückwärts.»

Frazier trat aus ihrem Büro. «Aha! Du und die Reagans. Ich hab's gewußt. Ich hab gewußt, daß du mir mit Sinnbildern kommen würdest.»

«Nee, ich steh einfach auf Astrologie. Sie ist die Wissenschaft der Jahrtausende, und die Christen haben so viel kaputtgemacht, wie sie nur konnten, aber der Rest ist immer noch besser als nichts. Außerdem willst du doch gar nichts über diese Dinge hören; ich weiß doch, daß du sie als irrational verurteilst. Ich will wissen, was los ist.»

«Mutter glänzt in Kindesmißhandlung, und Ann verklagt mich wegen Körperverletzung.»

Mandy riß die Augen auf: «Machst du Witze?»

«Über so was mach ich keine Witze. Lieber gerate ich dem Teufel in die Hände als diesen Anwälten. Aber ich find's immer noch besser, eine Katze zu füttern statt viele Mäuse, also ruf ich meinen Anwalt an, und der soll das übernehmen. Bin gleich wieder da.»

Als Frazier wieder erschien, zog Mandy die Aluminiumtrittleiter aus dem Schrank. «Und?»

«Ich werde eine Rechnung präsentieren, aber ich denke, sie wird es nicht drauf ankommen lassen.»

«Warum? Sie wird feststellen, was es sie kostet, sich auf

legalem Wege zu befriedigen – das meine ich natürlich im Scherz –, und je nachdem, wie wütend sie tatsächlich ist, kann sie dich jahrelang unter Druck setzen.»

«Ich nehme an, wenn Link Critzer ihr klar macht, daß die Natur unserer Beziehung bei der Verhandlung im Mittelpunkt stehen wird, hält sie den Mund. Natürlich wird sie wütend auf mich sein; können wir ihr etwa die emotionale Befriedigung verweigern, sich kreischend und brüllend zum Opfer zu stilisieren und mich als eine gewaltsame, gemeine, intrigante Person abzustempeln? Ist dir schon mal aufgefallen, wie beide Seiten einer zerkrachten Beziehung alles darauf anlegen, das Opfer zu sein? Was Frauen viel besser können als Männer.»

«Vielleicht muß das so sein.»

«Himmel, warum sagst du das?»

«Weil Männer Frauen belohnen, wenn diese schwach sind, und Opfer zu sein bedeutet, schwach zu sein und einen Beschützer zu brauchen.»

Frazier half Mandy, die Leiter aufzustellen. «Mandy, demnächst werden wir beide mal einen Tag wegfahren, und dann mußt du mit mir über alles reden. Du siehst Dinge, die mir entgehen.»

«Dein *vice* ist mein *versa*, dein Laster meine Lust.» Mandy lächelte. «Menschen müssen aufeinander aufpassen. Wir sind schließlich Herdentiere, nicht? Übrigens, die Lampen sind endlich gekommen, laß sie uns über dem Olymp-Gemälde anbringen.»

«Laß mich da raufsteigen. Ich weiß nicht, ob die Lampe im Eimer ist oder bloß die Birne. Ist der Schalter aus?»

«Ja.»

Frazier kletterte auf die Leiter und langte nach der rosa Birne. «Hast du das gehört?»

«Was?»

«Ein Kichern.»

«Ich glaube, das kam von der Kassette, die gerade läuft.»

«Die ‹Diva›-Kassette?»

«Genau.»

«Aber da gab's doch kein Kichern, höchstens ein paar gesprochene Worte zwischendrin. Hörst du's nicht? Verdammt, jetzt hör ich's auch nicht mehr.»

«Frazier, paß auf, was du da oben machst.»

«Halt die Leiter fest.»

«Ich halt sie fest, aber wenn du abkratzt, was hast du dann davon? Zum Kuckuck, kannst du nicht ausnahmsweise mal auf mich hören.»

«Ich hab schon im Schülertheater Birnen ausgewechselt. Mit Lampen kenn ich mich aus.» Sie schraubte die defekte Birne heraus. «In letzter Zeit war alles so hektisch, ich hab völlig vergessen, dir zu erzählen, daß ich dich zur Teilhaberin gemacht habe. Ich habe die Mitteilung schon nach Richmond geschickt, und Link hat den restlichen Papierkram erledigt.»

Mandy nahm einen Moment die Hand von der Leiter. «Ist das dein Ernst?»

«Vollkommen. Ich hätte es dir beim Essen oder in irgendeinem bedeutenden Moment erzählen sollen, aber die letzten Unterlagen sind erst Freitag rausgegangen, und auf dem Hartriegelblütenfest wollte ich nicht darüber sprechen. Es war verrückt. Den Entschluß habe ich gefaßt, als ich dachte, daß ich sterben würde. Ich hatte dir die Firma vermacht, aber da ich am Leben geblieben bin, mußt du dich mit einer Partnerschaft begnügen.»

«Ich weiß einfach nicht, was ich sagen soll.» Mandy schluckte. «Meinst du, ich kann das überhaupt?»

«Was du nicht weißt, wirst du lernen. Du liebst andere Epochen als ich. Ich glaube, du wirst eine Menge Geld reinholen und den Kundenkreis vergrößern. Ich freu mich drauf.»

«Danke.» Mandy hielt die Leiter wieder fest, während Frazier in die Lampe langte, um den verrutschten Sockel zurückzuschieben.

Ein sengender Stoß durchzuckte Fraziers rechten Arm. Als sie aufsah, lag sie flach auf dem Rücken und blickte in Merkurs lachendes Gesicht.

54

«Was machst du denn hier?»

Frazier blickte in Merkurs glattes Gesicht. «Ich glaub, ich brauch jetzt erst mal 'ne Zigarette.»

«Ich denke, du hast aufgehört?» Der Gott der Redekunst stupste sie mit seiner geflügelten Sandale.

«Was?» Frazier sträubten sich die Nackenhaare. Sie fühlte sich sonderbar benebelt.

«Als du im Sterben lagst, das heißt, als du dachtest, du würdest sterben, hast du gelobt, das Rauchen aufzugeben.»

Dionysos mischte sich ein. «Werd bloß kein Gesundheitsapostel.» Er prostete ihr mit dem goldenen Kelch zu, den sie auf dem Fußboden ihrer Galerie gesehen hatte.

Venus legte Frazier die Hand auf die Schulter. «Komm, Süße, ich helfe dir auf, du hast einen ganz schönen Schlag bekommen.»

Frazier sah ein goldenes Licht jede einzelne Pore der Göttin umspielen. Sie konnte ihr gar nicht richtig ins Gesicht sehen; sie war einfach zu schön.

«Schlag ist wohl kaum das richtige Wort. Es war mehr ein Anruf.» Jupiter musterte sie, sein gewaltiges Antlitz drückte reine Verwunderung angesichts dieses schönen, aber benommenen Menschenkindes aus.

Frazier stand schwankend auf, und Merkur legte ihr seinen kräftigen Arm um die Taille. «Ich glaub, ich spinne.» Sie wandte sich an Merkur: «Woher kennst du mich?»

«Ich beobachte dich schon eine Weile.» Sein flammendes Lächeln tat ihr in den Augen weh. «Kennst du meine Familie?»

«Ja.»

«Ich hab dir doch gesagt, sie hat uns nicht vergessen.» Neptun stieß kräftig mit seinem Dreizack auf die Erde.

«Nicht, Bruder – laß das bitte.» Jupiter lächelte den mächtigen Meeresgott, der allzuoft gegen ihn intrigiert hatte, wohlwollend an. «Denk an die Sankt-Andreas-Spalte.»

«Ich hab mich schon viel zu lange zurückgehalten», murrte Neptun. «Tokio? Los Angeles? San Francisco? Oder wie wär's mit New York? Das würde den Menschen mal richtig Feuer unterm Hintern machen. Die sind viel zu selbstgefällig da unten.»

«Aber hier ist eine, die uns kennt.» Junos kühle Stimme heischte Aufmerksamkeit.

Apoll beugte sich zu Frazier hinüber, und seine goldenen Locken schimmerten wie Seide. «Wir haben uns zu diesem Familienporträt versammelt, Frazier, und darüber ganz unsere Manieren vergessen. Möchtest du was essen oder trinken?» Er nickte, und Ganymed, der Mundschenk, erschien mit Nektar.

«Danke schön.» Frazier trank aus dem kunstvoll gefertigten Kelch, während Ganymed ihr zublinzelte. Schon nach dem ersten Schluck fühlte sie sich großartig. «Was für eine herrliche Arbeit!»

«Mein Gemahl.» Venus lächelte zu Vulcanus, dem Gott des Schmiedefeuers, hinüber.

Frazier rief dem näherkommenden Vulcanus zu: «Du bist wahrlich ein Gott, wenn du etwas so Schönes geschaffen hast.»

«Ach, das ist doch gar nichts», sagte Diana. «Paß auf.» Sie

zog einen silbernen Pfeil aus ihrem Köcher, spannte ihn in ihren gewaltigen Bogen und zielte auf einen fernen Punkt auf der Erde. Der Pfeil traf den Times-Square-Bildnachrichtenticker am Allied-Gebäude. Dessen Lichter flackerten auf und verloschen. Dann verschwand die Nahaufnahme von diesem Ereignis von dem großen Bildschirm, den Merkur sofort bereitgestellt hatte. «Wie findest du das?»

«Einfach, äh, göttlich.» Frazier schluckte.

«Diana, spiel dich nicht so auf. Diese Sterbliche hat meinen Sohn gelobt, und der bekommt wahrhaftig wenig genug Anerkennung von euch», nahm Juno ihren Sohn in Schutz. Da Diana und Apoll nicht ihre Kinder, sondern von Jupiter mit einer anderen gezeugt worden waren, konnte Juno die Zwillinge nicht leiden. Ebensowenig paßte es ihr, daß Jupiter Vulcanus verachtete, nur weil sie ihn ohne Hilfe seines Spermas empfangen hatte. Sie hatte das nämlich nur getan, um es ihrem Gemahl heimzuzahlen, der behauptete, Athene sei aus seinem Haupte geboren.

«Weißt du, daß auf dem Iron Mountain in Birmingham, Alabama, eine Statue von dir steht?» fragte Frazier mit Unschuldsmiene den muskulösen Schmied.

«Na und? In Nashville haben sie eine Statue von Athene, und Rom ist voll mit Statuen von uns allen. Ermutige ihn bloß nicht, sonst wird er –»

Vulcanus fiel Diana ins Wort. «Zum Kuckuck, was hast du denn schon je geleistet außer rumlaufen und Tiere töten?»

«Sprich nicht so mit meiner Schwester!» Apoll sprang auf, seine Lyra fiel klimpernd zu Boden.

«Du hältst dich für so gottverdammt schön», blaffte Vulcanus ihn an, «aber Glück in der Liebe hattest du nie. Sogar Menschenfrauen lassen dich links liegen, wenn sie die Wahl haben.»

Ein Riesenspektakel brach los. Pluto, der Gott der Unterwelt, verhielt sich still, beobachtete aber alles ganz genau.

Frazier flüsterte inzwischen mit Merkur, den sie vom ersten Moment an bewunderte: «Sind sie immer so?»

«Welche Familie ist das nicht?» Er zuckte die Achseln.

«Solltet ihr nicht darüber erhaben sein?» fragte Frazier unschuldig.

Venus rückte näher an sie heran. «Warum wünschst du dir Götter, die anders fühlen als du?» Ihr Atem hüllte Frazier in eine wohlige Wolke.

Frazier wurde schwindlig. «So habe ich mir das noch nie überlegt. Ich meine, ich hab gelernt, es gebe nur einen Gott und der sei vollkommen. Die Menschen seien Würmer im Vergleich zu ihm.»

«Tja, du darfst eben nicht alles glauben, was du liest», sagte Merkur ernst. «Ich kenn mich da aus. Schließlich bin ich der Gott der Kommunikation, und dies ist mein Jahrhundert.»

«Meins!» rief Vulcanus und legte die Stirn bedrohlich in Falten.

«Deins war das neunzehnte, mein Lieber. Jetzt mußt du weichen. Jeder kommt mal an die Reihe.»

«Das zwanzigste Jahrhundert gehört mir.» Mars lächelte übers ganze Gesicht.

Endlich ergriff Pluto das Wort. Er sprach mit kühler, tiefer Stentorstimme: «Dir gehört doch jedes Jahrhundert, Mars. Da Vulcanus ihnen fortlaufend bessere Techniken schenkt, pflegen sie einander umzubringen. Nach dem Zweiten Weltkrieg mußte ich fünfundfünfzig Millionen von ihnen richten. Ich habe im Leben noch nie so schwer geschuftet.»

«Du hättest die Arbeit ja delegieren können.» Dionysos stand auf, dann ließ er sich wieder auf den Hintern plumpsen.

«Das wäre unverantwortlich gewesen», fuhr Pluto Dionysos an. Er hielt ihn für leichtlebig.

«Ich seh gar nicht ein, wieso *wir* Verantwortung tragen sollen, wenn sie es nicht tun.» Neptun deutete mit seinem

Dreizack auf Frazier, worauf diese ein Schauder solch nackter Angst durchfuhr, daß sie beinahe aus der Haut gefahren wäre.

«Ich war im Zweiten Weltkrieg noch gar nicht auf der Welt.» Sie gab sich Mühe, ihre Stimme nichts von dem Schrecken verraten zu lassen.

Mars streckte sich. Sein straffer, herrlicher Körper verfehlte nicht seine Wirkung auf Venus, die sich nie von ihrer tiefen Zuneigung zu ihm befreien konnte, was ihm umgekehrt allerdings genauso ging. Bei all seinen Fehlern blieb der Kriegsgott Venus in Liebe verbunden, und er mied Vulcanus, wo immer er konnte, aber das tat Merkur auch. «Der Zweite Weltkrieg war schon interessant, aber ich mochte den Ersten lieber. Er wirkte viel tiefer, weil er die Vorstellung der Menschen vom Krieg für immer verändert hat.»

«Nicht genug, um sie vom nächsten abzuhalten», schimpfte Jupiter. Er haßte Mars ebenso sehr, wie Juno ihren Sohn liebte.

«Kann ich noch was zu trinken haben, bitte?» Fraziers Kehle war wie ausgedörrt.

Ganymed reichte ihr den Kelch. Die Götter sahen zu, wie sie den Nektar trank.

«Trink nicht zuviel», riet Athene. «Du bist es nicht gewöhnt.»

«Danke.» Frazier gab Ganymed den Becher zurück. «Hab ich was falsch gemacht?»

«Nein. Warum fragst du?» Jupiter betrachtete sie mit verhaltener Neugier. Juno an seiner Seite entging kaum etwas, und er wollte sein heftiges körperliches Interesse an diesem ungewöhnlich schönen Menschenkind nicht verraten.

«Ihr starrt mich alle so an.»

«Wir haben seit geraumer Zeit keinen von euch mehr hier heraufgelassen», antwortete Apoll.

«Ich schon», dröhnte Dionysos.

«Du zählst nicht.» Apoll winkte ab. «Deine Mutter war ein Mensch, also halt dich da raus.»

«Du bist einfach unmöglich. Nur zu, quäl mich mit deiner Haarspalterei. Zwing mich, mir dein wohlklingendes Gesäusel anzuhören.» Dionysos verdrehte die Augen. «Verdammt, ich kann's gar nicht erwarten, wieder mal zu sehen, wieviel besser du bist als ich. Aber –» er hob die Stimme – «ich habe Sex, Drogen und Rock 'n' Roll erfunden. Und was zum Teufel hast du in letzter Zeit geleistet?»

«Reagier einfach gar nicht drauf», mischte sich Diana in den Streit ein. «Sonst sinkst du bloß auf sein Niveau herab.» Sie betrachtete das Licht. «Ich geh jetzt jagen. Kommst du mit?» Sie stieß Apoll an.

«Vielleicht später.»

Diana sah von Apoll zu Frazier, verdrehte mit einem Seitenblick auf ihren Bruder die Augen und ging.

Merkur berührte Fraziers Hand. Sie schmolz fast dahin. «Wir starren dich an, weil du so schön bist.»

Frazier sah, wie Juno kritisch die Augen zusammenkniff, deshalb verneigte sie sich rasch vor der Königin der Götter. «Kein Mensch kann sich mit der Königin messen.» Frazier erinnerte sich nur vage an die Mythologie, aber sie wußte instinktiv, wenn sie auf dem Olymp überleben wollte, tat sie gut daran, Juno zu schmeicheln. Natürlich war Venus die schönste Göttin, und Frazier, auch hier vom Instinkt geleitet, vertraute ihr. Sie wußte, zu ihr konnte sie ehrlich sein. Bei Juno war das etwas ganz anderes.

Ein dünnes Lächeln huschte über Junos Lippen. Jupiter, der von Fraziers Schlagfertigkeit angetan war, nahm die Hand seiner Gemahlin. «Ein Glück für mich, daß unser Gast eine Frau ist. Ein Mann würde dich unwiderstehlich finden, meine Liebe, und dann müßte ich ihm natürlich etwas Furchtbares antun.» In Wahrheit hätte sich Jupiter einen menschlichen Rivalen durchaus gewünscht. In früheren Zeiten hätte er den Kerl einfach getötet oder in ein Warzenschwein verwandelt, doch Jahrhundert um Jahrhundert alleiniger Adressat von Junos Zuneigung zu sein hatte selbst ihn mit seiner großartigen Konstitution ausgelaugt. Sie ließ ihn kaum eine Minute in Frieden, und wenn er ihr nicht umgehend ein Kompliment machte oder um sie herumscharwenzelte, schmollte sie und war beleidigt, oder schlimmer noch, sie ließ es an einem Menschen aus. Zugegeben, ein paar Frauen hatten ihr in der Vergangenheit wirklich Anlaß zu Unmut gegeben, doch ihr Zorn konnte in pure Bosheit ausarten.

Leider war Juno eisern treu, und im Lauf der Jahrhunderte fühlte er sich immer mehr von seiner Gemahlin erdrückt.

Jetzt legte Juno ihrem Gemahl liebevoll den Arm um die mächtigen Schultern.

Venus wandte sich kichernd ab, und Merkur kniff sie, damit sie aufhörte. Was Juno anbelangte, so wußte er, wenn Mama nicht glücklich ist, ist keiner glücklich, wie die schöne Redensart lautet.

«Haben wir noch was zu besprechen?» fragte Neptun.

«Nein.» Jupiter hob die gespreizten Hände. «Oder hat noch jemand was zu sagen?»

«Was machen wir mit ihr?» Apoll linste gierig zu Frazier hinüber.

«Oh, ich kümmere mich schon um sie.» Merkur trat neben sie.

«Das kann ich mir denken», murmelte Apoll.

«Vielleicht möchte die Dame das selbst entscheiden.» Jupiter verlagerte sein Gewicht, und wieder spürte er den Arm seiner Gemahlin um seine Schultern.

«Ich will nach Hause», sagte Frazier.

«Betrachte das doch als Urlaub. Nach Hause kommst du noch früh genug.» Jupiter lächelte.

Frazier begriff, daß sie auf der Hut sein mußte, wenn man sie nicht nach Hause ließ. Sie kannte sich genügend mit Eifersucht und Gehässigkeit aus, daß die Warnsirenen schrillten. «Wenn das so ist, sollte ich vielleicht irgendwo für mich allein bleiben. Ich bin ja sozusagen unversehens hereingeschneit und möchte niemandem Ärger machen.»

«Du machst keinen Ärger.» Merkur plinkerte ihr aus seinen lustigen Augen zu.

«Nein, aber du.» Apoll schritt drohend auf Merkur zu.

«Meine Damen und Herren Götter, ich meine, Eure Gottheiten...» Frazier verhaspelte sich. «Vielleicht sollte ich mit zu einer der Göttinen gehen.»

«Komm mit zu mir nach Haus.» Venus trat zu ihr.

«Vom Regen in die Traufe.» Apoll machte enttäuscht auf dem Absatz kehrt und ging.

55

Frazier hatte einen Flug auf eine griechische Insel oder vielleicht zum Aphrodite-Tempel von Knidos im Kleinasien erwartet. Um so erstaunter war sie, als sie und ihre Gastgeberin nach einem kurzen Spaziergang in Sanssouci standen.

«Aber ist das nicht Potsdam?» Frazier war reichlich durcheinander.

«Nein, Friedrich der Große hatte die Idee von mir. Wenn du auf eine Residenz von übernatürlicher Schönheit triffst, war gewöhnlich ich die Quelle der Inspiration. Denk an Rastrellis Peterhofbrunnen bei St. Petersburg. Ich schaffe Schönheit in allen Dingen» – sie hielt inne und strich mit dem Zeigefinger über Fraziers Arm –, «und du bist auch eine meiner Schöpfungen, obgleich du noch an deinem Temperament arbeiten mußt.»

«Das sagt meine Mutter auch immer», erwiderte Frazier bekümmert.

Venus führte sie zu einem anmutigen, dezenten Gemach im rückwärtigen Teil des Schlosses mit Blick auf den Rosengarten. «Hier wirst du es behaglich haben. Hast du einen Wunsch?»

Frazier hätte am liebsten gesagt, «dich», aber sie hielt sich zurück. Durften Menschen Göttinnen und Göttern Avancen machen?

«Wie bin ich eigentlich hierhergekommen?»

Venus' klare Augen musterten sie sanft. Sie fuhr mit ihren langen Fingern durch Fraziers blondes Haar. «Akzeptiere, was du nicht verstehen kannst.»

«Aber kannst du mir wenigstens sagen, warum ihr uns nicht mehr besucht?» Fraziers Schläfen brannten vor Begierde.

«Langeweile. Einst lebten die Menschen in Rot und Gold und in Grün und Silber. Jetzt suhlen sie sich in tristen kleinen Freuden. Sie haben die Lust dem Verstand und den Verstand einem armseligen kleinen Gott untergeordnet. Sogar Apoll verliert zuweilen den Verstand – meistens wegen einer Frau, gelegentlich auch wegen eines jungen Mannes.»

«Ich glaube, ich hab ihn gekränkt.»

Das silberhelle Lachen der Göttin erfüllte den Raum. «Gekränkt? Du hast ihn ganz wild gemacht.»

«Ich?»

«Du.»

Frazier fühlte sich ungeheuer geschmeichelt, obwohl Apoll durchaus nicht ihr Typ war. «Wie kommt es, daß du Englisch sprichst?»

«Wir können alle Sprachen. Wir haben sie erfunden.»

«Oh.» Frazier faltete die Hände. «Stimmt wohl, daß die Menschen fade geworden sind. Das ist mir selbst so gegangen.»

«Laß das mal meine Sorge sein.» Sie strahlte.

Ein Schweißbächlein rann zwischen Fraziers Brüsten hinab. Sie rang nach Atem. «Du bist überhaupt nicht so, wie ich mir dich vorgestellt hatte.»

«Und wie hattest du dir mich vorgestellt?» Venus ließ sich auf einer Récamiere nieder. Sie klopfte auf das Plüschpolster und bedeutete Frazier, sich zu ihr zu setzen.

«Ich dachte, du würdest unentwegt Männer verführen. Du weißt schon, die weibliche Titten- und Arsch-Variante.»

«Zu primitiv. Du weißt, ich besaß einst große Macht. Das ist heutzutage nicht mehr so einfach. Zum einen liebt ihr Menschen im Grunde niemanden außer euch selbst. Narziß sieht gegen euch geradezu alt aus. Zum anderen sind die Christen ans Ruder gekommen und haben versucht, ein billiges Flittchen aus mir zu machen. Bei denen geht's nur um Sex, Sex und noch mal Sex, und das kränkt mich zutiefst.»

«Warum läßt du sie's nicht büßen?» Frazier war den verlockenden dunkelblauen Augen längst verfallen.

«Dann wär ich wohl nicht mehr die Göttin der Liebe, oder? Kennst du dich in der Mythologie aus? Ich bin die einzige auf dem Olymp, die keine Blutopfer fordert.»

«Ich glaube nicht, daß sie deine Macht zerstört haben. Du bist bloß in den Untergrund getrieben worden. Kann irgendwer oder irgendeine Institution wirklich die Macht der Liebe zerstören?»

«Sie können sie zur Macht des Sex degradieren.»

Etwas wie ein kalter Speer bohrte sich in Fraziers Magen. Bedeutete das, daß Venus nicht mit ihr schlafen würde? «Stimmt, das haben sie schon getan. Aber, hm, wie soll ich dich eigentlich anreden? Majestät?»

«Du kannst mich einfach Venus nennen oder Aphrodite,

wenn dir der griechische Name lieber ist. Juno ist ganz versessen auf solche Förmlichkeiten. Ich nicht.»

«Gut. Äh, was ich sagen wollte: Man kann die weibliche Natur unterdrücken, aber nie wirklich besiegen. Die frühen Christen konnten deine Macht nicht zerstören, deswegen haben sie dein Rotkehlcheneierblau und viele deiner Insignien auf die heilige Jungfrau Maria übertragen. Schwerer Diebstahl, würde ich sagen.»

«Ja.» Venus stützte sich auf den rechten Ellenbogen. «Und nun zu dir. Du hattest dein wahres Ich beschädigt. Du dachtest, du würdest sterben, und hast die Wahrheit gesagt, und jetzt –» sie fuhr mit dem linken Zeigefinger von Fraziers Schulter bis zu ihrer Hand – «jetzt zahlst du den Preis für die Liebe, nicht?»

«Es gab nicht viel Liebe in meinem Leben. Eigentlich zahle ich den Preis für eine Idee.»

«Ist es etwa meine Schuld, daß –?»

Frazier fiel ihr ins Wort. «O nein. Wie könnte so was denn deine Schuld sein?»

«Ich hab dich nahezu göttlich schön gemacht, aber vergessen, dir einen Partner zu geben. Oder eine Partnerin.»

«Ich glaube, die such ich mir lieber selbst», platzte Frazier heraus.

«Eigensinnig.»

«Äh – stimmt.» Frazier lächelte. «Das ist noch höflich ausgedrückt. Venus, es ist nicht deine Schuld, daß es in meinem Leben keine große Liebe gab. Es ist ganz allein meine. Erfolg und Geld haben mir mehr bedeutet als die Menschen. Und ich hatte Angst, zuzugeben, daß mir Frauen am liebsten waren. Ich hab gelogen, gelogen und gelogen, bis kaum noch was von mir übrig war. Kein Wunder, daß ich dachte, ich würde sterben.»

«Vielleicht ist ja ein Teil von dir gestorben.»

Frazier drehte sich auf der Récamiere herum, um Venus

ins Gesicht sehen zu können. «Schön. Jetzt hab ich vielleicht Platz für Liebe und Freundschaft. Ich war so gottverdammt beschäftigt – Verzeihung. Ich wollte nicht fluchen.» Venus winkte ab, und Frazier fuhr fort: «Indem ich das Leben zu kontrollieren versucht habe, hab ich es nicht gelebt. Und Venus, die ganze Technik, die wir heutzutage haben. Es ist furchtbar, man kann sich nie vom Geschäft lösen. Manche Amerikaner haben sogar im Badezimmer Telefon.»

«Ja, das weiß ich alles. Ich konnte Alexander Graham Bell nie was abgewinnen. Aber mein Gemahl stand ihm ziemlich nahe. Meinst du, du kannst dich dem Leben öffnen?»

«Ich geb mir Mühe. Es tut allerdings mehr weh, als ich gedacht hatte.»

«Weinst du manchmal?»

«Nein.» Frazier schüttelte den Kopf. «Ich bin keine Heulsuse. Ich bin auf meine leise Art kämpferisch.»

«Tränen sind keine Schande. Eine Schande ist es, nichts zu empfinden. Ebensowenig ist es eine Schande, Frauen zu lieben. Eine Schande ist es, überhaupt nicht zu lieben.»

«Ich kann mich auf keine Geschichte von dir besinnen, in der du eine Frau liebst.» Frazier hämmerte das Herz im Brustkorb.

«Die Männer fürchten jedes Vergnügen, das die Frauen in ihrer Abwesenheit erleben», lachte Venus. «Glaubst du, sie würden die Wahrheit über mich erzählen? Sosehr ich die Griechen des fünften Jahrhunderts geliebt hab, sie waren kleine Patriarchen. Aber sicher, ich liebe Frauen. Ich glaub, man muß sich mit jedem Geschlecht in Liebe vereinen können, Frau mit Frau, Mann mit Frau, Mann mit Mann. Warum sich einschränken? Alle sollten ihren Partnern alles sein.»

«Sehr phantasievoll.» Fraziers Mund war wie ausgetrocknet. «Kann ich noch was zu trinken haben?»

Venus klatschte in die Hände, und Eros erschien mit

einem Kelch. Frazier behielt ihn mißtrauisch im Auge, um zu sehen, ob er etwa seine Pfeile im Köcher irgendwie versteckt hielt. Männlich und stattlich, glich er keinem der Cupidos, die sie bislang gesehen hatte. «Madame.»

«Danke. Ist das wieder Nektar?»

«Ja», erwiderte Venus' Sohn, «aber ich hab auch eine Cola mitgebracht, wo du doch aus dem amerikanischen Süden kommst. Soviel ich weiß, schwimmt ihr dort in Cola.»

«Schmeckt ja auch herrlich.» Frazier verputzte den Nektar und kippte die beste Coca-Cola hinterher, die sie je getrunken hatte.

Venus nickte Eros zu, worauf er still hinausging.

«Er ist auch nicht so, wie ich mir ihn vorgestellt hatte.»

«Wer ist das schon? Du bist ja auch nicht so, wie ich mir dich vorgestellt hatte.»

«Wirklich?»

«Ich wußte natürlich, daß du schön bist, aber ich dachte, du würdest ängstlicher sein. Die meisten Menschen sind überwältigt, wenn sie einem von uns begegnen, obwohl wir uns meistens verkleiden. Besonders Jupiter und Merkur. Die beiden verwandeln sich immerzu. Wieso hast du denn keine Angst?»

«Och, ich hab schon Angst vor Pluto, Neptun und Juno. Und bei Dionysos bin ich mir nicht sicher. Er scheint ein bißchen flatterhaft zu sein. Aber allzu ängstlich bin ich nicht. Ich glaub nicht, daß du oder einer der anderen mich töten will. Aber ihr könntet euch vielleicht einen Scherz mit mir erlauben.»

«Ich hatte andere Vergnügungen im Sinn.» Venus beugte sich vor, und ihre linke Brust streifte Fraziers Rücken.

Frazier erstarrte wie vom Schlag getroffen. Sie fühlte warmen, süßen Atem an ihrem Hals, und dann züngelte eine Zunge direkt unter ihrem Ohr. Venus biß sie in den Hals und ließ sich dann schmachtend auf die Récamiere zurücksinken.

Frazier sah ihr in die Augen. Es waren funkelnde, gütige Augen. «Hat dir je jemand widerstanden?»

Venus lachte wieder ihr silberhelles, federleichtes Lachen. «Wenn, dann ist ihnen was Schönes entgangen.» Sie zog Frazier zu sich herunter. Mit geschlossenen Lippen küßte sie Fraziers geschlossene Augen. Dann küßte sie Frazier auf den Mund.

Der innige Kuß machte Frazier benommen. Himmel oder Erde, lebendig oder tot, normal oder irre, sie hatte keine Ahnung, wo sie war, warum sie dort war, wer diese Frau wirklich war; aber ihr Blut verwandelte sich in Lava. Mußte sie es denn wissen?

Sie legte ihre Hemmungen ab und glitt mit den Händen über Venus' kraftvollen Körper. Sie hätte allein ein Jahrzehnt damit verbringen können, nur die langen sehnigen Schenkel zu streicheln. Dann küßte sie Venus auf die Fußsohle, wobei ihr auffiel, daß die Zehennägel der Göttin perlmuttern waren und das Licht auf ihnen schillerte. Ihre Haut, glatt und schimmernd, glühte von innen heraus, und Frazier war in einen sanften, pfirsichfarbenen Nebel getaucht.

Als sie mit der Zunge über die Innenseite von Venus' Wade und dann über ihre Schenkel glitt, überlegte sie, ob sie bei dem lockenden, sacht sich wellenden Hügel verweilen sollte – doch das wäre zu früh gewesen. Sie biß Venus in die Leisten, dann glitt sie mit der Zunge über den straffen Bauch zu einer Brust, die vor ihr schwang wie eine Glocke.

Frazier spürte, wie sich eine kräftige Hand in ihr Kreuz preßte. Sie rieb sich an der linken Brust der Göttin, dann umkreiste sie mit der Zunge die göttliche, pudrig-rosa rechte Brustwarze.

Frazier hatte so lange mit niemandem geschlafen, daß das Einführen und Herausnehmen ihrer Tampons schon als Lustersatz hatte herhalten müssen. Die Monate ihrer Trennung von Ann und dann die schwere Bronchitis hatten nicht nur ihr Geschlechtsleben, sondern auch ihr Begehren ausgelöscht. Jetzt wand sich in ihren Armen die Apotheose der Liebe selbst, nicht nur der körperlichen Liebe, sondern wahrer Wogen von Zärtlichkeit, die aus Venus' Körper brandeten. Eine Süße entstieg der Göttin, eine Süße, geboren aus echter Zuneigung. Frazier hatte keine Ahnung, warum Venus sich etwas aus ihr machte, aber dies war kaum der rechte Augenblick, um solche Fragen zu stellen.

Die Hand in ihrem Rücken drückte fester, und als Frazier den Kopf hob, um die vollen Lippen zu küssen, blickte sie in dunkle Augen. Venus öffnete leicht den Mund.

Frazier preßte ihre Lippen darauf, und eine flammende Hitzewelle schoß ihr durch den Körper. Je länger sie Venus küßte, desto leichter fühlte sie sich – bis sie am Ende schwebte.

Als sie wieder zu sich kam, lag Venus auf ihr; sie küßte sie, biß sie in den Hals, leckte ihre Handteller, saugte an ihren Fingern, liebkoste ihre Brüste. Das von der Göttin ausstrahlende Licht zwang sie, die Augen zusammenzukneifen.

«Welch ein Geschenk», murmelte Venus. Frazier blinzelte verständnislos. «Welch ein Geschenk ist doch die Liebe», fuhr Venus fort.

«Aber du bist doch die Göttin der Liebe.» Frazier kam sich ausgesprochen dämlich vor.

«Alle bitten mich um Liebe. Es ist ein Geschenk, wenn jemand mir Liebe schenkt. Dein Körper ist ein Geschenk. Dein Fleisch ist so warm, und ich kann das Salz auf deiner Haut schmecken. Ein köstliches Erlebnis.»

Venus küßte sie auf den Mund, dann nahm sie ihre Hüften zwischen die Beine. Langsam bewegte sie sich auf Fraziers Körper aufwärts, bis ihre Vagina über Fraziers Gesicht lag.

Sie schob die Schamlocken beiseite, um sich zu offenbaren, glänzend und dunkelrosa. Dann öffnete sie sich, und Frazier sah ein rosafarbenes, dunstiges Licht aus ihrem Innern dringen. Als sie der Quelle dieses zarten Dunstes, dieser pulsierenden, heißen rosa Vagina näherkam, erblickte sie dort geheime Welten. Ein Widerhall von Städten und Symphonien erklang in ihrer Scheide.

In Venus' Leib hineingezogen, wurde sie von einem Feuerschoß gereinigt. Als Frazier herumwirbelte, hatte sie das Gefühl, während des Kochwaschgangs in einer Platinwaschmaschine zu rotieren. Wie lange sie so brannte, wußte sie nicht, doch plötzlich wurde sie aufs Bett zurückgeworfen, ihr ganzer Körper glühte. Sie rang japsend nach Luft; ihre Bronchien, nach wie vor unverläßlich, brannten und schmerzten.

Eine kräftige Hand schob sich unter ihren Kopf, und kühlender Nektar wurde ihr eingeflößt. Venus wischte ihr die Lippen ab. «Entschuldige. Ich hatte vergessen, daß du ein Mensch bist.»

Frazier atmete so tief ein, wie sie konnte. Zitternd und schweißgebadet griff sie nach dem Kelch. Venus flößte ihr noch etwas von dem wohltuenden Naß ein, und Coca-Cola hinterher.

Schließlich kam Frazier wieder zu Atem. «Jetzt muß ich wohl fragen: War's schön für dich?»

Venus lachte so hellauf, daß der Kronleuchter im Nebenzimmer mit Getöse zu Boden fiel. Die Wände dröhnten von ihrer Heiterkeit. «Es war himmlisch.» Dann lachte sie noch ein bißchen über ihren Scherz weiter, und Frazier stimmte ein. «Du hast bei dem Orgasmus bestimmt zehn Pfund abgenommen. Laß mich dich füttern.»

56

Auf riesige, in Honig schwimmende Pfannkuchen stand Frazier fast ebensosehr wie auf Venus' Körper. Der Anblick der Göttin, die auf einem sechsflammigen Vulcanus-Herd aus rostfreiem Stahl Pfannkuchen wendete, ließ ihr Herz aufgehen. Venus trug nichts außer einer rotkarierten Schürze, und sie sang beim Kochen vor sich hin.

«Juno behauptet, sie kann Pfannkuchen backen, so groß wie ganz Nevada. Na und, was soll's? Wer mag schon so große Pfannkuchen? Selbst mein Göttergatte würde da kalt bleiben, dabei kann er den ganzen Tag lang futtern. Wie findest du diesen Herd, den er mir gemacht hat?»

«Sagenhaft. Ich hätte selbst gern so einen, aber sie sind sauteuer.»

«Wie alles Gute, leider. Hier.» Sie warf eine gebräunte Teigscheibe auf Fraziers andere Pfannkuchen. «Wenn ich mich recht entsinne, wolltest du mal, daß ich dir zeige, wie man Käsesoufflé macht.» Venus füllte nun ihren eigenen Teller und setzte sich zu ihrem Gast. Der Teekessel flötete.

«Laß mich das machen.» Frazier sprang auf. «Du erinnerst dich aber auch an alles. Ich hatte die Zeitung gelesen, den Rezeptteil. Mir ist, als wär das eine Ewigkeit her.» Sie griff sich einen Topflappen, nahm den Kessel vom Herd und stöhnte. «Verdammt, ist der schwer.»

«Laß mich mal.» Venus trat zu ihr. Sie hob den Kessel mühelos hoch und goß das dampfende Wasser in eine schön emaillierte Teekanne.

Frazier und ihre Gastgeberin setzten sich wieder. «Ich hab dich noch nicht bei vollen Kräften erlebt, oder?» sagte Frazier. Venus schüttelte den Kopf. «Wie stark bist du denn, nach menschlichen Vorstellungen?»

Venus stand auf, ging zu dem Vulcanus-Herd, hob ihn mit

einer Hand vom Boden und stellte ihn wieder hin. «Er ist heiß, sonst hätte ich ihn über den Kopf gestemmt.»

Fraziers Augen waren groß wie Untertassen. «Du hättest mich ja umbringen können im Bett.»

Venus tat die Bemerkung mit einer lässigen Handbewegung ab. «Jede halbwegs anständige Frau kann einen Mann zu Tode vögeln. Frauen sind in dieser Hinsicht ein bißchen zäher, aber mit genügend Zeit und Energie könntest du vermutlich auch eine erledigen. Mehrfachorgasmus.»

«Ich hab oft gedacht, daß die Männer uns deswegen in der Hand haben wollen – weil wir ihnen sexuell über sind.» Frazier mampfte munter ihre Pfannkuchen, während der Tee zog.

Venus seufzte. «So war es aber nicht immer. Es gab Zeiten, da sind wir uns näher gewesen, aber dann gewannen die Frauen die Oberhand, und das Matriarchat hat Jahrtausende überdauert. Dann gewannen wieder die Männer die Oberhand, und das geht jetzt schon, na ja, sagen wir zehntausend Jahre. Kommt drauf an, wie man zählt. Die wahre Revolution wird sein, wenn kein Geschlecht mehr über das andere herrschen muß. Sie wird kommen.»

«Zu meinen Lebzeiten?»

«Das liegt an dir.» Venus schenkte Tee in erlesene rotgoldene Schalen. «Göttinnen und Götter können die Zukunft nicht bestimmen. Wir können zwar versuchen, sie zu beeinflussen, aber bestimmen können wir sie nicht.»

Der Honig rann Fraziers Kehle hinab. «Du bist eine sehr gute Köchin.»

«Einfache Gerichte. Die große Kochkunst überlasse ich Juno. Sie ist verdammt eifersüchtig und kriegt Tobsuchtsanfälle, wenn jemand von uns besser kocht als sie oder ein neues Gericht erfindet. Das gilt sogar für ihren angebeteten Mann.»

«Schrecklich.»

«Allerdings. Aber komisch, wenn man in Schwierigkeiten steckt – zum Beispiel bei einer schweren Geburt –, hilft sie, wenn sie davon hört. Sie ist gut zu ihren Favoriten.»

«Wie zu Jason und den Argonauten?»

«Ach Frazier, das ist doch schon so lange her. Ich dachte eher an Craig Claiborne. Sie wacht eifersüchtig über ihre Vorrechte. Sie kann nichts mit anderen teilen.»

«Ihren Ehemann schon gar nicht.»

«Er ist seit dreihundert Jahren treu. Was will sie mehr? Außerdem gehen alle Männer ein bißchen fremd, und wenn eine Frau das nicht weiß, ist sie dumm.»

«Dann ist Monogamie unmöglich?»

«So gut wie.»

«Und die Ehegelöbnisse?» Frazier bekam Spaß an der Sache.

«Welche Ehegelöbnisse?»

«Die der christlichen Kirche.»

«Ha.» Venus schenkte sich frischen Tee ein. «Als diese Formeln erstmals schriftlich festgelegt wurden, betrug die durchschnittliche Lebenserwartung einundzwanzig Jahre. Da konnten die Menschen natürlich treu sein. Und schau nur, wie lange ihr heute lebt. Glaubst du im Ernst, daß ein Ehepaar, das mit fünfundzwanzig heiratet und achtzig Jahre alt wird, treu sein kann? Unmöglich.» Sie stellte die Teekanne mit schwungvoller, triumphierender Geste hin. «So seid ihr nicht beschaffen. Ihr seid lediglich Tiere mit einer gewissen Intelligenz. Je mehr ihr eure animalische Natur schädigt, desto verrückter werdet ihr.»

«Trotzdem –» Frazier spießte nachdenklich den nächsten Pfannkuchen auf – «würd ich gerne Gewißheit haben, daß mein Mann oder meine Frau treu bleiben könnte.»

«Ich vergesse immer wieder, daß du Protestantin bist.» Venus hob eine Braue. «Protestanten nehmen alles so ernst. Nun frag dich doch mal: War es nicht wunderbar mit uns?»

«Ja.» Frazier strahlte.

«Hab ich dir irgendwas weggenommen?»

«Nein, natürlich nicht.»

«Habe ich dir was gegeben?»

«Das schönste Erlebnis, das ich je im Bett hatte.»

«Ein großes Geschenk. Sex ist ein großes Geschenk.» Venus hielt einen Moment Fraziers Hand. «So. Wir haben einander unsere Körper geschenkt. Das Erlebnis war eine Wonne für uns. Ich gehe meinen Weg und du deinen, und jede ist weitaus reicher, als wir es vor unserer Begegnung waren. Wenn ich mit jemand anderem schlafe, wie kann ich dir damit was wegnehmen?»

«Aber wenn du dich in diese Person verliebst?»

«Ich bin die Göttin der Liebe, erinnerst du dich?» Venus' warmes Lächeln überflutete Frazier. «Nicht alle, denen du in diesem Leben begegnest, sind Langzeitpartner. Aber alle, denen du begegnest, sind Engel. Sie mögen schwarze Engel sein, sind aber trotzdem Engel, und sie bringen dir Botschaften von den Göttern. Sex ist eine Art Botschaft. Den Körper verleugnen, das Tier verleugnen, das ist grausam, weil du das Leben verleugnest. Das Leben stellt seine eigenen Forderungen, und das Leben ist viel älter als die Vernunft. Hör auf, alles zu berechnen, und gib dich dem Leben hin.»

«Und wie steht's mit Geschlechtskrankheiten?»

«Frazier, du bist ein intelligenter Mensch. Du wirst nicht unverantwortlich handeln. Ich hab nicht gesagt, du mußt promiskuitiv sein. Ich hab gesagt, verleugne deinen Körper nicht. Verleugne das Leben nicht.»

«Meine ganze Gesellschaft lehnt den Körper ab, obwohl sie ihn benutzt, um Waren zu verkaufen. Eine halbnackte Frau umhüllt eine Schnapsflasche; ein gutaussehender Mann raucht eine Zigarette. Das ist wirklich schizophren. Und wenn wir schon davon sprechen, daß ich Protestantin bin, Christus sagt, mein animalischer Körper muß mir gleichgültig sein. Auf daß ich wiedergeboren und in ein höheres Wesen verwandelt werde.»

Venus' Stimme vibrierte vor Mitgefühl. «Ich liebe Jesus sehr.» Sie atmete ein. «Man muß seine animalische Natur verwirklichen. Man wird in ein höheres Wesen verwandelt, weil man das Leben nicht verleugnet hat.»

Frazier saß einen Moment stumm da. «Ich hab das Leben verleugnet, nicht?»

Venus küßte sie auf die Wange. «Ja.»

«Ich wußte es, als ich glaubte, ich würde sterben. Deswegen hab ich die Briefe geschrieben. Ich dachte, schön, ich hab mich zurückgehalten und eingesponnen. Vielleicht kann ich andere aus ihrem beengenden Kokon katapultieren. Und vielleicht hab ich mir sozusagen meine letzte Rache verschafft. Ach, Venus, und wegen dieser Briefe sitze ich jetzt in der Tinte.»

«Ich weiß, aber du hast die Wahrheit gesagt. Du bist nicht dafür verantwortlich, wie die Menschen sie annehmen oder abstreiten. Es ist wie eine Gabe. Wir hier oben blicken auf euch hinunter und verleihen euch Gaben. Was ihr damit anfangt, liegt bei euch. Du darfst dich nicht schlecht fühlen, weil deine Mutter sich verhärtet hat. Du hast sie nicht so gemacht. Dein Brief an Kenny Singer hat ihn dir nähergebracht.»

«Und ihn seinen Liebhaber gekostet.» Fraziers Augen verschleierten sich.

«Billy Cicero hätte Kenny früher oder später sowieso fallengelassen. Er gehört zu der Sorte Männer, die wissen, was sie wollen, und dann auf ein Ereignis warten, das ihr Handeln rechtfertigt. Du dachtest, er sei ein fester Bestandteil deines Lebens, aber als du ihn wirklich brauchtest, husch, war er auf und davon.»

«Weißt du, es ist komisch, das ganze Lesbentum. Fühlst du dich als Lesbe?»

Venus lächelte. «Nein, ich fühle mich als Frau.»

«Genau. Ich mich auch. Und wir lieben Frauen, weil sie liebenswert sind, weil die betreffende Person etwas Liebenswertes hat. Und obwohl ich das in mir unterdrückt habe, glaube ich daran.» Sie klopfte mit der Gabel auf den Tisch. «Aber die Null-acht-fünfzehn-Meinungen über Lesben sind allesamt negativ. Zum Beispiel, ich müsse zu häßlich sein, um einen Mann zu kriegen.»

«Wir wissen, daß das nicht stimmt.»

«Dann muß ich eben so schön sein, daß Männer mich langweilen. Siehst du? Du kannst nicht gewinnen. Es gibt immer irgendwelche dämlichen Gründe, weshalb du lesbisch bist und sie es nicht sind. Ich bin kein Genie, Venus, aber ich hab beobachtet, daß die Natur selten Fehler macht, und da ein bestimmter Prozentsatz der Menschheit immer homosexuell gewesen ist, muß die Natur verflucht gute Gründe dafür gehabt haben. Ich möchte diese Gründe gerne erfahren, aber ich weiß, ich ticke genauso richtig wie meine heterosexuellen Mitmenschen. Ich meine –» Frazier redete sich in Fahrt –, «wenn eine Frau von ihrem Vater mißbraucht wurde und sie heiratet einen Mann, der genauso ist, wie kann irgendwer behaupten, daß das in Ordnung ist? Aber ist sie besser als ich, weil ich eine Lesbe bin? Ich hab die Blödheit anderer Menschen verdammt satt, und ich frage mich, wie ich mein Leben vorher gelebt habe. Wieso hab ich es ignoriert?»

«Weil dir Dinge mehr wert waren als deine Seele.»

Frazier lehnte sich schwer auf dem Stuhl zurück. «Ja, nicht? Ich hab mich regelrecht zum Narren gemacht.»

«Dein Land hat dem Philistertum neue Abgründe eröffnet.» Venus lächelte wehmütig. «Nicht mal Rom ist so tief gesunken, dabei hat die Stadt schrecklich vulgäre Zeiten durchgemacht. Ihr Amerikaner denkt nur ans Geld. Einfach schrecklich.»

Frazier wäre gerne aufgesprungen und hätte ihre Landsleute verteidigt. Aber sie konnte es nicht. Die Göttin hatte recht. «Vielleicht finden wir den Weg zurück zum Herzen, zur Courage, zur Schönheit – das sind abstrakte Begriffe, und vielleicht lieben die Menschen deshalb den Profit. Er ist leicht zu verstehen.»

«Der Tod auch. Ihr tötet den Geist.»

«Ich hab mich daran beteiligt.» Frazier spürte ein Kribbeln, als Venus ihr den Nacken rieb. «Schau, Venus, alles, was du über mein Land sagst, gilt auch für mich, und ich weiß nicht, wie ich Amerika ändern soll, aber ich versuche, mich selbst zu ändern, und vielleicht ist das der Anfang – immer eins nach dem andern. Wenn andere merken, daß ich ein glücklicherer Mensch bin, ein liebevoller Mensch, denken sie vielleicht über sich nach. Vielleicht stellen sie Fragen.»

«Das ist ein guter Anfang, aber du brauchst Kontakte. Du mußt dich abrackern, kämpfen, lachen, dich entwickeln. Würdest du dich vervollkommnen – als ob das möglich wäre –, dann wärst du eine Einpersonenmehrheit. Du wärst immer noch allein. Die Menschen brauchen einander. Du kannst es nicht allein angehen.»

«Herrje, dafür kämpfe ich ja, aber meine sogenannte Gemeinschaft ist auf hundertachtzig, weil sie wissen, daß ich lesbisch bin. Sie sind wie eine Horde Schulkinder, die blöde vor einem Gorilla zittern. Gemeinschaft! Sie sitzen über mich zu Gericht. Sie verstoßen mich.»

«Frazier», Venus' Stimme nahm einen gebieterischen Ton an, «in den Ostblockländern galten Homosexuelle als geisteskrank. Manche wurden in Anstalten gesperrt. Andere kamen ins Gefängnis. Einige haben Selbstmord begangen. So schlimm ist es in Virginia nicht. Oh, es gibt schon hier und da Gewalt, aber», sie senkte die Stimme, «findet nicht täglich Gewalt gegen Frauen statt? Vergewaltigung. Kindesmißhandlung. Und was ist mit Gewalt gegen Menschen, die nicht weiß sind? Niemand ist ein besonderer Fall. Niemand ist von dem Bemühen ausgenommen, die Menschheit zu zivilisieren und die Liebe zur Macht durch die Macht der Liebe zu ersetzen. Ihr habt die Pflicht zu handeln und kein Recht, Anerkennung zu erwarten. Jeder kann eine Ausrede finden, um sich vor dem Bemühen um eine bessere Welt zu drücken. Homosexualität ist eine ganz gute Ausflucht, aber weißt du was, meine kleine Sexbombe, es funktioniert nicht. Das Leben ruft. Das Leben ruft.»

«Hier ruft nur einer, und das bin ich.» Merkur erschien in der Küchentür. Er trug geflügelte Turnschuhe und eine Turnhose.

«Jesses Maria, du trägst ja Turnschuhe», platzte Frazier heraus.

«Wir pflegen den Namen Jesu hier oben nicht zu nennen.» Merkur glitt heran und setzte sich an den Tisch.

«Wir haben uns gerade über den Zustand der Welt ausgesprochen. Ich hätte mich vielleicht noch zu apollinischer Logik aufgeschwungen, wenn du uns nicht unterbrochen hättest», schimpfte Venus mit ihm.

«Verschon mich damit.» Merkur küßte Venus die Hand. «Mit Vernunft kannst du alles rechtfertigen. Dein Herz weiß, was richtig und was falsch ist, drum sage ich, schweige und handle.»

«Verbündet ihr zwei euch jetzt gegen mich?» Frazier stemmte die Hände auf den Tisch.

«Eine ausgezeichnete Idee.» Merkur setzte ein breites Lächeln auf, und ein elektrisches Knistern huschte über seine Lippen.

«Er ist gekommen, um dich zu verführen.» Venus stieß Merkur spielerisch gegen die Schulter.

«Und du bist nicht auf eine solche Idee gekommen?» Merkur hob die Augenbrauen.

«Sie hat *mich* verführt», lachte Venus glücklich.

Merkur musterte Frazier. «Du bist aber mutig.»

«Sie ist einfach unwiderstehlich.»

Merkur, der viele Male mit Venus geschlafen hatte, stimmte Frazier zu: «Ich weiß! Wir haben einen Sohn, Hermaphroditos – na ja, sie ist zugleich auch eine Tochter. Ich fand immer, wir sollten noch mehr Kinder bekommen, aber meine Liebste hier hat drei Kinder von Mars – sie kann die Hände nicht von ihm lassen und umgekehrt –, und dann bekam sie Eros, aber über seinen Vater schweigt sie sich nach wie vor aus. Sie sagt, er sei vaterlos.»

«Na und, Juno hat meinen Gemahl ohne Zutun eines Mannes bekommen, und da dachte ich, warum nicht? Aber wir schweifen vom Thema ab. Ich weiß ganz genau, daß du hergekommen bist, um Frazier zu erobern.»

«Wir könnten auch alle zusammen ins Bett gehen.» Merkur schimmerte in goldenem Licht.

«Du platzt ja vor anzüglichen Energien», bemerkte Venus.

Merkur zwinkerte Frazier zu. «Weißt du noch, die Briefe, die du den Leuten geschrieben hast?»

«Na, und ob.» Frazier fand ihn ungeheuer sexy.

«Schön, stell dir den Körper als Kuvert für das Herz vor. Dann will ich auch so einen Brief.» Seine fast bernsteingoldenen Augen blinzelten.

«Ach Bruderherz.» Venus schüttelte den Kopf.

Frazier wurde rot. «Ich glaub, mir platzt ein Eileiter.»

57

Venus hielt in Sanssouci für Merkur ein Zimmer bereit. Er konnte nicht existieren ohne ein Fernsehgerät mit großem Bildschirm, auf dem er jeden Sender auf der Welt empfangen und das er auch dazu benutzen konnte, sich Einblick ins Leben der Menschen zu verschaffen. Merkur haßte es, wenn ihm etwas auf Erden, auf dem Meeresgrund oder im Himmel entging. Vulcanus hatte ihm ein schickes silbernes Telefon entworfen, das sich in die Hand schmiegte. Daneben befanden sich auf einem schmalen, eleganten Rechteck sämtliche Leitungen. Merkur brauchte nur einen Leuchtknopf zu drücken – alles war plan mit der Oberfläche, nirgendwo ragte etwas hervor –, um eine Verbindung herzustellen. Was menschliches Design anging, bevorzugte Merkur Bang & Olufsen, doch Vulcanus hatte einen schmalen Metallstreifen in die Wand installiert, und wenn er darauf drückte, glitten CD-Spieler, Kassettenrecorder und Radio lautlos aus der cremefarbenen Wand.

Das Bett war schlicht, aber sinnlich. Merkur liebte klares Design, Venus hingegen bevorzugte barocke Linien. Doch niemand konnte Venus ihre geschmacklichen Ausschweifungen verwehren, da bei ihr trotzdem alles eine Funktion hatte. Ihre Freude an Vergoldungen und lebhaften Farben unterstrich ihre Persönlichkeit. Wäre sie eine Schauspielerin gewesen, hätte der Regisseur bestimmt gesagt, sie trage zu dick auf, aber da sie eine Göttin war, war selbst das Überladene bezaubernd. Venus hielt sich in nichts zurück.

Während Frazier Merkurs Zimmer betrachtete, fragte sie sich, wie es den beiden wohl gelungen war, eine solch wechselvolle Affäre durch die Jahrhunderte aufrechtzuerhalten. Sie kam zu dem Schluß, daß wahrscheinlich gerade ihre Verschiedenheit die Faszination ausmachte.

Merkurs goldfarbene Satin-Turnhose klebte an seinem strammen Gesäß. «Veni, wieso haben wir uns eigentlich bereit gefunden, uns zu diesem Familienporträt zu versammeln?»

«Jupiter wollte es so. Er hat's eben gern heimelig, nehme ich an», antwortete Venus. «Ich hab nicht soviel gegen die anderen wie du.»

«Ich könnte ewig leben, ohne Dionysos noch einmal wiederzusehen. Oder gar Mars.» Er hob die Hand wie ein Verkehrspolizist: Stopp. «Ich weiß, ich weiß, für dich strömt er Männlichkeit pur aus, aber er hat ein Erbsenhirn, und seine verdammten Kriege werden immer schlimmer.»

«Für die Kriege kannst du ihn nicht verantwortlich machen.»

«Und ob. Er schürt menschliche Schwächen.» Merkur haßte seine Halbbrüder.

«Du findest ja nie ein gutes Haar an ihm. Er ist zu unglaublicher Disziplin und Opferbereitschaft fähig, aber wenn wir jetzt anfangen, über Mars zu reden, gibt es bloß Streit zwischen uns.»

«Ist Athene nicht auch eine Kriegsgöttin?» fragte Frazier, die es sich auf dem Bett mit dem geschwungenen, emaillierten Kopfteil bequem gemacht hatte. Sie konnte Athene gut leiden, weil sie so eine gravitätische Schönheit besaß.

«Krieg und Weisheit.» Merkur suchte Musik aus seinem unermeßlichen Vorrat, drückte einen Knopf auf der CD-Fernbedienung, und fetzige Klänge erfüllten den Raum, Rock-Harfenmusik mit scharfem Rhythmus.

«Geht sie wirklich und wahrhaftig mit niemand ins Bett?» fragte Frazier. Sie erinnerte sich an die Geschichten, die sie über Athene gelesen hatte.

«Oh, ich hab mal mit ihr geflirtet, um zu sehen, ob ich sie rumkriegen kann. Sie wurde so fickrig, daß sie gleich loszog und einen Krieg anzettelte.» Venus kicherte. «Na, angezettelt hat sie ihn eigentlich nicht – das ist ungerecht. Sagen wir, sie hat Napoleon in Austerlitz beigestanden. Sie hatte ihn sehr gern, und als er starb, nachdem die Engländer ihn in der Gefangenschaft vergiftet haben, hat sie sich tagelang gegrämt.»

«Denk dran, wie *du* Trübsal geblasen hast, als Marlene Dietrich starb.» Merkur schlenderte zum Bett.

«Ja, ich hab sie sehr geliebt.» Kummer umwölkte die Stirn der Göttin.

«Ihr könnt einen Menschen nicht am Leben erhalten?»

«Nicht mal die Liebe kann mit dem Tod verhandeln.» Venus schüttelte den Kopf.

«Wenn jemand von euch in Schwierigkeiten gerät und wir ihm wohlwollen, können wir ihm helfen, sich selbst zu retten, doch der Tod hat die letzte Gewalt.» Merkur setzte sich neben Frazier aufs Bett. Venus ließ sich auf ihrer anderen Seite nieder.

«Könnt ihr denn sterben?» Frazier setzte sich in den Schneidersitz.

«Götterdämmerung.» Merkur seufzte. «Ja, am Ende können wir sterben, aber komm nicht darauf zu sprechen, wenn du Jupiter wiedersiehst. Das regt ihn schrecklich auf. Er sagt immer: ‹Wer hat schon Zeit zum Sterben?› Er ist gegen die Titanen in den Krieg gezogen. Er weiß, daß Götter sterben können.»

«Ich hoffe, nicht so bald.» Frazier hätte gern seine hohen Wangenknochen berührt.

«Kaum.»

«Und der Christengott, also mein Gott – kann der auch sterben?»

«Aber sicher. Wenn er seine Sache nicht gut macht. Er ist so eifersüchtig. ‹Du sollst keine anderen Götter haben neben mir.› Ich hab ihm vor ein paar Jahren die Zehn Gebote mit Randbemerkungen gefaxt. Er war fuchsteufelswild. Kein bißchen Sinn für Humor. Er will, daß alle sich schuldig fühlen und sich schämen.»

«Er haßt Frauen.» Venus legte sich zurück auf ein Kissen, die Arme hinter dem Kopf.

«Er haßt Sex», brummte Merkur. «Ich versteh nicht, warum so viele von euch da unten auf ihn hören. Er ist ausgesprochen haßerfüllt und grausam.»

Frazier, benommen von dieser Diskussion zwischen Ebenbürtigen und ihr als Mensch, brauchte einen Moment, um die Sprache wiederzufinden. «Ja, er ist haßerfüllt und grausam, aber was du schon als Krabbelkind beigebracht bekommst, das glaubst du auch. Ideologien müssen nicht mit der Realität übereinstimmen, um die Menschen zu motivieren, und ich nehme an, viele Menschen fühlen sich dermaßen mies, daß sie sich einen Gott wünschen, der sie schlägt, um ihnen ihre Wertlosigkeit zu bestätigen.»

Merkur nahm die Füße vom Boden und drehte sich so, daß er Frazier auf dem Bett direkt gegenübersaß. «Du bist ein kluges Köpfchen, was?»

«Ich hab's dir ja gesagt: Sie ist in manchen Dingen schlau und in anderen dumm wie Bohnenstroh – meistens, wenn's um sie selbst geht.» Venus streichelte Fraziers Rücken, damit sie sich wegen der aufrichtigen Kritik nicht allzu schlecht fühlte.

«Aber Jesus liebe ich. Er hat der Welt Barmherzigkeit und Vergebung gebracht.»

«Vergebung liegt mir nicht besonders», bekannte Merkur. «Mit Ausnahme von Venus sind wir alle nicht groß darin. Das mag durchaus ein Fehler sein, aber ich habe auf dem Olymp und auf der Erde die Erfahrung gemacht, wenn jemand dich schlägt, schlägst du am besten zurück. Wenn der Blödmann dich dann noch mal schlägt, mach ihn 'nen Kopf kürzer.»

«Hm», meinte Frazier gedehnt, «das wirkt sicher.»

«Aber es löst nichts, doch über dieses Thema werden Merkur und ich nie einer Meinung sein. Sogar die bewundernswerte, ruhige Athene hat Rachegelüste. Ich denke, das hält die Dinge über Generationen in Gang, und letztendlich wird das Leben fade für jeden, der sich nicht am Rache-Zyklus beteiligt. Ich hingegen weiß mit meiner Zeit was Besseres anzufangen.» Venus umarmte Frazier von hinten.

Merkur verstand den Wink und zog einen Turnschuh aus. Frazier berührte den Gott, und seine Haut erzitterte unter ihrer Hand. «Warte.»

«Warum?» wollte Merkur wissen.

«Ich möchte sehen, ob du mit den Flügeln an deinen Turnschuhen schlagen kannst.»

Er zog den Turnschuh wieder an, sprang vom Bett und schlug mit den kleinen Flügeln. «An meinem Helm – du weißt schon, den man auf antiken Statuen sieht – kann ich auch mit den Flügeln schlagen. Heutzutage tragen wir die Sachen nur noch für Familienporträts. Die übrige Zeit ziehen wir an, worauf wir grade Lust haben, quer durch die Jahrhunderte. Manche Jahrhunderte hatten wirklich großen Stil. Ich hab immer das zwölfte Jahrhundert geliebt. Ganz klare Linien – die Stoffe herrlich drapiert. Freilich, die Farben haben nicht gehalten, und die Leute waren nicht besonders reinlich, aber wenn du dich nur auf die Linien konzentrierst – wirklich schön.»

«Ich mag die Gegenwart am liebsten, obwohl alles ein bißchen zu formlos geworden ist», ergänzte Venus Merkurs Ausführungen. «Aber es gibt die unglaublichsten Farben und Stoffe. Entweder die Jetztzeit oder das achtzehnte Jahrhundert – ein himmelweiter Unterschied, zugegeben, aber die Damenmode aus jener Zeit steht mir.»

«Dir steht alles, aber nackt gefällst du mir am besten.» Merkur zog seine Turnschuhe aus und sprang wieder aufs Bett; unter seiner Satin-Turnhose war die wachsende Schwellung zu sehen.

Venus zog Frazier aufs Bett hinunter, und Merkur legte sich neben sie. Während Venus Frazier zwischen die Schulterblätter küßte, nahm Merkur sachte ihr Gesicht in die Hände und küßte sie erst auf den Haaransatz, dann auf die Lippen.

Frazier legte ihre Rechte seitlich an seinen Hals und ließ sie dann zu seinen Brustmuskeln hinabgleiten. Sie waren stramm und sehr gut entwickelt, aber nicht so massig wie Jupiters. Merkurs wohlproportionierter Körper hätte auf einen Menschen von Anfang oder Mitte Zwanzig schließen lassen. Hätte er eine Sportart gewählt, er wäre Rückenschwimmer geworden. Er schob sich näher an Frazier heran, und sie spürte den Herzschlag in seinem Schwanz, der an ihrem Schenkel ruhte.

Venus griff um Frazier herum und umarmte alle beide.

Frazier streifte leicht mit den Fingern über seine Turnhose. Merkur stöhnte lustvoll. Sie fuhr mit den Fingernägeln über seinen Schenkel und wieder zurück zur Hose, wo sie die Konturen seines Schwanzes nachzeichnete. Merkur zitterte. Sie faßte in die Hose und berührte ihn, während Venus hinter ihn glitt und ihm die Turnhose auszog. Ein winkelförmiges, weiches Haarbüschel führte zum Instrument der Lust.

«Das wird ein Heidenspaß», flüsterte Venus ihm ins Ohr, dann glitt sie hinunter zu seinem Gesäß, wo sie ihn küßte und biß, während Frazier seine gewaltige Erektion streichelte. Merkur war in jeder Hinsicht vollkommen, und sein Penis bildete keine Ausnahme. Eichel und Schaft standen im richtigen Verhältnis, die Hoden waren nicht zu schlaff oder zu klein. Frazier rollte sie in den Händen, nur um die weiche Haut zu fühlen. Merkur preßte sich an sie und begann sich zu bewegen.

«Denk dran, sie ist ein Mensch», sagte Venus. Sie griff zwischen seine Beine und hielt Fraziers Hand, während beide Frauen ihn streichelten.

Venus' lange, schmale Finger umschlossen Fraziers und drückten sachte ihre Hand und zugleich Merkurs Schwanz.

Frazier küßte Merkur auf den Mund. Er verstand was vom Küssen. Sein Kuß hatte nichts Schlabbriges. Er zog mit der Zungenspitze Fraziers Lippen nach, dann schloß er den Mund und küßte sie leidenschaftlich. Als Merkur aufhörte, übernahm Venus. Nachdem sie Frazier heiß gemacht hatte, küßte Venus Merkur. Obwohl sie sich schon seit Jahrhunderten küßten, konnte Frazier die Glut fühlen. Venus und Merkur hatten sich aufrichtig gern, und das war auf lange Sicht vielleicht mehr als romantische Liebe.

Frazier biß in die Haut zwischen Merkurs vollendeten Brustmuskeln, dann leckte sie an seinen Brustwarzen. Er bekam eine Gänsehaut. Sie legte die Hand auf seine Brustmuskeln, stemmte dann die Fingernägel darauf und kratzte ihn bis hinunter zur Leiste. Dann knabberte sie sich zu seinen pulsierenden Bauchmuskeln vor und folgte den schrägen Strängen bis zu seinem Schwanz. Sie begann am unteren Ende und bewegte sich mit der Zungenspitze an der Unterseite entlang zur Eichel, die sie mit der Zunge umkreiste. Der Gott bäumte sich voller Hingabe auf.

Frazier hob den Kopf, als Venus über ihr verharrte, und küßte eine schwingende, herrliche Brust, ehe sie sich wieder Merkurs sich rötendem Schwanz zuwandte.

Sie liebkoste seine Hoden immer fester mit der Zunge, bis sie am Ende seinen Schwanz in den Mund nahm und lutschte. Sie spürte seinen Herzschlag in ihrem Mund. Er hielt aus, solange er konnte, dann entzog er sich ihr sanft.

Merkur umarmte Frazier und schob seinen Schwanz in sie hinein. Jetzt spürte sie den Herzschlag tief in ihrem Innern.

Als sie über seine Schulter sah, staunte sie über den Anblick von Venus, die sich, jetzt mit einem Schwanz ausgestattet, so schön und erigiert wie Merkurs, auf den Gott stürzte.

«Das Geschlecht soll dem Vergnügen nie im Wege stehen», säuselte sie. Sie legte die Hände auf seine runden Pobacken und teilte sie. «Das wünsch ich mir schon seit Jahrhunderten.» Sein After öffnete sich, eine Rosenknospe der Lust, und Venus, von jeher eine Verehrerin der Schönheit, drang sanft in ihren Freund ein.

Frazier spürte ihn unter sich erzittern. Venus glich sich seinem Rhythmus an. Machte er lange, langsame Stöße, tat sie es ihm nach. Bewegte er sich schneller und heftiger, tat sie es ihm gleich. Geschmeidig wie Delphine bewegten sie sich zu dritt. Unmöglich zu sagen, wer die größte Verzückung erfuhr. Unter gewaltigen Zuckungen kamen sie gleichzeitig. Venus ließ sich lachend aufs Bett zurückfallen, und während sie Merkur umarmte, streichelte sie Fraziers Haare.

Frazier kniff sich mit beiden Händen in die Arme, um sich zu vergewissern, daß sie lebendig war. Sie zählte ihre Finger. Sie zählte ihre Zehen. «Ist noch alles dran», jubelte sie und stürzte sich lachend und Küsse verteilend auf Venus und Merkur. «Warum kann es so nicht mit Menschen sein?»

«Du mußt den oder die richtigen finden», erwiderte Venus. Sie zog an der Kordel hinter dem Bett, und zwei Nymphen erschienen mit geeisten Getränken und belegten Gurkenbroten, Hörnchen, Honig und diversen Törtchen. Die jungen Damen stellten alles auf eine Ablage, die sie aus dem Bett herauszogen, und entfernten sich.

Merkur reichte Frazier ein Glas Louis Roederer Cristal, Jahrgang 1973. «Cola ist auch da, zum Nachspülen. Der Champagner des Südens, stimmt's?»

«Stimmt.»

Venus erhob ihr Glas. Das Licht durchströmte das blaßgoldene Naß, Blasen schwebten nach oben. «Auf die Liebe, auf das Lachen, auf die Freunde.»

«Zum Wohl», stimmte Merkur ein, und Frazier stieß mit beiden an.

«Das Zeug schmeckt so gut wie Nektar», fand Frazier.

«Das finde ich auch, aber Juno, die stets auf Tradition achtet, besteht darauf, daß es bei allen Familienzusammenkünften Nektar und Ambrosia gibt. Mir ist das hier oder ein guter Hamburger viel lieber. Ihr Amerikaner macht die besten.»

«Die Franzosen machen die beste Pastete und den besten Champagner.» Venus nahm einen Mundvoll Champagner, dann küßte sie Frazier und ließ den Champagner in ihren Mund rinnen.

«Laß mich das auch mal versuchen.» Merkur wiederholte die Prozedur bei Venus.

«Die Deutschen haben den besten Spargel, besonders im Mai. Und das beste Bier.» Frazier nahm sich noch ein Gurkenbrot.

«Können wir etwas über die englische Küche sagen oder die indische oder japanische?» Merkur lehnte sich gegen die Kissen.

«Das beste Rindfleisch gibt's in Kobe, Japan», sagte Frazier.

«In Argentinien», widersprach Venus.

«Rindfleisch esse ich nicht mehr, aber das beste Sushi habe ich in einem kleinen Lokal in Tokio gegessen, und das beste Hähnchen in meinem ganzen Leben gab es in einem kleinen Straßencafé bei Charleston, North Carolina.»

«Eine meiner absoluten Lieblingsstädte.» Venus lehnte sich an Merkur, den sie als Kissen benutzte. «Ich habe die Stadt in mein Herz geschlossen.»

«Darf ich?» Frazier lehnte sich an Venus, und zu dritt aßen und tranken sie, einträchtig und zufrieden.

«Weißt du, was ich denke?» Merkur wischte Venus Krümel von den Lippen.

«Ich kann's kaum erwarten», sagte seine langjährige Freundin.

«Das Blut schafft Familie; das Schicksal Freunde. Mir sind meine Freunde weitaus lieber.»

«Mir auch», stimmte Frazier zu, aber dann besann sie sich anders: «Nun ja, ich weiß nicht. Ich liebe meinen Bruder und meinen Vater wirklich. Ich glaube, Carter wird endlich erwachsen.»

«Der Mann sieht phantastisch aus. Ich hab schon mehrmals daran gedacht, ihn zu entführen. Aber noch eine Frau, das ist das Letzte, was dein Bruder in diesem Leben brauchen kann, auch wenn sie eine Göttin ist.»

«Mag sein, aber ich glaub, die, die er jetzt hat, Sarah Saxe, die tut ihm gut. Kennt ihr unsere Zukunft? Wird mein Bruder Armstrong-Straßenbau helfen können? Er taugt eigentlich nicht zum Geschäftsmann.»

«Nein, wir kennen die Zukunft nicht, wenngleich Apoll die Gabe der Prophezeiung besitzt. Aber Carter – mach dir um den nicht zu viele Sorgen. Wenn er im Einsatz bleibt und draußen die Arbeit macht, wird er glücklich sein. Er muß die Firma nicht führen.»

«Das klingt plausibel.» Frazier lächelte. «Wenn ich zu Apoll geh, ob er mir dann wohl die Zukunft voraussagt?»

«Tu das nicht», riet Merkur. «Er wird sie dir in Rätseln oder in einem lyrischen Erguß präsentieren, und du machst dich dann verrückt, um dahinterzukommen, was er meint. So ähnlich wie sein Orakel von Delphi. Ich kann die Zukunft nicht voraussagen, aber ich kann die Gegenwart sehen. Hier, ich zeig's dir.» Er berührte eine elegante Reihe Bedienungstasten am Kopfteil. Lautlos rollte ein Wandteppich zur Decke hinauf und gab einen riesigen schwarzen Bildschirm frei.

«Sag bloß nicht, ihr guckt alle fern.» Frazier runzelte die Stirn.

«Nicht oft.» Merkur griff in das Kopfteil und drückte einen Knopf. «Schau.»

Das Innere des Weißen Hauses sprang ins Blickfeld. Die

Toilette, um genau zu sein. Ein Mensch saß auf dem Lokus und las Zeitung, so daß sein Gesicht verdeckt war.

«Das ist unfein von dir, Merk.» Venus kicherte.

«Wie konnte ich das ahnen?» Er drückte wieder auf die Fernbedienung, und das Innere der Mailänder Scala erschien. Ein Tenor und ein männlicher Alt kämpften sich durch eine schauderhafte Probe.

«Kannst du mir jemand zeigen, den ich kenne?»

«Klar.»

Gleich darauf war Frank Armstrong zu sehen, der im Kleiderschrank nach seinem Homburg kramte. Dabei warf er Libbys Hutschachteln herunter. Sie fielen klappernd auf die Erde, die Deckel flogen auf. Murrend stieg er vom Hocker und fing an, die Sachen wieder einzusammeln. Gerade als er den Deckel einer ovalen dunkelblauen Schachtel zuklappen wollte, entdeckte er darin Fraziers Brief. Er nahm ihn heraus, betrachtete die Adresse und das Datum des Poststempels. Er öffnete den Umschlag und las im Stehen.

«Frank...», rief Libby aus dem Wohnzimmer herauf.

«Was ist?»

«Was war das eben für ein Radau?»

«Ich hab deine Hutschachteln runtergeworfen. Keine Sorge, alles in Ordnung», antwortete er mit lauter Stimme, während er weiterlas.

Im Nu erschien Libby. Als sie Frank lesen und die offene Hutschachtel sah, setzte sie sich mit ungewohnter Behendigkeit in Trab und riß ihm den Brief aus der Hand. «Du darfst dich nicht aufregen.»

Er entriß ihn ihr wieder. «Das laß nur meine Sorge sein. Hier steht nichts, was ich nicht schon weiß. Du hattest kein Recht, den Brief zu unterschlagen.»

«Du hattest so viel am Hals» – sie brannte darauf, seinen Brief zu lesen – «und ihr Brief an mich war gehässig, grausam und, jawohl, entsetzlich, einfach entsetzlich. Ich habe sie nicht erzogen, damit sie so wurde. Jedenfalls, ich hatte Angst, dein Brief würde auch so sein.»

«Ist er aber nicht.»

«Dann laß mich ihn lesen.»

«Sie hat ihn mir geschrieben, nicht dir.»

«Ich wette, sie schreibt dir, du sollst mich verlassen.» Libby biß die Zähne zusammen.

«Nein.»

«Was schreibt sie denn? Ich meine, nachdem wir so lange Jahre verheiratet sind, sollte ich das eigentlich erfahren. Also, was schreibt sie über mich?»

«Der Brief ist an mich und über mich. Nicht über dich.»

Libbys Stimme drückte Enttäuschung aus. «Oh. Na schön. Attackiert sie dich?»

«Sie hält sich nicht mit Seitenhieben zurück, aber sie attackiert mich nicht.»

«Sie stand unter Drogen, als sie die Briefe schrieb. Morphium. Sie wußte nicht, was sie schrieb.»

Frank legte den Deckel auf die Hutschachtel. «Ich glaube, sie wußte es, und ich glaube, sie hat ins Schwarze getroffen, zumindest, was mich angeht.»

«Du mußt mir den Brief zeigen.» Libby preßte die Kinnladen zusammen.

«Nein.»

«Dann muß etwas über mich drinstehen, sonst würdest du ihn mir zeigen.»

«Nein, Libby, so schlimm ist es nicht, aber es ist eine private Mitteilung meiner Tochter an mich.»

«Du hast sie immer mehr geliebt als mich!» Libby explodierte plötzlich. «Deswegen ist sie eine Lesbierin. Ich habe davon gehört. Wenn Jungen ihren Müttern zu nahe stehen, können sie ihre Liebe nicht auf andere Frauen übertragen, und bei Mädchen ist es dasselbe, wenn sie ihrem Vater zu nahe stehen.»

«Hör auf damit.»

«Ich hab eine kranke Tochter, und du willst, daß es mich nicht kümmert?»

«Sie ist nicht krank.»

«Sie ist jedenfalls nicht normal.» Die Sehnen an Libbys Hals traten vor.

«Wer ist schon normal? Du? Ich? Carter? Die Mädels im Bridge-Club? Sind sie normal, oder ist ihnen bloß mehr daran gelegen, die falsche Fassade aufrechtzuerhalten?»

«Was für eine falsche Fassade?» Sie machte einen Schritt auf ihn zu, einen bedrohlichen Schritt.

«Daß alles einfach» – er suchte nach dem richtigen Wort – «Klasse ist. Die da ist vollkommen, jene hat einen wunderbaren Ehemann, und deren Kinder werden alle erfolgreich sein und ihrerseits Leute heiraten, die Wert auf gute Manieren legen. Der richtige Job. Die richtige Religion. Die richtigen Vorfahren und die richtige Hautfarbe. Die Männer tragen zweireihige marineblaue Blazer mit einer roten Seidenripskrawatte zum Mittagessen im Club, und die Mädels tragen Kleider mit Blumendruck und große Hüte. Alles bloß Schau.»

«Du sprichst von unserem Leben! Du sprichst von unseren Freunden!»

«Vielleicht haben wir gar keine Freunde, Libby. Vielleicht haben wir bloß andere Mitwirkende in diesem bourgeoisen Stück.»

«Bougeois?» Sie rümpfte die Brauen, und ihre Miene wurde hart, verächtlich. «Ich wußte gar nicht, daß du solche Ausdrücke kennst.»

Frank richtete sich stocksteif auf. «Ich weiß viel mehr, als du mir zutraust.»

Libby verschränkte die Arme über ihrer noch immer reizvollen Brust. «Ich bin ganz Ohr.»

«Ich bin für dich kein Mensch. Ich bin eine Essensmarke.

Ich bin ein Begleiter. Ich bin der geniale Gastgeber; er mixt Martinis im Sommer, Bloody Marys am Sonntag nach der Kirche und Scotch am Abend im Winter. Ich bin der Typ, der das Bild vervollständigt, aber du weißt nicht, wer ich bin. Du hast es nie gewußt. Du hast es nie wissen wollen. Verdammt, du wolltest nur, daß ich meine Rolle spiele. Ich hab's satt, in deinem Stück zu spielen. Ich hab's satt, für dieses Privileg zu bezahlen. Ich weiß nicht, wie viele Jahre mir noch bleiben, aber ich will sie mit ein bißchen» – er suchte nach einem Begriff, nach den richtigen Worten – «Frieden verbringen und vielleicht, vielleicht sogar Liebe.»

«Liebe?» schmetterte sie heraus. «Liebe? Du hast mich nie geliebt. Du hast deine Firma geliebt. Du hast dein Golf geliebt. Du hast deine kostbare Frazier geliebt. Ich habe für dich gearbeitet! Ich habe die langweiligen Straßenbauunternehmer und deine Kunden bewirtet. Das Essen, die Blumen, die Gastgeschenke für ihre Frauen. Und ich habe dir zwei Kinder geboren. Ich habe sie aufgezogen. Ich habe sie aufgezogen! Du hast gearbeitet.»

«Ich weiß, und ich werde es bis zum Tage meines Todes bereuen.»

«Warum? Weil ich meine Aufgabe nicht gut genug erfüllt habe? Weil wir eine perverse Tochter haben?»

«Halt den Mund, Libby.» Seine Stimme war leise und bedrohlich. «Ich will das Wort nicht hören. Sie ist, was sie ist, und das ist ihre Bestimmung.»

«Ach, ist das dasselbe, wie wenn man sagt, mein Sohn ist ein Mörder, aber ich liebe ihn trotzdem?»

«Nicht annähernd.» Franks Augen funkelten. «Kannst du nicht einfach rausgehen und mich in Ruhe lassen?»

«Hast du eine Affäre?»

Er stockte einen Moment. «Nein. Ich hab so etwas nie gemacht, aber neuerdings wünsche ich, ich wäre nicht so moralisch gewesen. Ich fühl mich beschissen mit dir. Ich hab mich beschissen mit dir gefühlt, seit wir geheiratet haben, aber meine Erziehung hat mir nicht gestattet, Frau und Kinder zu verlassen. Ich wüßte gerne, was für ein Gefühl es ist, wenn eine Frau mir die Arme um den Hals legt, weil sie mich liebt, weil sie mich begehrt, und nicht, weil es eine Methode ist, mich bei Laune zu halten, damit sie kriegen kann, was sie will. Und selbst das vergeht mit der Zeit.»

«Wir sind zu alt für Sex. Es wäre würdelos.» Libby, stets auf Form bedacht, ignorierte den Inhalt seiner Worte.

«Ich wäre gerne mal würdelos.»

«Ihr Männer denkt nur an das eine.»

«Das ist nicht wahr.» Er stellte die letzte Hutschachtel zurück. «Außerdem, ich bin nicht ‹die Männer›. Ich bin ich. Ein Individuum. Männlich. Nicht mehr jung, aber so alt bin ich auch nicht, und es ist mir egal, was der Kalender sagt. Ich hab noch eine Menge in mir, und ich hab eine Menge zu geben.»

«Frazier hat dich dazu angestiftet. Sie will, daß alle sich scheiden lassen, weil sie lesbisch ist. Carter! Sieh doch, was sie Carter angetan hat und der lieben –»

Er unterbrach sie. «Libby, niemand stiftet irgendwen zu irgendwas an. Die Menschen tun, was sie auf dieser Welt tun wollen, und wenn sie anderen die Schuld daran geben, sind sie Lügner. Auch wenn sie die Lügen glauben. Schreckliche Dinge passieren mit den Menschen. Kriege. Konzentrationslager. Politische Unterdrückung. Religiöser Fanatismus. Krankheit. Vergewaltigung. Die Liste ist endlos, und doch sind viele dieser Menschen imstande, ein bißchen Freude am Leben zu finden, etwas Positives. Du nicht. Ich verlasse dich, und ich weiß, ich werde der Böse sein. Jeder Fehler von mir wird aufgebauscht werden. Was du mir nicht vorwirfst, werden mir andere vorwerfen, denn in dieser Stadt muß es ein Opfer und einen Sieger geben. Dämlich, aber eine Menge Leute glauben es trotzdem. Drum bin ich der Böse, weil ich gehe.»

«Ich knöpf dir jeden Cent ab!»

«Das hast du schon längst getan.»

«Ich hab mir alles in diesem Haus erarbeitet.» Sie rastete aus.

«Irrtum. Du hast dir die Hälfte erarbeitet, und die Hälfte kriegst du. Nicht weniger und nicht mehr, und wenn du deine Hälfte für einen habgierigen Scheidungsanwalt verplempern willst, noch bevor du sie bekommst, ist das deine Sache. Ich bleibe hart.»

«Das werden wir ja sehen.» Libby hielt eine tapfere Fassade aufrecht, während die Welt um sie einstürzte.

Frank ging ins Bad, um sein Reiserasierzeug zu holen. Libby folgte ihm.

«Das ist doch eine reine Streßreaktion. Die Anschuldigungen in den Zeitungen. Frazier. Carters Scheidung. Du wirst schon wieder zurückkommen.» Frank kramte herum, während Libby fortfuhr: «Ich hab auch mal so eine Phase gehabt. Oh, ich weiß alles darüber. Geh du nur und verabrede dich mit ein paar Frauen, dann wirst du schon feststellen, wie gut du es zu Hause hast.»

Solange er im Bad, in Kleiderschrank und Kommode seine Sachen zusammensuchte, folgte sie ihm und redete ohne Punkt und Komma. Sie folgte ihm sogar zur Haustür.

«Frank, Frank! Du bist in der Midlife-crisis.»

«Ich bin zu alt für eine Midlife-crisis.» Er öffnete die Tür, ging hinaus und schloß sie hinter sich.

Libby riß die Tür auf und stand da, umrahmt vom Licht, das von innen nach draußen fiel. Ihr Mund stand offen, aber es kam nichts heraus. Frank ließ den Wagen an und fuhr die Zufahrt hinunter.

Merkur drückte die Aus-Taste. «Das war wohl mehr, als wir erwartet hatten. Ich hoffe, es hat dich nicht beunruhigt.»

«Nein. Ich wünschte, er hätte sie schon vor Jahren verlassen», erwiderte Frazier.

Venus sagte: «Aber er hat es jetzt getan, und darauf kommt es an.» Sie hielt ihr Champagnerglas ins Licht. «Vertrau denen, die du liebst. Darin liegt die Zukunft.»

«Wie?» Frazier war überrascht.

«Vertrau ihnen. Kenny möchte sich entwickeln und lernen. Dein Vater fängt an, etwas zu verändern, so gut er kann, und wird endlich für sein Glück kämpfen. Es wird ihm wohl tun. Mandy hat es sich zur Gewohnheit gemacht, anderen Mut zuzusprechen. Schön, sie kann selbst praktizieren, was sie predigt. Alle schaffen sich ihre Zukunft selbst. Mach dir also deswegen keine Sorgen», sagte Venus.

«Okay, okay, aber wegen Carters Scheidung mach ich mir schon Sorgen.»

«Scheidung ist absurd.» Merkur kippte seinen Champagner hinunter.

«Scheidung ist was für die Anwälte.» Frazier griff nach ihrer Cola.

«Und die Anwälte unterstehen Apoll», feixte Merkur.

«Das ist nicht wahr. Du kannst nicht alles, was du nicht magst, Apoll zuschieben.»

«Jedenfalls unterstehen sie nicht Dionysos oder Pluto, obwohl sie am Ende so reich sein werden wie Pluto, wenn sie nur lang genug leben, weil in Amerika jeder gerichtlich gegen jeden vorgeht.» Merkur plazierte ein Hörnchen zwischen Fraziers Brüsten. «Champagner mit Hörnchen. Wollen wir eine neue Mode kreieren? Weit besser als Champagner mit Erdbeeren – das gibt's schließlich überall.»

«Im Moment reklamiert hier niemand die Anwälte für sich. Aber ich reklamiere jeden Menschen für mich, der Schönheit» – Venus hielt inne – «in jedweder Form sucht. Wenn eine junge Dame am Arsch der Welt in Texas einen Afghanteppich knüpft, reklamiere ich sie für mich. Ich hab sogar die Menschen für mich reklamiert, die in den fünfziger Jahren nach Zahlenvorlagen gemalt haben.»

«Du hast eben ein großes Herz.» Frazier lachte. «Meine Mutter hat den Tick, Blumen zu arrangieren; die wirst du dann auch übernehmen müssen.»

«Das ist bei Libby schwierig, aber ich halte ihr eins zugute. Sie hat einen guten Blick, und den hat sie dir vererbt. Arme Libby, ich bin gespannt, ob sie es packen wird.»

«Was?» Frazier verdrehte den Kopf, um Venus deutlicher zu sehen.

«Sie ist so beschäftigt damit, sich von Erfahrungen abzuschotten, daß sie innerlich steril geworden ist. Menschen sind für deine Mutter nur noch Requisiten. Weißt du, wie entsetzlich das Leben wäre, wenn du alles verstehen, alles kontrollieren, alles voraussagen könntest? So was Langweiliges. Da wär man ja lieber nie geboren.»

«Ich halte mich mehr an die Logik als meine werte Gefährtin.» Merkur legte die Hände auf Fraziers Schultern und begann zu massieren. «Aber sie hat recht. Es muß Geheimnisse geben, tiefe, verlockende Mysterien und Rätsel.»

«Ich glaub, ich bin da auf ein großes Rätsel gestoßen.» Frazier schmiegte sich an seinen kraftvollen Körper. «Nämlich auf die Frage, warum ich hier bin.»

«Mysterium, Mythos und Magie.» Er küßte sie aufs Ohr.

«Vielleicht trägst du das Mysterium ja in dir. In dem Fall wirst du dich nicht langweilen.» Venus überlegte, ob sie noch ein Glas Champagner trinken sollte, und gab dem Drang nach. «Sex ist gewiß ein Mysterium, und Liebe ein noch größeres. Vergiß nicht, Frazier, akzeptiere einfach, was du nicht verstehen kannst.»

«Willst du damit sagen, ich muß meine Mutter akzeptieren? Und die Holzköpfe zu Hause, die nur darauf brennen, mich zu fragen, warum ich eine Lesbe bin?»

«*Du* bist eine Lesbe?» zog Merkur sie auf.

«Eigentlich nicht. Ich bin ich.» Funken sprühten in Fraziers grünen Augen. «Ich werde lieben, wen ich will, und arbeiten, wie ich will, und solange ich die Menschen respektvoll und höflich behandle, denke ich, geht das, was ich mache, verflixt noch mal, keinen was an.»

«So, und weshalb bist du nun lesbisch geworden?» neckte Merkur sie übermütig. «Ich finde, nach unserem Megasex hab ich ein Recht, das zu erfahren.»

Frazier rutschte herum, so daß sie zwischen seinen Beinen zu sitzen kam und sie sich Gesicht an Gesicht gegenübersaßen. «Aus reiner christlicher Nächstenliebe. So viele Frauen beten um einen Mann, da hab ich ihnen einfach meinen Anteil überlassen.»

Merkur juchzte vor Entzücken, und auch Venus lachte. «Endlich erkenn ich einen Sinn in der Religion. Oh, wie heilig du bist, daß du dich selbst verleugnest, meine Süße.» Merkur hob sein Glas.

Venus schenkte Frazier nach, und sie stießen wieder an. «Aber du wirst mit uns herumtollen, ja?»

«Merkur, ich würde dich in jedem Jahrhundert, auf jedem Kontinent und in jeder, hm, Verwandlung begeistert vögeln.» Frazier nahm seinen Penis und schob ihn in ihr Champagnerglas.

«Ah», seufzte er, als die Blasen an seinem Schwanz prickelten, «das ist ein Wort.»

«Venus, laß uns deine Brüste in Champagner tauchen und ablecken.» Frazier hielt ihr Glas unter Venus' linke Brust, und Merkur hielt seins unter ihre rechte.

«Huch, das kribbelt», säuselte Venus, als sie den Champagner aufleckten.

«Komm, dreh dich um.» Merkur schubste Frazier sanft mit dem Gesicht nach unten aufs Bett. Er goß ihr etwas Champagner ins Kreuz, leckte ihn auf, träufelte dann ein bißchen zwischen ihre Beine und leckte wieder. «Besser als Ambrosia – hm, viel besser.»

«Gott», stöhnte Frazier.

«Ja», antworteten beide.

Sie rollte sich auf den Rücken und bewunderte diese zwei umwerfenden Wesen, ihre unübertroffene Vollkommenheit. Dann begann sie zu lachen, und die beiden stimmten ein. «Könnt ich doch nur einen Menschen finden, der so mit mir rumtollt, wie wir das tun.»

«Du findest bestimmt jemand. Ich bezweifle bloß, daß du zwei finden wirst, ich meine, zwei zur selben Zeit. Wenn die Menschen zu dritt ins Bett gehen, finden sie es meist bloß geil, nicht liebevoll und zärtlich. Heutzutage jedenfalls.» Merkur zog die Mundwinkel ein wenig herunter.

«Du wirst schon jemand finden. Und dieser Jemand steht immer direkt vor deiner Nase.»

Frazier fuhr plötzlich zusammen. «Ich muß nach Hause zu Curry und Basil.»

«Keine Bange, für dein Kätzchen und deinen Hund ist gesorgt – wirklich, so was würden wir dir nicht antun», versicherte Venus.

«Da bin ich aber froh. Nach dem vielen Reden über die Liebe mußte ich wieder an sie denken. Die vollkommene Liebe.»

«Zu Tieren, ja.» Venus lächelte.

«Nicht zu Barrakudas», sagte Merkur.

«Kennst du jemand, der sich einen Barrakuda als Haustier hält?» Frazier hob die rechte Augenbraue.

«Neptun.»

«Der zählt nicht», erklärte sie ihm. «Er ist der Gott der Meere. Er hält sich vermutlich auch Winkerkrabben und Muränen.»

«Ist dir je aufgefallen, daß jedes zweite Fischrestaurant auf der Welt nach Neptun benannt ist, Neptuns Fang, Neptuns Stolz, Neptuns Reich und so weiter? Ich fände es widerwärtig, wenn man Restaurants nach mir nennen würde», bemerkte Merkur.

«Dafür hast du die Western Union», sagte Frazier zu ihm.

«Und das mit Recht.» Er lächelte. «Wißt ihr was? Der heiße Sex und der kalte Champagner haben mich ganz dösig gemacht. Meine Damen, wenn ihr mich entschuldigen wollt, ich leg mich ein bißchen aufs Ohr.» Er wälzte sich von Venus herunter auf die Seite und war im Nu eingeschlafen.

«Sie schlafen meistens ein, nachdem sie gekommen sind», seufzte Venus. «Irgendwie muß es für sie anstrengender sein.»

«Wir haben ihn ja auch mächtig rangenommen.»

«Der Glückspilz.» Venus zog Frazier zu sich her. «Bequem so?»

Frazier schmiegte sich an sie. «Hm-ja.» Sie dachte einen Moment nach. «Glaubst du, daß die Menschen entweder hetero- oder homosexuell sind?»

«Nein. Das ist ein alberner Gedanke, aber ihr Menschen denkt ja heutzutage immer in Gegensätzen. Das ist sehr abträglich. Gut oder schlecht, weiß oder schwarz, glücklich oder traurig, Mann oder Frau, hetero oder homo, jung oder alt. Das ist zu simpel, und außerdem stehen diese Begriffe nicht unbedingt im Widerspruch.»

«Ja, aber ich glaube, einige Menschen sind wirklich homosexuell, und andere sind wirklich hetero.»

«Die armen Schätzchen.» Venus seufzte. «Aber du mußt es dir so denken: Das menschliche Tier hat einen breiten Sexualbereich. Die erotischen Möglichkeiten sind endlos. Die meisten von euch sind versteckt bisexuell, auch wenn diese Erkenntnis gemeinerweise unterdrückt wird. Hab ich nicht recht?»

Frazier überlegte einen Moment. «Ja, ich glaub, wir sind viel komplizierter, als uns bewußt ist.»

«Aber es gibt tatsächlich Menschen, die absolut hetero sind, und solche, die absolut homosexuell sind.» Venus strich mit den Fingernägeln über Fraziers Wangen. «Der Daseinszweck des heterosexuellen Menschen ist leicht zu erkennen: die Fortpflanzung der Menschheit. Den des homosexuellen Menschen habt ihr dort unten auf der Erde verwischt, aber für uns liegt er ganz klar auf der Hand.»

«Nämlich?»

«Den Heterosexuellen zu dienen. Der vollkommen homosexuelle Mensch ist dazu geschaffen, die Heterosexuellen zu unterstützen. Wären alle Menschen mit dem Gebären und Aufziehen von Kindern befaßt – ein zwar köstliches, aber erschöpfendes Unterfangen –, dann bekämen sie nichts anderes geregelt. Die Gemeinschaft würde zerfallen.»

«Was ist dann mit den alten Menschen? Die könnten doch bei den Kindern zur Hand gehen», überlegte Frazier laut.

«Na, als es mit uns losging, da seid ihr nicht sehr alt geworden. Jedenfalls nicht so viele von euch wie heute. Alte waren keine Triebfeder der Gesellschaft, und selbst bei eurer längeren Lebensdauer kommen ältere Leute mit Kindern ja meist nicht zurecht.»

«Das ist wahr.» Frazier nickte.

«Kinder muß man in seinen besten Jahren aufziehen. Deswegen ist es unerläßlich für das Überleben der Gattung, daß ein kleiner Teil der Menschheit in der Blüte des Lebens keine Kinder aufzieht. Diese Menschen, die echten Homosexuellen, wenn du so willst, sollen die Dienstleistungen erbringen, die für die anderen nötig sind. Das ist lebenswichtig für die Menschheit.»

«Du meinst ärztliche Versorgung oder Geisteswissenschaften und so?» Fraziers Stimme zitterte, so gefesselt war sie von dieser Logik.

«Oh, klar. Aber denk mal zehntausend Jahre zurück oder dreitausend, wenn zehn dir zuviel sind. Besser noch, geh zurück ins fünfte Jahrhundert vor Christus. Athen. Der Krieg mit Sparta. Da hatte die Gesellschaft wohl schon begonnen, sich zu verändern. Oder denk an einen Vernichtungskrieg.

Die erste Verteidigungslinie sollten die homosexuellen Männer bilden, die zweite unverheiratete heterosexuelle Männer, die dritte Lesben. Die vierte Verteidigungslinie sollten verheiratete Männer bilden und die letzte selbstverständlich die Mütter. Die Menschheit ist dazu bestimmt, die Kinder zu schützen.

Und daß die Lesben erst die dritte Verteidigungslinie bilden, hat auch einen plausiblen Grund. Die Eierstöcke funktionieren, egal, in wessen Körper sie sind. Das Ei ist stets mehr wert als das Sperma. Deshalb ist es unklug, mehr Eier zu gefährden als unbedingt nötig. Also dann könnten eine Million Männer sterben, aber wenn, sagen wir, nur zehn übrigbleiben und hundert Frauen, werdet ihr überleben. Das ist Biologie.

Eigentlich ist das alles ganz einfach, aber ihr habt es verpfuscht. Männer und Frauen waren so beschaffen, daß sie sich aufeinander verlassen und partnerschaftlich arbeiten mußten. Sieh nur, was ihr daraus gemacht habt.»

«Ich war's nicht», protestierte Frazier.

«Das sollte kein Vorwurf sein», entschuldigte sich Venus. «Aber, Liebling, es herrscht ein solcher Schlamassel auf der Erde, ihr könnt keine echten Partnerschaften aufbauen, wenn ein Partner, wollen wir's mal so ausdrücken, gleicher ist als der andere. Wie können die Menschen sich ihre Herzen öffnen und miteinander vertraut werden, wenn man dem Partner die Peitsche oder das Scheckbuch über den Kopf hält? Es ist absurd.»

«Könntest du nicht auf die Erde kommen und uns da raushelfen?»

«Und einen Filmstar aus mir machen lassen? Keine Chance.» Venus gähnte.

«Sag mir noch eins», bat Frazier.

«Wenn ich kann.»

«Glaubst du, daß homosexuelle Menschen, die absolut

homosexuellen, glaubst du, daß die kreativer sind?» Auch Frazier war jetzt dösig.

«Ich glaub, wenn Michelangelo hetero gewesen wär, dann wär die Sixtinische Kapelle mit der Rolle geweißelt worden.» Venus' Gelächter schwebte aus dem Fenster und verschmolz mit dem Gesang der Nachtigall.

58

Das zarte Gelb der Rosenknospen verlockte Frazier. Solch bescheidene Rosen waren ihr bedeutend lieber als die leuchtendroten, von denen die meisten Leute so entzückt schienen. Venus hatte auf ihrem Landsitz Gärten von unübertrefflicher Harmonie angelegt, und so gerne Frazier die Räume von Sanssouci sofort besichtigt hätte, beschloß sie doch zu warten, bis ihre Gastgeberin Zeit für einen gemeinsamen Rundgang fand. Sie wollte unbedingt Venus' Kunstsammlung sehen; denn sie vermutete, daß die Göttin die herrlichsten Gemälde aus allen Jahrhunderten besaß.

Ein einsamer Gärtner beschnitt, von ihr abgewandt, routiniert die Rosensträucher. Als sie näher kam, drehte er sich um, und unter dem breitkrempigen Strohhut erblickte sie das imponierende Gesicht des mächtigen Jupiter.

Er legte die Finger an die Lippen. «Psst.»

«Woher weißt du, daß Venus schläft?» wunderte sich Frazier.

«Das wußte ich gar nicht. Ich will nur nicht, daß meine Gemahlin uns findet. Sie ist eine brave Gefährtin, aber sie versteht mich nicht.»

Frazier lächelte über diesen uralten Spruch. «Du liebst Rosen, wie ich sehe.»

«Ja. Ich liebe sogar die bescheidene Geranie. Pflanzen verfügen über eine eigene Intelligenz. Sie haben beschlossen, an Ort und Stelle zu bleiben, und lassen das Leben zu sich kommen. Die Tiere haben beschlossen, sich fortzubewegen und zum Leben hinzugehen. Es ist wirklich ganz einfach.» Er kappte einen Stiel, um das Wachstum zu fördern. «Gefällt's dir bei uns?»

«Oh» – Frazier errötete – «ich weiß nicht, wann ich je so viel, äh, so viel von allem hatte.»

«Es gibt noch mehr.» Er strahlte so, daß Frazier die Augen beschatten mußte.

«Verzeih. Du bist so schön, da habe ich ganz vergessen, daß du keine von uns bist. Ich hab eine Schwäche für euch Menschen. Leda war entzückend, und Jo und Europa auch. Ich habe auch Kallisto sehr geliebt, und Dionysos' Mutter Semele war ebenfalls eine wunderbare Frau.»

«Wie kommt's, daß du dich an all deine Liebschaften erinnern kannst?»

Jupiter lachte. «Ich hatte mal eine Affäre mit Mnemosyne – das bedeutet Gedächtnis –, und sie hat die Musen geboren. Ich erinnere mich an alles. Nun darfst du mich aber nicht für flatterhaft oder einen Weiberhelden halten. Ich bin einfach nur seit Tausenden von Jahren ...» Er nahm den Hut ab, und die grauen Haare, kurz geschnitten wie bei einem preußischen Offizier, ließen ihn noch männlicher erscheinen.

«Was hast du mit deinen langen Haaren gemacht?»

«Das war bloß eine Perücke. Fürs Porträt. So ist es viel bequemer.» Er fuhr sich mit den Fingern durchs Haar.

«Interessierst du dich für das Leben auf der Erde?» Frazier nahm die pfirsichfarbene Rose entgegen, die er ihr reichte.

«Manchmal. Da unten ist es einfach nicht mehr wie früher. Ihr Menschen habt Schwielen an der Seele.» Ihre fragende Miene veranlaßte ihn, das zu erklären. «Ihr wollt Antworten auf alle Fragen. Ihr seid reizüberflutet, aber emotional unterernährt. Ihr werdet unaufhörlich mit Informationen bombardiert, aber die Informationen sind sinnlos. Ihr habt eure Leidenschaft verloren, und bald werdet ihr euren Sinn für Humor verlieren. Menschen, die sich stets und immer sicher fühlen müssen, können nicht lachen. Einst haben mir die Menschen sehr leid getan. Dann wurde ich zornig. Jetzt bin ich bloß noch gelangweilt – aber nicht von dir, meine Liebe.»

«Darf ich dir eine unphilosophische, eher faktische Frage stellen? Von Philosophie verstehe ich nämlich nicht viel.»

«Nur zu.» Er küßte die Rose in ihrer Hand.

«Erinnerst du dich daran, am 11. August 1843 eine Rachel Redington getötet zu haben? Sie war eine Vorfahrin von mir, erst dreiundzwanzig, und sie saß beim Erbsenenthülsen auf der Veranda. Sie hatte die Metallschüssel auf dem Schoß, da kam plötzlich ein Gewitter, und Rachel wurde vom Blitz erschlagen.» Frazier hob vor Aufregung die Stimme.

Jupiter rieb sich den kurzgeschnittenen Bart – der lange, lockige war ebenfalls falsch gewesen. «11. August, mal sehen. Tja, ich erinnere mich da an eine hübsche Frau. Sommer in Virginia.» Seine Miene hellte sich auf. «Heftige Affäre. Mir war schrecklich zumute, aber so blieb ihr wenigstens der schmutzige Krieg erspart, den ihr in den sechziger Jahren hattet. Was um alles in der Welt hat dich überhaupt darauf gebracht?»

«Meine Mutter. Wir haben ein dickes Familienbuch, und als ich klein war, hat sie es immer auf der Seite von Rachel Redington aufgeschlagen, um mir zu beweisen, daß jedem jederzeit alles passieren kann. Und daß ich vorsichtig sein muß. Jesses Maria, sie hat mir eine Heidenangst eingejagt. Oh, das Wort wollte ich eigentlich nicht sagen.»

«Schon gut.» Er strahlte wohlwollend. «Du hast im Leben

nichts zu fürchten, dich selbst nicht und auch sonst niemanden. Alles Schlimme, das du dir denken kannst, wird auch passieren, wenngleich nicht immer so, wie du es dir vorstellst. Aber du bist so tapfer, daß du all diese Prüfungen bestehen wirst. Ich mußte gegen meinen eigenen Vater und seine Titanen kämpfen. Ich wußte nicht, was geschehen würde, ich wußte nur, wenn ich nicht kämpfte, war alles verloren. Bitte nie um ein leichtes Leben. Bitte um Mut. Ich würde es dir schenken, aber bitte nicht darum.» Er legte ihr den Arm um die Schultern.

Obwohl Jupiter dabei war, ihr Avancen zu machen, ein Spielchen, das Frazier gut kannte, hatte er etwas Väterliches, Gütiges. «Das werde ich mir merken. Mnemosyne.»

«Von der Gosse zu den Sternen. Das Leben bewegt sich auf allen Ebenen gleichzeitig. Wenn du das erst mal begriffen hast, weißt du, daß es keine Widersprüche gibt. Keinen einzigen. Was widersprüchlich zu sein scheint, sind lediglich zwei aufeinanderprallende Ebenen des Lebens. Und du wirst das ganze Bild sehen, und jeder Gegenstand, jeder Mensch wird an seinem Platz sein.» Er schlenderte mit ihr durch den Garten. «Versuch nicht, es zu verstehen. Das bleibt den Göttern vorbehalten. Wir haben dir das Leben zum Geschenk gemacht. Es ist an dir, es zu genießen. Wenn du verbittert bist oder träge, dann hast du uns betrogen – und dich selbst. Freu dich, Frazier, freu dich!» Er hob die Arme, und eine Schar von Venus' weißen Tauben flatterte gurrend aus den Bäumen; sie flogen um sie herum und kehrten wieder zu ihren Nestern zurück.

«Venus hat mir dasselbe gesagt – auf ihre Art.»

«Eine wunderbare Seele, meine Tochter.» Er nahm Frazier bei der Hand, und händeschwingend gingen sie weiter; unter ihren Füßen knirschten die Kiesel.

Erst als Frazier nach unten schaute, merkte sie, daß sie auf Diamanten gingen, zwischen die als Farbtupfer ein paar Rubine, Smaragde und Saphire gestreut waren. Sie bückte sich und hob einen auf. «Unglaublich.»

«Hier.» Jupiter nahm ihr den Diamanten aus der Hand, kniete sich hin und hob noch zwei auf. Er knetete sie in der Hand, formte sie wie Lehm und reichte ihr dann einen erlesen geschliffenen Diamanten von sensationellen sieben Karat. «Zum Andenken an mich.» Er stand auf.

Sprachlos und wie gebannt starrte Frazier auf das helle Feuer in ihrer Hand. «Er ist... überwältigend.»

Jupiter brüllte: «Ich will dir zeigen, was überwältigend ist.» Und lachend dehnte er sich zu solcher Größe, daß sie sein Gesicht nicht mehr sehen konnte. Sein rasch steif werdendes Glied warf einen Schatten über den Garten. Er zog es hervor, und es war so groß wie das Empire State Building. Er rieb es ein paarmal: Sperma spritzte über den Himmel, aber es war nicht weiß; das Ejakulat überzog das Azurblau mit glitzernden Regenbogenfarben. Jupiter verkleinerte sich sogleich wieder und trat an Fraziers Seite, während die irisierenden Farben ineinander verschmolzen. «Schöner als ein Feuerwerk.»

«Aber hallo.» Frazier konnte die Augen nicht vom Himmel wenden. «Mit Feuerwerk hab ich allerdings nichts mehr im Sinn.»

«Stimmt ja, du hast damit neulich ein heilloses Chaos angerichtet – allerdings mit fremder Hilfe», verbesserte er sich. «Könnte ich dich übrigens für ein kleines Nachmittagsvergnügen erwärmen? Sogar der König der Götter ist dein Sklave.»

Eine spöttische Stimme rief vom Haus her: «Paps, der Spruch hat soo 'n Bart.» Venus kam barfuß, in Jeans und einem bis zum Nabel offenen weißen Baumwollhemd herausgeschlendert.

«Ach, jetzt hast du's verdorben. Jetzt geht sie bestimmt nicht mit mir ins Bett», sagte Jupiter betrübt.

«Sie kann tun, was ihr gefällt, aber glaubst du nicht, daß Juno den Himmel sieht? So weit weg kann sie nicht sein – und wenn sie deine Handarbeit da oben bemerkt, wird sie auf dich losgehen wie ein Habicht auf eine Maus. Und sie wird es bestimmt an Frazier auslassen. Das tut sie doch immer.»

«Verdammt.» Jupiter wandte sich wieder an Frazier. «Ich hätte mich besser beherrschen sollen.» Er senkte die Stimme und sagte in einem salbungsvollen Bariton: «Aber das ist genau das Problem – in deiner Nähe *kann* ich mich nicht beherrschen.»

«Ich hätte die Vorstellung nicht um alles in der Welt missen mögen», griente Frazier.

«Paps, ich glaub, ich muß sie nach Haus bringen. Du möchtest sie bestimmt nicht in einen Stier verwandelt sehen wie Europa, oder denk nur, was Juno Ägina angetan hat. Willst du, daß ein Drache Richmond zerstört? Die Armeen der Yankees waren schlimm genug.»

«Oh» – er rieb sich das Haupt –, «dieses Weib!»

«Die Frauen, die sie vernichtet oder verletzt hat, haben wenigstens das Vergnügen gehabt, mit dir zu schlafen. Frazier dagegen hat bloß zugesehen, wie du...»

«Ein wirklich imponierender Schwanz.» Frazier setzte ihr strahlendstes Lächeln auf.

Das Kompliment ließ Jupiter dahinschmelzen. «Wenn wir doch nur eine einzige gemeinsame Nacht gehabt hätten. Ich verspreche dir, du wärst nicht enttäuscht gewesen.»

«Vielleicht komm ich ja mal wieder.»

Er tätschelte ihr die Hand. «Du mußt nach Hause, so gern wir dich hierbehalten würden.»

Eine Wolke am Horizont verkündete, daß Juno nahte.

Venus nahm Frazier bei der Hand. «Komm, mein Herz. Verduften wir.»

59

Ahh.» Merkur stöhnte lustvoll im Schlaf. Venus schüttelte ihn noch einmal. Er schlug die Augen auf. «Hä?»

«Los, zieh deine Hose an. Wir müssen Frazier hier rausschaffen.»

Frazier spähte mit großen Augen hinaus und sah die Wolke dunkler und größer werden. «Sie macht Dampf auf.»

«Dampf ist leider gar kein Ausdruck», seufzte Venus.

«Was'n los?» Merkur rieb sich schlaftrunken die Augen und schwang die Füße über die Bettkante.

«Juno kocht mal wieder.»

«Oje.» Geschwind zog er seine geflügelten Turnschuhe an. «Wegen Jupiter?» Merkur drehte sich zu Frazier um: «Hast du den alten Knaben gebumst?»

«Nein, hab ich nicht», entgegnete Frazier würdevoll. «Aber er mußte mir unbedingt zeigen, wie groß sein Schwanz ist, und hat in den Himmel gewichst. Der Regenbogen war wirklich schön.»

«Der lernt's doch nie.» Merkur nahm Fraziers rechte Hand, Venus die linke. «Halt dich an uns fest.»

Als sie starteten, hörte Frazier Juno rufen: «Gatte?»

Jupiter erwiderte: «Ja, mein Süßerchen. Ich bin hier, im Garten.»

«Und nicht allein, du fieser Lügner!» brüllte Juno. Sie stürmte buchstäblich in den Garten.

Während Jupiter sich mit seiner kriegerischen Gefährtin kabbelte, flitzten Venus und Merkur durchs Schloß und entkamen durch den Vordereingang. Kaum daß sie im Freien waren, schossen sie in die Lüfte. Frazier bemerkte, daß Merkur seinen alten Helm trug.

Hinter ihnen verfinsterte sich der Himmel, Donner und Blitz hüllten Sanssouci ein.

Venus blickte über die Schulter zurück. «Sie kauft es ihm nicht ab. Und jetzt verliert er auch die Beherrschung.»

«Wenn er sie nur ein Weilchen beschäftigt. Sobald sie die Nase am Erdboden hat, ist sie wie ein Bluthund.»

«Aber ich hab doch gar nichts getan», protestierte Frazier.

«Ach Herzchen, seit wann hat denn die Wahrheit was damit zu tun? Juno will ein Opfer sein. Sie genießt das Leid und weidet sich daran, es über den Gegenstand seiner Zuneigung zu bringen. Wenn sie ein bißchen Mumm hätte, würde sie ihm die Eier abschneiden.» Venus wich einem tiefhängenden Kastanienzweig aus. «Wenn sie nur einen Funken Verstand hätte, würde sie einsehen, daß er ist, was er ist, und ihn auch so lieben. Niemand kann jemand ändern, der sich nicht ändern lassen will.»

«Wir könnten in die Schmiede deines Mannes», dachte Merkur laut.

«Zu diesem Muttersöhnchen?» Venus zog die Lippe kraus. «Er würde uns auf der Stelle verpetzen.»

«Nicht, wenn du ihn in die Mangel nimmst.» Auch Merkur sah nun über die Schulter zurück. Der tintenschwarze Himmel war mit blau-goldenen Blitzen durchsetzt. «Scheiße, die zwei haben einen mordsmäßigen Ehekrach. Bin ich froh, daß ich nicht verheiratet bin.»

«Ich auch», stimmte Venus mit trockener Ironie zu. Sie bemerkte, daß Frazier von der rasenden Bewegung Tränen in den Augen hatte. «Kannst du atmen?»

«Kaum», keuchte Frazier.

«Du hast eine Veranlagung zu so was. Deine Bronchitis. Halt noch ein bißchen durch, bis wir aus der Gefahrenzone sind», riet Merkur ihr.

«Wie wär's mit der Kapelle Nikolaus' V. im Vatikan?» japste Frazier. «Von Fra Angelico. So rein und schlicht.»

«Wie um alles in der Welt kommst du denn darauf?» Merkur war beunruhigt. Er wünschte, er hätte seinen Armbanduhr-Fernseher mitgenommen, um die Örtlichkeiten zu überprüfen, bevor sie Zeit damit verschwendeten, hinzugelangen.

«Ich dachte einfach, sie würde nirgends hingehen, was mit Christentum zu tun hat», war Fraziers logische Antwort.

«Gute Idee», lobte Venus, «aber du kennst die Königin der Götter nicht. Sie rechnet sich alles Schöne als Verdienst an, jedes Gemälde und jede Bildharmonie mit einer Frau als beherrschender Gestalt. Sie belegt sogar die Strumpfhose mit Beschlag. Sie schwört, daß Strumpfhosen Vergewaltigungen verhindern. Wir sähen wie drei Touristen aus, und sie bräuchte nicht lange, um uns zu finden.»

«Kann Jupiter uns nicht beistehen?»

«Willst du in ein Sternbild verwandelt werden?» sagte Merkur. «Er hat keine Macht über sie.»

«Wieso könnt ihr zwei sie denn nicht leiden – ich meine, abgesehen von ihren Tobsuchtsanfällen?»

«Sie ist nicht meine Mutter», antwortete Venus.

«Meine auch nicht. Sie ist bös und gemein zu ihren Stiefkindern, aber oh, wie sie Mars und Vulcanus anbetet. Sie läßt dich links liegen, bis sie dich braucht, und wie du dir denken kannst, braucht sie mich oft.»

«Mich braucht sie auch», ergänzte Venus in beiläufigem Ton. «Juno steht nur auf Frauen, die unterwürfig sind. Und auf Männer. Sobald du vor ihr zu Kreuze kriechst, ist sie glücklich.»

Ein Knall in der Ferne beunruhigte sie. «Verdammt.» Merkur zog eine Grimasse.

«Wenn auch nur ein einziger Spiegel in meinem Haus gesprungen ist, rupf ich ihr die Schnurrbarthaare einzeln aus.»

Darauf mußte Frazier lachen, und fast hätte sie Venus' Hand losgelassen. «Hoppla.»

«Halt dich fest.» Venus packte sie unter dem Ellenbogen. «Versuchen wir's damit.» Sie deutete auf eine Grotte unter ihnen. «Da können wir uns verstecken, bis wir eine bessere Idee haben.»

Sie landeten und traten rasch in die kühle, feuchte Höhle. Sie war voller Cromagnon-Malereien. Vereinzelte Säulenbruchstücke bezeugten, daß hier jahrtausendelang kultische Verehrung geübt worden war.

«Vielleicht geht ihnen ja die Puste aus», hoffte Merkur.

«Diese Malereien sind sehr alt.» Frazier bekam eine Gänsehaut auf dem Arm. «Und sehr heilig.»

«Der Glaube von Jahrhunderten.» Merkur zog mit dem Finger die Konturen eines Bisons nach. «In früheren Zeiten sind alle miteinander ausgekommen. Die nordischen Götter waren in Ordnung, wir waren in Ordnung, und auch die Götter, an die Inkas und Azteken glaubten. Alle kamen zurecht. Dann wurde der Glaube an einen Gott Mode, und die Toleranz ging den Bach runter. Glaub, was ich glaube. Bete an, wen ich anbete. Kleide dich, wie ich mich kleide. Denke, was ich denke. Es ist tödlich – und macht das Töten leicht.»

«Wie meinst du das?» Frazier konnte den Blick nicht von den Malereien wenden.

«Na, wenn andere nicht glauben, was du glaubst, sind sie entweder blöd oder mit dem Teufel im Bund. Drum mach sie 'nen Kopf kürzer.»

«Ach, von der Sorte gibt's in meinem Jahrhundert jede Menge.» Frazier beschlich allmählich das Gefühl, eine Gefangene der Zeit zu sein – ihrer Zeit.

«Siehst du diese Trittsteine zum Altar?» Venus wies auf die Erde.

«Glatt wie der Mond und abgetreten wie Sicheln.» Frazier kniete nieder und fuhr mit den Händen über die Vertiefungen.

«Wie viele tausend Jahre hat es gedauert, bis sie so glänzten, gestreichelt von unzähligen Menschenfüßen? Diese Steine sind Überreste der Sehnsucht nach Höherem. Spielt es eine Rolle, ob die Betenden in dieser Grotte Bärenfelle trugen und den Großen Bären verehrten oder ob sie sich später in Togen kleideten und Diana anbeteten? Ja, diese Grotte sieht aus wie eins ihrer Heiligtümer. Und noch später kamen andere, die sich zitternd versteckten, um einander Beistand zu leisten und das Wort Jesu zu predigen – aber die Gefühlsregungen waren dieselben. Das Verlangen nach etwas Schönerem, nach etwas Ruhe mitten im Chaos. Alles ist wahr. Heide, Jude, Muslim, Buddhist, Christ – die Gefühle sind wahr. Die Doktrin ist falsch.»

«Ich bete, daß ich mich an all dies erinnern kann, wenn ich nach Hause komme.»

«Du wirst dich erinnern», versicherte ihr Merkur. Er ging zum Höhleneingang. «Hades, Arsch und Zwirn. Sie kommt.»

«Wollen wir türmen?» Venus trat zu ihm und musterte prüfend den Horizont.

«Wir haben zwei Vorteile», sagte er. «Sie ist kurzsichtig, aber zu eitel, um eine Brille zu tragen, und sie ist nicht mehr so schnell wie früher. Könnte sein, daß sie uns einfach übersieht.»

«Ja, aber für den anderen Fall laß mich nachschauen, ob's hier einen Hinterausgang gibt.»

«Ich komm mit», erbot sich Frazier.

«Bleib bei Merkur. Falls das hier einer der Wege hinunter zu Pluto ist, kannst du da nicht hin. Wenn du den Styx überquerst, ist es aus mit dir, Frazier. Es ist wirklich der Fluß ohne Wiederkehr.»

«Charon, der Fährmann, würde dir auch noch Geld abknöpfen», brummte Merkur. «Dabei ist der eigentlich noch gar nicht so schlimm. Er verlangt nicht mehr als die Staten-Island-Fähre, aber du hast keine Ahnung, wie habgierig Pluto ist. Du würdest nicht nur im Hades festsitzen, du wärst restlos pleite. Beeil dich, Venus. Sie mag zwar schlecht sehen, aber doof ist sie nicht.»

Venus verschwand nach hinten. Fledermäuse flatterten auf. Sie stieß einen leisen Pfiff aus, worauf sie mit ihr in die tiefen Nischen der Höhle davonflogen.

Merkur trat vom Höhleneingang zurück. Er umarmte Frazier. «Schnall dich an. Wir schaffen das schon.» Er küßte sie auf den Hals.

Der Wind draußen blies stärker, und das Grollen kündigte das Nahen der Göttin an, die beim Ausschreiten fest auf die Erde stampfte.

Venus, mit Spinnweben in ihrem schönen Haar, die sich in Silber verwandelten, winkte ihnen, ihr zu folgen. Sie eilten zu ihr. Sie führte sie in eine winzige Kammer abseits der Haupthöhle. «Das muß genügen. Wenn sie uns findet, muß ich sie festhalten, während ihr nach draußen geht.»

«Sie ist groß und stark, und wenn es auch schon eine Ewigkeit her ist, im Krieg mit den Titanen war sie kein Feigling. Ich muß mich wohl mit ihr befassen», sagte Merkur mit heiserer Stimme.

Venus sprach aus, was auf der Hand lag: «Du bist schneller als ich. Du mußt Frazier nach Hause bringen.»

Die Schritte waren ohrenbetäubend laut. Sie verhielten vor der Grotte. Die drei erstarrten, ihr Plan blieb unausgeführt.

Juno trat in die Höhle. «Ich weiß, daß du hier drin bist. Ergib dich, und ich werde Milde walten lassen.» Sie wartete. «Ich weiß, ich stehe in dem Ruf, rachsüchtig zu sein, aber mit diesen Geschichten werde ich verleumdet. Immerhin bin auch ich eine Frau, und ich weiß, wie verführerisch Männer sein können, zumal dieser eine Mann. Er kann einen Hund dazu bringen, Vegetarier zu werden. Ich zähle jetzt bis zehn. Wenn du dich nicht freiwillig ergibst, werde ich dich finden, und dann wird es dir schlecht ergehen, Menschenweib. Eins, zwei, drei...»

Während sie zählte, duckte sich Venus, bereit zum Sprung, falls Juno sie aufspürte.

Bei der Zahl sieben war ein lautes Stöhnen und Prusten zu hören.

«Juno, du wirst dich hier drin noch erkälten.» Jupiter war ihr in die Höhle gefolgt.

«Das kann dir doch egal sein, ich bin dir doch sowieso egal.»

«Das stimmt doch gar nicht, Liebling. Du ziehst voreilige Schlüsse.»

«Ha! Bei deiner Erfolgsliste? Ich wäre schön blöd, wenn ich dir auch nur ein Wort glauben würde. Ich merke sofort, wenn du lügst – du lügst doch, sobald du den Mund aufmachst!» Sie zählte weiter. «Acht.»

«Mein Herz, laß uns darüber reden.»

«Ich werde dieses Menschenflittchen finden, dieses wabbelnde Stück Fleisch und Blut, und sie in eine Pythonschlange verwandeln.»

Jupiter erwiderte schlau: «Das kennen wir doch schon.»

«Ich habe noch nie jemanden in eine Pythonschlange verwandelt.»

«Das weiß ich doch, Zuckerpfläumchen» – honigsüß ließ seine tiefe Stimme die Worte herauspurzeln –, «aber Athene hat Medusa in ein Wesen verwandelt, das halb Schlange, halb Frau war, mit diesen abscheulichen Haaren. Du möchtest doch nicht, daß man dich des Plagiats bezichtigt.»

Das wirkte, und Juno war einen Moment still. «Und Athene würde es natürlich allen haarklein erzählen. Ich wollte, du würdest sie nicht so bevorzugen. Und dieser Quatsch, sie hätte keine Mutter – Metis war ihre Mutter, und alle Welt weiß das.»

«Sie fühlt sich mutterlos.» Er erkannte, daß er mit der Verteidigung seiner Tochter nicht weiterkommen würde. «Und sosehr ich sie liebe, ich persönlich fand immer, es war ein Fehler von ihr, dich nicht als ihre Mutter zu akzeptieren, die sie in den weiblichen Tugenden unterweist.»

«Das hast du mir nie gesagt.»

«Du hast mich nie gefragt.»

«Du versuchst mich von meinem Vorhaben abzubringen. Komm heraus und zeig dich, du kleine blonde Füchsin! Ich werde dich nicht in eine Pythonschlange verwandeln. Ich gelobe, dich mit Cellulitis zu bedecken. Das ist schlimmer!»

«Herzenslämmchen, du wirst schon ganz rot im Gesicht. Denk an deinen Blutdruck. Laß uns herausgehen aus dieser feuchten Luft.»

«Hast du mit dem Mädchen geschlafen?»

«Nein.»

«Und warum war der Himmel voll von deinem Sperma?»

«Iris hat uns gefoppt. Sie hat die Aufsicht über die Regenbogen, und ich glaube, sie hat dieser Tage nicht genug zu tun – bei der Luftverschmutzung in den Städten, wer kann da noch nach Regenbogen sehen? Ich bin sicher, sie hat uns einen Streich gespielt.»

«Iris hat nicht alle Tassen im Schrank. Sie ist nicht schlau genug, sich so einen Streich auszudenken.»

«Na schön. Ich werde die Wahrheit sagen, aber du hast mich dazu gezwungen.» Er warf den Köder aus. Sie rückte näher an ihn heran. «Venus' Gärten locken mich an. Ich finde dort Trost und Erquickung, wenn die Geschäfte zu mühselig werden. Der Rosenduft stieg mir in die Nase und erinnerte mich an dich, und plötzlich war ich von Verlangen überwältigt – aber, Liebling, du warst nirgends zu sehen. Da habe ich mir einen runtergeholt, und während ich kam, rief ich deinen Namen.»

Junos Augen wurden schmal wie Schlitze. «Was du nicht sagst.»

«Ich mag die Menschen nicht mehr. Sie gehen heutzutage alle zum Therapeuten. Ich kann nicht mehr mit ihnen schlafen. Könntest du diese ewigen Geschichten von ihrer Angst vorm Dunkeln oder von ihrem mangelnden Selbstwertgefühl ertragen? Außerdem bin ich älter geworden. Die Jahrhunderte haben mich einiges gelehrt.»

Wie schön klangen diese Worte in Junos Ohren. «Was ist los mit ihnen? Früher haben sie mich gebührend verehrt. Und dich natürlich. Heute geben sie ihren Müttern die Schuld an allem. Ich habe die Hauptlast zu tragen, und ich schwöre, ich werde mich rächen. Männer haben Angst, über ihre Mütter zu schreiben. Sie haben Angst, zuzugeben, daß sie ihre Mütter lieben. Sigmund Freud hat sie zu Feiglingen und Lügnern gemacht. Diese... diese Schwächlinge haben sich kampflos einem Wiener Doktor ergeben. Es ist unerhört. Männer haben sich einer Idee ergeben, und es war nicht einmal eine von Gewehren unterstützte Idee. Erstaunlich.»

«Ich stimme dir voll und ganz zu, und ich meine, wir müssen da etwas unternehmen.» Er legte ihr seinen mächtigen Arm um die Taille. «Der Elektrakomplex ist für mich genauso eine Kränkung wie der Ödipuskomplex für dich, mein Liebes. Dummes Zeug. Die Menschen haben nicht mehr Rückgrat als ein Schokoladen-Eclair.» Er gab ihr ein Küßchen auf die Wange. «Sag, wie wär's mit einem Schokoladen-Eclair und einer Tasse Kaffee bei dir? Dann könnten wir... herumtollen.»

«Meine Schokoladen-Eclairs sind die besten», brüstete sich Juno.

«Und deine Liebeskünste auch.» Mit einem tiefen Seufzer der Erleichterung geleitete Jupiter seine Gemahlin aus der Höhle.

Frazier, Venus und Merkur warteten eine ganze Weile, ehe sie sich hinauswagten.

«Wenn wir lange genug da drinnen geblieben wären, hätte ich meine Pfadfinderkünste anwenden müssen.» Frazier wischte sich den feuchtkalten Schweiß von der Stirn.

«He, daß sie dich aus dem Pfadfinderinnen-Vorstand gefeuert haben, war wirklich gemein.» Merkur spähte aus dem Höhleneingang. «Sie sind weg.»

«Laß uns zur Sicherheit lieber noch etwas warten, bevor wir hinausgehen. Es ist durchaus möglich, daß sie auf dem Weg zu ihrer Küche wieder in Streit geraten.» Venus setzte sich auf den Altar. «Frazier, hättest du uns gezwungen, Käfer zu essen und Feuer zu machen, indem wir zwei Stöckchen aneinander reiben?»

«Ich dachte, *wir* könnten uns aneinander reiben», lautete die prompte Antwort.

«Meine Güte, wie wohl wir uns fühlen.» Merkur lachte.

«Was ich fühle, ist Dankbarkeit. Ich dachte schon, ich würde den Rest meines Lebens aussehen wie Hüttenkäse.»

«Du könntest ein Pfadfinderinnen-Abzeichen für die Rettung vor der Cellulitis einführen», meinte Venus.

«Pfadfinderinnen sollten Abzeichen für Erwachsensein und mittleres Alter bekommen.» Frazier ging zum Höhleneingang. «Also. Wir könnten ein Abzeichen fürs Überleben der Scheidung haben. Eins für Arbeitsausfall und Haarausfall, Abzeichen dafür, daß man sich ruiniert, um die Kinder aufs College zu schicken, und ganz bestimmt ein Abzeichen für das Überstehen des ersten Liftings. Das Knotenschlingen müßte allerdings im Bett geschehen.»

«Uuh, das ist gut.» Merkur spürte ein begehrliches Zucken. Er hätte ihm gerne nachgegeben, aber die Vernunft gebot ihm, Frazier zurück zur Erde zu bringen.

Venus war schon draußen und rief sie zu sich hinaus. «Laßt uns ein Stück gehen, und später können wir Tempo zulegen.»

Während sie den uralten, mit Kopfsteinen gepflasterten Pfad entlanggingen, lugte die Sonne hinter den Wolken hervor, und die Regentropfen, die auf den Blättern funkelten, daß sie wie winzige Regenbogen aussahen, erinnerten Frazier an Jupiters farbenprächtige Ejakulation.

«Wißt ihr zwei eigentlich über Aids Bescheid?» fragte sie. Wie sie jetzt darauf kam, wußte sie nicht. Vielleicht, weil sie sich nicht vorstellen konnte, daß Götter und Göttinnen Schmerz empfanden.

«O ja», sagte Merkur. «Wir können es nicht bekommen, aber wir kennen es.»

«Könnt ihr Schmerz empfinden?» wollte Frazier wissen.

«Natürlich. Erinnerst du dich an die *Ilias*? Mars und Athene gerieten in den Gefilden von Troja aneinander. Ich glaube, sie hat ihn ins Bein geschnitten, und er schrie zetermordio. Ist aber gut verheilt.»

«Merkur, war das Athene?» fragte Venus.

«Ich frag sie, wenn ich sie das nächste Mal sehe. Vielleicht hat sie einen Menschen dazu angestiftet. Jedenfalls können wir Schmerzen fühlen, aber Wunden heilen bei uns ziemlich schnell.»

«Ich glaube, auf der Erde wird man sich noch hundert Jahre an die Regierungen Reagan und Bush erinnern, die der Seuche ein Ende hätten machen können, es aber unterließen, weil es ihnen ganz recht war, daß gerade diese Menschen starben.» Frazier biß die Zähne zusammen.

«Die Republikaner haben sich verkauft an die Fanatiker vom rechten Flügel, die christlichen Fundamentalisten und die Industriebonzen, stimmt's? Sie sind zwar ziemlich überheblich, aber sie haben recht – Aids ist tatsächlich ein göttlicher Fluch, aber er wendet sich nicht gegen Homosexuelle und Drogenabhängige.» Merkur beschleunigte seinen Schritt.

«Der Fluch wird sich gegen sie selbst wenden.» Venus, die bei jeder Form von Intoleranz traurig wurde, dachte Merkurs Gedanken zu Ende. «Sie werden leiden für ihren Mangel an Anteilnahme und christlicher Nächstenliebe, über die sie so viel plärren, denn so, wie sie sich von den Leidenden abwenden, so werden wir uns von ihnen abwenden, und die furchtbare Rache wird kommen, wenn ihre Kinder in den nächsten Jahren an Aids sterben werden. Richtiges Sexualverhalten ist ihnen so fremd geworden, daß sie sich nicht vorstellen können, wie es passiert ist. Ich bemitleide und verachte sie gleichermaßen.»

«So eklig sie zu den Homosexuellen waren, Aids wünsche ich ihnen trotzdem nicht.» Frazier war sich plötzlich bewußt, daß sie wirklich niemandem Aids wünschte.

«Vergebung ist sehr christlich und typisch für unsere liebe Venus.» Merkur nahm ihre Hand. «Ich selbst halte nicht viel davon. Knallst du mir eine, schlag ich zurück. Oder besser noch, ich warte eine lange Zeit und ersinne eine ungemein raffinierte Rache.»

«Stell dir vor, Frazier würde sich an allen, die in letzter Zeit gemein zu ihr waren, rächen wollen. Es würde so viel Zeit kosten – und ist Billy Cicero das wert? Oder diese dummen Gänse im Pfadfinderinnen-Vorstand oder auch Libby, deren ganzes Sein darauf ausgerichtet ist, spontanen Freuden zu widerstehen?»

«Menschen haben ein kurzes Leben. Vielleicht würde Rache wirklich zu lange dauern, aber ich möchte sehen, wie meine Feinde sich krümmen.» Die Flügelchen an seinen Turnschuhen flatterten. «Und du, Frazier?»

«Ich denke, ich hätte nichts dagegen, sie in Schwierigkeiten zu sehen, solange ich mir dabei nicht die Hände schmutzig machen muß. Davon abgesehen, daß ich keine Zeit habe, es ihnen heimzuzahlen, ist mir das Interesse abhanden gekommen. Ich lasse mich ablenken, und zwar von den merkwürdigsten Dingen. Ben Marshalls wunderbares Gemälde von dem Pferd Sir Teddy zum Beispiel. Wenn ich es betrachte, vergesse ich, was rings um mich vorgeht, so sehr liebe ich das Bild. Meine Anfälle von Haß halten nie lange an.»

«Wenn du älter wirst, hast du vielleicht gar keine mehr.»

«Ich denke, solange sich die Leute so albern aufführen, weil ich lesbisch bin, werde ich wohl weiterhin meine kleinen Anfälle haben.»

«Diese Leute sind meistens ahnungslos. Sie sind nicht bösartig», erklärte Venus.

«Wen kümmert das schon? Die Wirkung ist dieselbe. Das ist einer der Gründe, weshalb ich mich in meinem Leben so zurückgehalten habe. Sobald die Leute erkennen, daß jemand homosexuell ist, ist das alles, was sie noch wahrnehmen. Ich werde meiner Individualität beraubt. Ich mag schon zuvor unterdrückt gewesen sein, ich mag nicht zu meinen Gefühlen gestanden haben, aber man hat mich als ganzen Menschen gesehen, nicht als Kategorie. Ich hasse diesen Scheiß, wirklich.»

«Ich auch», stimmte Merkur zu. «Aber es sind netteren Leuten schon schlimmere Sachen passiert.» Er brach in Lachen aus.

Frazier lachte mit. «Das ist auch wieder wahr.»

«Du kannst im Leben nicht viel mehr tun als du selbst sein. Manche Menschen werden dich um deinetwillen lieben. Die meisten werden dich für das lieben, was du für sie tun kannst, und manche werden dich überhaupt nicht lieben. Sie werden weder deine Stimme lieben noch deine Aussprache, weder deine Liebeskünste noch deine Hautfarbe. Du darfst dich von ihnen nicht aufhalten lassen.»

«Tu ich auch nicht – aber es tut trotzdem weh.»

«Wenigstens bist du nicht allein. Deine Tante Ru liebt dich und dein Dad. Carter – er bemüht sich darum, und Mandy ist immer da.» Venus lächelte übers ganze Gesicht; ein goldenes Licht mit einem leichten Hauch von Rosa umgab ihren Kopf.

«Es ist paradox.» Frazier bemerkte die glatte Haut auf Merkurs Wange, die wie gemeißelten Backenknochen, die sie geküßt hatte. Sein Anblick ließ sie wieder am ganzen

Leib erschauern. «Niemand will über dein Leben sprechen außer dir selbst.»

«Was meinst du damit?» Er drehte den Kopf zu ihr hin. Ihre Augen strahlten.

«Ich meine, die Schwarzen verbringen viel Zeit damit, den Weißen ihre Realität zu erklären, in der Annahme, die Weißen würden zuhören. Zwischen Männern und Frauen, Homos und Heteros ist es dasselbe. Du kannst dich damit abrakkern, dich der sogenannten dominanten Gruppe zu erklären, aber dann hast du keine Zeit mehr, über die Umwelt zu reden oder über Abrüstung oder Wirtschaft oder auch nur das beste Restaurant in der Stadt. Aber wer darüber nicht redet, kann im Grunde einpacken. Ich wußte nicht, wie anstrengend das sein würde, dieses Coming-out, wenn du den Ausdruck erträgst.»

«Das Leben.» Venus lächelte wieder.

«Was?»

«Das Leben ruft, und es ist nicht rational. Denk nur, niemand hat vor dir dein Leben gelebt. Es ist nagelneu. Ich würde mich weit weniger darum sorgen, ob die Menschen mich verstehen, als darum, nicht am großen Tanz der Natur teilzunehmen.»

«Wenn wir nur mehr Zeit hätten», murmelte Merkur, als sie sich einer Tür am Weg näherten – es war nur eine Tür, kein Haus.

«Frazier, ich liebe dich sehr.» Venus küßte sie. «Du mußt jetzt nach Hause, und ich werde dir meine Gaben schenken, wenn du offen für sie bist. Und merke dir eins.»

Frazier, erschüttert, weil sie ihre Freunde nun verlassen sollte, fing an zu weinen. «Kopf hoch, Mädchen. Hör zu, wir werden immer in deiner Nähe sein. Ich bin der Gott der Kommunikation, vergiß das nicht. Das Geheimnis ist: klar sein und einfach sein. Ihr Menschen macht immer alles so kompliziert. Nur Substantiv, Verb, Adjektiv.» Er küßte sie, und sie erwiderte den Kuß. «Das Leben ruft.» Er wiederholte Venus' Satz, dann überließ er Frazier der Göttin.

Venus nahm Frazier in die Arme. «Merke dir, es gibt keine Einzellösungen. Es gibt nur Gemeinschaftslösungen. Du kämpfst um deinen Platz in der Gesellschaft. Es spielt keine Rolle, wenn andere dich nicht akzeptieren. Was bringt dich auf die Idee, daß andere als die akzeptiert werden, die sie sind? Geh wieder an die Arbeit und strecke die Hand nach den Menschen aus, die dich wirklich lieben, und strecke die Hand nach neuen Menschen aus. Halt die Nase in den Wind. Du bist so gut wie alle anderen. Und du hast die Wahrheit gesagt, nach bestem Wissen. Das allein ist schon ein Wunder. Verstehst du mich?»

Frazier schluchzte. «Ja.»

«Na, na.» Venus drückte sie an sich. «Das Leben ruft.» Sie öffnete die Tür. «Nun geh.»

Frazier zögerte, dann trat sie tapfer durch die offene Tür.

60

Frazier schlug die Augen auf. Sie lag flach auf dem Rücken, auf dem Fußboden der Galerie. Ihre rechte Hand steckte in ihrer Tasche. Sie fühlte den siebenkarätigen Diamanten.

«Mein Gott, du hast einen schweren Schlag abgekriegt.» Tränen liefen Mandy über die Wangen. «Frazier, Frazier, hörst du mich?»

Frazier sah in Mandys zärtliche Augen, in das liebe, schöne Gesicht. Venus hatte Wort gehalten. «Mandy, das Leben ruft.»

Rita Mae Brown

«Ich halte Rita Mae Brown für einen Glücksfall der Unterhaltungsliteratur, für einen komischen, erotischen, warmherzigen, intelligenten, feministischen und spannenden Glücksfall.»

Claudia Pecher, ZITTY – Stadtzeitung Berlin

Rubinroter Dschungel
Deutsch von Barbara Scriba-Sethe
rororo 12158

Goldene Zeiten
Deutsch von Margarete Längsfeld
Roman
rororo 12957 und als Zweierband mit
«Herzgetümmel» rororo 2056

Jacke wie Hose
Deutsch von Margarete Längsfeld
Roman
rororo 12195 und als Zweierband mit
«Wie du mir, so ich dir» rororo 13225

Wie du mir, so ich dir
Deutsch von Margarete Längsfeld
Roman
rororo 12862

«Das ist ungemein unterhaltsam zu lesen, nicht nur, weil einem diese klugen Frauen ans Herz wachsen, sondern vor allem, weil man erfährt, was man vorher noch nicht wußte: über Blumen oder Sex oder Schauspieler-Badegewohnheiten ...»

Manuela Reichart, Sender Freies Berlin

Rita Mae Brown

Die Tennisspielerin

Deutsch von Gerlinde Kowitske
Roman
rororo 12394

Rita Mae Brown hat einen brillanten Tennisroman geschrieben. Erzählt wird von den Intrigen hinter den Kulissen des Berufstennis und dem Kampf zweier Rivalinnen.

Herzgetümmel

Roman
Deutsch von Margarete Längsfeld
rororo 12797

Eine junge Frau zieht als Soldat verkleidet in den amerikanischen Bürgerkrieg, um in der Nähe ihres geliebten Mannes zu sein. Sie wird zur Heldin und übertrumpft die Männer nicht nur im Kampf.

Bingo

Roman
Deutsch von Margarete Längsfeld
416 Seiten. Broschiert und als rororo 13002

Wenn die beiden alten Hunsenmeir-Schwestern in der Öffentlichkeit ihren Zwist austragen, dann steht in der amerikanischen Kleinstadt Runnymede so einiges kopf.

Rita Mae Brown/Sneaky Pie Brown

Schade, daß du nicht tot bist

Ein Fall für Mrs. Murphy
Roman
Deutsch von Margarete Längsfeld
mit Illustrationen von Wendy Wray
288 Seiten. Broschiert

Als in der amerikanischen Kleinstadt Crozet ein Mord geschieht, begibt sich die Tigerkatze Mrs. Murphy auf Spurensuche – den Menschen immer eine Schnurrhaarlänge voraus.

Rowohlt